Biblioteca

DANIELLE STEEL

Biblioteca

DANIELLE STEEL

MENSAJE DE NAM

PLANETA DeAGOSTINI

Colección: Biblioteca Danielle Steel
Director editorial: Virgilio Ortega
Coordinación: Pilar Mora
Realización: Macarena de Eguilior
Diseño cubierta: Hans Romberg
Realización gráfica: Noemí Reyes

Título original: *Message from Nam*
Traducción: Roser Berdagué
de la 1ª edición de Delacorte Press, Nueva York, 1990

Aribau, 185. 08021 Barcelona
www.planetadeagostini.es

ISBN: 84-395-9005-9
Depósito legal: B. 21.970-2001

Imprime: Cayfosa-Quebecor, S.A.
Santa Perpètua de Mogoda (Barcelona)
Distribuye: Logista
Aragonés, 18 - Polígono Industrial Alcobendas
28108 Alcobendas (Madrid)
Printed in Spain - Impreso en España

Queridos amigos:

Este libro es una culminación de un sueño. Ha pasado mucho tiempo desde las emociones de los años sesenta. Yo era joven entonces, muy joven, y todo cuanto contaba para mí, todo cuanto ocurría, tenía aquella intensidad extrema que es propia de la juventud. Fue un tiempo también en que la vida, las costumbres y las creencias de esta nación cambiaron para siempre. En ciertos aspectos, desde entonces ya nadie ha vuelto a ser el mismo de antes. Pese a que algo quedó de lo que fuimos un día, crecimos, nos hicimos más adultos, nos hicimos más sabios.

Empiezo este libro con miedo y ansiedad, miedo de pisar lugares que quizá no me corresponda pisar y de ofender a quienes vivieron en ellos, miedo en cierto modo de «hacerlo mal», de preocuparme demasiado de salir airosa de este cometido o de no preocuparme lo suficiente. He pasado veinte años proyectando este libro y casi igual número de años haciendo investigaciones para escribirlo. Lo he pensado, lo he deseado, lo he amado. Por fin, ya lo tengo. Independientemente de lo que haya conseguido o querido conseguir, no habría podido daros más de lo que os doy.

Espero que para vosotros signifique tanto como para mí. No lo he tomado a la ligera y espero que tampoco vosotros os lo toméis así porque, como Vietnam, no es un libro fácil de olvidar.

Gracias por compartir conmigo este importante momento.

DANIELLE STEEL

Primera parte

Estados Unidos, Savannah, Berkeley

Noviembre de 1963-junio de 1968

Los muchachos que lucharon en Vietnam

Pasaron de unas manos a otras
los deseos,
los sueños,
las esperanzas
de toda una generación,
una nación entera
enviada a la guerra,
una partida
de viejos
que enviaron a todos nuestros muchachos
a la muerte
mientras nosotros veíamos
con horror,
con dolor,
con aflicción,
el increíble hecho
de tener que perder
a tantos de nuestros jóvenes,
que acababan apenas
de dejar sus juguetes,
con su mirada
tan joven,
tan viva,
tan llena de esperanza,
una lucha
tan larga,
tan triste,
un dolor
tan terrible,
unas heridas
tan profundas
hasta que al final
nuestros jóvenes fueron
a dormir
en los brazos de su Hacedor,

sus nombres grabados
en piedra,
para ya nunca más volver a casa,
ya nunca más ver nuestras lágrimas
otra vez,
no podemos olvidar,
no podemos envejecer,
nuestros corazones no pueden ser
tan duros,
no debemos huir ni ocultarnos,
debemos recordar
a los muchachos que murieron,
para que no sea en vano.
¡No olvidemos
el dolor,
el llanto,
los sufrimientos,
la valentía,
los héroes
ni las sonrisas!
Fue un tiempo que existió
hace tanto,
a tantos kilómetros,
en un país tan luminoso,
tan verde,
en un lugar
situado
entre la esperanza y la mentira.
Debemos seguir recordando,
debemos prometer que
siempre estaremos unidos
a sus corazones
mientras podamos.
¡Recordad, amigos,
recordad
a los muchachos que murieron,
que vivieron,
que lloraron,
a los muchachos
que lucharon
en Vietnam!

Al amor de mi vida, John, que convierte cada momento en digno de ser vivido.
Y a nuestros queridos hijos: Trevor, Todd, Nicholas, Maxx, a los que deseo que nunca tengan que luchar en una guerra como aquélla.
Con todo mi corazón y mi amor.

D. S.

«Se ha pasado la antorcha a una nueva generación.»
John Fitzgerald Kennedy,
discurso inaugural

1

En Savannah hacía un día desapacible y desde el océano soplaba una brisa fresca. En el parque de Forsyth había hojas en el suelo y unas cuantas parejas paseaban cogidas de la mano; algunas mujeres charlaban y fumaban un último cigarrillo antes de volver al trabajo. Los pasillos del instituto de enseñanza media de Savannah estaban desiertos. Había sonado el timbre de la una y los alumnos estaban en sus clases. De un aula salían risas y en otras reinaba el silencio. El ruido de la tiza al arañar la pizarra, las miradas de profundo aburrimiento en los rostros de los alumnos de los últimos cursos no permitían prever que fuera a producirse un examen sorpresa de ciencias sociales. Se estaba informando al último curso de que la próxima semana se celebraría el examen de selectividad, justo antes del día de Acción de Gracias. Y mientras los alumnos escuchaban, allá lejos, en Dallas, sonaron unos disparos. Un hombre que formaba parte de una comitiva de coches se desplomó en brazos de su esposa, mientras su cabeza caía espantosamente abatida. Nadie sabía todavía qué había ocurrido exactamente y, al tiempo que la voz de Savannah seguía informando monótonamente acerca de los detalles del examen, Paxton Andrews trataba de vencer las soporíferas oleadas de franco aburrimiento que sentía. En medio de la paz que reinaba en el aula, le pareció que ya no podría mantener abiertos los ojos ni un solo momento más.

Por fortuna, a la una y cincuenta minutos sonó el timbre,

se abrieron todas las puertas y los pasillos se inundaron de alumnos, liberados por fin de exámenes, clases, literatura francesa y faraones egipcios. Todo el mundo se trasladaba al aula donde se daría la clase siguiente, no sin detenerse ante un armario, cambiar de libros, un chiste rápido, el estallido de una carcajada. De repente, un grito. Un largo plañido de angustia, un sonido que atravesaba el aire como una flecha disparada a gran distancia. Ruido de pisadas, pasos apresurados hacia un aula de un rincón, utilizada normalmente sólo por los profesores, el chasquido del televisor al ser conectado y cientos de rostros preocupados que se agolpaban a la puerta, voces que exclamaban: «¡No!», gritos, cuchicheos, sin que nadie pudiera escuchar lo que decía la televisión a pesar de que muchos gritaban para imponer silencio.

–¡Callad, chicos! ¡No podemos oír lo que dicen!

–¿Está herido? ¿Está...?

Nadie se atrevía pronunciar las palabras y, en medio de la confusión, siempre las mismas frases:

–¿Qué ha ocurrido?.... ¿Qué ha ocurrido?

–Han disparado contra el presidente Kennedy... El presidente...

–No lo sé... En Dallas...

–¿Qué ha ocurrido?

–El presidente Kennedy. No está...

Nadie quería aceptarlo al principio. Todos querían creer que se trataba de una broma de mal gusto.

–¿Sabes que al presidente Kennedy le han disparado?

–Sí, ¿y qué más? ¡Venga, cuéntame el resto del chiste!

Pero no se trataba de ningún chiste, lo único que había eran conversaciones frenéticas, innumerables preguntas, pero ninguna respuesta.

En la pantalla aparecían imágenes confusas y una y otra vez se sucedía la visión de la comitiva de coches, de pronto interrumpida y después en el momento de acelerar la marcha. Walter Cronkite estaba en antena y parecía muy pálido:

–El presidente ha sufrido graves heridas... –decía.

Entre la multitud congregada se produjo un murmullo. Parecía que en aquella minúscula habitación se habían concentrado todos los profesores y alumnos del instituto de Savannah, procedentes de todos los pasillos de la escuela.

–¿Qué ha dicho?... ¿Qué ha dicho? –preguntaba una voz distante.

–Dice que el presidente ha sufrido graves heridas –explicaba alguien junto al televisor, mientras tres alumnas de primer año se echaban a llorar y Paxton, apretujada en un rincón, las observaba con aire sombrío.

En el aula reinó de pronto una tensa calma, como si nadie quisiera moverse, como si temieran perturbar el delicado equilibrio que reinaba en el aire, como si hasta el más leve movimiento pudiera cambiar el curso de aquella vida. Mientras, Paxton recordaba un día lejano, seis años antes, cuando no tenía más de once años y alguien le dijo que papá estaba herido. Quien se lo decía era su hermano George y añadía que su madre estaba con él en el hospital. A su padre le gustaba viajar en su propio avión para asistir a las reuniones que se celebraban en todo el estado y había tenido que hacer un aterrizaje forzoso a causa de una repentina tormenta que lo sorprendió cerca de Atlanta.

–¿Está...? ¿Se pondrá bien?

–Yo...

La voz de George, extrañamente, había enmudecido y ella leyó en sus ojos una terrible verdad de la que quería huir y ocultarse. Tenía entonces once años y George veinticinco. Los separaban catorce años y vidas diferentes. La madre de Paxton murmuraba al oído de sus amigas que el nacimiento de la niña había sido un «accidente», un accidente que Carlton Andrews no había dejado ni un momento de agradecer, pero del que todavía su madre parecía no haberse recuperado. Beatrice Andrews tenía veintisiete años cuando nació su hijo George. Había tardado cinco años en quedar embarazada y el embarazo había sido una verdadera pesadilla. Se había sentido mal todos y cada uno de los días de los nueve meses y el parto había sido un horror que no olvidaría en toda su vida. George nació después de una cesárea y de cuarenta y dos horas de dolores de parto, y, aunque fue un hermoso niño de cuatro kilos, Beatrice Andrews se prometió que no tendría más hijos. Había sido una experiencia que no repetiría por nada del mundo y ya tenía buen cuidado de que no se repitiera. Carlton, como siempre, se mostró paciente con su mujer, y estaba encantado con su hijo. George era el tipo de niño que habría querido cualquier padre. Era alegre, dócil y de complexión atlética, aparte de aplicado en los estudios, cosa que también complacía a su madre. La vida de los Andrews era tranquila y feliz. Carlton ejercía con éxito la profesión de abogado, mientras que Beatrice desempeñaba un papel importante en la Sociedad de Historia, en la Liga Junior y en las Hijas de la Guerra Civil. La vida de Beatrice estaba colmada.

Todos los martes asistía a una reunión de bridge y fue precisamente en el curso de una de ellas cuando sintió el primer síntoma: unas repentinas y violentas náuseas. Atribuyéndolo a que aquella mañana había desayunado excesivamente en la Liga, al terminar la partida de bridge fue a su casa y se tumbó en la cama. Al cabo de tres semanas conocía la causa del malestar. A los cuarenta y un años, con un hijo de catorce a punto de iniciar la segunda fase de la enseñanza media y con un marido que ni siquiera tenía la delicadeza de disimular su alegría, estaba embarazada. Aquel embarazo fue para ella más llevadero que el primero, aunque esto no parecía importarle mucho, pues consideraba que aquello era algo indigno y estaba avergonzada de volver a estar embarazada cuando las mujeres de su edad ya pensaban en los nietos. No quería tener otro hijo, jamás había deseado tenerlo y nada de lo que pudiera decir su marido conseguía apaciguarla. Ni siquiera la hizo cambiar de parecer aquella hermosísima niña de cabellos rubios y de rostro angelical y perfecto que pusieron en sus brazos cuando despertó. Durante meses habló de lo ridícula que se sentía, y dejaba continuamente a la niña en manos de la voluminosa y ronroneante niñera negra que había contratado cuando todavía estaba embarazada. Se llamaba Elizabeth McQueen, pero todo el mundo la llamaba Queenie. La verdad es que no era una nodriza profesional, pero había criado once hijos, de los que únicamente vivían siete, y era una de esas raras criaturas que da el Sur, la vieja y querida «tata» negra. Rebosaba amor hacia todo el mundo, pero de manera especial hacia los niños, y amaba a Paxton con una pasión y un cariño que ninguna madre natural habría podido igualar y que, ciertamente, en el caso de Beatrice Andrews, así era. La madre no se sentía a gusto junto a la niña y, pese a que no habría sabido explicarse las razones, se mantenía siempre a distancia de ella. Era una niña que tenía siempre las manos pegajosas y se empeñaba en tocar las delicadas botellas de perfume que Beatrice tenía en su tocador, botellas que invariablemente derramaba. De una manera o de otra, madre e hija tenían la virtud de ponerse mutuamente nerviosas. Era Queenie quien la consolaba cuando lloraba y era a sus brazos a los que corría siempre que sufría algún percance o tenía miedo. Queenie nunca le falló, ni una vez siquiera.

Queenie no tenía ningún día libre. De haberlo tenido, no hubiera sabido adónde ir, pues sus hijos tenían su propia vida y le habría resultado insoportable pensar que su Paxxie podía necesitarla y ella no estar a su lado para prestarle ayuda. El padre de la niña se mostró siempre bueno con ella y la trató con cariño, pero su madre era muy diferente. A medida que Paxton fue creciendo, la diferencia entre sus padres fue acentuándose y, al cumplir los diez años, Paxton ya había llegado a la conclusión de que ambos no tenían nada en común. Costaba incluso creer que pudiera existir algún vínculo entre ellos. Para su madre, sus clubs lo eran todo, aparte de sus amigas, sus subordinados, sus días de bridge y su labor benéfica en favor de las Hijas de la Guerra Civil. Su vida con aquellas mujeres la llenaba completamente. Parecía incluso no sentir el más mínimo interés por su marido cuando éste volvía a casa y, aunque escuchaba educadamente lo que le contaba por las noches mientras cenaban, hasta Paxton comprendía que se aburría en compañía de su marido. También éste se daba cuenta. Sin embargo, nunca lo habría admitido delante de nadie, aunque no por ello dejaba de notar aquella frialdad que emanaba de su esposa y que Paxton había sentido durante años. Beatrice Andrews era una mujer cumplidora de sus deberes, fiel, organizada, bien vestida, amable, educada, sabía comportarse a la perfección, pero en toda su vida nunca había sentido emoción alguna ante un ser humano. La emoción era algo que ella desconocía. Queenie también lo sabía, pero ella lo expresaba de manera diferente de como lo hubiera expresado Carlton cuando les contaba a sus hijos que el corazón de Beatrice Andrews era más frío y más pequeño que los huesos de melocotón en invierno. Lo que más se parecía al amor que puede sentir un ser humano por otro era el sentimiento que aquella mujer abrigaba hacia su hijo George. Entre ellos existía una relación que nada tenía que ver con el trato que mantenía con Paxton. Admiraba a su hijo, lo respetaba y aquella manera fría, distante y clínica con que el chico miraba las cosas y que acabaría conduciéndolo a la medicina, la impresionaba profundamente. Se sentía halagada por el hecho de que su hijo llegara a ser médico. Decía en secreto a sus amigas que incluso era más inteligente que su padre y que, en realidad, le recordaba enormemente a su propio padre, que había formado parte del Tribunal Supremo de Georgia, y añadía que estaba segura de que George estaba llamado a grandes realizaciones. Paxton, en cambio, ¿qué haría? Iría a la escuela, obtendría un título universitario, se casaría y tendría hijos. A ojos de Beatrice, aquél no era un destino muy halagüeño, pese a que era el mismo que ella había tenido. A instancias de su padre, se había educado en Sweet Briar y se había casado con Carlton dos semanas después de obtener el diploma. La verdad era que, pese a que se encontraba bien en compañía de mujeres y buscaba la mínima oportunidad para compartir con ellas sus ratos libres, no sentía gran respeto por su sexo. Le impresionaban más los hombres, que eran los que realizaban grandes cosas. Y no dudaba un solo momento de que aquella encantadora niña rubia que ponía sus pegajosas manos en todas partes no estaba destinada a la grandeza.

La voz del popular presentador Walter Cronkite seguía hablando mientras Paxton y demás alumnos contemplaban en silencio la pantalla del televisor de la escuela. Los pocos que seguían hablando lo hacían ahora con un hilo de voz. Con pocos minutos de diferencia, Cronkite iba conectando con los reporteros que aguardaban en el vestíbulo del Parkland Memorial Hospital de Dallas, al que había sido trasladado el presidente.

–Todavía no disponemos de informaciones seguras –decía el rostro de la pantalla–, todo lo que sabemos es que el estado del presidente es crítico, pero en los últimos minutos no se han dado a conocer nuevos boletines oficiales.

Al oír aquellas palabras, la mano de un profesor alcanzó el conmutador y cambió de canal, lo que permitió oír a otro presentador, Chet Huntley, que anunciaba exactamente lo mismo a través de otra cadena. Los estudiantes se miraban unos a otros con el terror claramente reflejado en sus rostros. Paxton recordó nuevamente el día en que George fue a recogerla a la escuela para hablarle de su padre: el accidente, el aeroplano al precipitarse... y el rostro de George al darle la noticia. George acababa de terminar sus estudios de medicina y estaba esperando su período de médico residente en el Grady Memorial Hospital de Atlanta. Había conseguido cursar todos sus estudios en el Sur, a pesar de que su padre se había licenciado en Harvard y le había alentado a ir al Norte, pero Beatrice había considerado importante que se mantuviera apegado a sus raíces y manifestara su predilección por las instituciones educativas del Sur, cosa que ella mencionaba a menudo.

Eran las dos de la tarde y Paxton estaba sin aliento en un rincón de la habitación, esforzándose en pensar que el presidente saldría bien librado de aquel trance y tratando de reprimir las lágrimas, sin tener la absoluta certeza de si lloraba por el presidente o por su padre, que murió a consecuencia del accidente de avión; las heridas fueron demasiado graves como para sobrevivir. A su lado estaban su esposa y su hijo, mientras que Paxton esperaba en casa con Queenie. Se había estimado que Paxton era demasiado pequeña, con sus once años, para visitar a su padre en el hospital, donde nunca llegó a recuperar totalmente la conciencia. Paxton no volvió a verlo nunca más. Había desaparecido, junto con todo su calor, su cariño y su amplia visión del mundo, su fascinación por las gentes, por la historia, por cosas que estaban muy alejadas de Savannah. Era un sureño de la antigua escuela y, pese a ello, en ciertos aspectos secretos no encajaba en aquel molde para el que había nacido, razón por la cual Paxton lo quería tanto. Y no sólo por esto, sino también por su manera de abrazarla vigorosamente cuando ella corría a recibirlo, por su manera de hablarle siempre que daban largos paseos y le refería cosas que ella desconocía, como por ejemplo la guerra, Europa y lo que había supuesto para él estudiar en Harvard. A Paxton le gustaba la manera de hablar de su padre y también su olor, el perfume de la loción que utilizaba y que dejaba tras él un rastro peculiar en la habitación... y también el brillo de sus ojos cuando sonreía y todo lo que le decía cuando le hacía saber que se sentía muy orgulloso de ella, cosas todas que le hicieron sentir que también ella moría un poco el día en que asistió a su entierro y oyó entonar los sones de *Amazing Grace* y, desde el lugar donde se sentaba entre George y su madre, oyó que Quennie lloraba ruidosamente en su asiento de la última fila.

Desde aquel día su vida nunca volvió a ser como antes. Era como si su padre se hubiera llevado una parte de ella, aquella parte que lo acompañaba a aspirar el perfume de las flores, que lo visitaba en su despacho cuando se quedaba a trabajar los sábados por la mañana, que hablaba con él como si ella de verdad entendiera el mundo y que le hacía todo tipo de preguntas. Paxton tenía una curiosa intuición de las personas y en cierta ocasión había dicho a su padre que le parecía que su madre no la quería. Aunque aquello no la preocupaba, sabía que era así. De todos modos, tenía a Queenie y a su padre.

–A mí me parece..., me parece que ella necesita una persona como George. Él no la pone nerviosa, le habla de cosas que a ella le importan. En cierto modo, es como ella, ¿no lo crees, papá? Cuando a veces le digo que me encanta determinada cosa, me parece que la asusto.

En realidad, Paxton calaba más hondo en la realidad de lo que ella misma suponía, y aunque Carlton Andrews se daba cuenta, nunca lo habría admitido delante de su hija.

–Ella no expresa sus sentimientos de la misma manera que tú y yo –dijo con absoluta franqueza, recostándose en su confortable silla giratoria de cuero, en la que a ella tanto le gustaba moverse hasta que amenabaza con desmontarse–, pero eso no significa que no los tenga.

Carlton sentía la obligación de proteger a su mujer, incluso contra Paxton, aun cuando sabía que Paxxie decía algo que resultaba evidente: Beatrice era fría como el hielo. Era una mujer cumplidora de sus deberes, fiel, una «buena esposa» ante sus propios ojos, sabía llevar bien la casa, se mostraba en todo momento educada y amable, en ningún momento áspera con él y nunca habría traicionado ni engañado. Era una señora hasta la médula de los huesos, pero su marido, al igual que Paxxie, no podía dejar de preguntarse si alguna vez había querido a alguien o algo, salvo a George, con quien pese a todo mantenía una fría y prudente distancia. Pero como su hijo se parecía tanto a ella, tampoco esperaba otra cosa. No era éste el caso de Carlton, ni tampoco el de Paxxie, si bien los dos sabían que de Beatrice nunca podrían obtener más de lo que les daba.

–A ti te quiere, Pax –le decía su padre y, mientras se lo decía, Paxton pensaba que le estaba mintiendo.

Todavía no entendía los sutiles matices de lo que era capaz o no de dar aquella mujer que era su madre. Carlton tenía una idea mucho más precisa que ella de su mujer.

–Yo a ti te quiero, papá –le había dicho ella, echándole los brazos al cuello sin titubeos ni reservas.

Paxton nunca se mostraba reservada con su padre y él se echaba a reír cuando ella estaba a punto de hacerlo caer de la silla giratoria después de tanto moverla.

–Oye, tú..., ¡que vas a tirarme!

Carlton soñaba que un día la llevaría a Radcliffe y, mientras la abrazaba con fuerza, se la imaginaba ya mayor, hermosa, y sentía el orgullo que le invadiría al final de sus años. Ella era todo lo que él había soñado: un ser afectuoso, capaz de entregarse y de preocuparse por los demás. Era todo lo que era él, aunque Carlton entonces no lo sabía.

Y súbitamente su padre había desaparecido y Paxton había quedado sola, con su madre, su hermano y Queenie. Procuraba estudiar de firme y leer mucho, escribía cartas a su padre como si estuviera de viaje y pudiera enviárselas, salvo que no podía. A veces se las guardaba y a veces las rompía, pero siempre se sentía mejor después de escribirlas. Era como si así pudiera seguir hablando con él, ya que con ellos le era imposible hablar. Parecía que su madre disentía de todo cuanto ella decía, que en nada estaba de acuerdo con ella y a veces a Paxxie le parecía haber caído de otro planeta. ¡Eran tan diferentes en todo! Su hermano era como su madre, y siempre la instaba a «comportarse», a tratar de ver las cosas tal como las veía su madre, a ser «razonable» y a recordar quién era, recomendaciones que sólo servían para confundirla más. ¿Quién era ella? ¿La hija de su padre o la hija de ellos? ¿Quién tenía razón? Sin embargo, en lo más profundo de su corazón no sentía confusión ninguna. Sabía que el amor tan grande que sentía su padre hacia el mundo era lo único que contaba para ella y, cuando George terminó su período de médico residente en el Grady Memorial y ella cumplió los dieciséis años, supo sin lugar a dudas que lo que quería era marcharse del Sur e ir a Radcliffe. Su madre aspiraba que fuera a Agnes Scott, a Mary Baldwin o a Sweet Briar, escuela que ella había frecuentado, o incluso a Bryn Mawr, y consideraba que la idea de Paxton de ir a Radcliffe era totalmente descabellada.

–No tienes por qué ir a una escuela del Norte, aquí tenemos todo lo que hace falta. Fíjate en tu hermano. Podía haber ido a cualquier parte del país, pero prefirió quedarse en Georgia.

Sin embargo, la sola idea de quedarse le provocaba claustrofobia. Anhelaba escapar de aquellas ideas estrechas, de las amigas de su madre, de todo lo que oía acerca de los «horrores de la integración». Había hablado de los derechos civiles no sólo con sus amigos sino también con Queenie, en voz baja en la cocina. Sin embargo, hasta la propia Queenie se aferraba a las antiguas posturas y consideraba que los negros debían quedarse en el lugar que les correspondía, que no era el mismo que el de los blancos. La idea de que pudieran mezclarse la aterraba y sólo en sus hijos y nietos encontraba los mismos puntos de vista de Paxton. Paxton, sin embargo, pensaba que aquellas ideas que habían inculcado a Queenie estaban equivocadas y no tenía miedo de decirlo ni de escribir artículos sobre el particular y de presentarlos en la escuela. Sabía que su padre habría estado de acuerdo con ella, puesto que siempre lo estaba, lo cual todavía la aferraba más a su idea. Había aprendido a no hablar de aquel tema con su madre y hermano. Aquel otoño, sin embargo, envió solicitudes a media docena de universidades del Norte, dos de ellas a California. Eran Vassar, Wellesley, Radcliffe, Smith y, en el Oeste, Stanford y Berkeley en California. No quería ir a una universidad femenina y, en realidad, la

única a la que aspiraba ir era Radcliffe. Había mandado la solicitud a las dos universidades del Oeste porque así se lo había aconsejado su tutor y, con el ánimo sumamente decaído, también había mandado la solicitud a Sweet Briar para tranquilizar a su madre. Las amigas de ésta no paraban de decirle lo feliz que sería yendo a aquella escuela, como si su destino final en aquel centro fuera un hecho incontrovertible.

Ahora, con los ojos fijos en el reloj, no podía pensar en aquel hecho. Apenas eran las dos de la tarde, media hora después de que el presidente hubiera sido blanco de un disparo, diez minutos después de ver en la televisión las últimas noticias relativas al suceso, justo cuando toda la nación rezaba y cuando la familia del presidente se enteraba de una realidad que, seis años antes, también había sido una triste noticia para Paxton al morir su padre: que todo había terminado.

A las 2.01 Walter Cronkite miró a las cámaras de televisión y con expresión derrotada comunicó a la nación estadounidense que su presidente había muerto, y en la minúscula habitación del instituto de Savannah circuló una ola de tristeza que se convirtió en lamento y, al poco rato, en sollozos. Todo el mundo lloraba, profesores y alumnos se abrazaban y murmuraban palabras incoherentes en las que persistía la confusión producida por la tragedia. Walter Cronkite seguía informando y dos médicos también hicieron algunos comentarios. A Paxton le pareció que se encontraba bajo el agua. Tenía la impresión de que todo había cobrado un ritmo más lento, que todo ocurría a gran distancia. Todos lloraban y Paxton casi no podía ver nada, porque las lágrimas ahora le resbalaban por las mejillas y sentía que le faltaba el aliento, igual que le había ocurrido otra vez en su vida. Era como si alguien la hubiera privado completamente del aire y ya no le fuera posible respirar. Sentía un dolor y una pena tan grandes que le resultaban insoportables. En virtud de una extraña circunstancia, era como si hubiera vuelto a perder a su padre. Él tenía cincuenta y siete años cuando murió, John Kennedy sólo cuarenta y seis, pero los dos habían visto segadas sus vidas en un momento de plenitud, cuando se sentían llenos de entusiasmo y de ideas que los empujaban a vivir, los dos con una familia y unos hijos a los que amaban tiernamente. Jack Kennedy sería llorado por todo el mundo, Carlton Andrews únicamente por quienes lo habían conocido. Pero para Paxton era igual y sentía lo mismo que debían de sentir los hijos del presidente, la terrible aflicción, la sensación de pérdida, tristeza, indignación. ¡Era tan espantoso, tan erróneo! ¿Cómo era posible que hubiera ocurrido una cosa así? Atravesó a ciegas las dependencias de la escuela sin decir una sola palabra a nadie y recorrió corriendo la media docena de manzanas que la separaban de su casa, situada en Habersham. Tras cerrar de golpe la puerta de su casa, entró como una exhalación en el vestíbulo, todavía llorando, con la cabellera rubia ondeando tras ella. Se parecía mucho a su padre cuando era joven, con aquel cabello rubio deslumbrante y aquellos enormes ojos verdes que parecían buscar siempre respuesta a todo. Estaba muy pálida y, tras dejar los libros y la cartera, se dirigió presurosa a la cocina, donde sabía que encontraría a Queenie.

Queenie canturreaba en voz baja mientras trasteaba por la cocina que tanto amaba. Los pucheros de cobre extraordinariamente brillantes estaban colgados de unos clavos sobre su cabeza y en la cocina se olía el fragante olor que salía del horno. Se volvió sorprendida y vio a Paxton, en la puerta, con los ojos muy abiertos y el rostro lleno de pavor y arrasado en lágrimas. Paxton, en aquel momento, era el símbolo de toda una nación.

–¿Qué te pasa, mi niña? –dijo Queenie, muy asustada, mientras trasladaba su enorme corpachón hacia la niña que había criado y a la que amaba como nadie.

–Yo...

Por un momento Paxxie no supo qué contestar. No encontraba las palabras, no sabía qué decirle.

–¿No has visto la televisión hoy?

Queenie era una adicta a los seriales, pero se limitó a negar con la cabeza y a clavar la mirada en Paxton.

–No, ayer tu madre llevó a arreglar el televisor de la cocina. Está estropeado. Y ya sabes que nunca veo la televisión en el aparato grande del salón. ¿Por qué lo dices? –preguntó, alarmada.

De pronto se le ocurrió que podía haber ocurrido algo

terrible en el centro de la ciudad, quizás el doctor George, quizá la señora Andrews, quizás incluso sus propios hijos. A lo mejor había sucedido algo por culpa de aquellas terribles manifestaciones en favor de los derechos civiles, tal vez... Cualquier cosa, menos lo que Paxton se disponía a decirle.

–Han disparado contra el presidente Kennedy.

–¡Oh, madre mía!... –exclamó Queenie, dejando que su enorme mole se desplomara en la silla más próxima y con el horror pintado en el rostro.

Enseguida sus ojos se trasladaron a Paxton con una interrogación que no se atrevía a formular en palabras.

–Está muerto –dijo Paxxie, volviendo a echarse a llorar.

Y con estas palabras se arrodilló junto a Queenie y la rodeó con sus brazos. ¡Qué sensación tan espantosa de pérdida, de desesperación, de dolor, de traición! Queenie le devolvió el abrazo y las dos lloraron por un hombre que nunca habían visto y que había sido abatido tan joven. ¿Para qué? ¿Por qué? ¿Por qué lo habían hecho? ¿Hasta qué punto se podía odiar? ¿Qué fines se perseguían? ¿Y por qué él? ¿Por qué habían elegido a un hombre con dos hijos pequeños y una joven esposa? ¿Por qué matar? ¿Por qué matar a una persona tan vital, tan llena de esperanzas y promesas para tanta gente? Paxxie, en brazos de Queenie, lloró aquella muerte, mientras la vieja negra la acunaba igual que había hecho tantas veces cuando era niña, al tiempo que también ella lloraba por un hombre que nunca había visto, pero que consideraba un hombre bueno.

–¡Dios santo, mi niña! Si es que no lo puedo creer... ¿Por qué lo han hecho? ¿Sabes quién ha sido?

–No lo sé.

Cuando fueron a la sala de estar y conectaron el televisor escucharon las últimas noticias: un hombre llamado Lee Harvey Oswald había disparado y dado muerte a un policía de Dallas que trataba de interrogarle. Le habían encontrado en el depósito de libros desde el cual se habían hecho los fatales disparos contra la comitiva de coches exactamente a la una y treinta minutos. Se consideró que era el asesino del presidente Kennedy. Oswald había sido detenido, el policía y el presidente estaban muertos, así como un agente del servicio secreto.

John Connally, el gobernador de Texas, había sufrido graves heridas de las que se recuperaba favorablemente y el cadáver del presidente estaba camino de Washington en el avión presidencial, acompañado de su esposa. También iban a bordo del avión el vicepresidente y su esposa. Acerca del primero se había dicho que también había recibido ligeras heridas, noticia que resultó un falso rumor. Toda la nación estaba conmocionada, como Paxton y Queenie, que seguían sin pronunciar palabra, como si todavía no creyeran lo que veían y oían. Seguían allí de pie, mirando silenciosamente la pantalla, mientras las lágrimas les resbalaban por las mejillas. La madre de Paxton llegó a los pocos minutos. Todos los viernes por la tarde iba a la peluquería y ahora venía de allí. Se había enterado de la noticia y su expresión, al reunirse con ellas, era de tristeza. Varias clientas de la peluquería habían regresado a sus casas con la cabeza mojada y la mayoría de las empleadas no habían podido terminar el trabajo empezado. Todo el mundo lloraba. A Beatrice Andrews le estaban aclarando el cabello cuando se enteró de la noticia. Pese a todo, quiso quedarse y exigió que una de las chicas terminase de arreglarla e incluso convenció a otra para que le hiciese la manicura. No estaba dispuesta a aplazar aquellos cuidados unos días más, puesto que aquel fin de semana, antes del día de Acción de Gracias, tenía que hacer muchas cosas, entre ellas asistir a una cena en el club de bridge. Ni siquiera se le ocurrió que todo el mundo suspendería sus actividades, que se cancelarían todas las fiestas imaginables y que toda la gente permanecería pegada al televisor presenciando el luto de la nación. Sin embargo, esto ni siquiera le pasó por la cabeza y, aunque volvió deprimida a casa, la noticia no la había puesto histérica. Pensaba que algunas mujeres se habían excedido en sus manifestaciones y que ella sabía muy bién qué era el verdadero dolor, ya que después de todo ella había perdido a su marido y era imposible sentir la misma emoción tratándose de una personalidad pública. Pese a todo, eran muchos los que sentían un intenso dolor por Kennedy. Una aflicción muy personal, como si lo hubieran conocido realmente y lo amasen. Había traído nuevas esperanzas para todos, la promesa de una revitalización de la juventud, la magia de un mundo que ya no conocerían y que únicamente podrían soñar. Y su bella esposa les recordaba a todos una princesa de cuento de hadas.

Beatrice Andrews se sentó solemnemente al lado de su hija y de la mujer que la había criado. Luego contemplaron a Lyndon Johnson mientras prestaba juramento en el propio avión presidencial, si bien Beatrice no invitó a Queenie a quedarse. Las cámaras presentaron a la juez Sarah Hughes tomando juramento a Lyndon Johnson, con Jacqueline Kennedy a su lado, y la gente advirtió de pronto que ésta llevaba el mismo traje rosa del momento en que habían matado a su marido y que todavía estaba manchado de sangre. Su rostro evidenciaba los estragos del dolor, mientras Lyndon Johnson se convertía en presidente y Paxton se iba hundiendo lentamente en una butaca al lado de su madre. Las lágrimas resbalaban por sus mejillas al contemplar aquellos hechos en la pantalla, incapaz de creer lo que veía ni de asimilar lo ocurrido.

–¿Cómo se puede hacer una cosa así? –sollozó junto a Queenie, que, moviendo la cabeza y también llorando, volvió a la cocina.

–No lo sé, Paxton. Se habla de una conspiración, pero me parece que todavía nadie sabe nada. Lo siento por la señora Kennedy y por los niños. ¡Qué terrible para ellos! –dijo su madre.

Aquello le recordó a su padre. Aunque no había sido asesinado, había muerto inesperadamente y Paxton todavía acusaba su ausencia. Tal vez la acusaría siempre, como seguramente también acusarían la ausencia de su padre los hijos del presidente. ¿Por qué había tenido que ocurrir?

–Vivimos tiempos de gran agitación –continuó su madre–, todos esos disturbios raciales, los cambios que él pensaba hacer... Tal vez éste sea el precio que ha tenido que pagar...

Beatrice Andrews volvía a tener su aire comedido al apagar el televisor. Paxton, al mirarla, pensó que seguramente nunca la entendería.

–¿Te figuras que es por lo de los derechos civiles? ¿Crees que ésa es la causa de lo ocurrido?

Paxton, de pronto, se sentía indignada. ¿Por qué creía esas

cosas su madre? ¿Por qué quería que todo siguiera en los tiempos del oscurantismo? ¿Por qué tenían que vivir en el Sur? ¿Por qué había tenido que nacer en Savannah?

–No aseguro que haya ocurrido por eso, Paxton, pero sí que puede ser la causa. No se puede cambiar de pies a cabeza toda una nación ni modificar unas tradiciones que la gente encuentra cómodas porque vive con ellas desde hace centenares de años, y no pagar un precio a cambio. Quizá sea ése el precio que ha tenido que pagar. Un precio terrible, por supuesto.

Paxton la contempló como si no acabara de creer lo que oía, aunque aquella discusión no era nueva entre ellas.

–Mamá, ¿cómo puedes decir que la gente encuentra «cómoda» la segregación? ¿Cómo puedes decirlo? ¿Crees que también los esclavos estaban «cómodos»?

–Algunos sí. Algunos vivían mejor que ahora, cuando estaban con gente responsable.

–¡Dios mío!

Pero su madre lo decía plenamente convencida. Paxton sabía que era así.

–Fíjate qué ocurre con los negros. No saben leer, no saben escribir, trabajan como bestias, son maltratados, aislados, segregados, no tienen ninguno de nuestros privilegios, mamá.

Era raro que se dirigiese a su madre llamándola mamá. Sólo lo hacía cuando estaba desesperada o preocupada o tan confundida como ahora, pero Beatrice Andrews parecía no darse cuenta.

–A lo mejor no están en condiciones de asumir estos privilegios, Paxton. No lo sé, pero lo que digo es que no se puede cambiar el mundo de la noche a la mañana sin que se produzcan terribles repercusiones. Y eso es lo que ha ocurrido.

Paxton no dijo nada más, fue a su habitación y se tumbó en la cama. Permaneció llorando hasta la hora de cenar, cuando llegó su hermano y entonces ella tuvo que hacer acto de presencia, muy pálida y con los ojos hinchados, y acompañarlos en la cena de los viernes. George cenaba con la familia todos los martes y los viernes, a menos que se lo impidiera su trabajo o que tuviera un compromiso social importante, cosa que ocurría raras veces. Al igual que su madre, sus opiniones eran diametralmente opuestas a las de su hermana pequeña. Sin embargo, él se limitaba a sonreír cuando Paxton expresaba sus opiniones o se burlaba de sus palabras, diciéndole que cambiaría de parecer cuando tuviera más años. Éste era el motivo de que Paxton raras veces les manifestara lo que pensaba, guardara un relativo silencio y se mantuviera respetuosamente distante. No tenía nada que decirles, y sostener con ellos discusiones filosóficas o políticas no conseguía otra cosa que sacarla de sus casillas. Reservaba sus opiniones para sus amigos de la escuela o para sus profesores más liberales, como también los artículos que escribía y, siembre que pensaba que Queenie la entendería, hablaba también con ella de esas cosas, a menudo con la sorpresa de comprobar que la anciana tenía una sabiduría que compensaba con creces las carencias de su educación. Era sabia en el conocimiento de la vida y solía mostrarse dispuesta a escuchar a Paxton. Ésta incluso le había informado de las universidades en que había presentado solicitud de ingreso y le había pedido su opinión. Paxton se obstinaba en explicarle que no quería quedarse en el Sur y Queenie la entendía y, aunque le entristecía pensar que su niña se iría, sabía que era para su bien. En esto se parecía muchísimo a su padre.

–Me parece que se trata de una conspiración cubana –manifestó George aquella noche durante la cena–. Creo que, cuando empiecen a indagar, descubrirán muchas más cosas de las que se ven a primera vista.

Paxton lo miró preguntándose si podía haber algo de cierto en sus palabras. Aunque no era brillante, era inteligente, y la mayoría de las veces estaba tan absorbido por la medicina que no se sentía interesado por nada más. Tenía opiniones muy limitadas y las únicas cosas que le interesaban de verdad eran los nuevos descubrimientos dentro del campo de su especialidad, particularmente la diabetes adulta incipiente, cosa que precisamente no fascinaba a Paxton. Ya tenía treinta y un años cumplidos y el año anterior había estado a punto de comprometerse formalmente con una chica, pero al final el compromiso se había deshecho y Paxton, sin que supiera por qué, tenía la sensación de que su madre se había sentido aliviada, a pesar de que la chica pertenecía a una familia conocida. Beatrice había manifestado en más de una ocasión que George todavía era demasiado joven para casarse. Antes de asumir la carga de una esposa y de unos hijos debía situarse.

A Paxton nunca le gustaban las chicas con las que salía su hermano. Aunque eran guapas, solían ser tontas y superficiales. Eran insustanciales y resultaba imposible sostener con ellas una conversación. La última que trajo a una de las cenas que daba su madre fue una muchacha de veintidós años que se pasó toda la velada riendo como una estúpida. Explicó que no había ido a la universidad porque tenía muy malas notas, pero que le encantaba trabajar para la Liga Junior, que aquella semana pensaba asistir al desfile de modas que organizaba dicha sociedad y que se moría de ganas de que llegara aquel día. Al final de la cena Paxton la hubiera estrangulado. La encontraba tan estúpida y cargante que no entendía cómo su hermano la soportaba. Además, era afectada y pegajosa con su hermano, y Paxton observó que seguía riéndose tontamente cuando subieron los dos al coche y se marcharon a tomar una última copa. Hacía tiempo que Paxton había asumido el hecho de que probablemente tendría que detestar a la chica con la cual se casara su hermano. Con toda seguridad sería una joven simpática, sencilla, poco exigente, nada profunda, sumisa y típicamente sureña. También Paxton era sureña, pero en el caso de ella se trataba de una mera referencia geográfica, no de una excusa ni un motivo de aflicción. Al parecer todavía había muchas chicas dispuestas a hacer el papel de la «señorita sureña», utilizando la etiqueta como excusa para su falta de información o simplemente para ampararse en su estupidez. Paxton odiaba a esa clase de chicas, pero era más que evidente que a su hermano no le ocurría lo mismo.

Paxton no pudo dormir en toda la noche y estuvo todo el tiempo obsesionada por la televisión. Pasó la noche yendo y viniendo del televisor a la cama hasta que, finalmente, alrededor de las tres, se instaló definitivamente delante de él. A las 4.34 de la madrugada vio cómo el féretro era trasladado a la Casa Blanca y a la señora Kennedy caminando a su lado. Durante los tres días siguientes, a Paxton le pareció que no se había separado del televisor. El sábado vio a los miembros de la familia del presidente y a los personajes del Gobierno mientras visitaban por última vez a aquel hombre que amaban, y el domingo contempló cómo el féretro era trasladado al Capitolio en una cureña militar tirada por caballos. Vio a Jacqueline Kennedy y a su hija Caroline arrodilladas junto al féretro y contempló cómo la niña deslizaba la mano debajo de la bandera que envolvía el féretro y que los rostros de ambas estaban llenos de dolor. Paxton vio también cómo Lee Oswald era abatido de un disparo por Jack Ruby en el momento en que lo trasladaban a otra cárcel, hecho que la llenó de confusión y que en principio le hizo creer que se trataba de un error. Le parecía imposible que todavía se añadiera otro asesinato a aquella cadena de horrores.

El lunes presenció el funeral y lloró desconsoladamente al escuchar el lúgubre e interminable son de un tambor. Y al contemplar el caballo sin jinete, sin saber por qué, se acordó de su padre. El dolor parecía inacabable, daba la impresión de que duraría siempre, de que aquel pesar no tenía fondo. Aquel lunes por la noche hasta su madre parecía impresionada y, mientras cenaban, ella y Paxton apenas se hablaron. Cuando Paxton fue a la cocina para hablar con Queenie, ésta se estaba secando los ojos. Paxton se sentó en una silla y, con la mente en blanco, la observó mientras lavaba los platos y, al terminar, la ayudó a secarlos. Su madre había ido arriba para llamar a una amiga. Como tantas veces, parecía que ellas dos no tenían nada que decirse y que no eran capaces de ofrecerse mutuamente ánimos ni consuelo. Estaban demasiado alejadas una de otra, tal como habían estado siempre.

–No sé por qué, pero continúo sintiéndome igual que cuando murió papá, como si esperara que de un momento a otro sucediera algo, como si de pronto tuviera que aparecer alguien para decirme que no es verdad, que todo ha sido una broma, o que volverá a salir Walter Cronkite y dirá que no ha sido más que una prueba, que en realidad el presidente se encuentra en Palm Beach pasando el fin de semana con Jackie y sus hijos y que sienten mucho habernos dado ese disgusto... Pero la verdad es que no ocurre tal cosa, que todo continúa igual, que es real. Es una sensación muy extraña.

Queenie movió afirmativamente su cabeza gris tan llena de sabiduría. Sabía muy bien qué sentía Paxton.

–Ya lo sé, mi niña. Esto es lo que ocurre cuando muere una persona. Parece que uno esté esperando que aparezca alguien y te diga que es mentira. Sentí eso mismo cuando murieron mis hijos. Tardas tiempo en conseguir que te abandone esta impresión.

Costaba concentrarse en el día de Acción de Gracias, costaba dar las gracias por ese mundo tan lleno de confusión y de odio que se llevaba a las personas antes de que les llegara la hora, costaba pensar en fiestas. Y si Paxton se sentía invadida por aquellos sentimientos, no le costaba imaginar cómo debía de sentirse la familia Kennedy. Para Jacqueline Kennedy y los niños aquélla debía de ser la peor pesadilla. La esposa se había encargado de los detalles del funeral y lo había dirigido todo hasta un nivel que rozaba la perfección, ocupándose incluso de los recordatorios de la misa, impresos en la propia Casa Blanca. Había escrito a mano las palabras: «Dios amado, acoge a tu siervo John Fitzgerald Kennedy», y había hecho imprimir fragmentos del discurso inaugural de su marido. Fue el final de una era, el fin de un período que se había hecho efímero, huidizo, esquivo. En efecto, la antorcha había pasado a una nueva generación, que ahora la sostenía con fuerza aunque no sabía adónde llevarla.

Y cuando Queenie apagó las luces de la cocina aquella noche y con un beso deseó las buenas noches a Paxton, las dos se quedaron un momento a oscuras, la vieja y la joven, la blanca y la negra, envueltas en la tristeza provocada por aquella desaparición y, después, Queenie se fue escaleras abajo hacia su habitación y Paxton subió a la suya, para seguir reflexionando en lo que habían perdido y en lo que ahora tenían por delante. A Paxton le parecía que estaba en deuda con el presidente y que no había muerto en vano..., de la misma manera que también debía algo a su padre y se debía algo a sí misma. Entre los dos conseguirían que ella se convirtiera en alguien, que hiciera algo.

2

Los últimos sobres llegaron la segunda semana de abril. Sweet Briar había comunicado la aceptación en marzo, mientras que Vassar, Wellesley y Smith enviaron sus respectivas aceptaciones los primeros días de abril. Pero ninguna de éstas le interesaba a Paxton, que se limitó a dejar las cartas sobre su mesa de trabajo y siguió esperando la que le interesaba de verdad: Radcliffe. Personalmente, consideraba que las dos universidades californianas eran simples alternativas. Rezaba para conseguir entrar en la que había elegido en primer lugar y la verdad era que no le parecía improbable. Después de todo, su padre había ido a Harvard y ella tenía buenas calificaciones. La única cosa que le preocupaba era que no descollaba en los deportes y no había realizado actividades extraescolares. Le gustaba escribir poesía y cuentos, disfrutaba con las clases de fotografía, de niña había hecho ballet y durante un año había formado parte de un grupo teatral, que posteriormente había abandonado por considerar que interfería en sus estudios. En más de una ocasión había oído decir que en Harvard sólo admitían a los buenos en todas las materias e interesados en campos ajenos al programa escolar. Pese a todo, seguía convencida de que la aceptarían.

Su madre había estado muy contenta y complacida al recibir la pronta aceptación de Sweet Briar; desde su punto de vista, ésa era la única universidad que realmente importaba. Le gustaba poder decir que Paxxie había sido aceptada en las universidades de la prestigiosa Liga de la Hiedra pero, al igual que Paxton, no se sentía entusiasmada con ellas. Por otra parte, en opinión de Beatrice Andrews, las universidades de California parecían pertenecer a otro planeta. Por esto insistió a Paxton a que hiciera una elección «sensata» y que se inclinara por Sweet Briar antes de tener noticias de las demás.

–No puedo, mamá –dijo Paxton con voz tranquila, escrutando con sus enormes ojos verdes aquel rostro que cada vez se le hacía más distante–. Hace mucho tiempo que me hice una promesa –dijo, aunque pensando que, más que una promesa a sí misma, era una promesa a su padre.

–No te sentirás a gusto en Boston, Paxton. El clima es espantoso y la universidad es enorme. Estarías mucho mejor en un lugar próximo a casa, en un ambiente familiar. Y más adelante siempre tendrías ocasión de hacer algún cursillo complementario.

–¿Por qué no esperamos a ver si me aceptan? Me parece más lógico.

Pero lo lógico para ella no era lo lógico para su madre. A ésta le molestaba bastante que Paxton se empeñase tanto en frecuentar una universidad del Norte cuando habría podido ingresar en Sweet Briar y vivir más cerca de su casa. George apareció un sábado por la tarde para exponer sus puntos de vista y Paxton no pudo reprimir una sonrisa al escucharlos. Hablar con George era como hablar con su madre. Uno y otra creían que la vida de Paxton estaba destinada a desarrollarse cerca de ellos y que era una estupidez por su parte tratar de abrir las alas y ampliar sus horizontes.

–Entonces, ¿qué opinas de papá? No parece que le fue mal eso de ir a una universidad del Norte y frecuentar la compañía de los yanquis.

A Paxton le encantaba tomarle el pelo, pese a que George se prestaba muy poco. Aunque tenía muchas virtudes, no había sido favorecido con el sentido del humor de su padre.

–No es lo mismo, Pax. Y sabes perfectamente que no estoy precisamente obsesionado con el Sur, pero pienso que Sweet Briar es mejor elección para una mujer, que mamá tiene razón y que no hay motivo para que vayas a Boston.

–Con esta actitud, nunca se habría descubierto América. Supón que la reina Isabel hubiera dicho a Colón que no había motivo para que fuera al Nuevo Mundo...

Paxton reía a mandíbula batiente, aunque a George el comentario le hizo muy poca gracia.

–Mamá tiene razón. Todavía eres una niña y es ridículo que quieras hacer esto por puntillo. Si fueras un chico... Realmente no hay razón para que vayas a Harvard. Ya que no vas a seguir unos estudios serios como medicina o derecho, no hay motivo para que te alejes demasiado. Siempre es mejor que te quedes cerca de nosotros porque, ¿y si mamá se pone enferma? Ten en cuenta que ya no es tan joven y que ahora ella nos necesita aquí.

George lo intentó todo e incluso recurrió al remordimiento, lo que sirvió únicamente para hacer rabiar a su hermana. No entendía por qué pretendían atarle las alas, como si ella fuera un objeto de su propiedad...

–¡Tiene cincuenta y ocho años, no noventa y tres, George! Y no pienso quedarme aquí sentada el resto de mi vida ocupándome de ella. ¿Y tú, cómo demonios sabes qué estudios quiero hacer? A lo mejor quiero ser neurocirujana. ¿Te parece entonces razonable que quiera ir a una universidad del Norte o es que tengo que quedarme aquí haciendo pasteles sólo por el hecho de ser mujer?

–No quería decir eso –dijo George, que parecía contrariado por la brusquedad de su hermana.

–Lo sé –dijo ella tratando de recuperar la serenidad–. Y sé que Sweet Briar es una universidad maravillosa, pero toda mi vida he soñado con ir a Radcliffe.

–¿Y si no te admiten? –dijo George, mordaz.

–Me admitirán, lo sé.

Lo había prometido en memoria de su padre, se lo había prometido a su padre, se había jurado que haría que se sintiera orgulloso de ella y que seguiría sus pasos.

–¿Y si no te admiten? –insistía su hermano, sin dejarse impresionar–. ¿Entonces accederás a quedarte en el Sur?

–Quizá... No lo sé...

Las tres universidades de la Liga de la Hiedra no la atraían excesivamente y no había pensado detenidamente en Stanford ni en Berkeley. De momento no se imaginaba en aquella zona, aparte de que no conocía a nadie en California.

–Ya veremos.

–Pues me parece que ya es hora de que lo pienses un poco, Paxton. Y mejor que lo pienses dos veces antes de dar un disgusto a mamá.

¿Por qué tenía que hacerle esto su hermano? No estaba bien. ¿Por qué tenía ella que sacrificar su vida por ellos? ¿Qué pretendían de ella, por qué querían que se quedara aquí, en Savannah? Le parecía tan absurdo... ¿Era simplemente porque querían que asistiera a los banquetes y reuniones de las Hijas de la Guerra Civil, al lado de su madre, y que acabara siendo socia de un club de bridge, para que así Beatrice no se sintiera avergonzada y Paxton pudiera seguir el camino que tenía marcado? Pues ella no quería seguir el camino marcado, sino que aspiraba a más: por ejemplo, ir a la Escuela de Periodismo de Radcliffe.

A menudo había confiado sus aspiraciones a Queenie, la única que la animaba, la única que la quería lo bastante para estar dispüesta a dejarla libre. Queenie sabía qué necesitaba Paxton y quería verla volar libremente, lejos de aquellos dos seres que parecían exigir tanto de ella a cambio de nada. Paxton tenía derecho a conseguir algo más en la vida. Su mente era tan despierta, rebosaba tantas ideas, que se merecía algo más que aquella vida que tenía reservada si permanecía en Savannah. Si, después de la universidad, decidía volver, Queenie estaría esperándola con los brazos abiertos. Lo que no quería era pedirle que se quedara o sermonearla como hacían los demás.

El sobre llegó el martes por la tarde y, cuando Paxton volvió a casa, la esperaba junto al buzón, al lado del otro de Stanford. Sintió que le faltaba el aliento al ver los dos sobres. Era una cálida tarde de primavera y Paxton había vuelto a pie a casa, caminando lentamente mientras pensaba en el muchacho que aquella tarde le había pedido que le acompañase al baile de final de curso. Era un muchacho alto, moreno y bien parecido, a quien ella había admirado durante todo el año pasado, si bien entonces él acompañaba a otra chica. Ahora, súbitamente, estaba libre, por eso Paxton tenía la cabeza llena de sueños y de esperanzas. Estaba pensando en contárselo todo a Queenie cuando, de pronto, descubrió la carta que estaba esperando. Todo su futuro estaba en una hoja de papel blanco, doblada, sellada y metida en un sobre procedente de Harvard. «Querida señorita Andrews, nos complace informarle...» o bien «Querida señorita Andrews, sentimos informarle...» ¿Cómo sería el encabezamiento?

Le temblaban las manos al tomar los sobres, tratando de decidir cuál abriría primero. Después se sentó en los escalones de entrada de aquella sólida casa de ladrillo y decidió que primero abriría el de Radcliffe ya que, como era el único que le interesaba, le habría sido imposible dominar la ansiedad que supondría leer primero la otra carta. Se recogió la cabellera rubia sobre los hombros y la espalda, cerró los ojos y se apoyó en la barandilla de hierro forjado de la entrada, implorando de su padre que diera su bendición a aquella respuesta. ¡Por favor, por favor, que me admitan! Abrió los ojos y, sintiéndose en condiciones, rasgó el sobre. La primera línea del encabezamiento no era la que esperaba. No era un jarro de agua fría, pero se extendía en lo maravillosa que era la institución de Harvard y en lo mucho que se honraban al recibir su solicitud. Hasta el segundo párrafo no se enteró de lo que quería y, al leerlo, casi se le paró el corazón.

«Aunque reúne todas las condiciones que la califican como una excelente candidata para Radcliffe, consideramos que... en esta ocasión... quizá otra institución... sentimos... estamos seguros de que será satisfactoria para usted la institución académica que escoja... le deseamos buena suerte...» Tenía los ojos llenos de lágrimas y las palabras bailaban ante ella, borrosas, mientras la tristeza invadía su corazón. Había fallado ante su padre, la habían rechazado. Todos sus sueños se desvanecían en un instante. Radcliffe le había cerrado sus puertas. ¿Qué haría ahora? ¿Adónde iría? ¿Tendría que quedarse en el Sur, con sus miras estrechas, sus hábitos familiares, cerca de su madre y de su hermano? ¿Eso la esperaba? ¿Eso era lo que debía escoger? ¿O iría a Vassar, a Smith, a Wellesley? De todos modos, aquellas universidades le parecían ser igualmente aburridas.

Vacilante, abrió el segundo sobre, ahora más nerviosa que antes. Quizá había llegado el momento de pensar seriamente en Stanford. Sin embargo, no ya en el segundo párrafo, sino en el primero, en Stanford le daban una respuesta casi idéntica a la de Radcliffe. Le deseaban unos buenos resultados, pero consideraban que se movería mejor en otra institución. ¿Qué le quedaba? Nada. Las opciones que ya sabía y un interrogante en Berkeley. Al levantarse sintió los ánimos por los suelos, subió las escaleras y se metió en su casa. Temía el encuentro con su madre.

A la primera que se lo comunicó fue a Queenie, por supuesto, y la anciana, aunque al principio se sintió disgustada, en seguida se mostró filosófica.

–Si no te aceptan es porque no tenía que ser. Un día, cuando vuelvas la vista atrás, te darás cuenta de que es así.

Pero entretanto las perspectivas que tenía no eran nada halagüeñas. No quería quedarse en el Sur, no quería frecuentar una universidad únicamente para muchachas y no quería imaginar siquiera que iba a Berkeley. ¿Qué hacer entonces? Pero los pensamientos de Queenie corrían más aprisa que los de Paxton.

–¿Y California? Por supuesto que está muy lejos, pero a lo mejor te gusta.

Hacía varios años que una de sus hijas se había trasladado a vivir a Oakland y, aunque ella no había estado nunca por aquellas tierras, había oído que San Francisco era una maravilla.

–Dicen que es muy bonito y no tendrás tanto frío como en el Norte.

Y sonrió con dulzura a aquella niña a la que amaba y confortaba desde su nacimiento, circunstancia que la hacía sentir tan contrariada como ella ante la noticia.

–Tu madre me matará si sabe que te aconsejo que vayas a California pero convendría que lo pensaras un poco.

Paxton no pudo reprimir una sonrisa. Su madre las habría matado a las dos si hubiera podido oír la mitad de sus conversaciones.

–Me parece tan lejos..., un lugar tan extraño...

—¿California? —dijo Queenie riendo—. No seas tonta, si está a muy pocas horas de avión... Por lo menos eso me dice mi hija Rosie. Piénsatelo bien y esta noche reza. Quizá esa escuela de Berkeley es la solución a tus problemas.

Sin embargo, aquella noche, mientras cenaba con su madre y con su hermano, se percató de que ellos seguían pensando que la solución se encontraba mucho más cerca de casa y, a su respecto, la respuesta de Radcliffe resolvía el problema. No lo sentían por ella, sino que más bien parecían aliviados. Y como Queenie, dijeron que tenía que ser así. Sin embargo, a diferencia de la criada negra, parecían complacidos de ver que sus sueños habían llegado a su final. Paxton, por su parte, tenía la impresión de haber decepcionado a su padre, como si lo hubiera dejado en mal lugar por el hecho de haber sido rechazada por su alma mater. Le habría gustado poder explayarse con alguien, confesarle qué desgraciada se sentía, pero por una vez tuvo la impresión de que Queenie no la comprendería, y era más que evidente que tampoco la hubiera comprendido su madre ni su hermano. En cuanto a sus amigos, estaban sumidos en sus propias penas y alegrías, pendientes de las universidades a las que habían enviado sus solicitudes, y sólo pensaban en si serían rechazados o admitidos.

El chico que la había invitado a la fiesta de fin de curso la llamó aquella noche y Paxton trató de transmitirle algunos de sus sentimientos, pero él no sabía hablar más que de su admisión en Chapel Hill y no le prestó atención. Era un momento de tristezas o de júbilos, pero vividos en solitario. Por la noche, ya acostada, Paxton se quedó pensando en lo que Queenie le había dicho aquella tarde. ¿Se trataba de una idea descabellada o merecía ser meditada? ¡Si la hubieran aceptado! Sin embargo, hacia el final de la semana, su madre y George habían minado gradualmente su resistencia y Paxton ya estaba dispuesta a inscribirse en Sweet Briar la semana siguiente, aunque no sin prometerse íntimamente volver a presentar otra solicitud de ingreso en Radcliffe el año siguiente y no dejar de presentarlas ningún año hasta conseguir entrar en aquella universidad, por mucho que le costase ingresar o por difícil que fuera llegar a convencerlos. Una vez establecido aquel plan, se sintió mejor y pensó que, ahora que sabía que no sería definitivo, se le haría más soportable permanecer cerca de su casa.

Pero el lunes llegó carta de Berkeley comunicándole que la universidad tenía la satisfacción de aceptarla. Aunque no sabía exactamente por qué, su corazón saltó de alegría y se sintió poseída de una gran excitación. Corrió a la cocina para mostrar a Queenie la carta y la anciana se regocijó con ella, como si aquélla fuera la respuesta que lo solucionaba todo y ella hubiera sabido de antemano que iba a llegar.

–¿Lo ves? ¡Ésta es la respuesta!

–¿Por qué estabas tan segura? ¿Cómo lo sabías?

¿Cómo podía haber estado tan segura? La verdad es que las demás opciones que se le ofrecían no la cautivaban.

–¿Cómo te sientes ahora?

–Bien. De veras. Estoy entusiasmada. Tengo un poco de miedo, pero me siento feliz.

–¿Y cuando piensas en las otras uiversidades a las que querías ir? ¿Cómo te sientes?

–Deprimida..., decepcionada..., me siento terriblemente mal.

–Pues no me parece que eso sea buena cosa. Me gustaría que Berkeley fuera la mejor solución. Piénsalo bien, cariño. Reza y escucha la voz del Señor... y escucha también tu estómago. Hay que escuchar siempre a la tripa, escuchar la voz que tienes dentro. Ya lo verás. Cuando lo hacemos, sabemos en seguida qué hay que hacer. La voz está aquí –y se señaló, muy seria, su prominente barriga–. Cuando una se siente a gusto, quiere decir que la solución es la buena, pero si una se siente como enferma, nota retortijones y está triste, quiere decir que se ha equivocado o, si no lo ha hecho todavía, que va a equivocarse.

Paxton se echó a reír ante aquella sabiduría tan simple, aun cuando sabía que, como siempre, Queenie tenía razón. La tenía siempre. Aquella vieja sabía mucho, era mucho más inteligente que su madre, que George, incluso que ella misma.

–Lo más curioso de todo es que me parece que tienes razón, Queenie.

Paxton estaba sentada en una silla de la cocina y mordisqueaba una zanahoria, absorta en sus pensamientos. Era joven y guapa y en su rostro flotaba una sensación de paz, una paz consigo misma en la que vivía inmersa desde hacía muchísimo tiempo. Era fuerte, serena y cabal, cosa rara en una muchacha de su edad, y desde la muerte de su padre, ocurrida casi siete años atrás, había reflexionado profundamente.

–Y a ellos, ¿qué les diré?

–Pues la verdad, cuando la sepas. Y tampoco hagas nada porque yo te lo haya dicho. ¡Eres demasiado lista para hacer una cosa así! Haz lo que quieras hacer y lo que consideras adecuado. Pero espera a saberlo, piénsalo. Si es algo que está bien, ya lo sabrás.

Y volvió a señalarse la barriga, mientras Paxxie se echaba a reír y se ponía de pie. Era alta, delgada, una muchacha más bien larguirucha, como había sido su padre, pero muy agraciada. Era más alta que muchas de sus amigas, pero esto nunca le había importado. Para sorpresa de Queenie, no mostraba particular interés en su aspecto. Era bonita, pero parecía no saberlo ni darle importancia. Estaba interesada en otras cosas, cosas relacionadas con el corazón, la mente y el alma. Se parecía demasiado a su padre para preocuparse por su aspecto y su indiferencia ante su rubia belleza a menudo irritaba a su madre. Habría querido que se exhibiera como modelo en los pases de moda presentados por la Liga Junior o que participara en los actos de las Hijas de la Guerra Civil, pero a Paxton no le interesaban estas cosas. Era una chica tranquila y tímida y, aunque le divertían los intereses y politiqueos que se escondían en aquellos actos, se negaba a participar en ellos. Prefería hablar de cuestiones serias con los profesores de su escuela, hablar de los últimos acontecimientos de la guerra del Vietnam, de las consecuencias de la muerte de Kennedy, de la postura de Johnson en el asunto de los derechos civiles, de Martin Luther King y de sus marchas y manifestaciones de protesta. Sentía pasión por los acontecimientos importantes que se desarrollaban en el mundo y se interesaba por los vínculos, conexiones y efectos mutuos que generaban. Éstas eran las cosas sobre las cuales quería escribir y pensar y en las que quería participar.

Aquella misma semana fue al encuentro de uno de sus profesores favoritos y le preguntó qué pensaba de la universidad de Berkeley.

–Creo que es una de las mejores instituciones educativas del país. ¿Por qué?

La miró directamente a los ojos y la muchacha vaciló, aunque sólo un momento.

–Estoy tratando de decidir si iré o no.

–¿La respuesta de Radcliffe ha sido negativa?

El profesor estaba al corriente de lo mucho que deseaba ir a Radcliffe, de las esperanzas que tenía puestas en su admisión y de las razones de su interés, y por supuesto compartió su disgusto al saber que no la habían aceptado.

–Me han rechazado..., y Stanford también. Los demás me han aceptado.

Entonces Paxton le enumeró sus posibilidades. Sin dudarlo un momento, el profesor le aconsejó que fuera a Berkeley. Él era del Norte y creía firmemente en la utilidad de diversificar las experiencias. Consideraba que los del Oeste debían ir al Este y los del Este al Oeste durante uno o dos años, de la misma manera que los del Sur debían ir al Norte y viceversa. Esto permitía ver cosas diferentes.

–Yo no lo dudaría ni un minuto, Pax. Aprovecha la ocasión ahora que puedes y olvídate de Radcliffe. Siempre podrás ir a Radcliffe, una vez licenciada. De momento quítatelo de la cabeza y ve al Oeste.

Y con una sonrisa añadió:

–Te gustará.

Mientras le escuchaba, Paxton sintió que todo su ser se inflamaba de entusiasmo. Quizá, después de todo, Queenie tenía razón, quizá aquélla era la respuesta.

Estuvo unos días sin decir nada a su madre. Al llegar el fin de semana, envió su conformidad. Durante la cena del viernes, comunicó su decisión a su familia.

–Hoy he enviado la conformidad –dijo con voz serena, esperando la tormenta que se le vendría encima.

–¡Buena chica! –dijo su hermano enseguida.

Su hermana había acabado por hacer lo que le pedían. Después de todo, no era tan difícil como decía su madre.

–Ahora te sientes orgullosa de ti misma, ¿verdad? Es lógico.

Paxton sonrió ante elogio tan generoso, sabedora de lo que vendría después.

–Sí, verdaderamente es así. Lo he pensado y creo que he tomado la decisión adecuada. Estoy convencida de ello.

Su madre la miró con extrañeza, temerosa de excederse en sus palabras.

–Estoy contenta de que las cosas se hayan desarrollado de esta manera –dijo escuetamente.

–Yo también –respondió Paxton.

–Sweet Briar está lleno de chicas estupendas, Paxton. Es una universidad maravillosa –dijo su hermano, muy contento, mientras Paxton los miraba serenamente.

–Sí, lo es –convino ella–, pero no voy a Sweet Briar.

Por un momento, en el comedor todo quedó en suspenso. Aquello no era lo esperado.

–Voy a la Universidad de Berkeley, en California.

Por un instante, los tres quedaron en silencio; luego su hermano se recostó en el asiento y arrojó la servilleta sobre la mesa.

–¿Quieres explicarme por qué has hecho una cosa tan descabellada?

Queenie salió de la habitación con una sonrisa y fue a llenar nuevamente de carne asada la bandeja.

–He hablado del asunto con mi tutor y con un par de profesores. Todos consideran que es una universidad excelente y que he hecho una buena elección. Por eso no voy a Radcliffe.

–Pero, ¿California? –dijo su madre con desaliento–. ¿Cómo se te ha ocurrido un sitio así? ¿Por qué quieres ir precisamente a esa universidad?

Sin embargo, aunque no quisieran admitirlo, todos conocían el motivo: Paxton quería alejarse de ellos. Había sido feliz en casa hasta la muerte de su padre. Después, ellos habían hecho muy poco para cambiar la realidad. Madre y hermano hacían su vida y cuando ocasionalmente se acercaban a Paxton era para forzarla a unirse a sus vidas, tanto si a ella le apetecía como si no. Se daba por sentado que Paxton se acomodaría a su manera de hacer las cosas, le viniera o no en gana. Para ellos, ese último aspecto tenía poca importancia. Pero ahora ella quería hacer su vida, seguir un destino que, de momento, conducía a California.

–Estoy convencida de que es lo que debo hacer –dijo muy serena, traspasando la mirada de su madre con sus ojos verdes.

No pensaba discutir con ellos, porque estaba totalmente segura de lo que hacía. Podía agradecer a su padre que hoy pudiera permitirse este lujo, porque éste le había dejado un pequeño capital para costear su educación, lo que significaba que su madre no podía amenazarla con que no le pagaría los estudios si ella se negaba a ir a la escuela que ella le hubiera elegido. Tenía libertad de elección y había ejercido ese derecho al elegir Berkeley.

–Tu padre se sentiría muy disgustado –dijo su madre fríamente, golpe bajo que Paxton acusó.

–Yo quería ir a Harvard, mamá –dijo con toda la calma que le fue posible–, pero no he podido. Estoy segura de que él entendería mi decisión.

Paxton recordaba que su padre decía que su intención había sido ir a Princeton y a Yale pero, como le habían rechazado, había tenido que conformarse con Harvard. Ella también había tenido que conformarse con Berkeley.

–Quiero decir que se sentiría muy disgustado al ver que dejabas tan bruscamente tu familia y te ibas a un sitio tan apartado.

–Volveré –dijo en voz baja, pero, pese a haber pronunciado aquellas palabras, dudaba de su sinceridad.

¿Volvería? ¿Quería volver? ¿Se moriría de ganas de volver cuando llegase a California o se enamoraría del país y desearía quedarse allí toda la vida? En ciertos aspectos, tenía unas ganas locas de marcharse, pero, en otros, sentía tener que hacerlo. Le entristecía abandonar a sus amigos, pero estaba contenta de abandonar su casa. Siempre había tenido la sensación de no encajar en ella y, aunque nunca había hecho lo que le pedía su madre, tampoco había podido hacer lo que le apetecía. Hacer lo que ellos le pedían, era exigir demasiado de ella. No podía quedarse en el Sur, no podía quedarse con ellos, no podía fingir que tenía algo en común con ellos, porque no era verdad. Tampoco podía fingir que era como ellos. Súbitamente se sentía dispuesta a admitir que era diferente y a empezar su propia vida en Berkeley.

–¿Con qué frecuencia vendrás a vernos? –le preguntó su madre en tono acusador mientras Queenie la miraba por encima del hombro.

–Creo que vendré en Navidad y, por supuesto, en verano.

Era todo lo que podía ofrecerles, todo lo que podía darles. A cambio, pedía su libertad.

–Vendré a casa siempre que pueda.

Les dedicó una sonrisa indecisa, como deseando que se alegrasen por ella, pero seguían enfurruñados.

–Y si queréis, podéis visitarme en California.

–Tu padre y yo fuimos una vez a Los Ángeles –dijo su madre con gesto de desaprobación–. Es un lugar espantoso al que no pienso volver.

–Berkeley está muy cerca de San Francisco...

Pero lo mismo habría podido decir «cerca del infierno», a juzgar por la expresión de su madre. Durante el resto de la comida guardaron absoluto silencio.

3

La mañana en que se marchaba de casa, Paxton, en la cocina, miraba a su alrededor como si algo la forzara a abandonar su hogar, sintiendo que las lágrimas se agolpaban en sus ojos y descansando la cabeza en el hombro mullido y acogedor de Queenie.

–¿Cómo podré vivir sin verte todos los días? –murmuró, volviendo a sentirse como una niña.

De pronto experimentó la misma sensación de tristeza y privación que había sentido al perder a su padre. Sabía que no la vería, que Queenie seguiría aquí y que ella ya no podría tender los brazos y tocarla.

–Estarás a gusto, ya verás –dijo Queenie, tratando de reprimir las lágrimas, porque no quería que Paxxie advirtiera su emoción–. ¡Y sé una buena chica en California! Come verdura y procura dormir mucho y lavarte una vez por semana con limón esa hermosa cabellera.

Queenie le lavaba el cabello desde que era una niña pequeña y se atribuía el mérito de que tuviera, a sus dieciocho años, el cabello tan rubio como cuando era un bebé.

–Ponte un sombrero para tomar el sol y no te quemes la piel.

Había millares de cosas que quería recomendarle, pero lo que quería decirle sobre todo era que la quería entrañablemente. La abrazó con fuerza y el calor de su corazón y de su cuerpo lo decían todo. Paxton la abrazó con igual fervor.

–¡Te quiero tanto, Queenie! Cuídate mucho, prométeme que lo harás. Si este invierno coges un resfriado, llama al médico.

Queenie se resfriaba todos los años.

–No te preocupes por mí, niña, estaré bien. Pórtate bien allá en California...

Casi no se atrevía a pronunciar aquella palabra, pese a que había sido ella quien la había animado a ir a California, quien la había empujado hacia la libertad. Por fin se separaron, Queenie con los ojos húmedos y Paxton muy pálida, con dos hilos de lágrimas en las mejillas y unos ojos que parecían más verdes que nunca.

–Te echaré mucho de menos.

–También yo –dijo Queenie restregándose los ojos con el delantal, aunque sonreía y dio unas palmaditas en el hombro de su hermosa niña.

La quería desde pequeña como a una hija y ahora, ya una mujer, todavía la quería más. Entre las dos había un vínculo que no se rompería en toda la vida y ni la distancia, ni el tiempo, ni el lugar podrían separarlas. Esto era algo que ambas sabían. Paxxie le oprimió la mano por última vez, besó sus suaves mejillas negras y salió de la cocina para despedirse de los demás.

–Te telefonearé –le murmuró al salir, mientras Queenie le hacía un guiño, y tan pronto como hubo marchado, corría escaleras abajo y se metía en su habitación para llorar en su delantal.

Le desgarraba el corazón ver que Paxton se iba, pero sabía mejor que nadie que había llegado el momento de tomar una decisión. Su vida no era la misma desde la muerte de su padre y, aunque sabía que no lo hacían con intención, el hecho es que no la trataban como correspondía. Paxton era una muchacha llena de fuego, de vida y de entusiasmo por todas las cosas, y aquel amor y pasión que ponía en todo era algo que necesitaba compartir con quienes la rodeaban. Sin embargo, el amor que Paxton desbordaba asustaba a su madre, y, en cuanto a George, ni siquiera lo advertía. George y su madre eran exactamente iguales, mientras que Paxton se parecía mucho a su padre. Queenie tenía la impresión de que había pasado dieciocho años cuidando de un raro pájaro tropical, dándole calor y protegiéndolo, alimentándolo con su propia alma, un pajarillo que ahora emprendía el vuelo y buscaba climas más benignos. Paxton ya no pertenecía a aquella casa desde hacía tiempo, y, aunque dieciocho años era una edad temprana para irse de casa, Queenie estaba convencida de que sería más feliz sin su familia. Todo un mundo nuevo la esperaba y, en cierto modo, Queenie estaba impaciente porque se produjera aquel encuentro. Sin embargo, en lo más profundo de su corazón sentía el dolor de perderla, de no poder estar ya a su lado, de no poder mirarla a los ojos como todas las tardes o besarle los cabellos de seda cuando se sentaba a desayunar por las mañanas. No obstante, era un sacrificio que hacía con gusto, porque la quería. Y al oír que se marchaban, corrió a la ventana con el tiempo justo para saludar con la mano a Paxton que, con su rubia cabellera, también la saludó desde la ventanilla del coche hasta que se perdió de vista.

Mientras el coche salía de la ciudad, camino del aeropuerto, su madre tenía un aire solemne y su hermano permanecía en silencio.

–Todavía no es demasiado tarde para cambiar de parecer –dijo su madre muy serena, lo que a su manera equivalía a decir que la echaría de menos.

–No creo que sea posible –dijo Paxton con igual serenidad, todavía pensando en la cara de Queenie en el momento de marcharse y en el calor de su pecho y la seguridad que le daban sus brazos cada vez que la abrazaba.

–Estoy segura de que el decano de Sweet Briar estaría encantado de tramitar el cambio –dijo su madre con frialdad.

Seguía considerando una afrenta personal que Paxton quisiera marcharse del Sur, como si no hubiera sido bastante insulto querer irse de Savannah.

–Si las cosas no salieran bien en California... –dijo Paxton para quedar bien, y cuando iba a tender la mano para coger la de su madre, rectificó y la retiró.

Como su madre no hacía ningún intento de acercamiento, no hubo más conversación durante el trayecto hasta el aeropuerto. Paxton sabía que su madre la creía consumida por el remordimiento pero, aunque le producía tristeza marcharse, la verdad era que se sentía muy contenta. Últimamente se había enterado de muchas cosas relativas a la universidad de California y estaba impaciente por llegar.

Paxton ya había expedido un baúl y dos bolsas de lona. Su hermano sacó del potaequipajes la única maleta que llevaba y la tendió a un mozo del aeropuerto, dio a Paxton el comprobante del equipaje y condujo a las dos mujeres hasta la puerta correspondiente, donde debían aguardar el avión que conduciría a Paxton hasta Oakland.

–Espero que haga buen tiempo –dijo su madre con voz tensa.

Paxton asintió. Miró a su madre y los ojos se le llenaron de lágrimas. Había sido una mañana muy cargada de emociones. Incluso dejar su habitación había sido motivo para lágrimas y a las seis de la mañana había permanecido unos minutos en el que fuera el estudio de su padre. Se había sentado ante su mesa e, imaginándolo delante de ella, le había explicado en voz baja, apenas audible, todo lo que ocurría.

–No he podido entrar en Harvard, papá... –aunque era un hecho que seguramente su padre ya conocía–, pero voy a Berkeley.

Esperaba que la noticia le agradase. En cierto modo sentía dejar su casa, dejar la gente y los lugares que le eran familiares, pero sabía también que, a diferencia de los demás, su padre la acompañaba allí donde fuere. Su padre formaba parte de ella, como formaba parte del cielo por la mañana y de las puestas de sol que le gustaba contemplar cuando pedía que le dejara el coche e iba sola hasta el océano. Su padre formaba parte de todo cuanto hacía y de cuanto era. Jamás la abandonaría.

Mientras esperaban el avión, se aclaró la garganta y dijo:

–Mamá, siento lo de... Sweet Briar. Quiero decir que lo lamento si para ti ha sido un disgusto.

Lo directo de las palabras tomó a su madre por sorpresa y se vio muy claramente que no sabía cómo reaccionar. Se echó atrás como apartándose de su hija, pero en realidad se apartaba de la sinceridad de la emoción, aquella intimidad que proyectaba siempre una amenaza sobre ella y que formaba parte indisoluble de la personalidad de Paxton.

–Lo siento..., quería decírtelo antes de marchar.

En una etapa muy temprana de la vida había aprendido que, tratándose de personas que importan a uno, nunca había que dejar de decir lo que se quiere decir, puesto que nunca se sabe si se volverá a tener ocasión de decirlo. Era una lección importante que había aprendido muy pronto en la vida.

–Yo... –farfulló su madre–, está bien. Quizá te irá bien, Paxton. De lo contrario, siempre puedes volver.

Aquello suponía una enorme concesión tratándose de su madre y Paxton le agradeció que hubiera querido hacérsela. Le contrariaba despedirse de su familia en términos poco amigables. Sin embargo, incluso George parecía más contento que antes cuando la despidió con un beso y le recomendó que se portase bien en California, cosa que por otra parte no ponía en duda. Aunque sabía que era un poco cabezona, también sabía que básicamente era una buena chica y, teniendo en cuenta cómo se comportaban otras chicas de su edad, había que reconocer que su hermana no había dado grandes disgustos a su madre.

Los dos la despidieron agitando la mano cuando subió al avión y ella, al ocupar su asiento, sintió que se quitaba un peso de encima y que se liberaba de ellos. Cuando el avión despegó e inició sus lentos círculos sobre Savannah, Paxton tuvo que reconocer que a la única que añoraría realmente sería a Queenie. Savannah era una ciudad que no echaría de menos, y, en cualquier caso, sabía que regresaría en Navidad. Eran muchos los amigos suyos que también se habían ido de la ciudad, la mayoría a universidades del Sur y sólo dos al Norte. Ella era la única que se dirigía a California. Se recostó en el asiento y cerró los ojos, mientras el avión emprendía el vuelo hacia el Oeste en dirección a California.

Al llegar a California no eran más que las doce, debido al cambio horario. Al bajar del avión, Paxton se encontró con un maravilloso día de sol. Dio una mirada a su alrededor y vio un aeropuerto pequeño en el que la mayoría de la gente llevaba camiseta y tejanos o camisas floreadas, mientras que muchas mujeres iban vestidas con minifalda o vestidos frescos y estampados. Todo el mundo llevaba el cabello largo. Paxton se sintió inmediatamente a gusto y en seguida se dispuso a retirar la maleta en el distribuidor de equipajes y a buscar un taxi. Experimentaba una maravillosa sensación de independencia.

El chófer la informó de todo lo que consideró que podía interesarle, desde los mejores restaurantes de los alrededores de la universidad hasta los lugares frecuentados por los estudiantes y la vida en Telegraph Avenue, e incluso le comentó que hablaba con un acento muy particular y muy de su gusto. Al llegar al recinto universitario, le indicó un conjunto de mesas en la esquina de Telegraph y Bancroft y le explicó que defendían diversas causas. En todas partes había carteles en pro de SNCC*, CORE**, símbolos pacifistas y un enorme cartel, situado muy alto, en el que podía leerse: «Mujeres Pacifistas del Campus». El solo hecho de estar allí la llenaba de entusiasmo, el solo hecho de respirar aquel aire le confirmaba que había elegido bien. Casi no podía esperar a salir y empezar a conocer gente, ver cosas y asistir a las clases.

Ya sabía dónde viviría. Antes de dejarla en la dirección correspondiente, el chófer del taxi le deseó suerte y le estrechó la mano. Aquí toda la gente se mostraba abierta y simpática y nadie parecía preocuparse de si uno era negro o blanco, rico o pobre, pertenecía a la Liga Junior o era un desgraciado, venía del Norte o del Sur, porque todas aquellas etiquetas y distinciones de las que estaba tan harta por haber crecido en Savannah y entre las amigas de su madre, para las cuales lo eran todo, veía que aquí no significaban nada, ni tampoco que el abuelo o el tatarabuelo de una hubiera peleado en la Guerra Civil o poseyera una plantación y esclavos. Aquello había sido como vivir inmersa en el pasado, un pasado que repudiaba y del que quería librarse.

La habitación que tenía asignada estaba en el segundo piso, al final de un largo pasillo. De hecho, resultó la última habitación y también un «cuadrado», es decir, dos dormitorios con una sala de estar común y con dos estudiantes en cada uno de los dormitorios. En medio de la sala de estar de uso común

* SNCC corresponde a Student Nonviolent Coordinating Committee. (*N. de la T.*)

** CORE corresponde a Congress of Racial Equality. (*N. de la T.*)

había un sofá tapizado de lana marrón con una serie de piezas multicolores cosidas encima y destinadas a disimular los estragos causados por anteriores ocupantes. Había carteles por todas partes, unos cuantos muebles bastante maltrechos y una alfombra de color naranja, además de una butaca de vinilo de color verde aguacate. Paxton se detuvo un momento a contemplar aquella habitación y tuvo que reconocer que distaba mucho de poder compararse con la serena elegancia del salón de su madre, aunque aquél era un reducido precio a pagar a cambio de la libertad.

El dormitorio que le correspondió era más pequeño y austero. Se trataba de una minúscula habitación con dos camas metálicas, una mesa, dos cómodas de cajones y una silla de respaldo recto, aparte de un armario tan pequeño que apenas cabría más que una escoba. Para que dos personas pudieran convivir en aquella habitación tenían que ser buenas amigas. Con todo, lo único que ahora le interesaba era que estaba a punto de conocer a tres personas que se convertirían en sus compañeras. Al pasar, había entrevisto tres maletas amontonadas en el otro dormitorio y, al cabo de un momento, al volver a la sala de estar, decidida a incorporarle algún detalle que la hiciera menos inhóspita, encontró en ella a una de sus compañeras. Era una muchacha muy bonita, de largas piernas y tez color café con leche, que informó inmediatamente a Paxton que era de Alabama y que se llamaba Yvonne Gilbert.

–¡Hola! –le dijo Paxton mirándola con simpatía.

Era una chica que llamaba la atención por su belleza, de ojos brillantes y vivos, negros como el azabache, y peinada en un estilo impresionantemente afro.

–Yo me llamo Paxton Andrews.

Vaciló un momento antes de decir a la muchacha de dónde procedía, si bien ésta ya parecía tener alguna referencia.

–¿De Carolina del Norte?

–De Savannah, Georgia –dijo Paxxie sonriendo, a lo que Yvonne se puso inmediatamente en guardia.

–¡Vaya, justo lo que faltaba! ¡Una sureña! ¿A qué aspiras? ¿A que volvamos a hacer la Guerra Civil? Los que se encargan de la distribución tienen bastante sentido del humor...

Parecía verdaderamente molesta, pese a lo cual Paxton continuó tomándose la situación a la ligera.

–No te preocupes, estoy de tu parte.

–Así lo espero. Me muero de ganas de saber de dónde vienen las otras. A lo mejor de Mississippi o de Tennessee. A lo mejor os da por escribir un nuevo capítulo de las *Hijas de la Guerra Civil.* Estaría muy bien. Te aseguro, encanto, que me pirra vivir con vosotras.

Hablaba arrastrando exageradamente las palabras y no se abstuvo de echar una furibunda mirada a Paxton. Luego se metió en su habitación dando un portazo, mientras Paxton se sentaba en el sofá con el alma en los pies. Pese a todo, el ambiente sería interesante y, por supuesto, diferente.

La que llegó a continuación fue una muchacha pálida y etérea, de tez lechosa y negra cabellera que le llegaba hasta la cintura, ojos azules como de porcelana y vestida con una especie de camisón transparente.

–¡Hola! –murmuró–. Me llamo Dawn.

Dawn procedía de Des Moines y su verdadero nombre era Gertrude. Le habían dado el nombre de Dawn tras un leve contacto con el LSD en el curso del último año en el instituto y ella había decidido seguir utilizando aquel nombre. Su nombre era, pues, Dawn Steinberg. Era estudiante honorífica y había tocado la viola en la orquesta local, gracias a lo cual había obtenido una beca en Stanford. Había sido destinada al otro dormitorio, por lo que abrió la puerta que Yvonne había cerrado con tanta furia, volvió a cerrarla suavemente y de aquella habitación ya no volvió a salir nadie. Como no se oían gritos ni ningún otro ruido, Paxton supuso que Yvonne Gilbert estaba satisfecha con su nueva compañera. Des Moines no tenía aquella mala fama de la que Ivonne había acusado a Savannah.

Mientras pensaba en las dos muchachas que le habían correspondido en suerte, Paxton decidió deshacer las maletas. El día anterior habían sido depositados en su habitación el baúl y las dos bolsas. Paxton decidió hacer las dos camas, ya que así la habitación resultaría más acogedora cuando llegase su compañera. Súbitamente se sorprendió porque, sin darse cuenta, estaba rezando para que su compañera no fuera negra ni malhumorada ni detestara a las mujeres de Georgia. ¡Por favor, Dios mío!, murmuró. Sabía que quizá no merecía aquel don y que quizá Dios tenía otras cosas más importantes en que ocuparse, pero deseaba ardientemente gustar a la chica que tuviera por compañera.

A las cuatro todavía no había llegado la nueva, por lo que Paxton decidió aprovisionar el pequeño frigorífico que tenían a su disposición. Antes de salir en dirección al supermercado más próximo, se paró un momento ante la puerta de la otra habitación y llamó con la mano. Tardaron bastante en contestar, hasta que al fin Dawn se acercó a la puerta y preguntó:

–¿Sí? –con un hilo de voz, como temerosa de que alguien pudiera oírla.

Aun cuando Paxxie tenía buen oído, le resultó casi imposible entender lo que Dawn le decía. Una se sentía tentada, al contestar, de hablar también en murmullo, ya que para conversar con aquella visión etérea incluso un tono normal de voz parecía demasiado alto.

–¿Queréis algo de la tienda? –preguntó Paxton, también en voz baja–. Voy a salir a comprar un poco de comida. Tengo un hambre terrible.

Súbitamente añoró la bien provista cocina de Queenie y, como para ella ya eran las siete de la tarde, tenía ganas de cenar.

–Me gustaría alguna infusión y unos limones... y miel y un poco de pan integral.

Aunque a Paxton aquellas cosas no le parecían nada apetitosas, tomó nota, decidida a hacer buenas migas con sus compañeras.

–¿E Yvonne? ¿No quiere nada? –preguntó con cierta cautela–. ¿No quiere que le compre algo?

Paxton echó una mirada en la habitación y vio que habían estado deshaciendo las maletas. Dawn había puesto unos cuantos pósters en las paredes e Yvonne tenía ropa de vestir por todas partes. También había unas mantas de vivos colores y un par de colchas de satén rosa que tenían más aire de venir de Alabama que de Des Moines, si bien habría sido difícil asegurarlo dada la confusión reinante.

–¿Quieres algo de la tienda? –preguntó Paxton directamente a Yvonne, que se aproximó a la puerta con una mirada hostil.

–Sí. Quiero a Martin Luther King. ¿Te parece que lo encontrarás, encanto?

–¡No me vengas con ésas! –le contestó Paxton, ofendida–. Das por sentadas una serie de cosas estúpidas y apenas hace dos horas que me conoces. No tienes idea de cómo soy.

Paxton no se sentía apocada en absoluto y aquellos prejuicios de la chica la indignaban.

–¿Qué cosas doy por sentadas?

Yvonne había acercado mucho su cara a la de ella, pero Paxton no retrocedió. Sabía que si no dejaba las cosas claras desde un principio con aquella chica, mejor sería desistir de ello. Por eso no quiso ceder terreno. Paxton era decidida y fuerte y tenía un valor que frenaba a cualquiera. El hecho de haber convivido con la frialdad constante de su madre le había enseñado a ser fuerte, por lo que no tenía ningún miedo de la chica negra de Alabama.

–Tú eres de Georgia, ¿verdad? Entonces, ¿qué te figuras que voy a pensar? –prosiguió Yvonne.

–Lo lógico es que me des una oportunidad, al igual que tengo que dártela yo. ¿No es eso lo que dicen los derechos civiles? Debemos juzgarnos por lo que somos, por cómo pensamos, por lo que creemos, por lo que defendemos, por lo que hacemos, no por el color de nuestra piel, es decir, no porque el color de tu piel sea negro o porque la matrícula de mi coche diga Georgia, porque a lo mejor el coche en que voy ni siquiera es mío. Podrías equivocarte de medio a medio conmigo. Quizás haya algún motivo que explique por qué no paso el tiempo sentada oliendo capullos de magnolia y tomando julepes de menta en el Sur profundo. ¿No te has detenido a pensarlo? Apuesto lo que quieras a que no. No todos los blancos del Sur son parientes de George Wallace. ¡Dame una oportunidad, por el amor de Dios! Quizá vale la pena.

Todo se reducía a esto, ¿no? Por esto había hecho sus marchas Martin Luther King.

–¡Fantástico! Entonces tráeme seis botellas de Coca-cola y un paquete de Kool.

Ni gracias, ni por favor. Se limitó a volverle la espalda y a ponerse a trastear por su cuarto. Paxton añadió el pedido a la lista sin decir palabra y salió de la habitación para intentar localizar el supermercado más próximo al campus. Pensó para sus adentros que sería interesante tratar con Yvonne. De todas maneras, la veía llena de rabia y de odio, por lo que dudaba de conseguirlo. Ya había tratado de hacerse amiga de las pocas chicas negras que había conocido en programas de participación voluntaria y en una excursión organizada por la iglesia, con gran escándalo por parte de su madre e incluso de Queenie. Su generación no estaba preparada para aquellas actitudes y la suya había molestado a Queenie incluso más que a su madre. Pero ella pensaba de manera muy diferente. Cierta vez que fue a comer con una muchacha negra que conocía sólo superficialmente, en el restaurante se negaron a servirlas; Paxton se quedó lívida. Después de entrar en tres restaurantes, al final tuvieron que desistir y compartir una bolsa de patatas fritas en un banco de Forsyth Park. Sin embargo, la chica negra lo comprendió, porque ya estaba acostumbrada, aunque le impresionó mucho la solicitud y comprensión de Paxton.

Paxton había pensado mucho tiempo en ir a una marcha, pero hasta entonces no se había atrevido, porque sabía que si la detenían, su madre la encerraría un año en casa. Y lo que es más, quedaría avergonzada delante de sus amigas. Paxton no se sentía con ánimos de hacerla pasar por aquel trance. Pero sabía que llegaría un día en que tendría que pasar por ello, un día en que tendría que afrontar aquella situación. Y por fin había llegado: se encontraba de pronto con una chica negra que la odiaba por el simple hecho de ser georgiana. De pronto, al cruzar Telegraph, se echó a reír. Lo hizo con tal ímpetu que una pareja que pasaba por su lado se volvió. Se había reído porque se le había ocurrido lo que habría dicho su madre de haber sabido que una de sus compañeras de habitación era negra. ¿Y Queenie? Paxton estaba contenta. Se haría amiga de Yvonne a cualquier precio.

Compró todo lo de la lista, caramelos para todas, un par de Coca-colas para ella, cosas para hacer bocadillos y una bolsa de donuts. Se dirigía con la bolsa a la habitación cuando, al subir las escaleras, se encontró con una muchacha pelirroja, un poco fuerte, pero atractiva, tratando de subir a rastras por las escaleras tres maletas, mientras un chico rubio, alto y muy guapo, arrastraba un enorme baúl que parecía pesar más que él.

–¿Qué demonios has metido aquí dentro, Gab? ¿Piedras o pesas de gimnasia?

–Unos cuantos libros..., nada, en realidad. Te juro que...

–¡Sí, ya! Levántalo, si puedes. Que me cuelguen si no quedo herniado después de arrastrar este baúl por toda la escuela.

El joven tenía un aire verdaderamente desesperado, por lo que Paxton trató discretamente de alcanzarlos y ofrecerse a echarles una mano, pese a que el baúl no le parecía particularmente atractivo.

–Quizá, si lo llevásemos entre los tres... –dijo vacilante, mirando a los dos, mientras ellos seguían de pie en la escalera y ella hacía juegos malabares con la bolsa del supermercado apoyada en la cadera y rezaba para no sonrojarse ante aquel muchacho tan guapo que la recorría con la mirada.

–No le hagas ningún favor, porque no se lo merece –refunfuñó el chico.

Su cara reflejaba tal fastidio que por un momento Paxton se preguntó si estarían casados, si bien algo en la semejanza de sus perfiles le indicaba que o se trataba de un curioso parecido o eran parientes.

–Te ayudo, si quieres –volvió a ofrecerse Paxton, apartándose de la cara sus largos y rubios cabellos y mirando a la sonriente pelirroja.

–Eres muy amable. Mi hermanito es un protestón y una maletita de nada lo asusta.

–¡Una maletita de nada! –exclamó el chico, y sus palabras resonaron en la escalera–. ¿Tienes idea de lo que pesa esto? Si no pesa ciento cincuenta kilos, no pesa nada. Ni los tres podremos con él.

–Podemos probar –lo tranquilizó Paxton, mientras el chico le dirigía una mirada de franco agradecimiento.

–¿Por qué no dejamos que ella se las arregle con este fregado y nos vamos a tomar una cerveza en Kips? A mí me parece mucho más agradable.

Paxton se echó a reír, pero su hermana le lanzó una mirada amenazadora que no indicaba precisamente que la idea le divirtiera mucho.

–Peter Wilson, como te vayas, te estrangulo. No olvides que llevo tus sábanas en la otra maleta y que, si no me llevas el baúl, dormirás sobre el colchón todo el año.

–Me muero de miedo.

Volvió a mirar a Paxton y, sonriente, dijo:

–¡Venga, vamos a tomarnos una cerveza y que se chinche!

Paxton se reía pero trataba de levantar, muy animosa, el otro extremo del baúl con ayuda de la pelirroja.

–¡Vamos, pedazo de bruto, agárralo por el otro lado! –le ordenó la chica y, finalmente, con un gruñido de contrariedad, el chico lo agarró y con penas y esfuerzo consiguieron subir el baúl por la escalera. Paxton pensó que el chico tenía razón y que aquel baúl pesaba una tonelada. No podía imaginar qué podía haber metido en él la pelirroja.

–¿Dónde está tu habitación?

Volvía a poner cara de fastidio y echó una ojeada al reloj como queriendo indicar que un domingo por la tarde se podían hacer cosas más interesantes que de portamaletas de su hermana.

–Todavía no lo sé.

–¡No me digas! Tal vez nos hemos equivocado de edificio...

La miró como si quisiera asesinarla, pero la chica movió afirmativamente la cabeza.

–¡Está aquí! –dijo ella hurgando en el bolso y sacando un papel.

Llevaba pantalones vaqueros, una blusa floreada y calzaba unos mocasines que parecían carísimos. Sin embargo, no exhibía ningún otro signo externo de riqueza, salvo quizás el hecho de llevar lingotes de oro en el baúl y de que todo su equipaje era de cuero.

–Aquí está –dijo, y leyó en voz alta el número de su habitación.

Paxton sonrió sorprendida. Tenía suerte, porque la cosa había salido a pedir de boca. A Paxton la chica le gustaba.

–Eres mi compañera de habitación –le anunció Paxton,

mientras el chico alto volvía a refunfuñar, se sentaba en el baúl y dirigía una mirada de simpatía a Paxton.

–¡Pobrecilla, no sabes lo que te ha caído en suerte!

Y tendió la mano a Paxton, que se la estrechó.

–Me llamo Peter Wilson.

–Y yo Paxton Andrews.

–Yo soy Gabrielle, Gabby Wilson –explicó ella con una sonrisa simpática–. ¿De dónde eres? ¡Me encanta tu acento!

–Nunca me había figurado que tenía un acento especial hasta que llegué aquí –dijo Paxxie riendo–. ¡Menos mal que te gusta! Como podrás comprobar dentro de unos minutos, una de nuestras compañeras no está precisamente encantada con mi acento.

–¡Pues que se fastidie! –dijo Gabby jovialmente, mientras Peter volvía a ponerse de pie y empezaba de nuevo a pelearse con el baúl con un aire de franca desaprobación.

–Ésa es mi hermanita, siempre tan bien hablada. ¡Venga, descarada, que si eres buena para llenar este baúl también lo serás para llevarlo! Ayúdame hasta tu habitación, que tengo una cita a las cinco y media.

–Me partes el corazón... –dijo su hermana con picardía, mientras levantaba el baúl por el otro extremo secundada por Paxton.

–Pues tú me partes la espalda, que es peor –se quejó él, aunque al momento conseguían trasladar el enorme baúl a la sala de estar y lo dejaban sobre la alfombra naranja. Enseguida fueron por las maletas–. No sé dónde demonios meterás tanta cosa –comentó, sabiendo que no había sitio para todo lo que llevaba.

–Todavía no lo tengo decidido.

Y mirando a Paxxie añadió:

–¿Quién ha decorado la salita? ¿Drácula? ¡Dios mío, pero de dónde habrán sacado todo esto! ¿Del Ejército de Salvación?

–De la basura –dijo Peter–. Acostumbran a sacarlo de allí.

Gabby lo miró y movió la cabeza como queriendo indicar que no tenía remedio, mientras Paxton le dedicaba una sonrisa sin dejar por ello de ayudar a Gabby a trasladar una de sus enormes maletas. Paxton también se preguntaba dónde metería todo aquello después de haber visto el minúsculo armario que tenían en la habitación. Era una pregunta muy interesante.

–¿Terminas este año? –le preguntó Paxxie.

–No, terminé el año pasado, me licencié en junio, pero ahora voy a empezar derecho. Los dos últimos años he vivido fuera del recinto universitario. Gracias a Dios, la cría esa no ha puesto a mis padres al corriente del asunto. ¡Si lo hace, la mato!

Volvían a estar en la puerta de la salita y daba la impresión de que el muchacho se disponía a marcharse y de que estaba encantado de hacerlo.

–Muy bien, es todo tuyo –dijo echando una ojeada a la montaña de maletas amontonadas en medio de la habitación, tomando un donut de la bolsa de Paxton y saludando con la mano antes de escaparse.

Gabby miró con una sonrisa a Paxton.

–Gracias por tu ayuda y perdón por mi hermano –dijo, tan pronto como éste hubo desaparecido–. ¡Es incorregible! Pero la verdad es que le quiero mucho. A él no se lo diría ni loca, pero a ti sí. ¡Es un mal bicho! Si hasta me pegaba..., bueno, lo intentaba.

Era evidente que estaban muy unidos y Paxton, por un momento, sintió envidia de ellos. Entre ella y George nunca había habido una relación tan cariñosa y cordial. De todos modos, había que reconocer que su hermano era diez años mayor que Peter y que no tenía ni pizca de sentido del humor.

La conversación atrajo a las otras dos chicas. Mientras Paxton y Gabby tomaban donuts con Coca-Cola, Dawn e Yvonne salieron de su habitación y se quedaron contemplando, atónitas, la montaña de maletas de Gabby.

–¡Dios mío!, ¿de dónde ha salido todo esto? –dijo Yvonne, con cara de inmensa irritación–. ¿Me has traído el paquete de Kool? –preguntó a Paxton.

–Sí –dijo Paxton tendiéndoselo, al tiempo que ella le daba el importe exacto.

La chica no quería regalos de Savannah. Dawn procedió a abrir el resto de paquetes, apenas Paxton les hubo presentado a

Gabby. Yvonne la miraba con suspicacia mientras fumaba un cigarrillo, como dispuesta a preguntarle de dónde venía.

–Soy de San Francisco, la verdad es que no me he aventurado muy lejos de casa –dijo Gabby como disculpándose, mientras se encogía de hombros–, pero esto me encanta. Hace cuatro años que lo conozco porque venía a visitar a mi hermano, y tengo todos mis amigos aquí, por lo menos los que estudian.

Las miró entusiasmada.

–Veréis cómo os gusta.

Yvonne dirigió una rápida mirada a Paxton, que parecía indicar que no estaba tan segura, e incluso Dawn parecía no sentirse demasiado entusiasta.

–Yo no tenía ganas de estudiar, pero mis padres se han empeñado y aquí me tenéis.

Su padre era profesor de lengua inglesa.

–¿Vosotras teníais ganas de estudiar?

Gabby estaba interesada en las cosas de todas y daba la impresión de ser una chica abierta, tratable y feliz.

–No –dijo Dawn moviendo la cabeza con sonrisa triste–, yo quería casarme e irme a la India a estudiar religiones orientales.

–Yo quiero ir a la facultad de derecho –confesó Yvonne, que seguía fumando y se servía de un viejo cenicero de plástico, medio quemado y de un tono verde oliva–, pero me queda mucho camino por recorrer. Tengo una beca y estoy obligada a sacar buenas notas; de lo contrario me enviarán a Alabama en menos tiempo que tardo en decirlo. Y tú, Savannah, ¿qué?

A Paxton no le hizo ninguna gracia que la llamara de aquella manera, pero decidió dejarlo pasar.

–Quiero ser periodista –dijo sonriendo–, así escribiré y haré que tengas otra opinión del Sur.

Yvonne se sonrió contra su voluntad y encendió otro cigarrillo tan pronto como apagó el primero. Era una chica nerviosa, pero también muy bonita, y Paxton se preguntó si alguna vez habría hecho de modelo.

–Yo no sé qué quiero ser –les confesó Gabby–, lo único que quiero es pasarlo bien y estar en la universidad hasta que me case.

–¿Tienes novio? –le preguntó Dawn mirándola esperanzada y buscando en ella una afinidad, pero Gabby negó tristemente con la cabeza.

–Todavía no, aún no lo he encontrado, pero lo busco.

Paxton e Yvonne se echaron a reír, y Paxton pensó que habría muchos chicos que se lanzarían de cabeza detrás de Yvonne y de Gabby.

–Pues aquí tendrás dónde escoger –le dijo Yvonne animándola–. Al venir he visto montones de chicos guapos.

–Yo también –confesó Paxton con sonrisa tímida.

Había visto unos cuantos al ir a la tienda, aunque el más atractivo era el hermano de Gabby, sobre todo porque era un poco mayor que los demás. Suponía, sin embargo, que la mayoría de estudiantes de derecho no se ponían a tiro con las novatas, por lo que quedó doblemente sorprendida cuando, al cabo de unas horas, volvió a aparecer el hermano de Gabby. Dawn ya se había acostado e Yvonne estaba leyendo en el sofá, vestida con una insinuante bata, cuando de pronto irrumpió Peter, acompañado de un amigo y cargado con un paquete de seis botellas. Al ver que Paxton salía de la otra habitación, le tendió una botella de cerveza con una tímida sonrisa.

–Hemos venido por si necesitáis ayuda.

Paxton se quedó sorprendida de verlo y Gabby todavía más.

–¿Qué haces aquí? –le preguntó con aire desconfiado–. Sabes que no te abonaré ningún cheque.

Se volvió a Paxton con aire confidencial.

–Siempre me tima con cheques falsos. ¡Nunca le abones ninguno!

De pronto vio al amigo, que esperaba junto a la puerta.

–¡Hola, Sandy! Pasa, ninguna está desnuda.

–¡Vaya, qué lástima! –dijo, sonrojándose.

Peter, por su parte, se conducía con gran naturalidad y no paraba de trasladar la mirada de Yvonne a Paxton.

–La vedad es que esperábamos que lo estuvierais. ¿Alguien quiere una cerveza?

Hasta Yvonne le sonrió mientras ofrecía un cigarrillo a Sandy y los dos chicos se acomodaban, uno en el suelo y el otro en la silla. Gabby y Paxton se sentaron en el baúl de la primera, que habían decidido utilizar como mesilla auxiliar. Sandy también estudiaba derecho y era uno de los siete amigos que compartían con Peter una casa en Ellsworth. Al parecer, era una casa muy acogedora y cómoda, aunque en ella reinaba el más absoluto desorden.

–Alguna vez os invitaremos a cenar –dijo Peter muy animado–, pero primero hay que buscar un tanque para despejar la cocina. Me parece que en el horno todavía hay una pizza del año pasado, pero no me atrevo a investigarlo.

Sonrió mientras se terminaba la cerveza.

–¿Y tú qué? –dijo mirando a Paxton con una intensidad que la sorprendió–. ¿Sabes cocinar?

–Puedo probar –dijo con timidez.

–¿Sabes preparar una sémola? –preguntó Yvonne con repentino interés, aunque Paxton sospechó que volvía a tenderle una trampa–. ¿O unas chuletas? ¿O empanadillas?

Paxton decidió decir la verdad y confesó que en su casa cocinaba Queenie, no ella.

–Lo máximo que hago es freír un bistec, pero sé hacer tortillas y tortas de patata.

–Lo suficiente –dijo Peter tranquilamente–. Quizás una noche encontremos un sitio para preparar una cena. O quizá será más fácil salir por ahí e ir a cenar.

Tal vez recordaba malas experiencias. En la habitación se produjo un momento de silencio mientras Yvonne los observaba interesada. Sandy, por su parte, la miraba como deslumbrado, con gran contrariedad por parte de Gabby, a quien siempre le había gustado aquel chico. Era evidente que las cosas estaban poniéndose interesantes muy pronto y que todo sucedía con gran rapidez. Aunque acababan de llegar, Paxton veía asomar buenos augurios en el horizonte.

Los chicos todavía se quedaron un rato y después se marcharon. Tenían que encontrarse con unos amigos en Kips. Apenas se fueron, Paxton tuvo que admitir que estaba cansada. Para ella eran las dos de la madrugada y de pronto se daba cuenta de que acusaba la hora.

–Cuando el hermano de Gabby estaba aquí no estabas cansada –la pinchó Yvonne–. A mí me ha parecido que estabas muy a gusto.

–Pues a mí me ha parecido que tú estabas muy a gusto con Sandy –le devolvió la pelota Paxton.

Esta vez las dos se echaron a reír. Yvonne se quedó leyendo en el sofá cuando Gabby y Paxton fueron a su habitación para desnudarse y ponerse el camisón.

–Parece increíble –le djo Gabby unos minutos más tarde, al pasarse el camisón por la cabeza–. Mi hermano siempre detesta a mis amigas. No recuerdo ni una sola amiga mía que le haya gustado... y de repente se presenta aquí para charlar un rato cargado con seis botellas de cerveza. Casi no me lo creo –clavó los ojos en Paxton con aire desorientado–. Ahora lo entiendo. ¡Has sido tú! Eres la primera amiga mía que le gusta. ¡Es la mar de raro!

–Ha sido la curiosidad. No se volverá a repetir. Encontrará chicas mucho más interesantes en la facultad de derecho.

–Lo dudo –dijo Gabby, que también parecía estar favorablemente impresionada por ella.

Paxton era una chica guapa de verdad y una de sus mejores cualidades era que parecía ignorarlo. Era tranquila, simpática y, cuando hablabas un poco con ella, te dabas cuenta de que también era divertida. A Gabby, además, le gustaba muchísimo su acento. Aparte de ello, en Paxton había otras cosas que no se descubrían a simple vista: inteligencia, comprensión, belleza interior. Gabby sabía por experiencia que su hermano no tenía un pelo de tonto y que había sabido descubrir sus dotes, quizás excepcionales.

–Volverá, ya lo verás –y mientras se acomodaba en la estrecha e incómoda cama, Gabby refunfuñó pensando en voz alta–. Quizá este año vea a mi hermano más que nunca. No sé si me gustará o no.

–Créeme, ya verás como la semana que viene ya se ha olvidado de nosotras. Salvo de Yvonne quizá –y después añadió con un murmullo–: Es guapísima, ¿no crees? Es una maravilla de chica.

–Sí, pero está hecha un mal bicho –murmuró Gabby.

–No lo creo –dijo Paxton defendiéndola–, está tirante conmigo porque soy de Georgia.

–No sé –dijo Gabby después de pensarlo–, pero a mí me

parece un hueso duro de roer y no me agradaría caerle mal.

–A lo mejor todo se reduce a que la vida la ha maltratado. Los negros no lo pasan muy bien en Alabama. De hecho, lo pasan mal en todas partes salvo aquí. Quizá le sobren razones para ser como es.

Gabby se encogió de hombros, sin que parecieran preocuparle demasiado las razones, y se quedó mirando a Paxton.

–¿Qué te parece Dawn?

–Creo que está atemorizada. ¡La pobre! Seguro que le sienta fatal tener que vivir aquí.

–Se pasa la vida durmiendo.

Aquella tarde había hecho dos siestas.

–Puede tener alguna enfermedad..., narcolepsia o una de esas enfermedades exóticas.

Gabby la miró expectante y Paxton se echó a reír: acababa de descubrir que su compañera de habitación le gustaba. Gabby Wilson era una chica alegre y divertida y Paxton no podía pensar en alguien mejor para compartir la habitación.

–Mejor será que durmamos un poco –le susurró Paxton finalmente.

Aunque Paxton se caía de sueño, bastante después de medianoche Gabby seguía charlando sin parar, como si todavía tuviera cuerda para varias horas. Pero Paxton ya no podía permanecer despierta por más tiempo.

–Mañana tenemos que informarnos y yo tengo que entrevistarme con mi tutor y seleccionar las asignaturas.

–No te preocupes, sólo tienes que elegir las más fáciles. Ya has trabajado bastante en la escuela...

Paxton no pudo por menos de reírse ante el consejo.

–No te excedas en el trabajo mientras estés aquí, Paxton. Aquí hemos venido a pasarlo bien, no lo olvides.

Gabby lo decía en serio, porque ella había ido a Berkeley para pasarlo bien.

–No lo olvidaré –dijo Paxton, mientras se sumía en un profundo sueño. Soñó con Queenie, con una muchacha negra hermosísima y con un bello príncipe que se empeñaba en ofrecerle una cerveza, mientras contemplaba a distancia a su propio hermano bailando con una pelirroja...

4

Tanto Paxton como Gabby hicieron exactamente lo que habían ido a hacer en Berkeley. Gabby escogió las asignaturas más fáciles y se las arregló para salir todas las noches. Estaba divirtiéndose como nunca en su vida, aunque de momento todavía no había encontrado marido. Paxton, por su parte, eligió las asignaturas más difíciles, centrándose especialmente en las relacionadas con periodismo o redacción. También había escogido una clase de economía política, tan difícil que la tenía aterrada, además de física, matemáticas y español. Su tutor se había opuesto a todo, salvo al español y a las matemáticas, pero Paxton hacía un buen papel en todas las clases salvo en física, si bien ésta era una de las asignaturas obligatorias que había que pasar según un criterio de apto o no apto. Estaba encantada con todo lo que hacía y todavía le quedaba tiempo para salir de cuando en cuando con Gabby y sus amigos, en cuya compañía lo pasaba bastante bien. Se trataba de un grupo de gente divertida, encantada de participar en todo. Dos estaban involucrados en CORE y había varios que se dedicaban a recoger fondos para SNCC, causas ambas que interesaban a Paxxie por ser beneficiosas para los negros del Sur. Una noche conoció a Mario Savio, el líder del Movimiento por la Libertad de Expresión. Gabby parecía conocer a todo el mundo y, aunque se codeaba con gente que defendía una causa, también frecuentaba la compañía de algunos que lo único que pretendían era relacionarse y pasarlo bien, lo que también era agradable para Paxton.

En el segundo mes de sus estudios, Paxton ya había tenido varios choques con Yvonne Gilbert. La muchacha negra parecía decidida a no concederle la más mínima oportunidad en nada y siempre intentaba responsabilizarla de todo lo que no salía como ella quería. Esta actitud comenzaba a molestar seriamente a Paxton, puesto que se trataba de un perjuicio a la inversa y le costaba mucho dominarse.

No era de extrañar, dada su llamativa apariencia, que Yvonne hubiera encontrado un amigo la segunda semana de su llegada a la universidad. Era una de las figuras del equipo de fútbol: un negro alto y guapo, oriundo de Texas. Debido a su relación con él y a su propia personalidad, también ella se había convertido en una de las figuras populares de la universidad. Todos los chicos le hacían la corte, aunque ella parecía seriamente interesada en Deke y, además, había dejado bien claro a varios de sus admiradores que no le interesaban lo más mínimo los chicos blancos.

Aunque asistía a la misma clase de física de Paxton, nunca hablaba con ella. De hecho, rara vez se hablaban, a menos que se encontrasen en la salita común de sus habitaciones y se vieran obligadas a ello, y en esos casos nunca en términos amistosos.

Dawn, por su parte, hacía su vida. Dormía gran parte del tiempo y Paxton se preguntaba si iba realmente a clase.

–Si sigue por este camino, nunca hará nada –le había dicho Paxton a Gabby en varias ocasiones, aunque consideraba que no era asunto de su incumbencia.

Pero Gabby ya tenía bastante con sus problemas, pues de momento lo estaba pasando muy bien saliendo con dos compañeros de su hermano, de la facultad de derecho. Sus predicciones, por otra parte, habían resultado ciertas, ya que veía a su hermano mucho más que hasta entonces y, aunque se quejaba constantemente de ello, en realidad estaba encantada. La cosa había empezado con la visita periódica de su hermano, que aparecía muy a menudo para ver cómo estaba o para traerle alguna cosa, por ejemplo, botellines de algún refresco, una pizza, una tarta o una botella de vino barato. No obstante, Gabby sabía muy bien que aquellas visitas no eran por ella sino que quien le interesaba realmente era Paxton. Su hermano y Paxton se pasaban horas enteras charlando en aquel desvencijado sofá o a veces en el suelo, hablando hasta altas horas de la noche, tomando café, cerveza o Coca-Cola y opinando acerca de las cosas en las que creían. Parecían estar de acuerdo en todo y rara vez disentían en nada, lo que en ocasiones asustaba a Paxton, al comprobar lo iguales que eran y hasta qué punto eran compatibles en toda una serie de cosas. Era como si el destino los hubiera llevado a conocerse y a convertirse en amigos. Sin embargo, esto al principio preocupaba a Paxton porque ella, a diferencia de Gabby, no había ido a Berkeley para encontrar marido, sino para aprender y convertirse en alguien. Aspiraba a llegar a ser una gran periodista, por lo menos trabajar de firme, viajar por el mundo y escribir sobre lo que viera. Quería ir a Europa, a África y a Oriente. Incluso había pensado en pasar un año en el Cuerpo de Paz. Lo último que quería era enamorarse, echar raíces, casarse, mudarse a un barrio elegante y tener hijos. Cuando se lo dijo a Peter, éste se echó a reír. Hasta en el aspecto exterior se parecían, cosa que les decía mucha gente, pues en realidad parecían más hermanos que Peter y Gabby.

–¿Quieres decir que te parezco uno de esos que aspiran a casarse e irse a vivir a un barrio elegante? ¡Por favor, no me insultes!

Pero esto se lo decía sentado en la salita a las dos de la madrugada. Gabby acababa de llegar de una de sus salidas, Dawn hacía varias horas que dormía y, en cuanto a Yvonne, las más de las veces dormía en el apartamento de Deke, fuera del recinto universitario.

–¿He oído la palabra matrimonio? –dijo Gabby, llevándose la mano a la oreja con aire burlón y parándose un momento antes de entrar en la habitación.

–No, no la has oído –se apresuró a contestar Paxton.

Paxton llevaba unos pantalones tejanos y una camiseta y estaba tumbada en el suelo al lado de Peter. Le encantaba estar cerca de él, le gustaba lo que pensaba, su personalidad, las cosas que defendía. Con eso le bastaba y en realidad no quería enamorarse de él, por lo menos de momento. Ahora no podía.

–Tu amiga acaba de insultarme –informó Peter a su hermana, pero al decirlo acarició los dorados cabellos de Paxxie y sonrió a aquellos ojos verdes de los que se estaba enamorando–. Parece que me considera un tipo chapado a la antigua... o algo peor.

–No es verdad –dijo Paxton sentándose y echándose a reír–. Lo único que he dicho es que no quiero casarme, vivir en un barrio elegante y tener hijos, porque primero quiero ver mundo.

–¿Y yo no? –dijo él, que parecía sentirse todavía ofendido.

–Él también quiere ver mundo –dijo Gabby dirigiéndose a Paxton–: Montecarlo, Cap d'Antibes, París, Londres, Acapulco, St. Moritz..., en fin, todos los sitios donde se pasan penalidades.

Los tres se echaron a reír.

–¿Cómo os figuráis que soy? –les preguntó Peter a las dos–. ¿Me creéis un holgazán?

Su hermana, que lo conocía bien, replicó negando con la cabeza:

–No, simplemente un niño mimado. Como yo.

Gabby sonrió con benevolecia mientras su hermano le arrojaba una lata vacía de Coca-Cola.

–Está bien, tienes razón. ¿Crees que a ti o a mí podía ocurrírsenos afiliarnos al Cuerpo de Paz, como se le ha ocurrido a Paxxie? Sólo de pensarlo siento escalofríos. La verdad, no te veo cavando trincheras ni construyendo retretes, ¿tú sí? –le preguntó Gabby francamente, mientras él negaba con la cabeza.

–¿Por qué crees que voy a la facultad de derecho? –le dijo Peter para pincharla, pese a que en el fondo decía la verdad.

Se licenciaría en derecho a los veinticinco años y, con un poco de suerte, evitaría que lo reclutasen hasta que hubiera cumplido los veintiséis y ya no fuera posible porque se habría librado. Le encantaba la posibilidad de postergar el alistamiento que le ofrecían los estudios de leyes. No tenía el más mínimo deseo de sumarse a la acción política que se estaba desarrollando en Vietnam. No hacía más de dos meses que, después del incidente del golfo de Tonquín, la aviación estadounidense había bombardeado Vietnam por primera vez, tras actuar durante años en el país como asesores.

–Si queréis que os diga la verdad, no me veo en Vietnam ni en otro lugar parecido. ¿Qué te empuja a incorporarte al Cuerpo de Paz, Pax?

–Todavía no estoy segura de si me incorporaré o no, pero lo que querría es cambiar de vida –dijo, muy seria, mientras Gabby volvía a dejarlos solos–. Estoy harta de ver que la gente sólo piensa en sí misma y no se preocupa lo más mínimo de los demás. Yo no quiero ser así. Mi padre era un hombre que se preocupaba por los demás. Estoy convencida de que, si hubiera tenido oportunidad y no se hubiera casado, habría hecho alguna cosa de este tipo.

–Debió de ser un hombre estupendo –dijo Peter con voz suave al observar que el rostro de Paxton se dulcificaba al evocar a su padre.

–Lo era.

Paxxie sentía un nudo en la garganta mientras hablaba.

–Yo lo quería mucho y mi vida cambió completamente cuando él murió.

–¿Por qué?

La voz de Peter era dulce, porque ya había muchas cosas de Paxton que amaba, pese a que a veces sentía miedo, al igual que la chica.

–Mi madre y yo somos muy diferentes.

No quería añadir nada más, por lo menos de momento, ya que no correspondía. Hubiera sido demasiado duro decir que siempre había pensado que su madre no la quería.

–¿Por eso piensas en el Cuerpo de Paz? ¿Para escapar de ella?

–No –dijo Paxton con una sonrisa–, pero Berkeley me ha servido para eso.

Era muy sincera con él, los dos lo eran mutuamente, porque ésa era la manera de ser de ambos.

–Me alegro, pues –dijo Peter, mientras sus labios rozaban los de ella y se quedaban tumbados en el suelo, apoyados en los codos, uno muy cerca del otro.

–Yo también –murmuró la chica.

Peter la abrazó y comenzó a besarla hasta que de pronto Gabby abrió la puerta del dormitorio y se quedó mirándolos con gran interés.

–¿Pensáis acostaros juntos o por separado? ¿O pensáis quedaros aquí acariciándoos toda la noche? A mí me da lo mismo, lo único que quiero saber es si tengo que esperar a Pax o ya puedo meterme en la cama.

Peter refunfuñó un poco mientras Paxton se echaba a reír y se apartaba de él, con el cabello revuelto y las mejillas arreboladas a consecuencia de los besos.

–¿Nadie te ha dicho nunca que eres un plomo, Gabrielle?

Peter sabía que a su hermana le molestaba mucho que la llamaran por su nombre y a él le encantaba hacerlo cuando quería molestarla.

–¡Mira que es mala suerte el enamorarse de la compañera de habitación de mi hermanita!

Se levantó y tendió una mano a Paxton.

–Mejor que te vayas a dormir, nena. Si esa charlatana te lo permite, claro. No entiendo cómo la soportas.

–Cuando estoy cansada me quedo dormida y listos.

–Seguro que hoy empezará a hablar y no parará.

Los tres se echaron a reír, porque era verdad. Peter dio las buenas noches a Paxton con un beso y se marchó. En seguida Gabby comenzó a agobiarla a preguntas.

–Así que va en serio, ¿eh?

–¡No seas tonta! Sólo hace seis semanas que nos conocemos y tenemos toda la vida por delante. A él le faltan tres años para terminar derecho y a mí cuatro para el diploma. ¿Cómo quieres que vaya en serio?

Pero en el fondo de su corazón sabía que, efectivamente, iba en serio, aunque no quisiera admitirlo delante de Gabby ni incluso delante de sí misma.

–Tú no le conoces, pero te aseguro que nunca lo había visto de esa manera. Te digo que le importas de verdad. Me parece que se ha enamorado de ti –y después, con un mirada escrutadora y seria, añadió–: ¿Te ha dicho que te quiere?

–¡Por el amor de Dios! ¡Claro que no!

No hacía falta que se lo dijera, porque Paxton lo sabía.

Gaby estaba en lo cierto. Tampoco Paxton había sentido nunca cosa parecida. ¡Lástima que hubiera ocurrido tan aprisa y tan pronto! De momento, encontrar el hombre de sus sueños era lo último que Paxton deseaba.

–¡Mira que es mala suerte! –se quejó Gabby mientras se metían en la cama–. Yo quiero encontrar marido y tú no, y ¿qué ocurre? Pues que tú encuentras a Peter, que se muere por tus huesos y no espera otra cosa que formalizar el compromiso, y yo ¿qué encuentro? Sólo algún desgraciado de cabellos desgreñados, empeñado en ir conmigo al Tibet este verano siempre que le pague el billete de avión. ¡Las hay con suerte!

–¡Es cosa de Karma! –dijo Paxton con una sonrisa pícara mientras se metía a oscuras en la cama.

–¿Quién es Karma? ¿El tipo aquel del movimiento por la libertad de expresión que hablaba de Bancroft?

–No, es lo que menciona siempre Dawn: Karma, el destino, el kismet.

–Deben de ser píldoras para dormir. ¿No la oíste ayer? Estaba mal de veras. Ésa se está muriendo...

–Quizás está embarazada –dijo Paxton con aire dubitativo.

–¿Pero cómo quieres que la embaracen? ¡Si siempre está durmiendo!

Se echaron a reír. Luego se dieron la vuelta y se dispusieron a dormir. De momento Gabby había dicho todo lo que quería decir y por la mañana tenía clase de música contemporánea. Además, tenía mucho trabajo, porque sólo faltaba un día para Halloween y quería preparar el vestido que llevaría. Iría vestida de calabaza con una tela de lamé de oro.

Fue también el día en que el vietcong atacó la base de Bien Hoa, a unos veintidós kilómetros al norte de Saigón, la primera instalación militar estadounidense que fue alcanzada por el enemigo.

Murieron cinco soldados norteamericanos y hubo veintiséis heridos. Johnson no ordenó un ataque en represalia. Quería proceder con calma, sobre todo porque sólo faltaban cuatro días para las elecciones. Goldwater prometía un bombardeo de todos los demonios a fin de terminar nuestra intervención en Vietnam machacando el norte, en tanto que Johnson prometía que nuestra participación no aumentaría, cosa que todo el mundo quería oír. Johnson salió vencedor por aplastante mayoría el 3 de noviembre. La amenaza de Goldwater al insistir en que nuestro compromiso en Vietnam iba a ser mayor obtuvo su respuesta.

La semana siguiente Peter preguntó a Paxton qué pensaba hacer el día de Acción de Gracias.

–No gran cosa. Mi casa está muy lejos y los días de fiesta son pocos.

Muy lejos y muy caro, a pesar de que el día de Acción de Gracias sin el pato de Queenie no sería un verdadero día de Acción de Gracias. Paxton procuraba no pensarlo y tenía intención de pasar el día estudiando para el examen de física y, si le apetecía, tomar un bocadillo de pavo en la cafetería.

–Estaba pensando que tal vez te gustaría venir a casa con nosotros. Se lo dije a mi madre la semana pasada y ella estará encantada, en caso de que aceptes la habitación de los invitados. Será un descanso para ti no tener que pasarte la noche escuchando a Gabby –dijo Peter.

–Quizá la eche de menos –dijo Paxton llena de timidez–. ¿Estás seguro de que no molestaré?

–¡Por supuesto! Ya sabes cómo es el día de Acción de Gracias: la gente se reúne para comer a más y mejor y para ver fútbol en la tele. Mi padre y yo veremos un partido el sábado y me gustaría mucho que nos acompañases. Quizás el viernes podríamos ir en coche hasta la playa de Stinson.

–Me encantaría –dijo Paxton con una sonrisa.

Gabby le había hablado vagamente del plan unos días atrás, pero después se había olvidado completamente de darle más detalles. A Paxton le pareció maravilloso pasar el día de acción de Gracias en compañía de sus amigos. Todavía no conocía a sus padres, pero por lo que sabía acerca de ellos estaba segura de que le agradarían. Sin embargo, aquel viaje la atemorizaba un poco, pues la proximidad con Peter sería mayor. Pero no había forma de evitarlo. La mayoría de las veces salían con amigos y únicamente habían salido solos en contadas ocasiones, aunque incluso en medio de una multitud la mutua atracción que sentían era tan fuerte que resultaba imposible resistirse a ella.

Peter se lo comunicó a Gabby aquella tarde y ésta irrumpió llena de alegría en la salita donde Paxton estaba estudiando, con lo que le dio un susto.

–¡Pat, he sabido que vienes a casa el día de Acción de Gracias! ¡Es fantástico! –le dijo alegremente.

Aquella tarde había hablado con su madre y Marjorie Wilson quería saber más cosas acerca de su compañera de cuarto y enterarse de si Peter estaba interesado en ella seriamente. Había encontrado extraño que fuera él y no Gabby quien llamara para preguntar si podían invitar a Paxton.

–Te gustará mucho, mamá.

–Seguro que sí.

Ya le gustaba por anticipado después de todo lo que Gabby le había contado sobre ella. Madre e hija estaban muy unidas y, a juzgar por lo que Gabby decía de ella, era evidente que quería mucho a su madre. Al parecer, Marjorie Wilson ocupaba su tiempo en obras y actividades sociales y en partidas de bridge, como la madre de Paxton, pero, a diferencia de Beatrice Andrews, quería de veras a sus hijos. Paxton no conocía exactamente la profesión del padre, pero daba por sentado que era un hombre de negocios.

Peter las recogió a última hora de la tarde del miércoles. Como de costumbre, Gabby iba cargada de maletas, mientras que Paxton sólo llevaba una. Llevaba un vestido azul marino de corte muy formal y su abrigo gris de invierno, y calzaba los únicos zapatos de tacón que había llevado, unos sencillos zapatos negros. Estaba muy guapa y tenía aspecto de chica formal, con su peinado que le recogía el cabello en una cola de caballo, sujeta con una cinta azul marino de satén, y sus minúsculas perlas victorianas, que habían pertenecido a su abuela, como pendientes.

–Pareces Alicia en el País de las Maravillas –dijo Peter con una sonrisa, mientras Paxton subía a su destartalado Ford.

Peter le había mencionado que quería comprarse un Mustang último modelo, pero de momento no tenía suficiente dinero ahorrado. Su padre le había ofrecido como regalo de graduación un coche o un viaje, y él había optado por dos meses en Europa, donde había visitado Escocia, Inglaterra y

Francia y, aunque eso había supuesto seguir circulando con el mismo trasto de su época estudiantil, no lo lamentaba.

–¿Debí ponerme más elegante? –preguntó Paxton, muy nerviosa, a Gabby.

Tenía un vestido negro de terciopelo, pero lo reservaba para el día de Acción de Gracias.

–Estás estupenda. A él no le hagas caso.

Gabby llevaba una minifalda de terciopelo rojo y un suéter negro, zapatos rojos de tacones altos y los cabellos rubios alborotados alrededor de la cabeza en un peinado a lo Shirley Temple.

–Mi madre llevará un traje negro liso y un collar de perlas, y mi padre unos pantalones a cuadros y una chaqueta de pana. Son sus uniformes.

Paxton se echó a reír nerviosamente e hizo votos para no convertirse en una molestia, especialmente con Peter. De pronto parecía que todo cobraba importancia, lo cual también la asustaba. Era la primera vez que alguien la llevaba a su casa para presentarla como posible novia. Ésta era la impresión que tenía ahora.

Cruzaron el puente de la bahía a toda velocidad y siguieron hacia el oeste en dirección a Broadway, pasaron por Carol Doda y por todos los bares de topless y, luego del túnel de Broadway y Van Ness, comenzaron a circular por delante de las fastuosas casas de Broadway. Paxton estaba impresionada y muy nerviosa. Habían llegado. Peter paró con un chirrido de los frenos, Gabby saltó del coche y llamó al timbre. Un momento después se encontraban en el enorme vestíbulo de una espaciosa casa de ladrillo, delante de los padres de Peter, vestidos exactamente como predijera Gabby, dándoles la bienvenida. La madre era baja, de cabellos pelirrojos algo descoloridos, recogidos en un moño liso, y ojos verdes y vivos que no se diferenciaban mucho de los de Paxton. El padre era alto y delgado, igual que su hijo, con unos cabellos que en otro tiempo debieron de ser rubios y ahora era blancos como la nieve y con un aire de aristocrático buen humor. La madre era realmente afectuosa, y al abrazar a Gabby, lo hizo con verdadera cordialidad.

Encargó a Gabby que mostrara su habitación a Paxton.

Luego se reunieron todos en la planta baja, en una elegante habitación-biblioteca con las paredes revestidas de madera y los estantes repletos de libros antiguos encuadernados en piel, mobiliario antiguo y tapizado, una alfombra oriental y una chimenea con un reconfortante fuego. Era una de esas habitaciones cuya descripción sólo se encuentra en los libros. Paxton ignoraba que fueran tan ricos. De pronto volvió a sentirse incómoda a causa de su vestido, aunque nadie parecía fijarse en su ropa. Suponía que su madre se habría permitido hacer algún comentario acerca de la minifalda de Gabby; en cambio Marjorie Wilson parecía encontrarla divertida. Hablaron todos animadamente de la fiesta a la que Gabby había asistido la semana anterior y del chico que había conocido en ella, un «partido serio», su expresión favorita para designar al chico con que le agradaría casarse. Paxton oyó que Peter, al otro lado de la habitación, preguntaba a su padre qué decían los periódicos.

–Cosas interesantes desde los últimos acontecimientos de Vietnam. Es posible que el ataque de Bien Hoa modifique un poco la situación, tanto si Johnson lo quiere como si no. No podemos quedarnos a la expectativa y seguir cruzados de brazos.

Peter no tenía muchas ganas de opinar porque sabía que su padre era un acérrimo defensor de Goldwater, aunque era un punto que no acostumbraba comentar con su hijo.

–No creo que sea lo acertado. Lo mejor sería salir de allí por piernas antes de que sea demasiado tarde, como les ocurrió a los franceses –dijo Peter sombríamente a su padre.

–Nosotros somos más listos que los franceses, hijo –repuso su padre con una sonrisa–. No podemos dejar que los comunistas se adueñen del mundo, ¿no te parece?

Aquélla era una conversación interminable que venían sosteniendo desde hacía años y en la que cada uno exponía su punto de vista, irreconciliable con el del otro. Peter consideraba que el ejército de los Estados Unidos no tenía nada que hacer en Vietnam pero, como la mayoría de su generación, su padre opinaba lo contrario y pensaba que podían pegarles una patada en el trasero, darles una lección, hacerles incluso un favor y salir de allí sin grandes daños. Sin embargo, la pregunta era siempre la misma: ¿qué era un gran daño?

Se acercaron a las mujeres para conversar y Paxton quedó agradablemente sorpendida al ver lo mucho que Peter se parecía a su padre. Tenía su mismo fuego, el mismo amor a la vida, su misma mirada vivaracha, aquellos ojos azules que tanto le gustaban en Peter, sus mismas maneras afectuosas. Era una familia cariñosa y vital. Paxton se encontró a sus anchas durante la cena, mucho más a gusto que en compañía de su propia familia en Savannah. Se dio cuenta de que hablaban constantemente del periódico de la mañana y, a mitad de la cena, comprendió que el padre de Peter trabajaba en el periódico. Después, cuando comenzaron a hablar de lo que haría Peter el verano siguiente, todavía descubrió algo más, algo que la dejó estupefacta: Peter hablaba de trabajar para periódicos corresponsales en otra parte del país y, al prestar atención, Paxton lo entendió todo, incluso por qué el padre de Peter apoyaba secretamente a Goldwater. Aunque el *Morning Sun* se había puesto oficialmente a favor de Johnson y el periódico había sido siempre declaradamente demócrata, su propietario no lo era. Y el propietario era el padre de Peter y de Gabby. De hecho, la familia Wilson era propietaria del periódico desde hacía más de cien años y, cuando Paxton lo dedujo, se echó a reír ante la mirada desconcertada de Peter. Éste acababa de decir que no estaba seguro de querer trabajar para un periódico el próximo verano, sino que pensaba presentarse voluntario a un programa legal que iba a desarrollarse en Mississippi o trabajar para Martin Luther King, especialmente desde que le había sido concedido el primo Nobel de la Paz en octubre. Por eso reía Paxton.

–¿Qué encuentras tan divertido?

Peter estaba sorprendido, pues Paxton acostumbraba a tomarse las cosas en serio y él sabía que ella compartía sus puntos de vista sobre la mayoría de cosas, especialmente en relación con aquélla.

–Nada, lo siento, lo que pasa es que he comprendido algo que desconocía. Me figuraba que si hablaban tanto del *Morning Sun* era porque el señor Wilson trabajaba en ese periódico. Hasta ahora no he comprendido que usted... que... –estaba un poco azorada.

Peter sonrió mientras su padre se echaba a reír.

–No te preocupes, Paxton. De niño pequeño, Peter solía decir a su amigos que vendía periódicos en Mission Street. Por lo menos ahora me parece que su humildad no llega hasta tal punto. ¿O quizá sí? ¿Era eso lo que te había dicho, Paxton?

–No –dijo ella, moviendo la cabeza y riéndose, mientras Gabby sonreía.

Ella tampoco había dado nunca explicaciones a Paxton, porque no eran de los que gustan de presumir delante de los amigos. Paxton comprendió por qué: aunque vivían con absoluta solvencia, no alardeaban de ricos. Era aquella riqueza de abolengo y discreción que habría impresionado a buen seguro a su madre.

–La verdad es que ninguno de los dos lo mencionó y a mí tampoco me interesaba indagar.

–No lo considero un detalle importante –explicó Peter con sencillez, sabiendo que le gustaba a Paxton por lo que era en realidad y no por lo que poseía su padre.

Y Paxton se apresuró a corroborárselo.

–No lo es, pero es interesante. Por lo menos posibilita conversaciones inteligentes cuando estáis en casa. En la mía sólo hablamos de quién se ha casado, quién se ha comprado una nueva casa y cuál de los pacientes de mi hermano se está muriendo.

–¿Tu padre también es médico? –le preguntó Marjorie Wilson con una simpática sonrisa.

–No –dijo Paxton en voz baja, sintiendo una gran tristeza en su interior, porque le habría gustado tener padre, como Gabby y Peter–. Mi padre era abogado y murió hace siete años, al estrellarse su avión.

–Lo siento –dijo la madre de Gabby con voz contenida.

–También yo.

Estar con ellos era una experiencia muy especial y todo transcurría felizmente y con normalidad. Aquella noche jugaron al dominó y estuvieron bromeando y riendo. Peter, sentado delante de la chimenea, habló largo rato sobre política con su padre, conversación en la que admitieron a Paxton. Volvieron a hablar de Vietnam, de Diem, de la posición de Johnson frente a los rusos desde el reciente golpe de Estado que había acabado con Kruschev. Paxton sintió que admiraba profundamente a Edward Wilson. Era un hombre inteligente y razonable y juzgaba las cosas con gran perspectiva, cosa que inspiraba a Paxton un gran respeto pese a no compartir sus opiniones en la cuestión del Vietnam. Hablaron de las realidades de la integración en el Sur, de Martin Luther King, de los últimos acontecimientos y de la inquietud estudiantil en Berkeley. El Movimiento por la Libertad de Expresión se había extralimitado en los últimos días y la Junta de Regentes estaba adoptando una posición radical, negándose a negociar con los estudiantes, postura que apoyaba el padre de Peter y también la propia Paxton, aunque la actitud no gozaba de simpatías en el ambiente universitario. Resultó que el director Kerr era amigo del padre de Peter y que había hablado con él aquella misma mañana.

–No está dispuesto a someterse a los caprichos de esos muchachos, hay demasiado en juego. Si cede, perderá completamente el control de la universidad.

Peter disentía de su padre en este aspecto y hablaron del asunto mucho rato. Paxton encontraba aquella conversación muy positiva e interesante. Le encantaba tener ocasión de hablar con gente inteligente de cosas como aquéllas, gente que tenía conciencia de lo que ocurría en el mundo. En Savannah muchas veces se sentía aislada del mundo real, inmersa en el Sur y en su desesperada lucha para aferrarse al pasado y a un tipo de vida que discurría por cauces muy secundarios... Así se lo dijo a Ed Wilson.

–Pero tenéis un periódico estupendo. W. S. Morris y yo somos viejos amigos.

–Espero trabajar para él o, mejor dicho, para su periódico el próximo verano. Quiero dedicarme al periodismo y lo haré a partir del año que viene.

Peter sonrió con orgullo y le tomó la mano, gesto que no pasó inadvertido a su padre. Ed Wilson no hizo ningún comentario a su hijo, pero sí a su esposa por la noche, cuando estaban en su dormitorio.

–Me parece que tu hijo está seriamente enamorado, cariño –dijo mirando tiernamente a su mujer.

Quería tanto a sus hijos que se preguntaba si le costaría

mucho aceptar que se enamorasen, se casasen y tuvieran vida propia, totalmente ajena a la de sus padres.

–Algo me dice que está enamorado en serio de esa chica.

–Yo también tengo esa impresión –dijo su esposa, pensativa, sentándose ante el tocador y cepillándose el pelo, en otro tiempo pelirrojo–. Pero ¿sabes una cosa? La chica me gusta. A primera vista parece muy sencilla, pero no tiene nada de superficial. Está seriamente interesada en Peter y se ve en seguida que es una muchacha decente, directa y muy sincera.

–Y muy joven para casarse –añadió su marido–. Sería absurdo que, a los dieciocho años, pensase en el matrimonio.

–No creo que lo piense. Yo diría que espera hacer muchas cosas en la vida y creo que incluso es más sensata que Peter.

–Eso espero –dijo él con un suspiro, inclinándose hacia su esposa, besándola en el cuello y dedicándole una tierna sonrisa–. Todavía no estoy preparado para tener nietos.

–Ni yo –dijo ella echándose a reír–, pero esto mejor será que se lo digas a Gabby.

–¡Oh, no! ¡No me digas que esta semana ha vuelto a encontrar el verdadero amor! ¿Debo preocuparme o, el martes que viene, borrón y cuenta nueva?

–Mucho antes. Gracias a Dios, todavía nadie la toma en serio. ¡Me va a matar!

–¿De veras? –dijo él, volviendo junto a Marjorie, vestido con el pijama que encargaba dos veces al año en Londres, tomando el cepillo que ella tenía en la mano y dejándolo sobre el tocador–. Te quiero, ¿lo sabes?

Su mujer asintió con un gesto y, sin decir palabra, lo abrazó y le besó. Después apagó las luces, se metió en la cama y dejó que su marido la rodeara con los brazos. Era un matrimonio feliz, con una vida que significaba mucho para ellos y una familia a la que querían entrañablemente.

Esto se hizo patente al día siguiente, cuando se reunieron para celebrar el día de Acción de Gracias. Paxton se puso su vestido de terciopelo negro y Gabby un traje blanco Chanel que su madre le había comprado el año anterior en París. De pronto parecía mucho más adulta que antes y a Paxton le recordó a Jackie Kennedy y los tiempos en que ésta dictaba la moda. Ed Wilson, al bendecir la mesa, tenía un aire solemne y distinguido. Paxton captó una sonrisa de connivencia entre él y la madre de Gabby en la que se podían leer muchas cosas.

Dieron cuenta de una copiosa cena que los dejó francamente satisfechos y Paxton tuvo que admitir que casi podía rivalizar con los banquetes de Queenie. Puso a los Wilson al corriente de las comidas del día de Acción de Gracias en Savannah y habló con manifiesto cariño de la mujer que la había criado. Por la tarde les visitaron amigos de la familia y Paxton quedó impresionada al comprobar que uno de ellos era el gobernador de California. Se habló de la manifestación que se celebraría aquella tarde en Berkeley, dirigida por Mario Savio y demás miembros del Movimiento por la Libertad de Expresión. Al parecer, cantaría Joan Baez y habría un millar de estudiantes que se proponían protestar contra la postura de la universidad frente a la libertad de expresión y contra su decisión de no permitir que ellos ni los representantes de otras causas se sirvieran del recinto de la universidad para recaudar fondos y distribuir folletos propagandísticos de sus actividades. La universidad alegaba que se bloqueaba la circulación y que los folletos de propaganda ensuciaban el recinto universitario. Al final la universidad había llegado a un acuerdo y había autorizado que los estudiantes utilizasen el mismo espacio de siempre, pero sin incitar a la acción. A Paxton aquello le parecía una tempestad en un vaso de agua, pero los ánimos estaban soliviantados, se había puesto en tela de juicio las libertades y parecía llegado el momento de una lucha de voluntades y de una explosión importante. Al llegar la noche, los estudiantes detenidos eran casi ochocientos. A Paxton le entusiasmaba estar en casa de los Wilson, donde todos los miembros de la familia eran conscientes de lo que ocurría en el mundo y donde se estaba en estrecho contacto con gente de acción y de poder.

Al día siguiente el noticiero de la televisión les ofreció las manifestaciones. Debido a las circunstancias, Paxton y Peter no pudieron ir a Stinson. El sábado Paxton fue a ver un partido de fútbol con Peter y su padre, mientras Gabby iba de compras con su madre. Paxton telefoneó a su madre el día de Acción de Gracias y habló con ella, con George y con Queenie. Parecían estar muy bien y ella, por su parte, les aseguró que estaba pasándolo maravillosamente, aunque la verdad es que Queenie fue la única que pareció interesada por ello. Queenie le contó que aquel año no había hecho el pastel de frutas tradicional porque no estaba ella para saborearlo.

Paxton lo pasó muy bien en el campo de fútbol y, al terminar el fin de semana, se sentía muy unida a todos ellos. Le pareció ser un miembro más de la familia cuando se despidió y agradeció aquel maravilloso día de Acción de Gracias compartido con ellos. Había sido el mejor desde hacía muchos años, el mejor desde que había muerto su padre. De regreso a Berkeley, con los ojos radiantes de felicidad, también dio las gracias a Peter y a Gabby.

En la universidad todavía había señales de los desórdenes ocurridos. Había policías antidisturbios por todas partes en previsión de una reanudación de las manifestaciones. Aquella noche Paxton tuvo una desagradable sorpresa al enterarse de que Yvonne y Deke habían participado en una de ellas y les habían detenido. Por fin les soltaron, pero Yvonne tenía visibles magulladuras en los brazos, producidas cuando los agentes la arrastraron al furgón de los detenidos.

–Ha sido de lo más sórdido –dijo con expresión sombría–. ¿Dónde habéis estado todo el fin de semana? –preguntó a Gabby y a Paxton con aire acusador, mientras Peter iba por las maletas al coche.

–En San Francisco –se apresuró a contestar Gabby, que no se sentía inclinada a dar más explicaciones ni tenía intención de sentir remordimientos por no haber sido detenida–. No es preciso que te lleven a la cárcel para demostrar que hay cosas que te importan, Yvonne. El hecho de tener cardenales en los brazos no prueba nada. Si quieres saber la verdad, me importa muy poco dónde se distribuyan esos malditos folletos.

Era la primera vez que atacaba a Yvonne, pero ya estaba cansada de sus equívocas observaciones y veladas acusaciones.

–¿Y qué es lo que no te importa poco? –Yvonne le devolvió la pelota, mientras Peter y Paxton escuchaban.

–Quizá lo mismo que a ti. Me importan los negros, me importa el Vietnam, me importa la gente de buena voluntad y que sabe disfrutar de la vida, pero no quiero que me arrastren el trasero por la calle y me metan en un furgón de la policía para demostrarlo.

–Entonces no se enterará nadie. No puedes quedarte sentada en tu saloncito limándote las uñas y pensando que ya se enterará alguien, porque no es verdad. En el Sur no hubo nadie que se enterara hasta que empezaron a disparar contra la gente, a matarla y a detenerla.

–Entonces, ¿por qué estás aquí y no en el Sur? –le replicó, rápida, Gabby.

–Porque ya estoy hasta las narices, porque estoy harta de viajar en la plataforma trasera del autobús, guapa, como he tenido que hacerlo toda mi vida, y pienso quedarme aquí hasta que pueda volver y comenzar a pegar patadas en el culo a los que viajan delante para ver si se enteran.

–Estupendo, pero a mí no me des la lata mientras estés aquí, porque estaré ocupada en mis asuntos.

–De todos modos, me marcho el mes que viene –le soltó abruptamente Yvonne, como hastiada, sin saber con seguridad si había sido derrotada por Gabby o no.

Quizá habría debido marcharse al Sur, o quizá habría debido ir a Birmingham para luchar contra los seguidores de Wallace, en lugar de quedarse en Berkeley, pero se sentía contenta de haber conseguido la beca y poder estar en Berkeley.

–¿Te vas a vivir con Deke? –le preguntó Gabby, con curiosidad.

Estaba harta de Yvonne y de sus constantes deseos de buscar camorra. Era tan obcecada que a menudo perdía la noción de la realidad y no veía las cosas tal como eran, aunque Paxton, que conocía el Sur, no estaba muy segura de que Yvonne tuviera toda la culpa.

Yvonne negó con un movimiento de la cabeza.

–No, no me voy con...

De pronto pareció azorada, como si considerase que había ido demasiado lejos, como si comprendiera que había descargado su indignación sobre ellas sin que, en realidad, se lo merecieran.

–No me voy a vivir con Deke. Me voy a vivir con amigos fuera del recinto universitario.

Paxton estaba convencida de que se iría a vivir, por elección propia, con gente como ella, todavía con un rencor excesivo para disfrutar de la integración que finalmente habían conseguido, pero con la cual aún no sabían qué hacer.

–¡Es magnífico! –dijo Paxxie, con voz tranquila–. Espero que estés a gusto con ellos.

–¿Y tu habitación, qué? –dijo Gabby, yendo al grano y sin que pareciera que las palabras de Yvonne la hubieran impresionado demasiado.

–Supongo que encontraréis fácilmente a alguien para ocupar mi puesto.

Mientras hablaban, apareció de pronto Dawn, vestida con su camisón.

–También yo me voy –dijo con vacilación–, bueno, quiero decir que también dejo la habitación.

Las miró a todas como disculpándose, pero contenta, con una sonrisa en el rostro.

–Vuelvo a casa.

–¿Abandonas los estudios? –dijo Gabby, estupefacta.

No le cabía en la cabeza que alguien quisiera dejar las clases con lo bien que una podía pasárselo. De todos modos, había que admitir que Dawn no había hecho otra cosa que dormir durante los tres meses que llevaba en la universidad.

–Me caso, me parece. En Navidad. Voy a...

Enrojeció como la grana y las miró fijamente a todas. Eran las únicas amigas que tenía en Berkeley. Apenas había ido a una sola clase desde su llegada.

–Voy a tener un niño en abril.

Las tres chicas la contemplaron atónitas, aunque luego Paxton comprendió lo tontas que habían sido. Dawn tenía todos los síntomas que mencionan los libros, pese a lo cual bromeaban cuando decían que debía de estar embarazada.

–Dave y yo nos iremos al Nepal tan pronto como nazca el niño. Queremos ver a nuestro guru.

–¡Fantástico! –dijo Gabby, maravillada aún, al tiempo que Peter se apartaba de las chicas para que no vieran su sonrisa–. ¡De veras que es fantástico, Dawn!

Cuando las otras dos fueron a su cuarto, Gabby se volvió hacia Paxton con expresión irritada.

–¡Pues vaya gracia! ¿Qué haremos ahora con su habitación? ¡Como la universidad la adjudique a otras estudiantes! ¡Vete a saber a quién nos meterán ahí dentro! No sé de nadie que quiera cambiarse de cuarto a medio curso. ¿Y tú?

–¿Por qué no hacemos un cambio? –dijo Paxton con aire pensativo–. Conozco dos parejas de chicas que tienen dos habitaciones dobles y están buscando una suite para cuatro. Podríamos cederles las nuestra y mudarnos nosotras a una doble.

–O podríais transformar la otra habitación en armario. O veniros a vivir conmigo –dijo Peter.

Peter miró a Paxton esperanzado. Los dos se habían portado muy bien durante el fin de semana en casa de sus padres. Aunque él se había sentido tentado de visitar a Paxton en su habitación y tratar de seducirla, se había reprimido. Sabía que a la chica no le habría gustado una cosa así estando en casa de sus padres y, por otra parte, Gabby le había dicho que Paxton todavía era virgen. Peter lo meditó y se preguntó si Paxton estaría dispuesta a ir con él a alguna parte, pero de momento no había tenido ocasión de preguntárselo y no le importaba aguantar hasta que se presentara la ocasión oportuna. Peter quería unirse a Paxton para siempre.

–En serio que no es tan mala idea –dijo Peter, dirigiéndose a las dos, antes de marcharse–. Quizá el año que viene podremos alquilar una casa para los tres fuera del recinto universitario.

La idea les pareció bien a los tres, pese a que el año que viene se les antojaba un plazo muy lejano y Paxton se preguntaba si para entonces seguiría gustando a Peter. En un año podían cambiar muchas cosas. Era extraordinario ver cuántas cosas ya habían cambiado en aquellos tres meses: ella y Gabby se habían hecho amigas, Peter y ella se habían enamorado, habían perdido dos de sus compañeras de habitación y una de ellas iba a tener un hijo. Al comentarlo aquella noche cuando ella y Gabby se metieron en la cama, las dos se sorprendieron. Las semanas que siguieron hasta las vacaciones de Navidad pasaron volando. Después de Navidad Peter fue a esquiar con unos amigos y Gabby de viaje a Puerto Vallarta, en México, con sus padres. Peter le preguntó a Paxton si quería ir a esquiar con él, pero ella le dijo que no le parecía correcto dejar a su familia después de Navidad para volver inmediatamente a California, y éste lo entendió.

Peter la llevó en coche al aeropuerto el día veintiuno y, mientras se despedían en la puerta de embarque y hablaban alegremente de Navidad, de pronto Peter la miró a los ojos y le heló el corazón cuando, con aire de persona adulta que hizo que más que él pareciera su padre quien le hablaba, le dijo:

–Esto no puede salir bien, ¿sabes?

Estaban casi en Navidad y Peter le estaba diciendo que lo suyo había terminado.

–¿Cómo? ¿Qué dices?...

Paxton no pudo mirarlo porque se sintió destrozada. Se resistía a mirarlo aunque él, poniéndole el dedo debajo de la barbilla, la forzaba a levantar la cara. Paxton tenía los ojos velados por las lágrimas.

–No entiendes lo que te quiero decir, ¿verdad, Paxton?

También él tenía los ojos húmedos y, cuando ella lo miró llena de desesperación, Peter continuó:

–Yo no puedo seguir de esta manera, fingiendo que sólo somos buenos amigos y que lo nuestro es una aventura sin consecuencias. Estoy enamorado de ti, Pax. Nunca he querido a nadie como te quiero a ti y quiero casarme contigo. Lo único que tienes que hacer es decirme cuándo: mañana, la semana que viene, dentro de diez años. Tú quieres unirte al Cuerpo de Paz, quieres ir a África, a la luna, y a mí me parece muy bien. Te esperaré. Te quiero.

La voz le temblaba y también los labios y la apretó con tal fuerza contra su pecho que la dejó sin aliento. Esta vez, al besarlo, Paxton se le entregó completamente. Ahora ella tampoco podía seguir jugando con él porque sabía lo mucho que le quería.

–Peter, ¿qué vamos a hacer?

Ahora la muchacha sonreía a través de las lágrimas y él también le respondía con una sonrisa. Al tenerla en sus brazos, al sentirla en ellos, al besarla, había sabido que también ella lo amaba.

–Todavía me quedan tres años y medio de estudios. Tengo que terminarlos –dijo Paxton.

–Pues esperaremos. Seguro que llegará el momento en que podamos formalizar nuestra relación. Lo único que me interesa es que me quieras.

Los ojos de Peter se clavaron en los de Paxton y la muchacha asintió con la cabeza.

–Te quiero, te quiero tanto... –dijo en voz baja, y Peter la abrazó y la besó dulcemente.

–Me entristece mucho no poder estar contigo en Navidad –murmuró él, dejando que la voz se perdiera entre los cabellos de la chica–, ¿quieres que tome un avión y vaya a verte a Savannah después de Navidad?

Paxton lo quería, pero no se atrevía a pedírselo. Si su madre se enteraba de que tenía novio formal a los dieciocho años y que, encima, el novio era de California, se pondría frenética.

–No, todavía es muy pronto. En casa no lo entenderían.

–Entonces, vuelve pronto.

Estaban anunciando por última vez la salida de su avión y ya todos los pasajeros habían subido a bordo.

–Tengo que marcharme. Te llamaré desde casa.

Desde casa... ¿Dónde estaba ahora su casa?

–¡Te quiero!

Pero, ¿qué pasaría si él la olvidaba durante las vacaciones? ¿Qué pasaría si encontraba a otra? ¿Si conocía a otra chica mientras estaba esquiando? Todas estas dudas se leían en su rostro al separarse de Peter, por lo que éste se echó a reír.

–¡No te preocupes, tontita! Te quiero. No lo olvides: un día te llamarás Paxton Wilson.

Le dio un último beso apresurado y Paxton corrió en dirección al avión, agitando la mano en señal de despedida y gritándole que le amaba.

5

La llegada a Savannah fue de lo más extraño. Hacía frío y estaba oscuro, ya era muy tarde. El avión sufrió un retraso durante el camino y, como resultado de la diferencia horaria, al llegar a su casa era acasi la medianoche. Su hermano fue a recogerla al aeropuerto, pero su madre se había acostado porque tenía un resfriado y padecía un fuerte dolor de cabeza. Queenie, en cambio, la estaba esperando con chocolate caliente y galletas de avena, las favoritas de Paxton, recién sacadas del horno. Se abrazaron sin decir palabra y Paxton anheló encontrarse a solas con su vieja amiga para hacerla partícipe de su felicidad. En el avión había pensado constantemente en Peter y ahora apenas podía esperar para contárselo. George, sin embargo, parecía querer quedarse hasta el último momento, como si se hubiera impuesto el deber de aguardar a que su hermana terminara el chocolate. George le contó las novedades de la gente de la ciudad y le comunicó que a su madre le habían dado un premio por su colaboración en las Hijas de la Guerra Civil. Paxton fingió que la noticia la entusiasmaba, aunque seguía mirando a Queenie con una sonrisa, como queriendo decirle con los ojos lo mucho que la quería.

Por fin subió escaleras arriba y se fue a la cama, George se marchó a su casa y ella permaneció pensando en Peter y procurando sentirse a gusto en su casa. Sin embargo, ya nada era lo mismo que antes, nada le parecía acogedor y cálido y no podía hacer otra cosa que pensar en Peter y en California. Le costó horas dormirse y, hasta que lo consiguió, sintió una gran soledad al no poder escuchar a Gabby.

Por la mañana, las cosas todavía fueron peores. Mientras desayunaba con su madre, se sintió una extraña. La felicitó por la distinción que había recibido y, después de una fría inclinación de cabeza de su madre, se sumieron en un embarazoso silencio. Daba la impresión de que no tenían nada que decirse, a pesar de que Paxton se esforzaba en encontrar algún tema de conversación relacionado con las clases. Su madre no le hizo ninguna pregunta respecto a sus compañeras de habitación, por lo que habría estado fuera de lugar que ella hubiera mencionado a Peter. Se enteró de que George tenía una «nueva amiga» y de que la conocería aquella noche a la hora de cenar, a pesar de que George no le había dicho una sola palabra acerca del asunto cuando la recogió en el aeropuerto. Una vez más, Paxton reflexionó en torno a lo diferente que era su familia de los Wilson y no pudo dejar de pensar en que la situación habría sido otra de haber vivido su padre, porque con su presencia habría calentado un poco los corazones y habría conseguido que todos fueran un poco más humanos.

Por la tarde pudo estar a solas con Queenie en la cocina y entonces le contó de Gabby, de Peter y de los Wilson.

–Supongo que no habrás hecho nada de lo que debas arrepentirte, ¿verdad, niña? –le preguntó Queenie con aire severo.

Paxton contestó moviendo negativamente la cabeza, aunque habría debido confesar que la idea había cruzado por su cabeza y que, ahora que admitía que la relación iba en serio, lo más razonable era esperar que tarde o temprano ocurriría «alguna cosa». Sin embargo, al contestar a Queenie, le había dicho la verdad, sabiendo al mismo tiempo que ciertas cosas no las compartiría con nadie, ni siquiera con Queenie.

–No, Queenie, pero es un chico estupendo. ¡Te encantará!

Volvió a hablarle de él mientras la anciana la miraba con ternura y seguía con ojos despiertos sus explicaciones en torno al chico de California del que Paxton se había enamorado.

–¿Te gusta el lugar? ¿Eres feliz?

–Sí, soy feliz. El lugar es maravilloso, ¡y tan emocionante!

Le habló de las clases, de la gente que había conocido, de

las cosas que había visto y, a través de sus descripciones, Queenie tuvo la impresión de que lo veía todo. Después, en tono de conspiración, Paxton le preguntó cómo era la nueva amiga de George.

–Ya la verás –dijo la anciana con una sonrisa–, porque esta vez me parece que la cosa va en serio.

Paxton advirtió que aquella chica no era del gusto de Queenie.

–¿Por qué lo piensas?

Paxton estaba intrigada, pero Queenie se limitó a soltar una carcajada. Al cabo de dos horas, Paxton tuvo ocasión de ver con sus propios ojos por qué Queenie no situaba a la muchacha a gran altura. La nueva amiga de George, Allison, era una reproducción exacta de su madre. Llevaba el mismo peinado, tenía el mismo aire frío, sus mismas maneras remilgadas y propias de una señora sureña, con la única salvedad de que todavía era mucho más reprimida que su madre. Todo en ella era tan tenso que daba la impresión de que podía romperse en cualquier momento. George, sin embargo, se encontraba perfectamente cómodo con ella. Estaba acostumbrado a aquel tipo de mujer, a pesar de que en su juventud, aun siendo como era, le habían gustado mujeres más ligeras. Paxton la observó durante toda la cena y advirtió que sus labios estaban tan tirantes que a duras penas podía hablar, cosa que no la inhibía a la hora de expresar sus opiniones. Finalmente, después de la cena, Paxton pudo irrumpir en la cocina y, a solas con Queenie, tuvo ocasión de manifestar su parecer.

–¡Dios mío, qué tiesa y tozuda! No entiendo cómo George la aguanta.

Sin embargo, aquella chica compendiaba para George todo lo que representaba la perfecta sureña. Por algo había sido perfectamente educado por su madre.

–¿Y mamá? ¿Cómo la encuentra?

Paxton sentía curiosidad en este punto, pero Queenie se limitó a encogerse de hombros.

–No sé, tu madre no me cuenta nada.

–Debe de ser como mirarse en el espejo, aunque tal vez no se da cuenta.

El resto del día fue increíblemente aburrido para Paxton, como lo fue el resto del viaje. En vísperas de Navidad fueron a la iglesia y la mañana de Navidad volvieron a ir. Vio a algunas de sus amigas y le sorprendió que dos de ellas, que habían optado por no ir a la universidad, se casaban y que otra, que se había casado al terminar la secundaria en junio, ya estaba embarazada. En este aspecto se sentía demasiado joven para afrontar responsabilidades como aquéllas, especialmente la de embarcarse plenamente en la vida adulta con marido e hijos. Todo aquello hizo que volviera a pensar en Peter, ya que ahora todo la conducía a él. Peter la llamaba muy a menudo, pero como la mayoría de las veces levantaba ella misma el auricular, nadie se daba cuenta de la frecuencia de las llamadas. Su madre hizo alusión al hecho un sola vez y fue para decir que encontraba curioso que un chico de California llamara a Savannah y que esperaba que no se tratase de alguna cosa desagradable. «Una cosa desagradable» significaba un compromiso con un chico que no era de Savannah (Georgia).

Paxton pasó por la oficina del periódico local y como no había querido aprovechar el ofrecimiento que le había hecho el señor Wilson con respecto a allanarle el camino de entrada, se las arregló para que la contrataran para un trabajo de verano, de junio a agosto, durante las vacaciones de Berkeley. Aunque era algo previsto, todo lo que la apartaba de Peter la deprimía profundamente. Esto la preocupaba, porque no quería sentirse totalmente dependiente de él, y eran muchas las cosas que quería hacer en su vida para cumplir las promesas que se había hecho. Peter, pese a todo, le había prometido que la esperaría y ella sabía que sería así. En las diversas ocasiones que la había llamado a Savannah, durante las vacaciones de Navidad, le había renovado repetidamente aquella promesa.

Paxton había anunciado que se marcharía el día anterior a la víspera de Año Nuevo y su madre estaba tan absorta en George, Allison y en sus propias amigas, que no pareció dar mucha importancia a la decisión. La chica dijo que quería pasar la víspera de Año Nuevo con sus amigas de la universidad y, aunque su madre consideró que no era «amable por su parte» haberlo decidido así, de hecho pareció aceptarlo. George volvió a acompañarla al aeropuerto, después de que Paxton pasara una agradable mañana con Queenie en la paz de la cocina. Ésta ya había superado el resfriado bronquítico que la afectaba todos los años y Paxton le hizo prometer que se haría ver por el médico.

La madre de Paxton tenía que ir a la peluquería antes de su marcha, por lo que ya se habían despedido a primera hora de la mañana. Cuando ya se preparaba para decir adiós a George, Paxton le dijo que diera recuerdos a Allison, si bien la familiaridad con que lo dijo pareció molestar a su hermano.

–Vais en serio, ¿verdad? –no pudo abstenerse de preguntar Paxton dada la intimidad del momento.

Intimidad, sin embargo, era una palabra detestada por su hermano.

–No tengo la más mínima idea de lo que significa eso –respondió en tono glacial, mientras ella no reprimía una espontánea carcajada.

Acababa de cumplir treinta y tres años y, muy en su papel, se mostró bastante contrariado.

–No me parece una pregunta propia de una señorita, Paxton.

Paxton recordó el trato tan natural que existía entre Peter y Gabby y la entristeció comprobar que su propia vida era muy diferente de la vida de su hermano y que la relación que mantenía con él, pese a ser su único hermano, era tensa y envarada.

–Creo que le gustas, George, y me parece que ella también gusta a mamá.

Eran las únicas verdades que podía decir, puesto que no quería mentir diciendo que a ella le gustaba Allison.

–Estoy seguro –contestó George con cierta tristeza, como si hubiera preferido que su hermana no hiciera aquella observación.

–Cuídate mucho –le dijo Paxton aproximándose a él y besándole en la mejilla y, sin añadir nada más, tomó la bolsa y se dirigió al avión despidiéndose con un afectuoso gesto de la mano.

Peter había hecho mucho por ella, y Paxton ya no podía resignarse a seguir el juego de su familia, aquel juego hecho de sentimientos glaciales, de represión constante, de interminables comidas en absoluto silencio. George, mientras la contemplaba pensó qué sería de su hermana y de su vida en California.

Esta vez, al bajar del avión en San Francisco, Paxton no llegó a pisar el suelo. Peter la estaba esperando y, al verla, la tomó en brazos, apretó los labios contra los suyos y la abrazó con fuerza mientras los dos reían, se besaban y la gente pasaba por su lado mirándolos con una sonrisa. Era agradable ver a unos jóvenes tan enamorados, reconfortaba el corazón y hacía que la gente se acordara de sentimientos que había experimentado alguna vez.

–¡Dios mío, cuánto te he echado de menos! –dijo con fervor mientras la dejaba en el suelo y se iban, tomados del brazo, a buscar el equipaje–. No podía aguantar ni un minuto más.

–Ni yo –le aseguró ella.

–¿Qué tal Savannah?

–¡Espantoso!

Le contó lo de George y Allison, lo de su trabajo de verano, así como todo lo que le había dicho Queenie sobre la familia y, no sin tristeza, también le refirió lo distante y fría que había encontrado a su madre.

–Me parece que sigue sintiéndose traicionada porque he venido a Berkeley. Esto se une al hecho de que ella siempre ha sido así aunque ahora lo comprendo mejor porque he tenido ocasión de conocer algo diferente.

Se estaba refiriendo a la familia Wilson.

–No importa, nena, ahora me tienes a mí.

Era agradable oír aquello y la verdad es que le llegó al corazón. Pese a todo, en su corazón seguía habiendo un pequeño rincón que se resistía a confiar plenamente en él. ¿Y si cambiaba y se marchaba de su lado y se enamoraba de otra?... Hacía mucho tiempo que había aprendido que es peligroso amar a una persona por encima de todo, había aprendido aquella lección cuando el hombre al que amaba con todo su corazón, el hombre que lo era todo para ella, había desaparecido de pronto al estrellarse el avión en que viajaba.

–¿Qué hacemos esta noche? –le preguntó Paxton, radiante

de felicidad, mientras se dirigían al aparcamiento en busca del destartalado coche de Peter.

A ella le importaba muy poco lo que pudieran hacer con tal de poder estar juntos. Nunca en su vida se había sentido tan feliz. Tal vez sus amigas de Savannah tenían razón y estar casada y tener hijos era lo único que contaba en realidad. Paxton también contó aquello a Peter y agregó que lo encontraba muy extraño, lo cual confirmó al chico que ella todavía no estaba preparada para dar aquel paso. Peter la comprendía, y ella sintió que nunca lo había amado tanto como en aquel momento, cuando se sentaron en su viejo coche y estuvieron besándose hasta que comenzaron a enturbiárseles los pensamientos.

–¿Qué hacemos esta noche?

Peter trató de centrarse, mientras Paxton se reía a carcajadas.

–Esa noche quería llevarte a Tahoe y pasar allí el fin de semana, pero hay una tempestad y han cerrado el paso de Donner. Tendremos que esperar a mañana por la mañana y ver si lo abren. ¿Quieres que vayamos a cenar y después al cine?

–Sí, muy bien.

Se dirigieron a la ciudad sin que ella supiera todavía si pasaría aquella noche en su habitación de la universidad o en la habitación de invitados de la residencia de los Wilson. Los padres de Peter y Gabby seguían de viaje y los criados estaban de vacaciones, pero Peter insistió en que no había razón para que no se quedaran en su casa.

–¿Crees que nos portaremos bien? –le preguntó Paxton sinceramente, indecisa al respecto.

–¿Quieres que me porte bien? –le preguntó Peter abrazándola dulcemente.

–Ya no estoy segura de lo que quiero, Peter. Sigo pensando que también tendríamos que esperar en lo que se refiere a esto, pero después veo lo que hacen mis amigas y pienso que soy una estúpida.

–No mires lo que hacen tus amigas –le dijo él con voz suave–, mírate a ti y mírame a mí. Yo haré lo que quieras, Paxxie.

Paxton le sonrió, agradecida.

–Dormiré en la habitación de los invitados.

No quería estar sola en su dormitorio de la universidad, ya que lo que quería de verdad era acurrucarse en la cama junto a él. En realidad, quería algo más, pero continuaba pensando que no debía extralimitarse. Ella estaba a punto de cumplir diecinueve años y él veintitrés. Eran ya bastante mayores para casarse, tener hijos y hacer un millón de cosas, pero se daba por sentado que no tenían derecho a hacer el amor porque no estaban casados.

Al llegar a casa de los Wilson, Peter tomó la maleta y la subió arriba, luego bajó y trató de escoger una película en el periódico. Paxton se sentía maravillosamente a gusto en medio de la magnificencia de aquella casa construida por el padre de Ed Wilson. No pudo reprimir una sonrisa al sentarse en la habitación y mirar a su alrededor. La habitación estaba decorada con una bonita cretona rosa floreada y la alfombra era de un amarillo luminoso, mientras que el cuarto de baño era rosa y de mármol blanco. Aquello habría colmado los sueños de cualquier chica, de la misma manera que Peter los colmaba también.

–¿Qué te parece *Goldfinger,* la última de James Bond? –le dijo Peter al volver a subir a su cuarto con dos cervezas y una bolsa de patatas fritas–. ¿Has comido en el avión?

Le parecía que Paxton debía de estar hambrienta.

–He comido dos veces –sonrió ella–, y me sería imposible comer ahora.

Paxton se había quitado los zapatos y puesto los pantalones tejanos. Tenía la sensación de haber vuelto a casa, sentada en la cama junto a Peter, muy cerca de él.

–No sabes cómo te he echado de menos...

–También yo –dijo ella en voz baja, mientras lo abrazaba y volvían a besarse, al tiempo que iban deslizándose lentamente en la cama sin dejar un momento de besarse, abrazados y llenándose de caricias.

Se estaba bien en aquella habitación tan tranquila. Al cabo de un momento, Peter se interrumpió y miró a su alrededor.

–Nunca me había dado cuenta de lo mucho que me gusta esta habitación. Quizá me gusta tanto porque ahora me parece que es tuya.

Peter sonrió y volvieron a besarse. Cada vez se abrazaban con más fuerza, él embriagado en el suave aroma de su perfume. El perfume que usaba Paxton era Femme, que encantaba a Peter. La misma palabra, mujer, ya le evocaba a Paxton.

–Quizá tendríamos que levantarnos –dijo ella mientras él la miraba indeciso, preguntándose si debían levantarse realmente, puesto que todo lo incitaba a seguir adelante.

–Sí –dijo–, supongo que sí.

Se levantaron, Paxton se puso un suéter grueso, se calzó los zapatos y fueron al cine. A la salida fueron a Hippo a tomar una hamburguesa y volvieron a casa antes de medianoche. Peter le deseó buenas noches con un beso a la entrada de su habitación y después se dirigió a la suya. Como siempre, aquella noche habían hablado de muchas cosas: de sus respectivas familias, de sus amigos, de sus puntos de vista, a todo lo cual ahora se añadía el tema de su futuro. Paxton ya se había puesto el camisón cuando, al cabo de unos minutos, oyó unos golpecitos en la puerta de su cuarto.

–¿Sí? –dijo, aunque sabía quién era, porque estaban los dos solos en casa.

–Soy yo –dijo Peter, asomando la cara por la puerta con una sonrisa.

–Vaya, ¡menos mal! –dijo Paxton riendo–, si no eras tú, tenía que ser un ladrón.

–Te echo de menos –dijo con cara de niño pequeño, al abrir la puerta.

Peter llevaba puesto un pijama de franela roja, y se echó a reír al ver que Paxton lo estaba observando.

–He tardado diez minutos en encontrar el pijama; de lo contrario me hubieras tenido aquí mucho antes.

Los dos se echaron a reír. Paxton se sentía joven y feliz al avanzar lentamente hacia él.

–Yo también te echo de menos –dijo ella con voz suave y, sin añadir palabra, apagó la luz y la habitación quedó iluminada por la luz de la luna que entraba por las ventanas.

–No sé qué hacer, Pax, no quisiera hacer nada que pueda molestarte, ni ahora ni en el futuro. Te quiero enormemente, por eso me resulta muy difícil mantenerme a distancia.

–No sé si quiero que te mantengas a distancia.

Se sentaron en la cama para hablar, pero en seguida comenzaron a besarse de nuevo. Luego se tendieron en la cama mientras ella se entregaba a sus brazos y él, suavemente, le apartaba el camisón.

–Quiero verte.

Lo dijo con una voz muy dulce y muy tierna y todo el cuerpo de Peter se estremeció al contemplar la belleza de la chica a la luz de la luna. Tenía un cuerpo largo y esbelto, hermoso y perfectamente contorneado, como una maravillosa estatua de mármol rosa.

–¡Oh, Dios mío! –exclamó–. ¡Te quiero!

Paxton también lo quería y sin titubear le desabrochó el pijama y por un momento ambos quedaron inmóviles uno al lado del otro, simplemente muy juntos, sin atreverse a más, aunque los dos lo deseaban, porque ansiaban aquello que el otro podía darle para siempre. Peter acarició sus rubios cabellos, después bajó suavemente las manos hasta sus pechos y, más abajo, hasta sus muslos, para volver a subir la mano, como si no se atreviese a acercarse a lo que tanto deseaba. Fue Paxton la que decidió por él, pues ya no podía resistirse por más tiempo. Lo deseaba tanto que, suavemente, ella misma le sacó el pantalón del pijama, con lo que se reveló toda la urgencia y el ferviente deseo que Peter sentía, tan intenso que ya casi era incapaz de controlarse.

–Paxxie –dijo con voz ronca–, ¿estás segura?

Ella se limitó a asentir con la cabeza y, sonriendo, le besó, al tiempo que él la tendía sobre la cama, le apartaba las piernas con las suyas y tomaba lo que hasta entonces ella había guardado para él.

Peter se mostró muy considerado y apenas hubo dolor, sólo pasión, deseo y juventud, además de los dones del amor que cada uno ansiaba ofrecer al otro. Estuvieron toda la noche uno en brazos del otro, haciendo el amor una y otra vez. Por la mañana, al despertarse, Peter encontró a Paxton a su lado, con toda la cabellera desparramada sobre sus brazos y con un rostro como el de una niña, dormida y con una mano entre las suyas.

Una lágrima resbaló por sus ojos al contemplarla. Ella era lo que había soñado toda su vida, lo que deseaba, lo que esperaba encontrar un día y sólo ahora supo Paxton lo mucho que él la quería.

6

El resto del año escolar transcurrió rápidamente y sólo hubo unos pocos acontecimientos dignos de mención. En Navidad, los terroristas del vietcong bombardearon el Hotel Brinks de Saigón, donde se alojaban los oficiales norteamericanos. Era la víspera de Navidad y en el hotel se habían congregado una gran cantidad de oficiales, procedentes de todos los lugares de Saigón, dispuestos a festejar una conmemoración que terminó en dolor y tristeza. Hubo dos muertos y cincuenta y ocho heridos. Una vez más, Lyndon Johnson se negó a tomar represalias y a bombardear. Hubo un nuevo ataque. Finalmente, el 7 de febrero el presidente ordenó los primeros bombardeos importantes contra el norte. Dos semanas y media más tarde se iniciaba la Operación Trueno, los primeros bombardeos continuados sobre Vietnam. Dos semanas después llegaban los primeros soldados de infantería. El 8 de marzo desembarcaban los *marines* de Da Nang, después de años de «asesoramiento» inútil.

Al cabo de dos semanas, la embajada de Estados Unidos en Saigón era atacada, hecho que hizo que el pueblo de los Estados Unidos entendiera que teníamos un problema importante en Vietnam.

Al mismo tiempo, en los Estados Unidos se obligaba a la Guardia Nacional a proteger la Marcha de la Libertad de Selma-Montgomery y en la Universidad de Michigan se hacía la primera manifestación de protesta contra la guerra.

Sin embargo, aquella manifestación no sirvió para detener la guerra, de la misma manera que tampoco el bombardeo detuvo al vietcong. A través de la incierta Pista de Ho Chi Minh llegaban suministros al sur y, en mayo, en el día de las Fuerzas Armadas, hubo en el país nuevas manifestaciones antibelicistas. Peter y Paxton participaron en una organizada en la Universidad de Berkeley.

Para ellos el año escolar tocaba a su fin. Paxton estaba muy nerviosa, porque tendría que dejar a Peter y volver a Savannah. El solo hecho de pensar que ya no le vería todos los días la asustaba. No podía imaginar un día sin él.

Peter se había presentado como voluntario para realizar el proyecto legal del que le había hablado y planeaba pasar gran parte del año en Mississippi, aunque le prometió a Paxton que iría a verla cuando pudiera. Ella, por su parte, trabajaría en el periódico de Savannah. Gabby volvería a acompañar a sus padres a Europa, puesto que había desestimado la idea de su padre de realizar algún trabajo. Había prometido que el año próximo se pondría a trabajar, pero de momento quería pasárselo bien en la Riviera, «por última vez», y visitar París con su madre. Ed Wilson había regañado a su mujer porque consideraba que la consentía demasiado pero, como Gabby, su madre pensaba que «un año más» de vacaciones no le haría ningún daño.

Los tres dejaron Berkeley el primero de junio. Peter y Paxton pasaron un fin de semana tranquilo en una cabaña que alquilaron junto al lago Tahoe y se acostaron juntos por última vez antes de la separación del verano.

–Me volveré loco sin ti –musitó Peter, hundiendo la cara en sus largos y dorados cabellos–. ¡Estaré tan solo en Mississippi!

–Savannah será peor que nunca –dijo ella con voz sombría, aunque se olvidaron de todo al caer uno en brazos del otro.

Aquél fue un fin de semana largo y feliz. Los padres de Peter intuían que había algo importante entre ellos, al igual que Gabby, pero Peter y Paxton no dieron ninguna explicación. Estaban siempre juntos pero, como sus notas eran excelentes, nadie podía quejarse. Peter, Paxton y Gabby habían acordado que en otoño buscarían una casa para los tres, a fin de vivir fuera de la universidad. Paxton sabía que su intimidad dejaría de ser un secreto, pero los dos habían decidido de común acuerdo que entonces se lo dirían todo a Gabby. Valdría la pena, con tal de poder permitirse el lujo de vivir juntos fuera de la universidad.

La primera en dejar San Francisco fue Gabby, que marchó con Marjorie. Tomaron el avión hacia Londres con la intención de visitar a unos amigos y se alojaron en el Claridge's antes de trasladarse a París. Después marchó Paxton, que se despidió tristemente de Peter agitando el brazo en el aeropuerto. Peter se fue aquella misma tarde, con tiempo suficiente para llegar a Jackson (Mississippi) y participar en una manifestación de protesta que aparejó casi mil personas detenidas. Peter estaba entre ellas y, aunque salió gracias al pago de una fianza, le pareció que volvía a nacer.

Los inicios de Paxton en su nuevo trabajo fueron bastante inesperados, puesto que tuvo la desagradable sorpresa de que la habían destinado a la sección editorial que se ocupaba de los ecos de sociedad y que debía encargarse de coordinar las noticias referentes a las diferentes personalidades sociales, a las fiestas, a la indumentaria de los asistentes y a lo que hacían la Liga Junior y las Hijas de la Guerra Civil. Era un trabajo que su madre entendía muy bien y por el que tenía un gran respeto, pero Paxton se sentía una perfecta inútil. En el periódico se dedicaba a leer los teletipos que iban llegando, enterándose con desesperación de manifestaciones de protesta en Alabama y de que se había doblado el número de las fuerzas de infantería en Vietnam, con lo que se había llegado a un total de «sólo» ciento ochenta y un mil hombres, cifra verdaderamente escalofriante. Aquel verano Johnson duplicaría la cifra. Paxton sabía que algunos de los chicos enviados a aquellas tierras habían ido a la escuela con ella y, en dos casos conocidos, incluso los hermanos más pequeños de compañeros suyos. Uno ya había perdido la vida, noticia que le produjo una gran tristeza. De pronto se sintió aterrada. ¿Y si por una de esas locuras de la vida resultaba que también Peter tenía que ir a la guerra?

Paxton le llamaba casi todos los días y él a ella con igual

frecuencia y a finales de julio se las arregló para pasar un fin de semana juntos. Había planeado visitarla mucho antes, pero había estado dos veces en la cárcel y, por otra parte, el trabajo le exigía más de lo que había creído. Paxton nunca se había sentido tan feliz como el día en que tomó un taxi y fue a buscar a Peter al aeropuerto. Se abrazaron y Paxton le encontró muy guapo y bronceado y observó, cuando se besaron, que tenía el cabello igual de rubio que el de ella.

–¡Qué estupendo volver a verte! –dijo él con una sonrisa–. Estoy harto de sacar a gente de la cárcel bajo fianza. No hago otra cosa.

–Pues yo estoy más que harta de fiestas y conciertos. ¡Dios mío, esperaba hacer algo que tuviera un poco de sentido y me paso el verano escribiendo sobre las amiguitas de mi madre!

Él se echó a reír y volvió a besarla, deseando para sus adentros que a la salida del aeropuerto encontrasen algún sitio para poder ir a la cama.

–A propósito, ¿cómo está tu madre?

–Como siempre. Se muere de ganas de conocerte.

–¡Uy, eso me suena peligroso!

Y volvió a besarla, porque no podía dejar de hacerlo una y otra vez. Hacía casi dos meses que no se veían. Paxton se sentía igualmente deseosa de él. Le había alquilado una pequeña habitación en un hotel tranquilo, situado a las afueras de la ciudad, donde no era probable que se tropezase con las amigas de su madre, y se lo comunicó cuando iban camino de Savannah.

–¿Puedo pedirte una cosa? –dijo Peter con una sonrisa, mientras se inclinaba hacia ella para besarla, ya en el coche alquilado en el que viajaban.

–Lo que quieras –dijo ella, radiante de felicidad.

–¿Y si pasáramos por el hotel antes de ir a tu casa?

Le sonrió con expresión de picardía y Paxton se echó a reír.

–Me parece una idea excelente.

Se sentía totalmente suya e incluso había pedido dos días de permiso en el periódico a pesar de una boda muy importante que en teoría ella hubiera debido cubrir.

Poco después llegaron al hotel. Peter tenía un aire sumamente serio y responsable, con su traje y su corbata, cuando inscribió a los dos en el registro bajo el nombre de señor y señora Wilson y trasladó la única maleta que llevaba a una habitación sencilla y limpia que se convertiría por unas horas en cámara nupcial.

Estaba anocheciendo cuando Peter echó una ojeada al reloj y Paxton exclamó sobresaltada:

–¡Santo Dios! Mi madre te está esperando para tomar un cóctel.

–Me parece que no podré levantarme y menos aún beber –le dijo en broma, mientras tiraba de ella para estar juntos un minuto más.

Después se ducharon juntos y se vistieron. Por unos breves momentos tuvieron la impresión de estar casados.

–¿Sabe tu madre que este año compartiremos una casa?

Peter no quería meter la pata y fue bueno que se lo preguntara, porque Paxton se escandalizó ante la sola mención del hecho.

–¿Estás loco? Se figura que la casa es para mí, Gabby y otra chica, y aun así no es que le encante la idea.

Sin embargo, al final había cedido.

–Perfecto, eso quiere decir que nunca podré contestar al teléfono.

Peter puso una cara muy cómica, aunque en el fondo no le importaba. No ansiaba otra cosa que vivir con Paxton, aunque para ello tuviese que cargar también con su hermana. La madre de Peter le había dicho por teléfono al llamarlo a Jackson que su hermana andaba a la caza de todos los hombres de más de treinta años que encontraba en la Riviera.

–Está ansiosa –le comentó Peter mientras se dirigían a la ciudad–. Es tonta, todavía es demasiado joven para casarse.

Paxton sonrió ante aquellas palabras y Peter se inclinó hacia ella y la besó de nuevo.

–Tu caso es diferente. Ella es una niña, tú no. Aunque tú también eres demasiado joven para casarte. Todavía te quedan tres años. Pero, después, ¡cuidado!

Los dos se echaron a reír. Paxton comprendió lo razonable que era Peter y en ningún momento se sentía presionada por él. Peter quería que ella hiciera todo lo que quisiera. Este verano, por ejemplo, ella había querido trabajar en Savannah y él no se lo había impedido. Pese a todo, Paxton reconocía que lo había pasado muy mal lejos de él.

George y su madre estaban esperándolos cuando llegaron. Su madre tenía un aire de franca desaprobación.

–Les esperaba hace horas.

También estaba Allison, y su madre consideraba que Paxton habría debido cambiarse de ropa para atender al invitado, pero Paxxie se hizo la distraída.

–He estado enseñando a Peter los alrededores de la ciudad. Peter –dijo, muy solemne–, mi madre Beatrice Andrews, mi hermano George, y su... amiga, Allison Lee.

Su madre nunca dejaba de decir a todo el mundo, cuando tenía ocasión, que Allison era pariente del gran general confederado. Paxton había esperado todo el verano a que su hermano formalizara la relación con Allison pero, por alguna razón que ignoraba, no había sido así. Pese a sus treinta y tres años, su hermano no quería precipitarse en nada, ¡en nada! Pero Allison, a sus treinta y un años, empezaba a ponerse un poco nerviosa.

–Es Peter Wilson –explicó a todos, como si fuera la primera vez que hablaba de él–. Su hermana, Gabby, es mi compañera de habitación.

Todos se dieron las manos educadamente y George ofreció una bebida a Peter, que aceptó un gintonic. Hacía un calor sofocante y el ventilador suspendido del techo contribuía muy poco a refrescar la habitación, aunque todos fingían encontrarse a gusto. Queenie había preparado unos deliciosos entremeses y Allison los hizo circular entre los presentes con su actitud remilgada y reservada de siempre. Paxton había decidido hacía mucho tiempo que no soportaba a aquella chica.

Peter, sin embargo, congenió con todos y la madre de Paxton se mostró muy correcta con él, mientras George parecía mortalmente aburrido y Allison daba la impresión de no saber siquiera quién había en la habitación. Casi nunca dirigía la palabra a Paxton. En diferentes ocasiones había comentado a George que no entendía a su hermana. Consideraba secretamente que Paxton era maleducada y cabezota. Aquella noche el tema de la conversación que sostenía con George giraba en torno a las nuevas cortinas que había encargado para su dormitorio. Peter trataba de explicar a todos cuáles eran sus actividades en Mississippi, aun cuando nadie le hacía caso y la madre de Paxton cambiaba de tema a cada momento. A Peter le costó un poco comprender que la actitud obedecía a que la madre de Paxton desaprobaba las actividades en cuestión, por lo que intentaba evitar que se molestase explicándolos. Cuando Peter lo entendió, quedó sorprendido. De hecho, eran todavía peores de lo que Paxton había dicho. Eran personas distantes y frías y parecían vivir en la época del oscurantismo.

Peter pasó después a hablar del viaje que estaban haciendo sus padres por Europa, un tema aparentemente mucho más agradable. La madre de Paxton pareció impresionada al saber que estaban en el sur de Francia y, con toda la delicadeza que le fue posible, trató de enterarse de cuál era la profesión de su padre. Peter se sorprendió de que Paxton no la hubiera puesto al corriente.

–Pues... trabaja para un periódico de San Francisco.

Le parecía una fanfarronada decir que era el propietario.

–¡Qué interesante! –exclamó Beatrice Andrews con una mirada de franca desaprobación–. ¿Y usted va a ser abogado?

Peter asintió con la cabeza, sorprendido ante la frialdad del tono. Era tal como Paxton se la había descrito, o quizá peor, pues en realidad era una mujer glacial.

–El padre de Paxton también era abogado, y su hermano –indicó con los ojos al apático George– es médico.

Por el tono, Peter comprendió que valoraba mucho aquella profesión.

–¡Oh, qué estupendo! –dijo Peter, con la impresión de que le habían echado encima una jarro de agua fría y preguntándose cuánto tiempo soportaría su conversación y cómo podía aguantarlos Paxton todos los días.

No era de extrañar que temiera tanto volver a su casa, ya que ella era totalmente diferente a su familia.

–¿Y tú, Allison? ¿A qué te dedicas?

–Yo... ¿Por qué?... ¿Cómo?

La pregunta la había tomado por sorpresa y no sabía qué

contestar. Desde que había terminado la enseñanza secundaria no había hecho otra cosa que buscar marido. De momento llevaba trece años dedicada a ello.

–Pues... me encanta cuidar de mi jardín.

–Y colabora muy eficazmente con nosotros en la Liga Junior, ¿no es verdad? –intervino la señora Andrews, como tratando de animarla.

Después, dirigiéndose a Peter, añadió:

–Su tío abuelo fue el general Lee, ¡el general Lee! Seguro que ha oído hablar de él.

–Sí, en efecto.

Peter sintió ganas de escapar de allí corriendo. Aquélla fue la cena más larga de su vida, con sus interminables silencios, sus frases artificiosas y forzadas y, sólo de vez en cuando, algún guiño o ligero codazo de Queenie o alguna que otra mirada furtiva de Paxton para animarlo. Le parecía que el momento de volver al hotel tardaba siglos. Cuando, por fin, se encontró en él, se aflojó la corbata y dejó caer en la cama con un suspiro que ni de lejos expresaba los sentimientos que había experimentado aquella noche; luego se sentó y miró a Paxton. Habían acordado que saldrían a bailar un poco.

–¡Dios mío, cariño!, ¿cómo los aguantas? Son las personas más tiesas y distantes que he encontrado en mi vida. Sé que no tendría que decirlo tratándose de tu familia, pero pensaba que la cena no terminaría nunca.

Paxton se echó a reír.

–Lo sé. ¿Verdad que son espantosos? Es que uno no sabe qué decirles. Entre ellos me encuentro como una extraña.

–Lo comprendo, porque no parecen parientes tuyos. Tu hermano es el hombre más aburrido con que me he topado, su amiga es la chica más melindrosa y afectada que he visto en mi vida, y tu madre... tu madre es un iceberg.

Paxton sonrió muy feliz al sentir que lo quería más que nunca. De pronto tenía la sensación de que se le hacía justicia y de que, además de Queenie, tenía otra persona en el mundo.

–Así es mi mamaíta.

A Peter no le cabía en la cabeza que en el mundo hubiera personas como aquéllas. Eran absolutamente diferentes de su familia, pero absolutamente diferentes también de Paxxie.

–Me habría gustado conocer a tu padre.

–También a mí me hubiera gustado que le conocieras. Le habrías encantado.

–Y estoy seguro de que él me habría encantado a mí. Sin embargo, por la manera como me lo has descrito, cuesta imaginar que se entendiera bien con tu madre.

–No creo que fuera muy feliz con ella. Yo no tenía más que once años cuando murió; a esa edad se me escapaban las sutilezas de su relación.

–Mejor para ti, seguramente. ¡Menos mal que has podido escapar a Berkeley!

Comenzaba a imaginar qué habría sido de Paxton si hubiera tenido que quedarse con ellos en Savannah. Habrían acabado por destruirla, por lo menos espiritualmente. Peter había tenido que tomarse tres gintonics para soportar la cena. Seguramente habrían pensado que era alcohólico.

Paxton se quedó con él todo el rato que pudo y después él la llevó a su casa en el coche y se quedó en la puerta hasta que hubo entrado. Para sorpresa de Paxton, su madre la estaba esperando, cosa que se apartaba de sus hábitos y que no era necesariamente un buen presagio.

–¿Qué significa exactamente ese chico para ti? –preguntó a los pocos segundos de haber entrado Paxton en casa.

–Es un amigo. Me gusta.

–Estás enamorada de él.

Su madre disparaba las palabras como cañonazos, como si esperase que Paxton cayera al suelo de rodillas implorándole clemencia.

–Es posible.

No quería mentir, pero tampoco quería alarmarla. Su madre estaba sentada en el sofá, llevaba puesta la bata y tenía una copa de jerez al lado.

–Me gusta su familia. Su hermana es amiga mía y sus padres fueron muy amables conmigo –continuó Paxton.

–¿Por qué?

Era una pregunta ridícula, para la que Paxton no encontraba respuesta.

–¿Qué quieres decir con por qué? Pues porque les gusto.

–Quizá se figuran que eres un buen partido para su hijo. ¿No lo has pensado?

Paxton casi se echó a reír al oír aquello, aunque no quería mostrarse maleducada con su madre.

–No me parece probable.

–¿Por qué no?

–Mamá...

Paxton no se decidía a darle las oportunas explicaciones, pero pensó que la única solución era decir la verdad.

–Mamá, son los propietarios del segundo periódico en importancia de San Francisco, el *Morning Sun,* y a mí no me necesitan para nada. Lo que pasa es que les gusto.

–A mí me ha parecido un chico vulgar –dijo su madre con aspereza, si bien para ella todos los que vivían en el Oeste eran vulgares, incluido Peter Wilson o particularmente él. Los del Oeste todavía eran peores que los yanquis.

–No es vulgar.

Paxton de pronto se sintió herida por la falta de afecto que mostraba su madre hacia el chico que ella amaba. ¡Qué diferente aquella actitud del calor que había encontrado en casa de los Wilson!

–Son muy agradables, mamá, ¡en serio!

–No quiero que vuelvas a Berkeley.

Las palabras salieron de su boca como llamaradas y Paxton se dejó caer pesadamente en una butaca, molesta de tener que pasar por aquello.

–Me gusta Berkeley, es una universidad maravillosa y los estudios me van muy bien. Mamá, no pienso quedarme aquí.

–Te quedarás si te lo ordeno. Recuerda que tienes diecinueve años. No dejes que el testamento de tu padre se te suba a la cabeza. A tu edad, no eres independiente.

–Siento que tomes esta actitud –dijo Paxton, que procuraba estar tranquila y se mostraba superior a sus años en cuanto a prudencia–. De todos modos, no pienso quedarme en Savannah.

–¿Puedo preguntar por qué?

–Pues porque aquí no soy feliz y aspiro a horizontes más

amplios. Además, cuando termine los estudios quiero pasar una temporada en el extranjero.

Hasta el propio Peter la había entendido en relación con este punto.

–Te acuestas con él, ¿no es verdad?

Fue un golpe bajo que Paxton no esperaba.

–Por supuesto que no.

–Sí, te acuestas con él. Lo llevas escrito en la cara. Eres igual que una prostituta barata. Has ido a California y has vuelto convertida en una zorra. Hasta tu hermano y Allison se han dado cuenta de la diferencia.

Esas palabras no le gustaron nada y aquel consenso de la familia la molestaba profundamente.

–Siento que hayas dicho eso, mamá –dijo Paxton poniéndose de pie, decidida a no seguir escuchando–. Me voy a la cama.

–Quiero que reflexiones sobre lo que acabo de decirte.

–¿Sobre lo de que soy una zorra? –dijo Paxton fríamente, aunque a su madre no pareció afectarle la pregunta.

–Sobre lo de quedarte aquí. Quiero que lo pienses bien antes de volver a California.

–No creo que deba pensarlo –dijo Paxton tristemente mientras subía la escalera y se dirigía a su habitación.

Al día siguiente se encontró con Peter en el hotel y le refirió muy por encima lo ocurrido. Sin embargo, Peter se dio cuenta de que se había producido algún contratiempo, lo vio reflejado en la cara de Paxton.

–Te ha dicho algo, ¿verdad? ¿Estaba enfadada?

–¿Enfadada? –Paxton se echó a reír por primera vez con una sonrisa amarga–. No, mi madre no se enfada nunca. Está contrariada. Quiere que me traslade a estudiar aquí.

Peter escuchó horrorizado, pero Paxton se apresuró a tranquilizarlo con un beso.

–Me ha dicho que California me ha transformado en una zorra y que hasta George y Allison se han dado cuenta. Y que esto les preocupa enormemente.

–¡Qué bestias! Conque les preocupa...

Peter estaba tan indignado que hasta tartamudeaba. Ella

volvió a calmarlo con otro beso, demasiado prudente para sus años, aunque también demasiado triste por lo ocurrido.

–No importa. Dentro de cuatro semanas volveré a Berkeley. Y me parece que ésta es la última vez que vengo aquí. No sé qué haré, pero me deprime mucho que se empeñen siempre en herirme.

–¿Dejará de mantenerte? –le preguntó Peter, preocupado, aunque habría sido muy feliz de poner remedio a la situación si ella le dejaba.

Paxton, sin embargo, movió negativamente la cabeza. Pese a su aspecto triste, ahora parecía mayor y más independiente.

–No, no puede. Mi padre me dejó dinero suficiente para costear mis estudios y para mantenerme mientras estudie. Después igualmente tendré que trabajar, por lo que en realidad importa poco. Seguramente ella me mantendría si me aviniera a volver a casa y a pasar el resto de mi vida en la Liga Junior, pero no quiero, por lo que no pierdo nada. No cambia nada. Aquí no puedo volver, por lo menos para quedarme a vivir siempre.

Parecía decidida.

–¿Y Queenie?

Peter sabía lo mucho que significaba para Paxton.

–Volveré a visitarla. Debo hacerlo.

Paxton sonrió. Ahora su vida estaba en California, al lado de Peter, y lo más importante era que ahora sabía que su vida le pertenecía. Su madre también se había dado cuenta y por eso tenía miedo de su hija, porque veía que su poder sobre Paxton era muy escaso.

Peter se marchó al día siguiente y Paxton lo sintió mucho. A Peter tampoco le gustaba dejarla en compañía de gentes entre las cuales no se encontraba a gusto, gente que no la quería. Le prometió que la llamaría como mínimo una vez al día y, si podía, más de una, es decir, si no estaba en la cárcel, añadió riendo al despedirse en el aeropuerto. La besó larga y apasionadamente y le rogó que no olvidase que él la quería y que no dejase que su familia le diese disgustos.

Sin embargo, fue imposible evitarlo. Enseguida que Peter se hubo marchado, su madre volcó toda su hostilidad sobre ella, mientras su hermano no paraba de repetirle que debía tener un poco de consideración a su madre y no volver a California.

–Por consideración a mí misma, debo procurar ser alguien, George –le dijo un día Paxton abruptamente, sintiendo que ahora ya no le temía ni él tenía ninguna influencia sobre ella, pese a su superioridad en años.

Sentía conmiseración por él, un pobre médico rural atado todavía a las faldas de su madre, sin tener siquiera la valentía de mantener una relación normal con una persona adulta. Paxton estaba segura de que su relación con Peter era mucho más completa e indicaba mucha mayor madurez que la de su hermano con Allison.

–Aquí podrías ser alguien –insistió George una noche antes de que ella se fuera, mientras su madre estaba en el club de bridge.

–¡Sí, cuentos! –exclamó ella–. Fíjate en ti, fíjate en la gente que conocemos, fíjate en Allison, fíjate en todas las chicas que han ido a la escuela conmigo.

–¡Cuida tus palabras, Paxton!

George se sentía ofendido ante los ataques de su hermana, pero también ella se consideraba ofendida. Hacía demasiado tiempo que soportaba muchas cosas y ya no estaba dispuesta a aguantar ni un momento más.

–Tienes la cabeza llena de ideas extrañas y de palabras desagradables, Paxton, y eso no va contigo.

–Tampoco va conmigo esta vida. Ni ahora ni nunca. Tampoco iba con papá. Si la aceptó fue porque era una persona sumisa y pensó que era mejor no rebelarse.

–Tú no sabes nada de él, eras muy pequeña cuando murió.

–Sé que era un buen hombre y que tenía un gran corazón. También sé que le amaba.

–Pero no sabes qué le hizo a mamá –dijo, como si hasta entonces hubiera ocultado algo terrible, algo que incluso a ella le costaría aceptar de su padre.

–¿Qué le hizo?

Paxton no podía imaginar nada malo de su padre, pero George no pudo resistir la tentación de seguir adelante. Era la venganza final de George por querer independizarse, aquella independencia que él no había conocido nunca y que nunca conocería porque era demasiado igual a su madre y demasiado diferente a su padre, al contrario de lo que ocurría con Paxton.

–Cuando se estrelló el avión iba acompañado de una mujer.

–¿En serio?

Paxton pareció sorprendida pero después, lentamente, fue sumiéndose en profundas cavilaciones. Aquello explicaba muchas cosas, entre ellas la actitud de su madre. Sin embargo, no era difícil de entender que su padre tuviera necesidad de otra mujer. En realidad, Paxton no se sentía sorprendida y, en cierto modo, casi se alegraba. Si su padre había encontrado a una mujer que amaba y que lo amaba, se la merecía, aunque no merecía haber muerto. No era aquello lo que le había matado sino el destino, la mala suerte. Una mano, en el cielo, había escrito su nombre en la pizarra.

–No me sorprende, en realidad –dijo Paxton con voz tranquila.

George puso mala cara.

–¿Y tú qué sabes de esas cosas a tu edad?

–Sé qué supone ser hija de mi madre –repuso ella en un alarde de franqueza que alarmó a su hermano–, y también qué supone ser tu hermana. Somos muy diferentes.

–Ciertamente lo somos –dijo él con el orgullo propio de la persona ofendida–, ciertamente. Y mejor será que pienses bien lo que haces cuando vayas a California. ¡Tantos drogados, tantos hippies, tantas manifestaciones! ¡Todos esos chalados envueltos en cubrecamas y con flores en el pelo manifestándose en favor de los negros cuando en su vida han visto uno!

–Quizá saben más del asunto que tú, George, quizá se preocupan más que tú. Ya es algo.

–¡Estás loca!

–No –le respondió ella clavándole los ojos–, no lo estoy, pero me volvería loca si me quedase aquí con vosotros. Adiós, George.

Y tras estas palabras le tendió la mano, pero él no le correspondió. Se limitó a mirarla y, al cabo de unos minutos, salió de la casa y Paxton ya no volvió a verlo en todo el tiempo que permaneció en Savannah.

Esta vez la despedida de Queenie fue más dolorosa, porque Paxton ya había decidido que aquel año no pasaría las Navidades con su familia, pese a que todavía no se lo había dicho a Queenie. Ésta, sin embargo, parecía presentir que estaría mucho tiempo sin volver a verla, por lo que la abrazó con fuerza y la miró tristemente a los ojos.

–Te quiero, mi niña. Cuídate mucho.

–También tú. Cuando vuelvas a tener aquella tos, ve a ver al médico.

Pese a que en aquellos momentos se encontraba bien, a Paxton le parecía mucho más vieja y que se movía con más dificultad.

–Te quiero –murmuró Paxton y, antes de marcharse, le besó sus negras mejillas.

Esta vez su madre no la acompañó al aeropuerto, ni tampoco George. Su madre se despidió de ella en el vestíbulo y con el tono de voz le dio a entender que, volviendo a California, le daba un gran disgusto, no porque fuera a echarla de menos, sino porque, en cierto modo, había caído muy bajo ante sus ojos como ser humano y como georgiana y ya no era digna de ser hija de su madre ni hermana de su hermano. Todo aquello era indignante.

–Pierdes el tiempo en California.

–Siento que lo veas de esa manera, mamá. Yo procuro hacer lo posible para que no sea así.

–Me han dicho que has trabajado muy bien en el periódico.

Era el único elogio que recordaba de su madre, que añadió:

–Si te esforzases un poco, con el tiempo podrías trabajar fija en la sección de sociedad.

Paxton no hizo ningún comentario, pero pensó que prefería morir antes que pasar la vida escribiendo la crónica de las bodas de sus amigas.

–¡Qué estupendo! Cuídate mucho, mamá –dijo en voz baja, sintiendo dejarlos pero al mismo tiempo aliviada, porque lo que más sentía era que ningún miembro de su familia hubiera significado nunca nada para ella.

–Y ten cuidado con aquel chico. No es bueno.

–¿Peter?

Aquel absurdo comentario sobre Peter, un chico tan afectuoso, tan bueno y tan decente, no le hizo ninguna mella. ¿Qué podía saber su madre que ella no supiera?

–Lo lleva escrito en la cara. Si se lo permites, se aprovechará de ti y después te abandonará. Es lo que hacen todos.

Aquellas palabras parecían referirse más bien a su propia experiencia que a la de Paxton, por lo que ésta sintió de pronto lástima de ella. Para su madre debió de suponer un enorme desengaño descubrir que su marido iba acompañado de otra mujer en el avión. Pero su marido no recuperó la conciencia y no pudo explicarse. George no le había dicho quién era la mujer ni tampoco si había sobrevivido al accidente, pero aquellos detalles quizá no importaban. Paxton, por tanto, no quería saber nada más.

–Te llamaré cuando tenga el número de teléfono.

Ahora debían buscar una casa o alquilar un apartamento en Berkeley.

Su madre hizo un ademán de asentimiento y la contempló mientras se iba. Ni se aproximó a ella ni trató de besarla. Durante el trayecto en taxi hasta el aeropuerto, Paxton estuvo pensando en que volvía a Berkeley y en que pronto vería a Peter. Y cuando subió al avión que la conduciría hasta él ya no volvió a acordarse más de Savannah.

7

Tuvieron la enorme suerte de encontrar casa en apenas dos semanas. Estaba en Piedmont y era perfecta. Se componía de dos dormitorios, una enorme sala de estar, una gran cocina inundada de sol y un jardín maravilloso. No fue una gran sorpresa para Gabby descubrir, por fin, que no compartiría el dormitorio con Paxton, sino que dormiría sola, mientras Paxton y Peter se instalarían en la mayor de las dos habitaciones. Aquel año Gabby también había perdido la virginidad con un francés de la Riviera y ahora se consideraba una mujer de mundo. Se sentía terriblemente excitada de saber que hacía meses que entre su hermano y su mejor amiga existía una relación íntima y de comprobar que ella no se había enterado hasta ahora. Peter, en cambio, no se sentía nada entusiasmado ante la actitud de su hermana y la amenazó con que si ponía al corriente a alguien de la situación, comprometía a Paxxie de alguna forma o informaba a sus padres de que dormían juntos, tendría motivos para lamentarlo.

Sin embargo, aquel acuerdo funcionó perfectamente. El matrimonio Wilson les hizo una visita y las chicas prepararon la cena en la cocina. La vida en comunidad era sumamente agradable. Los dos enamorados se llevaban muy bien, Paxton y Gabby seguían siendo tan buenas amigas como siempre. El único problema era que, al parecer, en la vida de Gabby había cada semana un hombre nuevo y a Peter le costaba bastante tener que hacer el papel de compañero de casa y no de hermano mayor, que era el que le correspondía. Paxton le recordaba constantemente que no debía aprovecharse de la situación, pero a él le costaba mucho mantener cerrada la boca.

Otro de los esfuerzos que debía hacer Peter era despachar todo el trabajo necesario para mantener un buen nivel de calificaciones durante su segundo año en la facultad de derecho. El trabajo era considerable tanto para él como para Paxton, por lo que se veían obligados a pasar gran parte del tiempo estudiando, en la biblioteca o en la cama, lo que hacía que les quedara muy poco tiempo para salir. Paxton hacía algo de trabajo para beneficencia en sus horas libres y de vez en cuando escribía algún artículo ocasional para el periódico universitario. Cada vez que veía su nombre en la cabecera de un trabajo sentía una intensa emoción. Para la pareja era una época idílica y nunca se habían sentido tan felices.

Consagraban la mayor parte del tiempo a los estudios y a mediados de octubre Peter quemó su tarjeta de reclutamiento con la plena aprobación de Paxton. En ese tiempo se había dispuesto que algunos bombarderos B-52 irían a Vietnam para proteger las fuerzas de tierra, y la presencia de la caballería aérea se convirtió en un factor importante en la lucha contra el vietcong que se desarrollaba en la jungla. La guerra remontaba una escalada de alturas insospechadas hasta entonces y a Paxton le aterraba pensar en los acontecimientos que ocurrían en aquellas tierras. Pese a todo, cada vez que hablaban del asunto con el padre de Peter, éste insistía en que hacían falta más bombas, más bombas y una actitud firme frente al norte. Paxton y Peter no deseaban otra cosa que la retirada total de los Estados Unidos. Sin embargo, era imposible convencer al padre de Peter de lo imprudente de su postura.

Aquel año volvió a pasar el día de Acción de Gracias con los Wilson y esta vez también se sintió un miembro más de la familia, totalmente a gusto con ellos. Costaba creer que la relación entre ella y Peter sólo hacía un año que duraba, pues en realidad tenían la impresión de haber estado juntos toda la vida. Los padres de Peter sospechaban lo que ocurría, pero se mantenían al margen, aunque más de una vez Marjorie había preguntado a Ed si no consideraba oportuno decirles alguna cosa.

–¿Por qué? Son perfectamente responsables. ¿Crees que cambiarás alguna cosa si hablas con ellos?

–Quizá podrían formalizar su relación, si es lo que quieren en realidad.

–¿Y qué se conseguirá con eso? Si quieren casarse, se casarán, y si no quieren casarse, no se casarán. En cualquier caso, todavía son muy jóvenes para casarse. Peter cumplirá veinticuatro años el mes que viene y ella ni siquiera ha cumplido los veinte. ¡Espera! Saben lo que se hacen, créeme.

Paxton pasó las Navidades con ellos y tuvo ocasión de leer en el *Morning Sun* que el número de soldados en Vietnam había aumentado a doscientos mil.

–¡Pero esto es una locura! –dijo, mientras desayunaban.

–Lo sé –dijo Peter, mirando inquieto a Paxton y haciendo votos para no tener que abandonar sus estudios de derecho.

Las cosas estaban poniéndose tan feas que a veces tenía miedo, aunque lo que más temía era que lo llamaran a filas. Era algo que lo aterraba.

–¿Cómo es que la gente no se da cuenta de lo que está ocurriendo? Están muriendo jóvenes todos los días, y no sólo vietnamitas, sino también nuestros jóvenes. Ahora ya están reclutando a chicos de dieciocho años.

–Yo ya soy viejo para esa guerra –dijo Peter entre dientes mientras se servía otra taza de café.

–Si es que van a llamarte, prefiero que sepas ahora que o te disparo yo misma en el trasero o te dejo mi ropa interior de blonda negra y te compro un billete para Toronto.

–Me lo apunto. Por lo menos lo de la blonda negra. Pero eso siempre que no te quedes sin ella.

–No, esto tiene fácil arreglo –dijo Paxton dándole un beso por encima de la taza de café, mientras Gabby se metía refunfuñando en la cocina, todavía vestida con su camisón.

–¿Otra vez con lo mismo? Me ponéis enferma.

Los quería mucho a los dos y ansiaba encontrar novio.

Por fin ocurrió: después de Navidad, cuando fueron a esquiar los tres juntos. Gabby se deslizaba a toda marcha por una pendiente cuando tropezó con un hombre que volaba por los aires. Los dos rodaron por la nieve y se quedaron un momento en el suelo sin aliento tratando de desenredar piernas, brazos y esquíes y de averiguar si a alguno de los dos le faltaba algo, si se habían hecho daño o si se habían roto algún hueso.

–¡Vaya, ha sido un buen revolcón! ¿Estás bien? –le preguntó con aire preocupado, ya de pie y ofreciéndole una mano para levantarse, mientras ella lo miraba deslumbrada.

Se llamaba Matthew Stanton, era tan guapo que parecía un actor de cine y llevaba un traje de esquí negro de una sola pieza. Tenía el cabello oscuro, los ojos azules y una barba muy bien cuidada. Miró a Gabby con aire intrigado, mientras ella se sacudía la nieve de encima y se disculpaba por no haber prestado más atención. Regresaron juntos al albergue y, a partir de aquel momento, Matthew la invitó a comer y a cenar todos los días. Peter y Paxton apenas volvieron a verla, a no ser en el momento de decirles adiós al salir del ascensor o cuando llegaba corriendo para cambiarse y volver a salir con su Matthew. Él tenía treinta y dos años, trabajaba en el campo de la publicidad y parecía encantado con las constantes payasadas de Gabby, hasta el punto de que, al volver a Berkeley, comenzó a aparecer por casa. Cuando se presentaba, Gabby se iba con él y ya no volvía hasta la mañana siguiente.

–¿Crees que la cosa va en serio? –preguntó por fin Paxton a Peter, mientras estaban preparándose para los exámenes finales, después de Navidad.

–Tratándose de ellos, no sé qué pensar. No entiendo cómo la aguanta.

Sin embargo, cuando Paxton vio a Matt con ella, pensó que parecían muy felices.

Matthew había confesado a Gabby que estaba divorciado, pero no tenía hijos, y era evidente que gastaba una gran cantidad de dinero en ella. Constantemente le enviaba flores, libros de poemas, brazaletes y cosas que sabía que podían gustarle, por ejemplo chucherías, muñecas y tonterías que a ella le encantaban. Parecía tener mucha imaginación y buen humor.

–Y además tiene demasiados años para que le llamen a la guerra de Vietnam –dijo Paxton añadiendo aquélla a la lista de sus virtudes–. En los tiempos que corren es una ganga.

–¡Eso es una estupidez! –dijo Peter.

Pero no lo era, porque todos los días morían jóvenes por su patria. El 11 de enero, las demostraciones estudiantiles volvieron a ser clasificadas en la categoría 1-A, lo que había desencadenado la indignación en California. Tres semanas más tarde Johnson reanudaba los bombardeos sobre Vietnam del Norte, después de la pausa de Navidad. Ésta había durado exactamente treinta y ocho días, pero ahora los bombardeos empezaban de nuevo. Paxton no podía pensar en otra cosa que en la guerra y en el peligro que se cernía sobre Peter.

Había hablado varias veces con su familia acerca de las vacaciones de Navidad y su madre le había insinuado vagamente que posiblemente George les daría una sorpresa en primavera, aun cuando la noticia esperada ya no podía ser de ningún modo una sorpresa. Si, finalmente, se había comprometido para casarse a los treinta y cuatro años, la sorpresa era más bien que no lo hubiera hecho antes. Queenie volvía a estar enferma y por teléfono no le pareció muy animada. Paxton estaba preocupada por Queenie y pasó bastante tiempo sin tener ocasión de volver a hablar con ella. Cuando, por fin, pudo hacerlo, su vieja amiga le aseguró que estaba mucho mejor.

–¿No me engañas?

–¿Cómo puedo engañar a mi niña?

Sí, podía engañarla, las dos lo sabían aunque Paxton no se lo dijo.

En marzo de 1966 las tropas norteamericanas volvieron a tomar Da Nang de manos de los comunistas, mientras Peter y Paxton tomaban parte en una manifestación de protesta contra la guerra que duró tres días.

Paxton se había apuntado a la lista de espera para los trabajos de verano. El padre de Peter le ofreció un maravilloso trabajo como aprendiz de reportera en el periódico. En principio ella titubeó, porque no quería aprovecharse de la ventaja que le daba su relación con Peter, pero la ocasión era demasiado buena para negarse, aparte de que el padre de Peter le prometió que no tendría que ocuparse de una sola fiesta ni de un solo desfile de modas durante todo el verano. Lo único que le quedaba por hacer era comunicar a su madre que aquel verano no iría a Savannah.

Fue a pasar las vacaciones de Pascua con su familia para explicarles la situación y se enteró de que George, por fin, se había comprometido seriamente y proyectaban celebrar la boda aquel verano. Allison, sin embargo, no pidió a Paxton que fuera una de sus damas de honor, lo que hizo más fácil anunciarles que se limitaría a asistir a la ceremonia y a volver en avión inmediatamente después a San Francisco. Les dijo que tenía un trabajo en un periódico de la ciudad y su madre, recordando lo que Paxton había dicho acerca de la familia de Peter, en seguida culpó a éste de la deserción de su hija.

–Él no tiene nada que ver en esto. Me han ofrecido un trabajo muy interesante en un periódico importante y es una oferta demasiado buena para rechazarla a cambio de un trabajo para el periódico de aquí.

–¿Dónde está tu sitio? ¿Aquí o allí? –le preguntó, acusadora, su madre.

–No se trata de eso. Antes que a nadie, me debo fidelidad a mí misma y a mi futuro.

–Sólo piensas en esto –dijo su madre entre dientes, al tiempo que Paxton trataba de desviar la conversación y volvía a centrarse en la inminente boda de George y Allison.

La fiesta se celebraría en el Oglethorpe Club y, según le dijeron, no habría más de cien invitados. A Paxton le parecía ridículo que una novia de treinta y dos años se convirtiera en el centro de una gran ceremonia nupcial.

Paxton tuvo oportunidad de visitar a algunas de sus viejas amigas y le sorprendió descubrir que había unas cuantas más que se habían casado, que otras estaban a punto de casarse y que algunas de las que se habían casado ya iban por el segundo niño. Todo aquello la hizo sentir vieja, pese a que acababa de cumplir los veinte años.

–¿Crees que se casará contigo? –le preguntó Queenie una noche refiriéndose a Peter, a lo que Paxton contestó encogiéndose de hombros con una sonrisa.

En realidad ya no hablaban de matrimonio, porque no formaba parte de sus planes inmediatos, si bien Paxton sabía que algún día saldría el tema y que, si a él no le importaba esperar, aguardarían a que ella se situara un poco más en su trabajo. Sin embargo, ahora Paxton estaba terriblemente acostumbrada a Peter. Le encantaba vivir con él y no podía imaginar la vida si no era a su lado.

Aquella visita resultó provechosa y, de hecho, la única cosa que le preocupaba era que Queenie parecía muy cansada. Pese a su enorme volumen, se había transformado en un ser frágil. Paxton instó a su hermano a que le hiciera un concienzudo reconocimiento. Nadie sabía su edad, pero era evidente que no era joven ni tampoco tan fuerte como en otro tiempo.

Al marcharse, Paxton sintió una vez más la tensión que existía entre ella y su madre, pero procuró no pensar en ello y le prometió que volvería en verano, para la boda. Al llegar a Berkeley, Peter la estaba esperando. Esta vez aguardaba con gran impaciencia su llegada. En cierto modo, la relación que mantenían era la propia de un matrimonio.

Cuando, al día siguiente, Gabby volvió de un viaje a Hawai con Matt, Paxton vio brillar lucecitas en sus ojos y una expresión en su cara que recordaba haber visto en otra persona, aunque no sabía en quién. Lo recordó a finales de mayo. De pronto Gabby pasaba todo el día en cama y siempre estaba rendida de sueño. Ya no salía como antes, sólo por la noche con Matt, y siempre andaba de un lado a otro con aire de sonámbulo y con mirada en los ojos que Paxton identificó casi de inmediato. Un día, cuando se quedaron a solas, Paxton habló con ella. Gabby acababa de levantarse de la cama y eran las dos de la tarde, justo la hora en que Paxton volvía a casa de una de sus clases. Gabby le recordaba profundamente a Dawn, la chica de Des Moines que había pasado todo el primer trimestre durmiendo y luego había vuelto a su casa en Navidad para tener un niño.

–Estás embarazada, ¿no es verdad?

Paxton había decidido no andarse por las ramas. Gabby se volvió con cara de sorpresa.

–¡Qué ridiculez! ¿Por qué me lo preguntas?

Por un momento puso cara de asustada.

–Porque lo estás. ¿Es verdad o no?

–Yo... no, yo no estoy... ¡Qué cosa tan estúpida!

Pero Gabby no podía seguir mintiendo. Se desplomó en

una silla de la cocina, se cubrió el rostro con las manos y se echó a llorar bajo la mirada de Paxton. Ésta se sentó a su lado y le rodeó los hombros con el brazo.

–¿Qué piensas hacer? –le preguntó con voz suave.

–No lo sé..., he estado pensando y perdiendo el tiempo y ahora la verdad es que no sé qué hacer.

–¿Se lo has dicho a Matt?

La cabeza pelirroja se movió de un lado a otro.

–¿De cuánto tiempo estás?

–No lo sé, quizá de seis semanas. La semana pasada comencé a informarme sobre abortos, pero te cuentan historias espantosas de México y de East Oakland. No quiero pasar por eso. ¿Y si me muero?

–Podrías ir a Tokio o a Londres.

–Sí, ¿y qué les digo a mis padres? ¿Que voy en viaje de negocios? ¿Que es un viaje de estudios para mis clases de arte? ¡Qué terrible, Paxxie! ¿Qué hago?

–¿Qué quieres hacer? ¿Quieres tener el niño?

–No lo sé.

La verdad era que no lo sabía. Era algo que no se apartaba de sus pensamientos, pero no llegaba a decidirse. Estaba terriblemente confusa. Era un alivio poder comentarlo con Paxton.

–¿Y Matt? ¿Te gusta?

–Sí, creo que sí. ¡Es tan bueno conmigo! ¡Tan amable! Me parece que le quiero.

Con aquello no bastaba, por lo menos no habría bastado en el caso de Paxton. Pero Gabby no se ponía un listón tan alto como ella.

–Tienes que estar segura, sobre todo si piensas tener el niño.

–¿Cómo puedo estar segura? ¿Está una segura de esas cosas? Hace casi dos años que vas con Peter, ¿estás segura de que le quieres?

–Sí –dijo Paxton con sinceridad–. No estoy segura de muchas cosas porque todavía no me siento totalmente adulta, pero sé que le quiero.

–Entonces tienes suerte. Pero tú eres diferente.

Y además, sólo iba con Matthew Stanton desde Navidad. A veces Paxton pensaba que aquel hombre era tan agradable, tan oportuno y estaba tan perfectamente orquestado, que habría sido difícil decir qué se ocultaba debajo de aquel barniz. No era extraño que Gabby no se sintiese segura. Paxton sospechaba, además, que para Matthew contaba mucho que la chica con la qùe salía se llamase Gabby Wilson. Sabía perfectamente quién era su padre y, aunque de manera indirecta, parecía que le encantaba establecer aquella conexión.

–¿Qué vas a hacer? –insistió Paxton–. Mejor que lo decidas pronto porque de lo contrario no tendrás oportunidad de elegir.

Tenía razón. Cuando se cumplieran los tres meses ya no tendría posibilidad de considerar la posibilidad de un aborto.

–¡Dios mío, Paxxie, no me lo digas!

–¿Por qué no se lo dices a él?

–¿Y si me deja?

–Por lo menos entonces sabrás quién es realmente, ¿no te parece? Y quizás entonces sabrás lo que quieres.

–¿Y si no me deja?

–Entonces también tendrás que pensártelo. Pero, Gabby, reflexiona. Un niño es para toda la vida.

Tenía demasiadas amigas que a los veinte o veintiún años lamentaban haber tenido hijos y haberse casado aprisa y corriendo o a la fuerza.

Siguieron hablando un buen rato hasta que de pronto llegó Peter y las dos se quedaron en profundo silencio.

–¡Vaya!, ¿qué os lleváis entre manos? ¿He dicho alguna inconveniencia?

–No, no te hagas el paranoico –dijo Paxton, dándole un beso muy cariñoso–. ¿Cómo te van los exámenes?

Peter había casi terminado el segundo año. Los dos sabían que aquel curso era el más difícil.

–Me parece que lo planto todo y mañana por la mañana subo a un avión y me voy a Vietnam.

–No hagas bromas con esas cosas.

Paxton estaba muy seria cuando le sirvió una taza de café.

–No te tomes las cosas tan a pecho –dijo, mientras dejaba la taza y la besaba.

Peter se quedó mirando a su hermana, que acababa de salir de la cocina. Tenía cara de haber llorado.

–¿Qué le pasa? –preguntó en voz baja–. ¿Ha roto con ese chico? –Peter nunca recordaba su nombre, lo cual no era muy buena señal–. De todos modos, era demasiado viejo para ella... y estaba demasiado interesado en mi padre.

Paxton opinaba lo mismo pero, dadas las circunstancias, no tenía intención de admitirlo delante de Peter.

–Me parece que ha tenido un disgusto, pero estoy segura de que no es nada grave –dijo Paxton sin darle importancia, pese a lo cual Peter se dio cuenta de que estaba mintiéndole.

De todos modos, no tenía intención de insistir. Era evidente que Paxton sabía más de lo que decía. Aquella noche, cuando Matthew fue a recogerla, Gabby se puso una minifalda naranja y unos enormes pendientes de plástico en forma de cubo, pero pese a la indumentaria tenía un aspecto bastante sombrío. Cuando volvió a casa, menos de una hora más tarde, parecía al borde de un ataque de histerismo. Apenas entró clavó los ojos en Paxxie, como si su hermano no existiese siquiera.

–Me ha dicho que tiene que pensárselo. ¿Qué te parece?

Y, rompiendo a llorar, fue corriendo a su habitación y cerró la puerta de un portazo. Peter se quedó mirando, aturdido, a Paxxie. De pronto pareció que se le encendía una lucecita en la cabeza y dijo, mirándola:

–Oye, ¿no estará...? ¡Como lo esté, la mato y después lo mato a él!

Tenía la mandíbula tensa, pero Paxton le agarró por el brazo y le sacudió enérgicamente.

–Tú no harás nada; así que vas a dejar que lo arreglen entre ellos.

–¡Oh, Paxxie! –exclamó con lágrimas en los ojos muy abiertos, como si no pudiera creerlo. –¿Cómo ha podido? Ese tipo es un cabrón. ¿Es que ella no se da cuenta?

–No, quizá no lo sea, quizá sea una persona decente, quizá volverá para ayudarla.

Paxton lo esperaba sinceramente, pues de lo contrario Gabby estaría metida en un buen lío.

–Creo que debería abortar. Porque está embarazada, ¿no?

Paxton asintió.

–¿Cómo ha dejado que ocurriera?

–Ha sido un accidente.

–Esa clase de accidentes no tienen por qué ocurrir. A ti no te ocurren. ¿Es que no toma la píldora?

Paxton negó tristemente con la cabeza.

–¡Dios mío! ¿Qué dirán mis padres?

–Nadie va a decir nada. Primero deja que ella decida; de momento todavía no sabe lo que quiere.

–¡Tantas ganas de casarse para que ahora se presente un esquiador de tres al cuarto y le haga un bombo!

Paxton se echó a reír.

–¡Vamos, cállate! No porque lo conociera esquiando es un esquiador de tres al cuarto. Puede que sea el marido ideal para ella.

Justo en ese momento llamaron a la puerta. Era Matthew, alicaído y cabizbajo, que preguntó si podía ver a Gabby.

–Está en su habitación –dijo Paxxie con voz tranquila, echando una mirada furtiva a Peter y haciendo votos para que no se le ocurriera estrangular al padre del niño–. ¿Por qué no salimos a tomar una pizza o cualquier cosa?

–Porque no tengo hambre –dijo Peter refunfuñando, asesinando a Matthew con la mirada y dejando que Paxton lo sacara de casa, aunque no sin protestar ya en la calle–. ¿Por qué no me has dejado hablar con él?

–Porque él no ha venido a hablar contigo. Con quien quiere hablar es con Gabby. Déjalos solos, por el amor de Dios.

–¿Por qué? ¡Ya ves lo que ha pasado por dejarlos solos!

–Bueno, ahora ya no puede volver a ocurrir. Tú ocúpate de tus asuntos.

–Es mi hermana.

–Pero ahora él tiene prioridad. Y además, tengo hambre.

–No me digas que también tú estás embarazada, porque entonces me pongo a vomitar.

–¿Ah, sí? ¿Eso es lo que harías? –le dijo ella, observándolo llena de interés, mientras se paraban delante del coche.

Peter se puso serio de repente.

–No, no es lo que haría. Si alguna vez nos ocurre, Pax, no quiero que hagas ninguna estupidez. Prácticamente, ya estamos casados, lo único que falta es legalizar la situación. Yo me quedaría atendiendo al niño mientras tú ibas con el Cuerpo de Paz.

–Si me lo pones tan bien...

Aunque bromeaba, Peter quería dejar bien claro que estaba dispuesto a casarse con ella en ese momento.

Dio la vuelta al coche para acercarse a ella y, rodeándola con los brazos, le dijo:

–¡Te quiero con locura! Y me encantará que un día tengas un hijo mío.

–Y a mí –murmuró ella, rozándole el cuello con los labios, aunque todavía le costaba imaginarlo.

De todos modos, tampoco podía imaginar a Gabby con un niño.

Al volver a casa encontraron a Gabby y a Matt sentados en los escalones de entrada. Gabby no lloraba, lo que para Paxton era una buena señal. Él estaba de pie y parecía nervioso. Mirando a Peter, dijo:

–Quisiera hablar contigo.

Lo dijo mirándolo directamente a los ojos.

–¿Sobre qué? –preguntó Peter, que no tenía la más mínima intención de ponerle las cosas fáciles.

Pero Gabby estaba demasiado nerviosa para seguir escuchando.

Se levantó de un salto y dijo a su hermano:

–Vamos a casarnos.

Miró a Peter, después a Paxton y a continuación rompió a llorar, mientras Paxton la rodeaba con los brazos, le daba un beso y le decía que se alegraba muchísimo.

–¿Has hablado con papá y mamá? –preguntó Peter con aire prudente, aunque sabía perfectamente que la respuesta era negativa.

–Matt irá a comer mañana con papá.

Peter los miró a los dos y se dio cuenta de que él seguía bastante aturdido.

–¿Le dirá que te ha dejado embarazada?

–No –dijo Gabby con los labios temblorosos–, ¿se lo dirás tú?

–Todavía no lo sé –respondió Peter.

Pero de pronto intervino Matthew y rodeó a Gabby con el brazo.

–Ya basta. No hay razón para decírselo a nadie –dijo mirando a su futuro cuñado–. Esto queda entre los cuatro. No hay motivo para disgustar a tus padres ni a Gabby. Ha sido traumático para todos. Cuando Gabby me lo ha dicho, he quedado de una pieza. Aun así, debemos hacer lo posible para solucionarlo. Yo quiero a Gabby, ella me quiere a mí y vamos a tener un niño maravilloso.

Matt la estrechó con fuerza contra él y la besó en los cabellos, mientras ella reprimía las lágrimas y lo miraba llena de gratitud. Sabía que habría podido abandonarla y no lo había hecho. Peter, sin embargo, se daba cuenta de que casarse con Gabby Wilson era una ganga para un hombre como aquél. Con la boda perdía mucho menos él que ella.

Peter miró fijamente a su hermana.

–¿Estás segura de que es lo que quieres?

Ella asintió sin apartar la vista de él.

–Sí, es lo que quiero. Al principio no lo sabía, pero ahora sí.

Gabby miraba nerviosamente a Paxton. Era un paso muy importante. De estudiante universitaria pasaba de pronto a ser esposa y madre.

–¿Qué les dirás a nuestros padres?

–Que queremos casarnos... pronto..., dentro de unas semanas o quizás un mes.

–¿No crees que se darán cuenta? Para mamá será un gran disgusto que no hagas una boda solemne.

–Le diré que Matthew no lo quiere porque está divorciado –y encogiéndose de hombros añadió–: Y el niño llegará con dos meses de adelanto. Ocurre con muchos niños.

Levantó los ojos llena de felicidad hacia Matt, mientras Paxton los observaba. Era sorprendente. En el transcurso de unas pocas horas toda la vida de su amiga había cambiado radicalmente y de pronto parecía que ya no tenía nada que ver con ellos y que había pasado a pertenecer a Matthew. Aquella noche la pasó en casa de Matthew y cuando, al cabo de unos días, Paxton volvió a verla, tuvo la impresión de que el cambio había sido total. Matthew le había comprado un anillo y ella sólo sabía hablar de la boda. Por fin había encontrado, fuera de la universidad, lo que tanto deseaba: un marido. Pese a todo, Paxton no estaba demasiado segura de que Matt Stanton fuera la persona adecuada.

Ed Wilson era de la misma opinión, pero todos los esfuerzos que hizo para hacerlos desistir de sus propósitos fueron vanos, por lo que al fin se vio obligado a ceder. Sabía que su hija era tan cabezota como para escaparse a México y casarse en aquel país si se lo proponía.

Decidieron casarse en junio e insistieron en invitar sólo a unos pocos amigos y celebrar el banquete en casa. Tal como había vaticinado Peter, Marjorie Wilson estaba profundamente contrariada.

El día de la boda, celebrada el 4 de junio, Paxton estuvo al lado de la novia y lloró, porque sabía que Gabby estaba haciendo algo sin estar totalmente segura de ello. En enero nació el niño. Ed Wilson ya lo sospechaba y tampoco a Marjorie la engañaron del todo, aunque uno y otra prefirieron no remover la cuestión por consideración a Gabby y se limitaron a hacer votos para que Matt resultase un marido decente.

Peter y Paxton regresaron a su casa de Berkeley. Debían mudarse al cabo de una semana y tenían que hacer las maletas. Dejaban aquella casa y se trasladaban a otra más pequeña. Por otra parte, ya no querían fingir que eran sólo compañeros. La única que no estaba al corriente de la situación era la madre de Paxton, pero tampoco había motivo para darle más explicaciones, ya que estaba lo suficientemente lejos para tragarse la historia que le habían contado el año anterior. Sin embargo, ahora que se había ido Gabby, las cosas serían diferentes.

–¡Muy bien! –exclamó Paxton muy seria, mientras se sacaba el sombrero al entrar en casa y contemplar el maremágnum de paquetes que había por todas partes.

Gabby y Matt ya se habían ido de luna de miel. Aquella tarde habían viajado a Nueva York y, después de pasar un par de días en la ciudad, alojados en Pierre, volarían a Europa.

–¿Qué te parece? ¿Crees que resultará?

–No lo sé, Pax.

Nadie lo sabía. Lo único que podían hacer era rezar para que así fuera.

–Por lo menos es amable con ella.

–Más le vale –regonzó Peter, a lo que ella contestó con un beso.

–¿Qué vamos a hacer con esta cantidad de cosas?

–No sé. ¿Regalarlas?

La mayor parte eran libros y muchos eran de Paxton.

–¿Cómo voy a tener tiempo de empaquetar todo esto antes de ir a Savannah?

–No te preocupes, yo lo empaquetaré.

–Eres un santo –le dijo Paxton con una sonrisa.

La semana siguiente tenía que ir a Savannah para asistir a la boda de su hermano. También había decidido casarse en junio. Aquello parecía un tiovivo: empaquetarlo todo, trasladarse, desempaquetarlo todo e ir a Savannah para asistir a la boda.

Paxton volvió a encontrar a Queenie muy desmejorada; su madre, en cambio, parecía más tranquila que de costumbre. Aparentemente se entendía muy bien con Allison, lo que quitaba un poco de hierro al trato que mantenía con Paxton.

Dos días más tarde, después de la boda, Paxton volvió a San Francisco para empezar a trabajar en el periódico. Peter, por su parte, encontró un trabajo de verano en una empresa legislativa de Berkeley. Ahora que se habían mudado, era como si estuvieran casados, puesto que estaban solos y tenían una casita muy cómoda con una sala de estar muy grande, una cocina, un comedor, un jardín y un gran dormitorio en el piso de arriba, aparte de un cuartito en el que Peter guardaba sus libros de leyes. Cuando llegaba a casa de la salida del trabajo, Paxton cocinaba para él, o a veces se encontraban en la ciudad y cenaban fueran de casa. Paxton estaba encantada con su trabajo. Tenía que redactar cosas interesantes y a veces se limitaba simplemente a leer los teletipos y a librarse a la sensación de estar tomando el pulso al mundo. Nunca se había sentido tan feliz. A Gabby le ocurría otro tanto. Apareció de pronto en septiembre, cuando Paxton y Peter volvieron a reanudar los estudios, entusiasmada por el hecho de no tener que estudiar.

Paxton sospechaba que nunca volvería a reanudar los estudios. Sus padres ya estaban al corriente de su embarazo y Matt se mostraba muy atento con ella, es decir, todo el mundo era feliz.

Era difícil imaginar cómo irían las cosas aquel año, el tercero que pasaba en Berkeley. Esta vez pasó las Navidades en Savannah, con su familia, y encontró a Quennie enferma de verdad. Estaba pálida, si puede aplicarse esa palabra a una persona de su raza, tosía continuamente. Pese a que sus hijas insistían en que dejase de trabajar, ella se negaba a retirarse, especialmente ahora que Paxxie estaba en casa. Esto asustaba realmente a Paxton. Sin embargo, George repetía que no podía hacerse nada cada vez que su hermana insistía en que había que tomar una determinación. De todos modos, Queenie no era objeto del interés de George, ahora totalmente concentrado en Allison. Estaban esperando su primer hijo, que nacería el próximo verano, en agosto.

El hijo de Gabby nació tres semanas después del regreso de Paxton de las vacaciones de Navidad. Fue una niña encantadora y pelirroja, como su madre. A Paxton, al visitar a Gabby en el hospital, le parecía imposible que su amiga fuera madre. Matt estaba radiante, al igual que los Wilson. Cuando volvió a casa con Peter, Paxton sintió un extraño vacío en el corazón.

–¿Te encuentras bien? –le preguntó Peter, que lo había notado y se daba cuenta de que no había hablado mucho durante el trayecto de regreso a casa.

Paxton le miró y sonrió de una manera extraña.

–Sí, resulta extraño verla con un niño en brazos, ¿no te parece? Hace tanto tiempo que estamos juntos tú y yo, más de dos años ya, y nos conocemos tan bien que me resulta extraño pensar que ellos sólo hace un año que se conocen y ya están felizmente casados y con un hijo.

–Sí, tienes razón –dijo él con una sonrisa–, pero esto podría arreglarse, si tú quieres.

–No se trata de eso. Por lo menos, de momento.

Y sonrió con tristeza porque, en cierto modo, aquello era lo que más deseaba. Habría querido tenerlo todo y estaba harta de la universidad. Echaba de menos el trabajo del periódico que había desempeñado durante el verano. Ahora había que volver a los exámenes, a los trabajos, a las pruebas, a los libros escolares.

En aquellos momentos había cuatrocientos mil jóvenes norteamericanos en Vietnam y ya nada tenía sentido. Habría supuesto poco si a ella no le hubiera importado, pero le importaba y mucho. A Peter le faltaban cinco meses para terminar sus estudios de derecho.

Continuaba estando triste cuando por la noche, en la cama, en brazos de Peter, se dio cuenta de que estaba celosa de que Gabby hubiera tenido una hija.

–¿En qué piensas? –le preguntó Peter en la oscuridad mientras la tenía en brazos.

–¡Qué tonta soy! –dijo ella con una sonrisa al tiempo que él se echaba a reír.

–¿Piensas en cosas alegres?

–A veces me adelanto a los acontecimientos.

–¿Vuelves a pensar en la niña?

La niña era un encanto, pero lo que más la había impresionado había sido verlos tan felices y compenetrados, mientras ella no podía pensar en tener hijos durante años a pesar de desearlo tanto.

–Mira, si quieres podemos casarnos en junio, cuando me den el título. Entonces ya trabajaré. Me encantaría, nena.

Paxton se daba cuenta, pese a la oscuridad, de que Peter estaba entusiasmado y, de hecho, aquello habría sido lo más seguro.

–Creo que no debemos. Fíjate en Gabby. Ya no volverá a estudiar. Yo quiero terminar lo que he empezado.

–¿Y qué me dices del Cuerpo de Paz?

Paxton sonrió.

–Quizá tendré que sacrificarlo. No estoy tan segura de que me entusiasmase, con todas esas cucarachas y sanguijuelas de que hablan.

–¿Fijamos la fecha, pues? – dijo él, que ahora también sonreía–. ¿Te parece junio del sesenta y ocho? ¿Cuando te den el título?

No faltaban más que diecisiete meses y a Paxton ahora le parecía de perlas.

–¿Qué me contestas, nena?

–Te contesto que sí y que te quiero.

–Yo también te quiero –dijo él, felicísimo–. ¿O sea que estamos prometidos?

–Eso parece, ¿no?

Paxton se echó a reír.

–¿Puedo comprarte un anillo?

–Quizá tendríamos que esperar.

Aquello parecía un paso muy importante y significaba decírselo a su madre y tener que escuchar de sus labios una serie de recriminaciones por no casarse con un chico de Savannah.

–¿Por qué no esperamos a Navidad? Entonces ya faltará poco para la boda.

–Pues empezaré a ahorrar –dijo él al tiempo que se acercaba más a ella y se quedaban dormidos en su confortable casita de Berkeley.

8

Peter se licenció en derecho en junio de 1967 y sus padres, para celebrarlo, le ofrecieron un fastuoso banquete en el Bohemian Club de San Francisco. Asistieron todas las personas importantes de la ciudad, entre ellas el que iba a ser el jefe de Peter en un bufete jurídico de gran influencia en el medio. Los Wilson presentaron a Paxton como futura nuera, cosa que a ella no le importó. También estuvieron presentes Matt y Gabby, que estaba muy guapa y esbelta y no paraba de hablar de su hijita.

–Voy a tener otro hijo –confió a Paxton cuando fueron juntas al tocador.

Paxton observó que nunca la había visto tan deslumbrante ni tan feliz.

–¿Y los estudios?

–De todos modos, no pienso volver. Yo no soy como tú. Tú quieres ser periodista, hacer una carrera, demostrarte algo. ¡Al demonio, nena! Yo lo único que quiero es estar casada y tener hijos.

Paxton sonrió tristemente.

–Lo que dices es el sueño de mi madre. Allison por lo menos la distraerá un poco. Tendrá un hijo en agosto y espero hacerle una visita para conocerle.

Había planeado volver a trabajar para el *Morning Sun* durante el verano. No le quedaba más que un año de estudios, después del cual le darían un empleo permanente como reportera.

–Así que, ¿para cuándo es el siguiente? Supongo que esta vez será un niño.

Habían puesto por nombre a la niña Marjorie Gabrielle, pero la llamaban Marjie.

–Un niño es lo que quiere Matt –dijo Gabby con aire feliz.

Tenía veintiún años y ya era esposa y madre. En cambio ella hacía tres años que vivía con Peter y, aunque él era abogado, ella no era más que estudiante. Ahora tenía muchas ganas de seguir adelante. Quería terminar los estudios, encontrar un trabajo en serio y casarse. Por este orden.

–¿Es bueno contigo? –preguntó Paxton, aunque sabía que la pregunta era innecesaria.

–Sí, lo es –dijo Gabby, muy serena y mirando muy seria a su vieja amiga, compañera de habitación y futura hermana–. He tenido suerte. Habría podido resultar una verdadera calamidad, pero no ha sido así. Y no tienes idea de lo entusiasmado que está con la niña.

–Me alegro –dijo Paxton sinceramente.

Luego salieron del tocador y volvieron a la mesa.

–¿Qué hacíais las dos allí dentro? Os he buscado por todas partes –protestó Peter cuando las encontró por fin–. Quería presentarte a la esposa de mi jefe. Es inglesa y me parece que te gustará conocerla.

Sin embargo, no pudieron localizarla. Pasaron un día largo y feliz y, cuando finalmente regresaron a su casa de Berkeley, estaban agotados. Habían decidido alquilarla un año más, porque era cómoda para Paxton mientras siguiese estudiando en la universidad. Cuando ella terminara la carrera, trabajara para el periódico y se casaran, podrían trasladarse a vivir a la ciudad.

–Ha sido un día maravilloso –dijo Paxton con una sonrisa–. ¡Me siento tan orgullosa de ti! ¡Lo has conseguido!

Peter también tenía cara de felicidad y sus padres se habían sentido muy ufanos con él. Estaban contentos de sus dos hijos, aparte de que amaban a Paxton y ella los amaba a ellos. Se pasaron el resto del día hablando de aquel final de carrera.

El verano pasó rápidamente. Peter estaba muy atareado con su nuevo trabajo y Paxton estaba absorbida día y noche por el periódico. Antes de reanudar los estudios hizo un viaje a Savannah para ver a su madre y conocer al hijo de George. Era un niño, y George estaba tan satisfecho con él que no cabía en sí de gozo. Le habían puesto los nombres de James Carlton. Era un niño hermoso y Allison se encontraba perfectamente. Hasta su propia madre parecía haberse dulcificado un poco.

Queenie, sin embargo, daba la impresión de haberse puesto doce años encima y de pronto, debido a la artritis, se había transformado casi en una inválida.

–¿Por qué no te ocupas de ella? –le dijo Paxton, acusadora, a su hermano, pero George se la sacó de encima.

Tenía otras cosas en que pensar y no podía ocuparse de la vieja criada de su madre.

–Queenie no irá a ver a ningún otro médico, George. Ella confía en ti.

–No puedo hacer nada por ella, Paxton. Es vieja. Debe de tener casi ochenta años.

–¿Y qué? Podría llegar a los cien si alguien la cuidase como es debido.

Pero aunque no lo dijo, George no lo creía. Durante los dos últimos años su salud había empeorado mucho y, aunque Paxton no estuviera dispuesta a admitirlo, no iba a vivir siempre.

Paxton, sin embargo, volvió a recordárselo antes de marcharse y pasó la última tarde con Queenie.

–¿Al final te casarás con él? –le preguntó ésta, malhumorada, cuando Paxton le mencionó a Peter.

–Hemos decidido que nos casaremos el próximo junio, cuando yo termine los estudios, o quizá durante el verano.

Paxton primero quería trabajar, porque todavía estaba empeñada en ser independiente.

–¿A qué esperas, niña mía? ¿El cabello gris o la luna llena? Ya hace tres años que andáis enamoriscados.

–Lo sé, pero primero quiero terminar lo que he empezado.

–Uno se puede casar y seguir estudiando. Eres bastante lista para hacer las dos cosas. ¿Qué problema tienes?

–Me parece que soy un poco tonta. Sigo pensando que primero tengo que hacer una cosa y después la otra.

–No esperes demasiado.

Queenie observó con atención a aquella muchacha que había criado desde niña y pensó para sus adentros que su Paxxie estaba más bonita que nunca. Se había hecho mayor y parecía más sensata, tenía los rasgos faciales más acabados y el cuerpo más rellenito en los sitios donde era conveniente que lo estuviera.

–¿Qué quieres decir? –dijo Paxton, preocupada de pronto.

–Pues que a lo mejor encuentra otra que no quiere esperar o a lo mejor aparece una, le echa el anzuelo y lo pesca... o no sé. ¡Qué sé yo! La vida a veces tiene cosas raras, a veces te pega una coz cuando aguardas una cosa demasiado tiempo. Tienes que casarte pronto, mi niña, y no puedes esperar mucho más. Creo que tendrías que casarte enseguida.

Paxton pensó que quizá la anciana no quería morir sin verla casada, aunque sabía que Peter esperaría, porque no era de los que van detrás de otra y te dejan plantada. Estaba segura. Por algo habían esperado tanto tiempo. Esperar un año más ya no tenía tanta importancia.

El día en que Paxton volvió en avión a Berkeley, Thieu fue elegido presidente de Vietnam del Sur. Un mes más tarde, el balance de soldados norteamericanos muertos en Vietnam arrojaba una cifra de trece mil, aparte de los setecientos cincuenta y seis desaparecidos.

Gabby le confirmó que volvía a estar embarazada y que esperaba el próximo hijo en junio. A Paxton ahora le pareció que faltaba mucho, porque era el tiempo que faltaba para su boda.

Su cuarto año en la universidad le resultaba casi deprimente. Los días transcurrían volando, mientras ella y Peter seguían hablando de sus planes para después de la consecución del título.

Aquel año pasaron juntos la Navidad en casa de los Wilson y, después de Navidad, como otras veces, Peter y Paxton fueron a esquiar al valle de Squaw. Lo pasaron estupendamente y se rieron mucho recordando cómo se habían conocido Gabby y Matt en aquel lugar dos años antes y las muchas cosas que les habían ocurrido a ellos dos en los tres años y medio que llevaban juntos. Ahora ya no les parecía tan largo el tiempo que había que esperar. El mes de junio y el final de los estudios de Paxton parecían estar a la vuelta de la esquina. Después ella tendría que tomar una decisión con respecto a un trabajo serio y casarse a finales del verano. Ya faltaba menos de un año.

Sin embargo, al llegar a casa les estaba esperando en el buzón una carta de la oficina de reclutamiento dirigida a Peter. Lo llamaban a filas. Paxton sintió que el corazón le daba un vuelco.

–¡Dios santo! ¿Qué haremos? –preguntó Paxton con mirada de terror.

–Rezar –dijo Peter.

Aquella noche, a última hora, Peter llamó por teléfono a su padre y éste tuvo que admitir que no tenía ninguna influencia en la oficina de reclutamiento, si bien le preguntó a bocajarro si Paxton estaría dispuesta a casarse.

–Estoy seguro de que sí –dijo él con voz tranquila, y Paxton supo en seguida qué le había preguntado su padre al añadir–: pero queríamos casarnos en verano.

Peter sabía lo importante que era para Paxton esperar y hacer las cosas por el orden establecido.

–Me parece que no deberíamos esperar más. Si esto puede librarte, casémonos en seguida.

Se enteraron inmediatamente de que aquello podía liberarlo, aunque no era seguro. Dependía de cada oficina de reclutamiento en particular que aceptase o no el matrimonio como circunstancia apta para un aplazamiento. Últimamente se habían respetado matrimonios contraídos incluso once horas antes de la convocatoria. Probablemente para ellos ya era demasiado tarde, aparte de que Peter no quería forzar a Paxton a casarse antes de que ésta obtuviera el título.

–Ya veremos, papá. Tal vez rectifiquen cuando vaya a la revisión física. Dentro de seis semanas cumplo veintiséis años. Vale la pena probarlo. Ellos prefieren a los jóvenes.

Pero al colgar vio que Paxton tenía los ojos llenos de lágrimas. La aterraba pensar que podían seleccionarlo.

–¡No seas tonta, nena! –dijo estrechándola con fuerza–. Tengo demasiados años. Seguro que no me aceptan.

–¿Y si te aceptan?

–No me aceptarán.

–Casémonos.

Ahora Paxton no quería otra cosa, pero Peter pensaba que no serviría de nada.

–No es la manera de hacerlo. Hemos esperado tres años y medio y ahora, dominados por el pánico, no vamos a casarnos aprisa y corriendo.

–¿Y por qué no? Peter, no quiero esperar.

De pronto recordó las palabras de Queenie: a veces la vida te pega una coz cuando aguardas una cosa demasiado tiempo.

–Quiero casarme.

–No te dejes dominar por el pánico –dijo Peter.

Trataba de hablar con calma, pero era la primera vez que veía a Paxton tan asustada.

–Mañana hablaré con mi jefe.

Pero éste fue de la misma opinión que Peter. No iban a reclutar a alguien a quien le faltaba un mes para cumplir la edad tope. No tenía sentido. Y si ésta era su intención, por lo menos él podía tratar de convencerlos. Después de todo, sólo faltaban seis semanas.

Pero cuando fue al Centro de Reclutamiento de Oakland para la revisión, lo aceptaron. Ya estaba hecho, ¡ya lo habían atrapado! Nadie podía creerlo pero era así. A Paxton le pareció que el mundo se le caía encima. Habría querido esconder a Peter en alguna parte, pero no era posible. Peter no creía en la guerra, Paxton le recordó que incluso había quemado su tarjeta de reclutamiento, pero él le contestó que ahora era una persona adulta y que era hijo del editor del *Morning Sun.* Ahora tenía que aceptar la realidad y, aunque no le gustase, la realidad era ésta.

Aunque se hubieran casado ahora, ya era demasiado tarde. Lo habían reclutado en firme y ya no había rectificación posible.

Era como una pesadilla. En Vietnam, nombre que ahora quitaba el sueño a Paxton, veinte mil soldados comunistas habían realizado ataques por sorpresa en el sur durante las fiestas del Tet, el Año Nuevo chino. El 23 de enero, los norcoreanos se apoderaban del buque norteamericano *Pueblo.* Fue el mismo día en que Peter tuvo que presentarse en Fort Ord para hacer el entrenamiento básico. Paxton no lo vería durante seis semanas, después de las cuales sólo Dios sabía a qué lugar podían enviarlo. La única cosa que tranquilizaba a Peter era pensar que, por el hecho de ser abogado, probablemente tendría que desempeñar algún trabajo de oficina y por lo menos se libraría de participar en el combate. Pero aunque pretendía tranquilizar así a sus padres y a Paxton, la verdad es que estaba asustado. No era aquello lo que esperaba de su vida a los siete meses de haber salido de la facultad de derecho.

–Peter, ¡te lo pido por favor! ¡Vámonos a Canada! Haré lo que sea –le imploró ella antes de que él se marchara, pero Peter no quiso escucharla.

–¡No digas tonterías! Quiero que termines tus estudios.

Sabía lo mucho que su carrera significaba para ella y que la estaba realizando con gran brillantez, aparte de que tampoco quería escapar. Lo mejor era afrontar la situación y tratar de sacarle el mejor partido posible. Era indudable que aquello supondría un obstáculo en los planes de su carrera pero, al fin y al cabo, dos años tampoco eran el fin del mundo. Esto era lo que no paraba de repetirse. Podría haberse entrenado para oficial, pero esto no habría hecho sino alargar el período. Prefería pasar dos años de «caloyo» y después volver a casa.

Ahora ya no se podía hacer nada para parar la rueda. Paxton le rogó, pues, que esperase hasta el último momento y ella misma lo acompañó en coche a Fort Ord y lloró desconsoladamente cuando tuvo que separarse de él.

–Nos veremos dentro de unas semanas, cariño. ¡No llores más!

Peter insistió en que se trasladara a San Francisco y viviera con sus padres. Lo hizo, pero a los pocos días decidió trasladarse a su casa de Berkeley. Habían sido tan felices en aquella casa que quería quedarse en ella. Cada noche esperaba que la llamara. Cuando finalmente Peter pudo telefonear, a Paxton le pareció morir, tanta era la ansiedad con que había esperado aquella llamada. Había pasado seis semanas sin escuchar su voz y durante todo ese tiempo le había sido imposible estudiar. No podía pensar en otra cosa que en Peter. Éste le dijo que volvía a casa y que pasarían juntos aquel fin de semana. Aunque volvió, las noticias que trajo no eran buenas: al cabo de cinco días salía para Saigón.

9

Los últimos días que Peter pasó en la ciudad fueron un calvario para todos y de manera especial para Paxton. Todos querían estar con él, hablar con él, testimoniarle lo mucho que le querían. Su padre quiso todavía llamar a algunas puertas, pero no sirvió de nada. El único amigo que tenía en la oficina de reclutamiento le dijo que era imposible hacer nada. Todo el mundo estaba en la misma situación aquellos días, eran muchas las familias que estaban desesperadas por no poder salvar a sus hijos. Sin embargo, no se podía hacer nada. Si lo habían llamado, no tenía más remedio que presentarse y lo único que debía hacer era procurar conservar la vida una vez llegado a su destino. Su destino era Vietnam y allí debía cubrir un período estándar de trece meses. Trescientos noventa y cinco días, puntualizó a Paxxie. Después lo enviarían a algún lugar de los Estados Unidos y todo habría terminado. Aquello suponía un ligero retraso en sus planes, pero nada más. Eso era lo que él decía, pero ambos sabían que las cosas eran diferentes. Sabían que durante los trece meses siguientes estarían con el alma en vilo y que rezarían para que a Peter no le ocurriera nada malo, conservara la vida y volviera a casa. Lo que más lamentaba Paxton era que no se hubieran casado.

–¡Vámonos a Canadá! –le insistió al oído, por la noche, en la cama del cuarto de invitados de casa de sus padres.

Los Wilson habían querido que Peter pasase en su casa los pocos días que le quedaban e invitaron a Paxton para que los acompañara. Los habían puesto en habitaciones separadas pero Peter, por la noche, iba a hurtadillas al cuarto de Paxton y volvía al suyo por la madrugada. De todos modos, ninguno de los dos podía dormir: Paxton estaba demasiado trastornada y él estaba terriblemente tenso. Pasaba el día tranquilizando a todos y, cuando llegaba la noche, debía acallar sus propios miedos.

Durante los dos meses en Fort Ord había perdido peso y «hecho músculo», pero tenía una mirada tan triste que rompía el corazón de Paxton. Sus ojos parecían decir: «No quiero irme». Sin embargo, sabía que no había forma de evitarlo.

–No podemos ir a Canadá, Pax –dijo con voz serena, y con la colilla del cigarrillo encendió otro.

Él, que antes apenas fumaba, después del período en el campamento de entrenamiento había adquirido el hábito.

–¿Qué demonios voy a hacer allí?

–Eres abogado. Puedes practicar y empezar a trabajar allí en lugar de aquí.

–Sí, y entretanto destrozaré el corazón de mi padre. Pax, temo no volver nunca más.

–¡Qué tontería! Un día dejarán que todo el mundo vuelva a sus casas. Ya tienen demasiada gente. Se verán obligados a mandar a todos los soldados a sus casas.

–¿Y si no es así? Entonces no podré volver. No valdrá la pena.

¿Y si no volvía nunca? ¿Valdría la pena volver? De pronto volvió a sentirse atormentada por la duda. No era posible que les estuviese ocurriendo todo aquello. Peter tenía veintiséis años, era abogado, iba a casarse y ahora lo enviaban a Vietnam. Era una pesadilla.

–¡Peter! ¡Oh, por favor!

Paxton lo abrazó en la oscuridad y, mientras estaba en sus brazos, comenzó a llorar. También él lloró, pero no se doblegaría a lo que ella le pedía. No quería escapar. No le gustaba ir a la guerra porque no creía en la guerra y muchos años atrás había quemado su tarjeta de reclutamiento, pero sabía que tenía que ir y que, llegado el momento, serviría a su país. En el campo de entrenamiento le habían contado cosas terribles de

Vietnam, y le habían hablado de lo mucho que iba a odiar a Charlie*. Le habían contado historias espantosas de niños armados con ametralladoras, de soldados vietcong escondidos entre la maleza, de trampas en las que se ocultaban explosivos y de túneles llenos de vietcongs esperando para matar a los que cayeran en sus manos. Pero había otras cosas de las que no hablaban: la pena, el dolor y la tragedia de perder a un amigo, el horror de pisar una mina o de matar a una mujer con un niño en brazos sólo porque uno tenía tanto miedo que ya no podía pensar con claridad.

Aun así, se sentía preparado y durante los últimos días se dedicó sobre todo a tranquilizar a Paxton y a asegurarle que tendría mucho cuidado y que no cometería ninguna locura.

–¿Me lo juras? –le pidió Paxton antes de que la dejase para volver a su habitación y se despidiese de ella con un beso.

–Te lo juro –dijo él con una sonrisa plácida–, te juro que volveré, entero, dispuesto a casarme contigo y a tener catorce hijos. Mejor será que te prepares, Pax, porque entonces ya seré viejo.

Entonces ella estaría más que preparada y se habría independizado completamente.

–Podríamos casarnos antes, ¿no te parece?

Paxton se sentía ansiosa por casarse con él en seguida y Peter lo sabía. Sin embargo, él no quería casarse de aquella manera, aprisa y corriendo, entre histerismos y miedos. Y tampoco quería hacerle correr el riesgo de transformarse en una viuda. Él estaba dispuesto a esperar y sabía que ella también esperaría. Esto no lo asustaba puesto que, después de todos aquellos años, se sentían como marido y mujer.

–Te quiero –volvió a decirle ella en un murmullo, al tiempo que él la besaba. Luego volvió a su habitación.

Ya estaba saliendo el sol. Era el último día de marzo de 1968 y al día siguiente Peter salía en dirección a Vietnam. Hoy tenía muchas cosas que hacer. Era domingo.

Gabby, Matt y la niña fueron a comer a casa de los Wilson.

* «Charlie» y «Victor Charlie», nombres utilizados por los soldados de los Estados Unidos para designar el vietcong, debido a sus mismas iniciales (VC, Viet Cong). (*N. de la T.*)

Marjie ya tenía quince meses, acababa de aprender a andar y se metía por todas partes. Gabby estaba embarazada de siete meses. Peter habló mucho rato con ella y, después de comer, pasearon por el jardín. Cuando volvieron, los dos tenían cara de haber llorado. Pero aquel día lloró todo el mundo, incluso el padre de Peter.

Por la noche, cuando Gabby y Matt se marcharon, escucharon a Lyndon Johnson. Prometió reducir los bombardeos una vez más y dijo que pronto habría paz. A continuación sorprendió a todo el mundo al anunciar que no volvería a presentarse a las elecciones. Por lo menos esto dio pie a la familia para hablar de otra cosa, puesto que parecía que no se podía hablar más que de la partida de Peter a la mañana siguiente.

Aquella noche Peter se presentó en la habitación de Paxton antes incluso de que se acostaran sus padres. No quería perder ni un solo momento y pasó toda la noche abrazado a Paxton. Volvieron a llorar los dos. No quería morir, no quería matar a nadie, no quería separarse de la muchacha que amaba, pero era imposible retroceder.

Paxton volvió a culparse por no haberse casado con él mucho antes. Había creído sensato esperar a terminar los estudios pero, ¿se podía ser sensato, dadas las circunstancias? ¿Era sensato lo que ocurría? ¡Una guerra a medio mundo de distancia, en un lugar que quitaba toda importancia al hecho de perderla o ganarla, en un país donde no era posible defenderse porque el miedo de la revancha era demasiado grande! Nada parecía sensato ahora. Ni a ellos ni a nadie. Y a Paxton todavía se lo parecía menos.

Se quedaron en la ventana para ver salir el sol, después volvieron a la cama e hicieron el amor por última vez y, cuando por fin Peter salió de la habitación de Paxton para volver a la suya, se encontró con su padre.

–Buenos días, papá –le dijo con una triste sonrisa, mientras Ed Wilson lo saludaba con una inclinación de cabeza y los ojos llenos de lágrimas.

Lo había tenido en sus brazos cuando era un niño y, ahora que era un hombre, sentía la desesperación que le inspiraba el temor de perderlo.

Aquella mañana desayunaron todos juntos. Iban todos vestidos de punta en blanco, todos muy despiertos, el rostro alerta, muy serios mientras comían en absoluto silencio. El que habló primero fue Peter, al tiempo que apartaba lentamente la silla en que estaba sentado.

–Bien, probablemente no volveré a desayunar como ahora hasta dentro de mucho tiempo.

Era evidente que no desayunaría con una camarera de uniforme, en un comedor tan solemne como aquél, ni con vajilla de Limoges, cubiertos de plata y servilletas Porthault. Ni desayunaría tampoco con personas a las que amara y que lo amaran, todos vestidos con ropa limpia y en una habitación donde no había peligro alguno.

–Os echaré de menos.

La sinceridad de sus palabras rompió el hielo y todos comenzaron a llorar, Peter, sus padres y Paxton, mientras se prometían mutuamente que serían valientes, que Peter regresaría pronto y le testimoniaban que todos lo echarían de menos. Paxton comprendió más que nadie lo felices que eran al tener ocasión de expresar sus sentimientos. Si hubiera sido su hermano el que tenía que marcharse, ningún miembro de su familia habría podido decir qué sentía, ni hacerle patente la tristeza que experimentaban ni lo mucho que lo querían.

Media hora más tarde los cuatro se ponían en camino hacia la Base de las Fuerzas Aéreas de Travis, en Fairfield. Peter llevaba un flamante uniforme y, colgado del brazo, un enorme capote. Le habían ordenado que se presentase a las doce del mediodía, pero no sabía a qué hora exactamente tendría que subir al avión aunque, después de separarse de ellos, este detalle le importaba muy poco.

Era un día soleado y cálido y el chófer del señor Wilson no dijo una sola palabra durante el camino, pero al llegar bajó del coche y, lleno de admiración, tendió la mano a Peter.

–Buena suerte, hijo. ¡Déles su merecido!

Había participado en la Segunda Guerra Mundial y para él la idea de guerra tenía significado. Él, en su momento, había sabido quién era el enemigo, en qué lado estaban los buenos y por qué se luchaba. Peter, en cambio, estaba mucho menos seguro de estas cosas. Le contestó con una inclinación de cabeza.

–Gracias, Tom, y cuídate mucho.

Repitió las mismas palabras a todos, y a su madre, a la que dio un largo abrazo, le dijo:

–Cuídate, mamá. Te quiero mucho.

Ella, viendo a su hijo marchar a la guerra, estuvo a punto de desplomarse de rodillas y de romper a llorar, pero sacó fuerzas de flaqueza y, asintiendo con la cabeza, volvió a besar a Peter a través de las lágrimas que empañaban sus ojos y oprimió la mano de Ed hasta que le pareció que los dedos iban a rompérsele mientras Peter se despedía de Paxton.

–Te quiero mucho también –le dijo con voz entrecortada, casi incapaz de hablar–. Cuídate.

Después dio media vuelta y desapareció en el cavernoso edificio. Ya no podían quedarse más tiempo con él y Ed Wilson pensó que así era mejor. Era muy doloroso tener que separarse de su hijo y consideró que habría sido demasiado para Marjorie contemplar cómo despegaba el avión que lo llevaría camino de tantos peligros.

Ayudó a las mujeres, ahora abrazadas y llorando conmovedoramente, a meterse en el coche.

–¿Por qué no me casé con él? –sollozaba Paxton, ya sin freno, mientras Marjorie movía la cabeza llena de miedo y de dolor.

–No podías saber lo que iba a ocurrir.

Nadie lo sabía, como nadie sabía a qué guerra iba ni tampoco el precio que podía pagar en ella.

–¡Dios mío, espero que tenga mucha prudencia! –dijo su madre en voz baja mientras volvían a cruzar el puente de la bahía, de regreso a San Francisco.

Paxton se quedó a comer con ellos, pero todos estaban demasiado alicaídos para hablar. Aquella misma tarde recogió todas sus cosas y volvió a su casa de Bekerley. Tenía un examen por la tarde correspondiente a su último curso de economía, pero había decidido no presentarse. No se acordaba de nada que no fuera dónde se encontraba Peter y adónde iba. Sabía que iba rumbo a Hawai, de allí seguiría hasta Guam y después continuaría hasta Saigón. Si podía, desde allí la llamaría por teléfono. No se sabía con certeza cuál iba a ser el destino después de Saigón. Paxton tenía la esperanza de que no lo movieran de la ciudad, que tuviera la suerte de que lo dejaran en las oficinas y por eso le había insistido en que hiciera hincapié en su profesión de abogado. Sin embargo, era evidente que no había sido destinado al cuerpo jurídico porque, de haber sido así, lo habrían dejado en los Estados Unidos. En Vietnam no necesitaban abogados, sino sólo soldados rasos que hicieran la guerra, buscaran minas y desalojaran a Charlie de sus cuevas y túneles.

Los padres de Peter habían rogado a Paxton que estuviera en contacto con ellos, que fuera a cenar a menudo a su casa o que se quedara temporadas con ellos siempre que quisiera, pero ella consagró todo aquel día a descansar en la cama que había compartido con Peter y a aspirar el rastro del after-shave del que estaban impregnadas las ropas que guardaba en el armario. Peter no había tenido tiempo de recoger sus cosas, pese a que tenían que dejar la casa en julio. Paxton, por otra parte, tampoco había querido que las recogiera, porque quedarse con sus cosas era una manera de quedarse con él. De ese modo le parecía que no lo había perdido tanto.

Gabby le telefoneó aquella tarde y las dos se echaron a llorar. Le dijo que ni siquiera la idea de esperar otro hijo conseguía animarla.

–¡Me gustaría tanto que volviera! –sollozó.

Eran dos hermanos que habían estado muy unidos, especialmente durante los años en que habían vivido con Paxton.

–También a mí me gustaría... –dijo Paxton con voz lúgubre, echando una ojeada a la silenciosa cocina.

–¿Sabes qué día es hoy? –le preguntó Gabby de pronto, aunque Paxton no lo sabía ni le importaba pese a estar convencida de que era un día que no olvidaría nunca–. ¡El día de los Inocentes!*

Paxton casi se echó a reír.

–¿Quiere decir que nos lo devolverán esta noche diciendo que todo ha sido una broma?

* April Fools' Day, que se celebra el 1 de abril, es un día en el que se acostumbra gastar bromas entre amigos. (*N. de la T.*)

–¡Eso es lo que tendrían que hacer, los muy imbéciles!

Pero en ese momento Paxton oyó que Marjorie lloraba y Gabby tuvo que ir a atenderla, aunque no sin prometerle que la llamaría más tarde.

Peter llamó al llegar a Guam. Era medianoche, pero Paxton no dormía. Estaba tumbada en la cama, pensando en él, y fue un regalo poder oír su voz a través del teléfono pese a las muchas interferencias. No disponía más que de unos minutos entre dos vuelos, pero la llamaba para decirle que la quería.

–También yo te quiero... Cuídate mucho.

–¡Te amo!

De pronto dejó de oírlo. Paxton volvió a meterse en cama, pero no pudo pegar ojo en toda la noche.

Aquel día volvió a saltarse las clases. Necesitaba tiempo para presentar dos trabajos, pero no había podido concentrarse desde que Peter había ingresado en Fort Ord. La tensión excesiva había determinado que se resintieran sus calificaciones del trimestre. Éstas habían pasado de sobresaliente a insuficiente en casi todas las asignaturas. Fue a la biblioteca a recoger unos libros que le guardaban desde primeros de marzo y, aunque se daba cuenta de que ahora no tenía otra cosa que hacer, empezaba a sentir un vago temor en relación con los trabajos que debía presentar.

A la mañana siguiente llamó a la madre de Peter. Estaba enterada, por Gabby, de la llamada de Peter desde Guam. Lo único que quería saber era si Paxton se encontraba bien. Sí, estaba bien, salvo que volvía a tener aquella extraña sensación, ya experimentada en ocasión de la muerte de su padre y del asesinato de John Kennedy, de estar moviéndose por debajo del agua. Todo sucedía a cámara lenta y tenía la impresión de que las voces que oía llegaban desde gran distancia. Era como si nada le importase, como si ya no importara lo que pudiera ocurrir. Habría querido hibernar en cualquier parte hasta que volviera Peter, sin que importara cuándo pudiera ser. Aunque Peter le había prometido que, apenas tuviera permiso, se reunirían en Hawai o en el sitio al que lo autorizaran a trasladarse, en realidad no estaba seguro de cuándo ni dónde sería. Sólo de que se encontrarían.

–Cuídate mucho –le dijo la madre de Peter, y Paxton le prometió que lo haría, igual que había hecho su hijo.

Después de colgar, Paxton estuvo a punto de llamar a Savannah para hablar con Queenie, pero al final decidió que no quería preocuparla.

Aquella noche Paxton escuchó las noticias y supo que Peter estaba en Saigón. De pronto cobraba importancia cualquier información, cualquier palabra, cualquier imagen ofrecida en toda su precisión, siempre temiendo que alguno de aquellos soldados pudiera ser Peter. Pero aquella noche no fueron las noticias de Vietnam las que más la conmovieron, sino otra que dieron a continuación. Se trataba de la repetición de una noticia que habían estado ofreciendo todo el día, pero de la que Paxton no se había enterado pese a haber permanecido en casa. Trataba de Martin Luther King. En la pantalla aparecían confusas imágenes de gente corriendo en un hotel, de alguien que gritaba, y a continuación se oían unas palabras grabadas. Martin Luther King, Jr., había sido asesinado en Memphis. Asesinado. Muerto. Paxton se quedó mirando la televisión, incapaz de dar crédito a sus ojos. El mundo se había vuelto loco. Peter estaba en Vietnam y Martin Luther King había sido asesinado de un disparo. Alguien había querido aniquilar todo lo que aquel hombre representaba dándole muerte a él. Paxton, en su casa de Berkeley, sintió que iba hundiéndose lentamente en la butaca mientras seguía con los ojos clavados en el televisor y oía lo que decían. Para ella, sin embargo, ya nada tenía sentido. Aquella noche, cuando estallaron los motines, los oyó desde su casa. Los hubo en todas las ciudades. Era el grito angustiado de una generación que había querido superar el dolor del asesinato de Kennedy, ocurrido cinco años antes. Habían pasado la antorcha de mano en mano, pero sus manos y sus corazones de pronto se sentían cansados para seguir sosteniéndola.

Paxton permaneció sentada en la sala de estar, a oscuras, llorando por aquel hombre. Esta vez, cuando sonó el teléfono, no contestó, pues sabía que no podía tratarse de Peter. Seguramente sería algún amigo, deseoso de lamentarse con ella de la desgracia, de preguntarle si se había enterado de la noticia, de compartir la magnitud de aquel hecho increíble, pero ella no estaba dispuesta a hablar con nadie. No quería hablar con nadie, no quería formar parte de un mundo capaz de matar a un hombre como aquél. Sólo de pensarlo se ponía enferma y, mientras volvía a ver las noticias, aquella noche todavía lloró una vez más, ésta por los hijos de King.

–¿Por qué? –se preguntaba en medio del silencio que reinaba en la casa–. ¿Por qué?

Movió la cabeza mientras iba secándose las lágrimas, incapaz de entender nada. El viernes por la mañana, al día siguiente, se despertó agobiada por el terrible peso de la depresión. Todo salía mal, empezando por la marcha de Peter a Saigón.

Fue un fin de semana de lo más triste y, aunque lo pasó sentada en diferentes sillas, no fue capaz de estudiar. El domingo por la noche tuvo una terrible pesadilla. Una bandada de pájaros se abalanzaba sobre ella y la atacaban a picotazos. El lunes por la mañana sintió un gran alivio al despertarse con el sonido del teléfono. Era un sonido que en principio no identificó, pero al llevarse el auricular al oído advirtió que no había nadie al otro lado de la línea y que no era el teléfono lo que había sonado sino el timbre de la puerta. No sabía quién podía ser a aquella hora, por lo que rápidamente se puso sobre el camisón el batín de Peter y corrió a atisbar por una de las ventanas de la cocina. No podía ver quién llamaba, por lo que finalmente se dirigió a la puerta, descalza y con los ojos cargados de sueño, pero se espabiló en seguida al ver que se trataba del padre de Peter.

–¡Oh, hola, qué sorpresa! ¿Cómo está usted?

Lo besó en la mejilla pero, al hacerlo, se dio cuenta de que la tenía húmeda y, llena de horror, dio un paso atrás, como si creyera que apartándose de él no podría afectarla lo que venía a anunciarle.

–¿Ha ocurrido algo malo?

Paxton se quedó frente a él, joven y hermosa, pero muy asustada, y lo único que atinó a hacer fue mover la cabeza mientras trataba de reprimir las lágrimas. Pese a todo, había querido ir en persona a comunicárselo, porque sabía que esto era lo que habría querido Peter.

Marjorie estaba en cama, sedada por los calmantes que le habían administrado los médicos, cuando él había salido de casa.

–Nos han llamado esta noche... Paxxie, no es fácil lo que voy a decirte.

Dio un paso hacia ella, ya que ella se había apartado, la atrajo hacia él y la abrazó. Durante un brevísimo instante Paxton quiso hacerse la ilusión de que quien la abrazaba no era el padre de Peter sino el propio Peter.

–Ha muerto en Da Nang.

Eran tan bajas sus palabras que Paxton casi no las oía.

–Lo enviaron al norte. Llegó y por la noche tuvo que salir a patrullar. Pese a que era novato, lo utilizaron como señal.

Paxton no sabía qué significaba la palabra, pero le daba igual. Habría querido taparse los oídos para no enterarse.

–Era uno de los que iban al frente –Ed Wilson comenzó a llorar, pero siguió–. Ni tomó una colina, ni lo mataron en combate, ni arrasó un poblado..., ni siquiera pisó una mina. Cayó ante lo que ellos llaman «fuego amigo». Uno de sus compañeros, presa del pánico, creyendo haber oído a un vietcong entre la maleza, disparó contra Peter. Han dicho que fue un error. Es un error, Pax. Pero él está muerto, nuestro Peter está muerto. Su cuerpo llegará el viernes.

Mientras pronunciaba aquellas palabras a Paxton le pareció que una enorme piedra pugnaba por abrirse paso a través del pecho de aquel hombre y que en aquel preciso momento moriría en sus brazos. Pero antes ella quería algo de él: quería que volviera a tragarse las palabras, comenzó a golpearle el pecho, mientras sus manos y sus cabellos se agitaban alborotados alrededor de su cabeza.

–¡No, no! Esto no ha ocurrido, no ha ocurrido. ¡No es verdad! ¡No quiero oírlo!

–Tampoco yo quería oírlo, pero tienes derecho a saberlo.

Paxton lo miró desesperada. El hombre que había considerado necesario bombardear Vietnam había perdido a su hijo en aquella guerra.

–Ha muerto por nada.

Todo lo que recordaba de su hijo era cómo era de niño, no

como era la semana pasada, el día de los Inocentes, cuando los había dejado para ir a la guerra. Había pasado una semana en Vietnam, ni una semana siquiera, puesto que había llegado el miércoles del calendario y había muerto el domingo. Cinco días. Habían tardado cinco días en matarlo. Por nada. Había muerto por culpa de un «fuego amigo». ¡Qué poco amigo debía de ser si mataba al hombre que ella amaba, al hijo de este hombre!

–La ceremonia se celebrará dentro de una semana, pero Marjorie ha pensado que quizá querrías venir a casa conmigo. Creo que a ella le hará bien que estés con ella.

Sin decir palabra, Paxton asintió con la cabeza. También ella quería estar con ellos: era la única familia que tenía y quería estar en su compañía. Tal vez, si se quedaba con ellos, Peter volvería para decirles que la llamada desde Vietnam había sido una broma, que aquel muchacho disparaba para hacer puntería, pero que él estaba perfectamente y que esperaba verla en Hawai.

Paxton volvió a la habitación que había compartido con Peter y, aturdida y desorientada, se puso los pantalones tejanos y se calzó unos mocasines. Agarró uno de los suéters de Peter, que todavía conservaba su olor, metió en un bolso todo lo que se le ocurrió en aquel momento y se dirigió al coche con el señor Wilson. Éste le recordó que cerrara la casa con llave, le tomó el bolso y ella se sentó en el coche, sola con él, sintiéndose como si tuviera el cuerpo de madera.

–Es culpa mía, ¿verdad? –le preguntó mientras atravesaban el puente, con la vista clavada al frente, abriéndose paso en aquella ciudad todavía envuelta en la niebla.

La ciudad hoy tenía un aire triste que a ella le gustaba. Moría mucha gente: el doctor King, Peter... Todo el mundo moría.

–No digas eso, Paxton. No es culpa de nadie, salvo del que apretó el gatillo. Ha sido un accidente, el destino. Debe quedar bien claro.

–Si me hubiera casado con él, habría conseguido un aplazamiento.

–No es seguro. Quizás entonces habría surgido otra cosa.

Podría haber ido a Canadá, escapado..., podría haber hecho muchas cosas. Creo que él pensó básicamente que tenía el deber de ir porque lo habían llamado. También yo podría haberlo obligado a ir a Toronto, pero no lo hice, y ahora también podría culparme. No podemos caer en esto porque acabaríamos locos.

Paxton lo miró abiertamente mientras conducía, deseosa de conocer la verdad de sus labios.

–¿Me odia por no haberme casado con él?

–Yo no odio a nadie –sus ojos se habían vuelto a llenar de lágrimas y, mientras le daba un golpecito en una mano y dejaba vagar la mirada, continuó–: lo único que pasa es que me gustaría que estuviera con nosotros.

Paxton asintió con la cabeza, incapaz de decir nada más, pero agradecida por la absolución. Estaba sentada muy quieta y muy erguida, deseando que acudieran las lágrimas a sus ojos para que se llevaran toda su pena, pero, después del acceso de rabia que había sentido al principio, lo único que ahora le quedaba era odio y resentimiento.

Cuando llegaron a la casa de Broadway encontraron a Gabby. Marjorie se había levantado, pero estaba como ausente. Las dos estaban llorando, mientras la pequeña Marjie iba de aquí para allá comiendo galletas. El señor Wilson dijo que debía ultimar ciertas cosas y se metió en la biblioteca, dejando a Paxton con las mujeres. Fue con ellas que Paxton estuvo en condiciones de desahogar toda su pena, es decir, estando con las otras mujeres que lo habían amado. Lloraron juntas por todo lo que Peter había significado para cada una, por todo lo que les había dicho y lo que había supuesto y pasaron todo el día hablando de Peter cuando era niño, de cómo se había convertido en hombre, en hijo, en hermano, en amante. A ratos reían y a ratos lloraban, pero pasaban también largos ratos en silencio, sumidas en sus pensamientos. Costaba creer que Peter no estaba en ninguna parte, que no iba a llamar de un momento a otro para decirles que se encontraba perfectamente, que sentía mucho el disgusto que se habían llevado. Sin embargo, cuando doce horas más tarde llegó el telegrama oficial quedó confirmada la noticia transmitida por teléfono. Aquella noche, cuando Gabby volvió junto a Matt con la niña, Paxton se encerró en la habitación de huéspedes completamente exhausta.

Pasó toda la semana con los padres de Peter, ayudando a la señora Wilson a solventar algunas cosas y prestándose a hablar con ella cuando lo necesitaba y a utilizarla como oyente cuando era ella la que tenía necesidad de hablar. En más de una ocasión pensó en llamar a su casa, pero en realidad no lo deseaba. Ni siquiera tenía ganas de hablar con Queenie. Hablar con ellos supondría descender a la realidad y todavía no tenía ganas de hacerlo. Quizá no las tendría nunca. Sin embargo, tenía que dar aquel paso y lo dio cuando recibieron una llamada oficial el sábado por la mañana informándoles de que podían personarse para hacerse cargo de los «restos». El señor Wilson entró en la biblioteca con expresión sombría y, una hora más tarde, Paxton y los Wilson se encaminaban a la Oficina de Asistencia a los Supervivientes junto con otros dos matrimonios. Las otras dos familias eran de raza negra, sus dos hijos muertos tenían dieciocho años y eran primos. Se sentían también profundamente tristes, con el corazón destrozado de pensar que sus hijos habían desaparecido para siempre.

Peter estaba en un sencillo ataúd de madera de pino envuelto con la bandera de los Estados Unidos. El señor Wilson había hecho las gestiones oportunas para que pasara a recogerlo un coche fúnebre de Halsted. Ya estaba esperando cuando ellos llegaron y, cuando se personaron en el lugar, los hicieron entrar en una pequeña habitación junto con Paxton. Allí les esperaba la prueba: Peter, aquel muchacho que un día había existido, estaba en el ataúd. A pesar de todos los esfuerzos, Paxton comenzó a sollozar, mientras la señora Wilson caía de rodillas y su marido se mantenía firme a su lado tratando de sostenerla.

–Cálmate, nena. Todo va bien. ¡Ten valor!

A Paxxie le parecía estar oyendo a Peter. Los recuerdos eran tan nítidos, la voz resonaba con tal fuerza en sus oídos que parecía imposible que hubiera desaparecido. Imposible e insoportable. Pero la realidad era que había desaparecido de verdad. Para siempre.

Siguieron allí un buen rato hasta que el padre de Peter

ayudó a su mujer a ponerse en pie y, tomando del brazo a Paxton, salieron lentamente para sumergirse en el sol de abril. Les parecía que la vida tenía menos sentido que antes, como si lo que se pudiera hacer importara menos, como si contara muy poco el lugar al que uno pudiera ir, la ropa que uno pudiera llevar, lo que uno pudiera ver o decir. Sin Peter, ya nada importaba.

Volvieron lentamente en coche a casa mientras el coche fúnebre transportaba el cadáver a Halsted y aquella misma noche, una vez trasladado a otro ataúd, lo instalaban en una habitación tranquila, donde Paxton fue a visitarle. Le resultaba imposible admitir que aquel cuerpo que reposaba en la caja de caoba fuera Peter, pero no quería mirarlo y comprobarlo. En lugar de ello, se arrodilló al lado del ataúd y rozó la madera y los adornos de latón con la yema de los dedos.

–¡Hola! –murmuró, sola en la habitación–. ¡Soy yo!

–Lo sé...

Casi le parecía oír su voz, aquella voz que conocía tan bien. Recordaba sus ojos tan azules, aquel cabello como el suyo, aquellos labios que una semana atrás había besado. Ahora aquel rostro estaba en el ataúd, aquel muchacho era el que ella había amado y que amaría siempre y, sin embargo, querían hacerle creer que se había ido para siempre.

–¿Estás bien?

Su corazón le decía que Peter se lo preguntaba, a lo que ella sólo pudo contestar moviendo negativamente la cabeza y dejando que sus ojos volvieran a llenarse de lágrimas. Ni estaba bien ni volvería a estarlo nunca. Tampoco lo había estado cuando murió su padre. ¿Cómo se podía estar bien al perder a una persona tan amada? ¿En qué otra cosa se podía creer que no fuera dolor y tristeza? Había una parte del propio ser que sería vulnerable durante el resto de la vida y, desde un lugar secreto, algo anunciaba que siempre sería así.

Permaneció allí arrodillada durante mucho tiempo, sintiendo que él estaba muy cerca y deseando recuperar la paz, aunque esto le parecía imposible. No podía sentir otra cosa que dolor y rabia porque un muchacho, por error, había apretado el gatillo. Hasta la misma terminología era un error. Habían dicho «fuego amigo» como si con aquellas palabras pudiera arreglarse todo. Con ellas querían decir que quien lo había matado había sido un compatriota suyo y no un soldado de Vietnam del Norte. ¿Cambiaba eso el hecho de que estuviera muerto?

La ceremonia del lunes fue conmovedora, pero breve. La noticia del fallecimiento de Peter apareció en primera página de los periódicos, tanto del *Sun* como de otros. En el acto estuvieron presentes todos los compañeros de la escuela, así como profesores, amigos, parientes y colegas. Los Wilson presentaron a Paxton a todos los asistentes. Era como si ella y Peter hubieran estado casados. Ahora Paxton volvía a sentir envidia de Gabby. Si hubiese tenido un hijo de Peter, le habría quedado una parte de él. Paxton tenía veintidós años, amaba a Peter desde los dieciocho y vivía con él desde hacía tres años. Sabía que, prescindiendo de todo lo que había ocurrido, Peter permanecería siempre en su corazón.

Todavía se quedó un día más con los Wilson pero después, sintiéndose extraña, volvió a su casa de Berkeley. Había perdido tanto tiempo del curso que casi era inútil volver atrás, pese a que sabía que era preciso hacerlo. Ahora consideraba imposible terminar los estudios en junio, pero eso ya le importaba muy poco.

En mayo, justo cuando acababa de obtener un aplazamiento para poder recuperar las clases perdidas durante el verano, recibió una llamada de su hermano. Hacía tanto tiempo que no oía su voz que al principio no lo reconoció, aunque su acento la puso inmediatamente sobre la pista adecuada.

–¡Hola! ¿Cómo estás?

De pronto conectó con la realidad.

–¿Ocurre algo malo?

Tenía la sensación de que sólo podían ocurrir calamidades. Desde que Peter había muerto el mes pasado, siempre estaba a la espera de malas noticias y hasta le parecía sentirse aliviada cuando no había llamadas.

–No, ocurre que...

George no quería mentir, pero tampoco sabía cómo decírselo. Entre los dos nunca había habido intimidad y él sabía que no sería fácil decírselo.

–Mamá ha pensado que debía llamarte.

–¿Está enferma?

O quizás era Allison la enferma, o el niño. Paxton pensaba en todas las posibilidades mientras seguía esperando.

–No, mamá está bien –continuó George.

De pronto ya no había otra salida. Tenía que decírselo.

–Paxton, se trata de Queenie.

El corazón de Paxton se paró. Habría querido colgar el auricular para no tener que oírlo pero, en lugar de ello, no dijo una sola palabra y se quedó agarrada al auricular esperando:

–Murió anoche mientras dormía, Pax. No sufrió nada. Su corazón se cansó de latir y se paró. Mamá ha creído que debías saberlo y me ha pedido que te llamara.

Paxton habría podido decir que llamaría para dar el pésame a quien correspondiera, pero no dijo nada.

–¡Ah, sí! Bueno...

No le salían las palabras. Se daba cuenta de que había desaparecido la última persona que la había amado y de que ya no quedaba nadie más.

–Gracias, George.

Su voz era apenas un rumor angustiado y George sintió pena por ella.

–¿Cuándo es la ceremonia?

–Una de sus hijas ha venido a recogerla y creo que la ceremonia será mañana. Mamá ha enviado flores en nombre de todos y yo creo que no es necesario que vengas, si eso es lo que estás pensando.

El funeral se celebraría en el barrio negro, donde seguramente nadie entendería el amor que había existido entre las dos. Si iba, ella sería la única asistente blanca.

–Sí, claro –dijo vagamente–, gracias por llamar.

Paxton colgó y se puso a rondar por la casa. Aquella tarde subió al coche y fue a la ciudad, después se dirigió a la playa y se paseó junto a las olas. Estuvo pensando en todos ellos, en todas aquellas personas, ahora desaparecidas, a las que había amado tanto: Queenie, Peter y, once años atrás, su padre. Era como si, en alguna parte, tuviera amigos que la estaban esperando, gente que la amaba y a los que ella amaba de verdad. Le parecía cruel que ahora tuviera que vivir sola. Había que seguir adelante, ahora sin nadie que la acompañara, sin nadie a quien amar. Imaginaba que nunca podría volver a querer a nadie. Desde la muerte de Peter había encontrado a varios chicos que habían querido salir con ella. Pero de sólo pensarlo se horrorizaba. No podía concebir salir con otro chico. Hasta la propia Gabby había tratado de que hiciera amistad con un amigo de Matt, pero Paxton le había dicho inapelablemente que no tenía el más mínimo interés en conocerlo.

Una tarde se paró en casa de los Wilson, camino de casa, para saludarlos, pero habían salido. No entendía cómo podían seguir adelante sin él, sabiendo que había muerto, que había desaparecido, que había muerto por nada, en cierto sentido que había sido asesinado. Era algo que costaba aceptar y a veces, cuando lo pensaba, deseaba morir, deseaba dormirse y no despertar nunca más, para no tener que seguir viviendo sin él.

La llamaron al día siguiente, al enterarse de que había pasado por casa. Paxton advirtió que la madre de Peter parecía bastante recuperada. Ahora estaba entusiasmada con el nieto y daba la impresión de que, al hablar de Peter, dominaba mejor sus emociones.

Aquella tarde recibió también una llamada de su madre, que le dijo que sentía mucho lo de Queenie y se interesó por los detalles de sus exámenes finales. Sólo faltaba un mes para terminarlos y habían planeado ir los tres –su madre, George y Allison– a San Francisco. Hacía varias semanas que esperaba que ella llamara y se extrañaba de que no lo hubiera hecho.

–Ha habido un cambio de planes –anunció Paxton a su madre, que pareció sobresaltada.

–¿Qué quieres decir?

–Terminaré la carrera en septiembre. No recibiré el diploma con mis compañeros. Terminaré el trabajo que estoy haciendo y ya se encargarán de enviarme el diploma por correo.

Y pensó que después ella se pasaría el resto de su vida tratando de averiguar por qué no se había casado con Peter.

–No tiene ninguna importancia, mamá. Siento mucho que tengas que perderte la ceremonia.

Pero en verdad no lo sentía en absoluto, porque ahora no

sentía nada, no había nada que le importase lo más mínimo.

–¿Así es como lo hacen ahora? ¿Se limitan a enviar el diploma por correo? ¡Que desagradable!

–No es exactamente así, pero no tiene importancia.

La voz de Paxton era totalmente monocorde.

–¿Y por qué no terminas los estudios en junio, si es que se puede saber?

En la pregunta se escondía una débil acusación.

–Pues porque esta primavera tengo mucho trabajo. He tenido mucho trabajo esta temporada.

–¿Haciendo qué?

Consideraba inútil preguntarle si seguía saliendo con Peter. No quería seguir atacándola. Sospechaba incluso que durante el último año debían de haber vivido juntos. ¡Con tal de que no hicieran esa clase de disparates en Savannah! Lo que Paxton pudiera hacer en California era cosa suya. Ahora ya tenía más de veintiún años y Beatrice Andrews sabía perfectamente que no podía hacerla cambiar.

–Demasiadas fiestas, ¿verdad?

Hablaba por hablar.

–Pues no lo creo.

–Bueno, pues si no piensas terminar la carrera en junio, ¿cuándo piensas volver a Savannah?

Paxton suspiró.

–No lo sé –dijo–, no sé nada –le fue preciso reprimir unas lágrimas, aunque Beatrice Andrews no se dio cuenta de que lloraba–. Si tengo que seguir yendo a la universidad, no puedo ponerme a trabajar hasta septiembre.

Los planes que había hecho al principio preveían que trabajaría en el *Morning Sun,* pero también había planeado que se casaría aquel año... Ya no sabía nada, ya no sabía qué podía ocurrirle. Y en medio de todo aquello, Savannah era una cosa insignificante.

–No tengo idea de cuándo volveré a casa, mamá.

–Bueno, haz lo posible para venir por lo menos unos días este verano. Conocerás a James Curl. ¡No sabes lo guapo que es!

Le resultaba extraño sentirla tan entusiasmada con su nieto. De todos modos, Paxton se alegró por ella. Pero ni siquiera esto le importaba. Hacía muchísimo tiempo que entre ellas había terminado cualquier trato que pudiera parecerse a una relación afectuosa.

–Según vea cómo me van los estudios...

Pero lo decía simplemente para tranquilizarla, porque no tenía ningún deseo de volver a verla. Sus planes inmediatos eran terminar la carrera, ponerse a trabajar y quizá, si no tenía más remedio, ir a Savannah en Navidad.

Casi nunca pensaba en su familia porque, al tiempo que trataba de terminar sus estudios, todos sus pensamientos giraban en torno a Peter. Tenía que hacer una gran cantidad de trabajos y pasar una serie de exámenes. Cuando consideraba cómo había llevado los estudios durante los últimos cuatro o cinco meses, se maravillaba de que la dejaran presentarse a los exámenes finales. Sin embargo, el decano la había llamado a su despacho para saber a qué se debía el empeoramiento de las notas. Al enterarse de que Peter había muerto en Da Nang, estimó que debía darle otra oportunidad.

En junio ya estaba muy cerca del final cuando una noche, al volver a casa ya tarde, después de salir de la biblioteca, oyó un grito penetrante. Miró a su alrededor y vio varias personas que corrían. No podía imaginar qué había ocurrido. ¿Un accidente? ¿Una manifestación? Otras personas también habían oído aquel grito y se preguntaban igualmente qué podía haber sucedido. Volvía a ser como en 1963: la gente lloraba, corría de un lado a otro, conectaba apresuradamente la radio, se metía rápidamente en su casa para sentarse ante el televisor. Paxton sintió un estremecimiento al observar aquellos movimientos. No sabía a quién podía afectar ni en qué podía consistir, pero era evidente que algo terrible había ocurrido.

–¿Qué ha pasado? –preguntó a una persona que formaba parte de un corro formado alrededor de una muchacha con una radio, sentada en unos escalones y llorando a lágrima viva.

–Han matado a Robert Kennedy. En Los Ángeles.

–¿A Kennedy?

Alguien asintió con la cabeza. Otro Kennedy. Un asesinato más. Primero John Kennedy, después Martin Luther King, a continuación Vietnam..., Queenie..., Peter... y ahora Robert

Kennedy. ¡Era demasiado! Un hecho que ya era demasiado frecuente, demasiado repetido, demasiado doloroso. Todos ellos habían sido personas que se preocupaban por los demás, que se preocupaban por muchas cosas. ¡Todos morían! ¡Qué difícil era hacerse adulto, hacerse viejo, renunciar a toda esperanza, evolucionar! ¿Había alguien que se preocupara de aquellas muertes? ¿Había alguien que valorara lo que aquellas personas querían dar? ¿Qué era la cosa sagrada que querían dar y que provocaba la muerte de todos los que estaban dispuestos al sacrificio? La antorcha había acabado por quemarles los dedos a todos.

–¿Está...?

–¡Ssssh!

Habían puesto la radio más alta y la voz del locutor se quebró al anunciar:

–Robert Kennedy ha muerto.

Había recibido un disparo cuando pronunciaba el discurso de la victoria después de las primarias de California. Había ganado, había perdido y había muerto, todo en un momento. Y lo mismo había sucedido con su mujer, con sus hijos y con todas las personas que lo amaban.

Paxton se quedó escuchando, después dio media vuelta y se dirigió a su casa, dejando olvidados los libros en la escalera de la biblioteca. Pero no importaba, porque ya no los necesitaba.

Aquella noche se sentó en la cocina y se quedó pensando, mirando por la ventana, plenamente convencida de que ya no quería hacer nada ni aprender nada ni asimilar nada. Había aprendido todo lo que quería aprender y había recibido de buen grado aquellos conocimientos, pero ahora no sentía otra cosa que tristeza. Ya no era dolor, ni pesar, ni desesperación, sólo tristeza. Robert Kennedy había desaparecido y junto con él habían desaparecido también muchas personas más. En aquel preciso momento la cifra de soldados muertos en Vietnam ascendía a veintidós mil novecientos cincuenta y uno.

Aquella noche Paxton hizo un paquete con algunas de sus cosas y recogió las de Peter y otras suyas y las metió en el armario. Por la mañana fue en coche a la ciudad, al periódico de Ed Wilson para entrevistarse con él. Al entrar en su despacho Ed

Wilson pudo darse cuenta del tributo que los acontecimientos habían hecho pagar a aquella muchacha. Todos los empleados del periódico estaban centrados en el asesinato de Kennedy: otro Kennedy, otro hermano, otra víctima. Paxton, sin embargo, parecía extrañamente distante, sumamente fría, imbuida de una tristeza que la hacía mucho mayor de lo que era en realidad. Seguía siendo una hermosa muchacha, pero daba la impresión de tener más años, unos años que se revelaban en sus ojos, en su manera de moverse, en las cosas que no decía pero sentía. Había perdido demasiado, porque había creído demasiado. Había creído en la bondad, en la felicidad, en la confianza. Pero no eran más que mentiras. No siempre hay un final feliz. Camelot* no podía durar siempre. Para nadie. Uno se hace viejo, uno muere y a veces uno muere joven. Pese a los pocos años de Paxton, ya había vivido la muerte de demasiadas personas. Ed Wilson, con todos sus años y la tristeza por la muerte de su hijo, se apiadó de Paxton.

–¿Puedo hacer algo por ti, Paxton?

Pese a la seriedad de su semblante, trató de sonreír a la chica y se inclinó hacia ella para darle un beso.

–Estás más delgada. Tendrías que venir más a menudo a casa a comer con nosotros.

–He dejado todas las cosas de Peter en la casa de Berkeley.

Lo dijo de una manera extraña, por lo que el padre de Peter la miró sorprendido.

–¿Vas a algún sitio? –le preguntó con el ceño fruncido, al ver una tristeza tan grande en sus ojos que le pareció que ya nada podía borrarla.

–Eso depende de usted –dijo Paxton muy tranquila–. He decidido abandonar la universidad.

–Creí que te habían concedido un aplazamiento y que terminabas los estudios en septiembre.

Así se lo había dicho ella en el momento de conseguir el aplazamiento, cosa que había alegrado grandemente a Ed Wil-

* Legendaria ciudad inglesa donde estaba el rey Arturo y su Tabla Redonda, denominación aplicada a la administración de J. F. Kennedy como momento de cultura y civilización de excelso nivel. (*N. de la T.*)

son. Sabía lo importante que era para Paxton terminar los estudios, por lo que quedó muy sorprendido ante las palabras de la chica.

–¿Qué ha pasado, Paxton?

Le hablaba como un padre. Paxton se sonrió. Durante los últimos cuatro años había sido más que un padre para ella, pese a lo cual ahora se preguntaba si accedería a darle lo que ella quería. De todos modos, si él se lo negaba, Paxton sabía que otra persona se lo daría.

–Quiero trabajar.

–Aquí siempre tienes trabajo. Tú lo sabes. Pero ¿no crees que sería más lógico que este verano te quedases en Berkeley y terminases los estudios? ¿Por qué tanta prisa?

–No terminaré los estudios.

Aquella mañana, al salir de su casa, había sabido que no volvería a entrar en ella nunca más. Se había llevado las únicas cosas de Peter que quería conservar: tres libros de poemas que él le había regalado, el reloj que él había llevado desde pequeño, que los Wilson le habían dado y que ahora llevaba ella, y su placa de identificación de soldado.

–Quiero trabajar para usted, señor Wilson.

–¿Aquí?

Había algo en los ojos de la chica que le decía que no se lo había dicho todo. Y estaba en lo cierto, porque ella movió negativamente la cabeza en respuesta a su pregunta.

–No, aquí no. Por lo menos de momento. Quiero ir a Saigón.

Paxton lo dijo con voz tranquila, pero los ojos de Ed Wilson se agrandaron por la sorpresa. Quería ir a Saigón por una serie de razones equivocadas: para encontrar a Peter, para morir, quizá para vengarlo. O quizá simplemente porque había perdido la fe en su país. Él sabía perfectamente que la muerte de este segundo Kennedy, tan próxima a la de Martin Luther King, sacudiría a la juventud de la nación hasta la médula, cosa que había ocurrido evidentemente en el caso de Paxton. Ésta tenía una mirada triste y estaba sentada, muy erguida, en su despacho. Era una muchacha que había renunciado a todo, que lo había perdido todo o tal vez las dos cosas.

Sin embargo, fuera lo que fuera lo que Paxton pensaba hacer en Saigón y cualquiera que fuese la razón que la impulsaba a tomar aquella decisión, él no pensaba ayudarla.

–Eso queda descartado.

–¿Por qué?

Los ojos de Paxton se clavaron con fuerza en los de Ed Wilson y éste comprendió que, por muy equivocada que estuviera, estaba resuelta a poner en práctica sus propósitos.

–Porque ése es un puesto para corresponsales veteranos. ¡Por el amor de Dios, Paxton! ¿No te das cuenta de que es zona de guerra? Tú sabes mejor que nadie qué puede ocurrir en un sitio así y, aunque no te enviáramos a los lugares de peligro, podrías morir simplemente estando sentada en un bar o víctima del «fuego amigo», como le ocurrió a Peter.

La sola mención de su nombre los hirió a los dos, pero él sabía que tenía que decirlo, por el bien de Paxton. Nada de lo que ella pudiera decirle le haría cambiar de parecer, o por lo menos eso era lo que creía. Sin embargo, Paxton se mostró muy insistente.

–Mandan allí a personas cuatro años más jóvenes que yo para que luchen y mueran.

–¿Esto es lo que buscas? –le dijo él con los ojos llenos de lágrimas–. ¿Morir en el mismo sitio donde murió él? ¿Ése es el regalo que quieres hacerle? ¿Eso es lo que quieres hacer de tu vida, Paxton? Comprendo lo que sentís tú y los jóvenes de tu generación. Consideráis que este país va derecho al infierno y la verdad es que en estos momentos yo también pienso más o menos lo mismo. Pero la respuesta no es ir a Saigón en misión suicida.

–Quiero que la gente de aquí conozca la verdad sea cual sea. Quiero verla con mis propios ojos y contársela, quiero saber qué pasa allí sin tener que enterarme a través de las noticias. Estoy harta y cansada de estar sentada en una biblioteca, segura y cómoda, y de enterarme a través de lo que leo de que hay gente que muere.

–Así que lo que buscas es la muerte, ¿verdad?

Ed Wilson quería que lo dijera pero, si era así, ella no quería admitirlo.

–No, lo que quiero es saber la verdad. ¿Usted no quiere saber por qué murió realmente Peter? ¿No quiere saber qué pasa realmente en aquel país? Lo que yo quisiera es que saliésemos de una vez de Vietnam y lo que quiero saber es por qué no hemos salido todavía. Y si voy allí, no voy a ser una corresponsal vieja y con opiniones caducas, no va a ser tampoco porque tenga una obsesión ni necesite protegerme a toda costa, ¡no! No es que busque la muerte, pero si muero, ¿qué? ¿Qué importa si muero? Será por una buena causa, la causa de la verdad. Puede valer la pena.

–Paxton –dijo Ed Wilson, sentado detrás de su escritorio, moviendo la cabeza negativamente–, nunca valdrá la pena. No hay nada que justifique la muerte de Peter y tampoco estaría justificado que tú murieras por todas las calamidades que están ocurriendo en aquellas tierras. Yo estaba equivocado y tú tenías razón, como también la tenía Peter. Allí no tenemos nada que hacer. No creo que ganemos esta guerra y lo que yo querría de veras es que saliésemos de Vietnam. Nunca me habría figurado que yo pudiera decir una cosa así. La semana pasada me reuní con el Secretario de Defensa, Clark Clifford, en Washington, y él me convenció. Si quieres escribir un artículo, ve y habla con él. Por supuesto que puedo darte trabajo. Ve al sitio que quieras de este país y escribe artículos. Haz de reportera, ve a la caza de noticias, haz lo que quieras, pero no me pidas que te envíe a Vietnam, porque si fueras allí y te ocurriera algo, no podría vivir. En memoria de Peter, tenemos la obligación de ocuparnos de ti, y tú también la tienes por lo mismo.

Aunque miró severamente a Paxton, no la convenció.

–Yo debo a Peter más que esto.

Miró a aquel hombre que habría podido ser su suegro pero que ya nunca lo sería, y sus ojos se fruncieron.

–Y usted también –añadió.

Después se levantó, decidida.

–Señor Wilson, no voy a permanecer aquí cobardemente sentada esperando a que otros encuentren las respuestas. Iré a Vietnam tanto si usted me envía como si lo hace otro. Y si es preciso, iré por mi cuenta y desde allí venderé mis artículos a quien quiera comprarlos. Quizás habrá quien los acepte.

Ed Wilson también se levantó y la miró frente a frente desde el otro lado del escritorio. Extendiendo la mano, tocó su brazo.

–Paxton, por favor...

–Es necesario.

Ed Wilson siguió largo rato de pie, mirándola y sabiendo que había cambiado mucho desde los tiempos en que era la novia de su hijo. Ahora se había transformado en una persona adulta, aunque a fuerza de golpes, de contrariedades, de dolores y amargos disgustos.

–¿No puedo hacerte reflexionar? ¿No puedes esperar? Piénsalo durante seis meses. Quizás entonces habremos salido de esta guerra.

Parecía esperanzado.

–No, no habremos salido, porque nos están mintiendo. Eso es lo que quiero comprobar con mis propios ojos.

–Paxton, la única experiencia que tienes como periodista es el trabajo que hiciste aquí el verano pasado. No tienes la más mínima idea de lo que supone ser corresponsal de guerra. Se precisan años para una misión de esas características.

Paxton sonrió tristemente al oír aquellas palabras.

–Qué extraño, ¿verdad? En cambio, no se necesitan años para enviar soldados a Vietnam, ¿no le parece? Los mandan a la muerte tanto si están preparados como si no. Estoy preparada, señor Wilson, sé que lo estoy.

Una parte de él sabía que la actitud de la chica era la adecuada. Estaba triste, pero se sentía firme, animosa, quería saber la verdad. Lo hacía todo por Peter. Lo que había en él de ex periodista le decía que la muchacha estaba bien encaminada, pero como padre comprendía que debía hacer todo lo posible para detener sus pasos.

–¿Quiere usted enviarme a Vietnam?

Paxton lo miraba directamente a los ojos y Ed Wilson tuvo la impresión de que iba a echarse a llorar. Hubiera hecho cualquier cosa, menos enviarla al Vietnam, pero se daba cuenta de que estaba plenamente decidida. Si él no la enviaba, lo haría cualquier otro, tal vez alguien que la destacaría directamente en las zonas de combate, donde quizás encontraría la muerte. Quizá, si la contrataba él, conseguiría protegerla.

–Aceptaré si me juras que harás exactamente lo que te pidamos y que seguirás nuestras órdenes al pie de la letra.

Los ojos de Paxton se iluminaron como el día cuatro de julio* y por vez primera después de tantos meses pareció feliz.

–¿Has oído lo que te he dicho?

Hablaba con ella como si fuera una niña desobediente a la que se deja ir a la feria, pero bajo determinadas condiciones.

–Ni fiestas ni desfiles de modas, ¿entendido?

Los dos se echaron a reír. Seguro que en Saigón no los había a diario.

–¿Lo dices en serio, Pax? ¿De veras que no puedo convencerte?

Ed Wilson se dejó caer pesadamente en su asiento con expresión de derrota mentras ella negaba con la cabeza. Paxton estaba radiante: se había salido con la suya. Había pasado toda la noche pensando en lo que haría y, por primera vez desde hacía mucho tiempo, si no era feliz, por lo menos se sentía en paz consigo misma.

–Estoy segura de que haré un buen trabajo. Se lo juro.

Estaba entusiasmada y volvía a sentirse llena de vida y de excitación. En cierto sentido, Ed Wilson, aunque asustado, estaba contento por ella. Habría preferido que Paxton se sintiera entusiasmada por haber conocido a un chico en la biblioteca. Por lo menos en Berkeley habría estado más segura.

–No me preocupa que hagas o no un buen trabajo, sino tu seguridad –le espetó a bocajarro–. Mejor que te guardes del peligro, porque de lo contrario iré a verte en persona y te pegaré una zurra. ¡Y lo digo en serio!

Y mientras seguía refunfuñando se pasó una mano por sus blancos cabellos, tan parecidos a los de Peter. Tenían el mismo cabello, la misma expresión, los mismos ojos, pero Paxton procuraba no fijarse demasiado.

–Marjorie me matará. ¡Y Gabby también! ¡Dios mío, me había olvidado de ella!

Al mirar a Paxton su expresión era de horror.

–Anoche tuvo un niño. Se llamará Peter.

* Día de la Independencia. (*N. de la T.*)

No le sorprendió la noticia, porque nada podía sorprenderla. Se sintió feliz por Gabby. Una vida a cambio de otra vida. Mientras Robert Kennedy abandonaba el mundo sucumbiendo a manos de un loco, el hijo de Gabby entraba en él, con toda una vida llena de esperanza por delante, todo bajo la mirada de Peter, que les deseaba toda clase de bienes e incluso ofrecía al niño su nombre, puesto que él ya no lo necesitaba. Los espíritus iban y venían, cambiaban de lugar, cambiaban de mano, unos sueños terminaban y otros empezaban. Era extraño pensarlo.

–Me alegro por ella. ¿Está bien?

–Está estupendamente. Nos llamó inmediatamente después del parto y, según explicó Matt, fue muy fácil. Estoy seguro de que estarían muy contentos de verte.

Paxton asintió, pero pensó que le resultaría extraño ver a aquel niño pequeño que llevaba el nombre de Peter. Paxton sabía ahora que para ella no habría niños ni marido. Lo único que quería era ir a Vietnam y conocer la verdad de aquella guerra. ¡De qué manera tan extraña había combiado su vida! Todos sus sueños se habían esfumado: Harvard, Berkeley, Peter... todo lo que quería ahora era ver qué ocurría realmente en Vietnam para contárselo a los que estaban en los Estados Unidos, para que supieran por qué sus maridos y sus hijos morían en aquellas tierras.

–¿Cuándo podré marchar?

Paxton quería que se comprometiera, cosa de la que él se daba perfecta cuenta. Echó una ojeada a su calendario, tomó algunas notas y levantó la mirada hacia ella.

–Estas cosas requieren un poco de tiempo. Tengo que hablar con el jefe de allí y ver qué necesitamos.

–No esperaré seis meses...

–Lo sé –dijo él con voz serena–. Quizás una semana o dos, tres a lo sumo. Necesitas ese tiempo para organizarte, hacerte cargo de las instrucciones, ponerte las vacunas necesarias. Pongamos dos semanas. ¿Te parece?

Paxton asintió con un gesto, sorprendida de haber ganado la partida. Lo miró y le dirigió una sonrisa. ¡Lo había conseguido!

–Me parece muy razonable. He pensado que quizás iré unos cuantos días a casa para despedirme de mi madre.

–Sí, hazlo. Yo te llamaré allí y te diré cuándo debes volver. Puedes comenzar a vacunarte allí mismo. Tengo entendido que son bastantes vacunas. Tu hermano puede ocuparse de ello, si te parece oportuno.

Se preguntó si la familia de la chica trataría también de disuadirla, aunque ahora la conocía lo bastante como para saber que, plenamente decidida, nada podría detenerla. Era una muchacha fuerte y con un corazón sano, pero sabía mejor que nadie que una parte de él estaba destrozado. Ed Wilson volvió a ponerse de pie y rodeó el escritorio para acercarse a ella.

–Ha sido un año muy malo para todos nosotros, Pax. Espero sinceramente que no te equivoques.

La estrechó contra su pecho y le besó los cabellos.

–No queremos perderte a ti también.

–No me perderéis –respondió Paxton, mientras le devolvía el abrazo.

Curiosamente, en aquel momento Paxton supo que todo iría bien porque contaba con la bendición del propio Peter.

10

Paxton llegó a Savannah el viernes por la tarde, dos días después del asesinato de Robert Kennedy, a tiempo para ver el sábado por televisión el tren que transportaba su cadáver a través de todo el país y lo devolvía a su casa, saludado por gentes de todas las ciudades, que lloraban a su paso al ver que se había perdido otra esperanza. Esta vez no había nadie esperando a Paxton en el aeropuerto.

Había llamado a su madre para decirle que llegaba en avión, pero a aquella hora su madre tenía que asistir a un té en el club de bridge. A Paxton no le importó, porque así tendría oportunidad de estar a solas en casa y de sentarse en la cocina recordando a Queenie.

Su madre había tomado una nueva criada al morir Queenie. También era negra, pero naturalmente era más joven y sólo estaba en casa durante el día. Cuando llegó Paxton a casa no estaba, había salido a hacer la compra, lo que para ella supuso un gran alivio, pues tuvo la oportunidad de estar sola en la cocina de Queenie. Le parecía extraño estar en casa sin Queenie y le resultó muy doloroso recordar sus últimas palabras, pronunciadas el día en que se vieron por última vez: a veces, si uno espera demasiado, la vida no te da ocasión de hacer lo que deseas. Había tenido razón. Pero seguramente Queenie a estas alturas ya lo sabía porque, si había cielo, seguro que estaba en él con Peter.

Los pensamientos de Paxton fueron interrumpidos por un

portazo, unos pasos rápidos que atravesaban el vestíbulo. Era la nueva criada, que estuvo a punto de gritar al ver a Paxxie.

–Siento haberla asustado. Soy Paxton Andrews y acabo de llegar de California.

La muchacha abrió primero unos ojos muy asustados y después se tranquilizó. Tenía más o menos la misma edad de Paxton y su expresión era agradable, pero era baja y rechoncha y no muy bonita.

–Usted estudia en California, ¿verdad?

–Exactamente.

–Y ahora acaba de obtener el diploma, ¿verdad?

Lo dijo con gran solemnidad, como si se tratara de algo muy importante.

Paxton movió negativamente la cabeza.

–No, no me han dado ningún diploma.

No quiso decirle que había vuelto a casa para despedirse de su madre antes de viajar a Vietnam porque consideró que la primera en saberlo debía ser su madre. Se limitó a departir cordialmente con ella y a ayudarla a llevar las compras a la cocina. Su madre llegó media hora más tarde.

Paxton la encontró más vieja, aunque no habría sabido decir por qué. Tenía buen aspecto y hacía muy poco que había ido a la peluquería, pero parecía más cansada y con más arrugas que la última vez que Paxton la había visto. Dijo que se encontraba bien y manifestó a Paxton que la encontraba más delgada, después de lo cual pidió a Emmalee que les sirviera el té y tostadas aderezadas con canela en la salita.

Después del primer sorbo Beatrice Andrews miró a su hija con atención y le preguntó por qué había vuelto a casa. Como no tenía nada de tonta intuía una razón en aquella visita, que no era una mera visita de cortesía. Sabía que a Paxton no le gustaba ir a casa y que no se habría presentado si no lo hubiera considerado absolutamente necesario.

–¿Es que te casas? –le preguntó su madre con una mirada llena de curiosidad. En la mirada también había contrariedad, porque sabía quién iba a ser el marido y que no era del Sur, aunque por otra parte también dejaba traslucir cierta ansiedad, porque su única hija iba a casarse. Paxton se limitó a mover negativamente la cabeza y a decirle que sentía mucho desilusionarla.

–No, no me voy a casar, me temo que no entra en mis planes.

La voz de Paxton era serena y su madre se quedó mirándola de manera extraña, dándose cuenta de que callaba algo.

Paxton, sin embargo, no quería darle más explicaciones.

–¿Ya no sales con aquel chico?

Peter se había convertido en «aquel chico». Esta vez las palabras hicieron sonreír a Paxton. Hacía ya dos meses que había muerto y la primera oleada de dolor ya estaba remitiendo lentamente. Ahora no quedaba más que el dolor sordo provocado por la incredulidad del hecho y una tristeza serena que a ella le parecía que duraría siempre. Sabía, sin embargo, que podía vivir con aquella tristeza, aunque también sabía que nadie, salvo quizá los Wilson y otras personas que habían sufrido parecidas desgracias, habría podido valorarla exactamente. Ahora que iba a Vietnam, pese a que la pena seguía existiendo, se sentía mejor, aunque no sabía por qué razón.

–Pues yo... –buscó las palabras exactas para explicarlo–, es un poco difícil de explicar. No tiene importancia.

Debería haber dicho: No tiene importancia, mamá, lo que pasa es que ha muerto. Sólo eso. Pero no podía imaginar que su madre compartiese su dolor, razón por la cual no quería darle explicaciones. El solo hecho de dárselas habría resultado excesivamente doloroso.

–¿Ocurre algo?

Beatrice Andrews no la dejaría mentir y su mirada escrutadora hizo estremecer a Paxton. No había forma de eludirla.

–¿Qué ha pasado?

–Pues...

Oía el tictac del reloj del abuelo en el rincón del salón y fijó la mirada en las cortinas para no tener que afrontar la de su madre al darle la noticia.

–Fue a Vietnam en abril y lo mataron en Da Nang.

Se produjo un silencio interminable, durante el cual Paxton tuvo tiempo de maldecirse a sí misma mientras los ojos se le llenaban de lágrimas. De pronto notó un movimiento de su madre a su lado. Se volvió, sorprendida, hacia ella y vio que aquella mujer que siempre había sido una extraña se había sentado a su lado y estaba llorando.

–¡Cuánto lo siento! Comprendo lo que debes sentir. ¡Qué cosa tan terrible!

Rodeó a su hija con los brazos y de pronto Paxton se encontró sollozando, abrazada por su madre, llorando una vez más por Peter, por los Kennedy, por Queenie, por Martin Luther King..., incluso por su padre. ¿Por qué habían muerto? ¿Por qué se habían ido? ¿Por qué había volado su padre si había tormenta? ¿Por qué no se había casado ella con Peter cuando todavía estaba a tiempo? Trató de explicar a su madre todo lo que sentía pero las palabras le salían atropelladamente, mientras su madre la acunaba como no lo había hecho en su vida y Paxton recordaba a Queenie.

–¿Por qué no me lo dijiste?

Eran palabras de suave reproche, si bien la mirada de sus ojos decía a Paxton que aquella desgracia le importaba mucho más de lo que ella podía sospechar.

–No lo sé. Quizá, si te lo hubiese dicho, todavía me habría parecido más real. Supongo que no te lo dije porque no me fue posible.

–¡Qué cosa tan terrible para su familia!

–Su hermana Gabby ha tenido un niño hace dos días y le ha puesto Peter.

Pero aquel comentario renovó el llanto de Paxton, porque ahora sabía que ella nunca tendría hijos. Permanecieron sentadas durante horas, llorando las dos, tomando el té y volviendo a llorar. Era como si llorasen por todo el mundo, por todas las desgracias, como si quisiesen compensar lo que no habían llorado nunca juntas. Finalmente Paxton rodeó a su madre con los brazos y le dio las gracias. Era la primera vez que se producía un verdadero contacto entre las dos.

–Sé cómo te sientes –le dijo su madre, ante la sorpresa de Paxton–, recuerdo muy bien cómo me sentí cuando murió tu padre. Pasé mucho tiempo desorientada, indignada, desesperada. Cuesta mucho borrar un dolor tan grande y puede persistir durante toda la vida. No significa que tengas que acordarte de él cada día ni cada minuto del día, pero siempre que pienses en él habrá en tu corazón un sentimento de tristeza que te recordará lo ocurrido.

Y dando unos golpecitos en la mano de su hija continuó:

–Un día encontrarás a otro hombre, tendrás un marido y tendrás hijos, pero a él siempre lo recordarás, siempre lo amarás.

Paxton no le dijo que le resultaba intolerable la idea de que en su vida pudiera haber otro hombre o de tener hijos que no fueran de él, pero sabía que su madre tenía razón y que siempre lo amaría. Y en ese momento su madre le hizo aquella pregunta que ella hàbría querido que le hiciera mucho más tarde.

–¿Volverás a casa, pues, en septiembre, cariño? Ahora no hay razón para que te quedes en California.

Después de todo, la victoria era de su madre: su hija acababa volviendo a casa. El noviazgo con «aquel chico» había terminado. Paxton, sin embargo, movió lentamente la cabeza y esperó a encontrar las palabras adecuadas para explicárselo. De pronto no quería herirla. Su madre, por fin, le había dado aquello que ella necesitaba desde hacía tanto tiempo y lo que habría querido era darle las gracias, no darle un disgusto. Pero no había alternativa.

–Ayer dejé la universidad... –y la casa en la que había sido feliz con Peter, habría debido decir.

Sí, decirle: Lo dejé todo porque asesinaron a Robert Kennedy y me es imposible soportar un momento más la locura de este país, porque quiero ir a un sitio más loco todavía pero donde por lo menos la locura se desarrolla a la luz del día.

–¿Has dejado definitivamente la universidad?

Su madre pareció sorprendida, quizá porque sabía que no era propio de Paxton dejar nada colgado.

–Me resultaba completamente insoportable. Aunque me quedara diez años, sería incapaz de redactar un solo trabajo más ni hacer otro examen. Para mí ha perdido todo interés. Ni sequiera recuerdo por qué quería estudiar.

–Pero si es el último trimestre de la carrera...

Su madre parecía confusa, como si de pronto se preguntase si su hija se había vuelto loca.

–Podrías tener el diploma en otoño si terminases ahora.

Paxton, supongo que no querrás echar por la borda todo lo que has hecho. ¡Te falta tan poco para terminar!

Paxton negó con la cabeza. Era verdad, su madre tenía razón, pero se sentía totalmente incapaz de seguir.

–Lo sé, pero desde que murió Peter no he podido poner en orden las ideas. Desde que él comenzó el entrenamiento básico en enero, me ha sido imposible redactar un solo trabajo.

–Se comprende, pero me parece que ahora podrías terminar los estudios aquí y a lo mejor conseguir un empleo en el periódico de Savannah. Ya sabes que quedaron encantados contigo.

Su madre trataba de animarla y Paxton se sentía muy apenada porque comprendía que no se esperaba lo que pensaba decirle a continuación.

–Mamá –dijo, levantándose y tocándole la mano, agradecida por el consuelo que le había ofrecido en todo lo relacionado con Peter–, ayer acepté un empleo.

Paxton hablaba con voz tranquila. La expresión de Beatrice Andrews se endureció.

–¿En San Francisco?

Hubo una larga pausa, durante la cual Paxton pensó en cómo podría formular con palabras lo que quería decir.

–En el *Morning Sun,* pero no para trabajar en San Francisco.

–¿Dónde, entonces?

Seguro que no podía imaginarlo siquiera.

–Voy de corresponsal a Saigón.

En la habitación cayó un silencio que parecía interminable y súbitamente su madre escondió la cara entre las manos y comenzó a sollozar. Esta vez le tocó a Paxton sostenerla en sus brazos. Después la mujer volvió el rostro hacia aquella hija que apenas conocía y la miró como si fuera una extraña, como en realidad había sido para ella hasta entonces.

–¿Cómo puedes hacer una cosa así? ¿Quieres que te maten? ¿Es que quieres suicidarte? También yo me sentía así cuando murió tu padre –dijo, sonándose con gesto afectado en un pañuelo de encaje–, pero tenía que pensar en ti y en George. Y en vuestro futuro. Sé que ahora todo lo ves negro, pero dentro de un tiempo cambiarán las cosas, Paxton, tienes que tener un poco de paciencia.

–Lo sé, mamá, sé perfectamente cómo me siento, pero esto es algo que debo hacer. No puedo quedarme aquí, o allí, sentada esperando a ver qué curso toma la vida. Quiero ir a Vietnam, quiero saber qué ocurrió y quiero impedir que vuelva a ocurrir. Quiero que la guerra termine lo antes posible y que la gente sepa qué sucede. Cada noche nos sentamos delante del televisor mientras cenamos y vemos gente que muere. Nadie se preocupa, a nadie le importa un comino. Si lo que hago sirve para acortar la guerra aunque sólo sea diez minutos lo daré por bien empleado, porque quizás en esos diez minutos pueden morir cinco personas y con lo que yo diga puedo salvarles la vida.

–Pero ¿y si te matan a ti, Paxton? ¿Qué va a pasar si te matan a ti en lugar de matar a otra persona? ¿Lo has pensado? ¿Has pensado en mí? Tú eres una mujer. ¡Santo cielo, las mujeres no van a la guerra! La muerte de ese chico te ha sacado de quicio, lo que tienes que hacer es quedarte en casa y curar tus heridas. ¡Quédate, no te vayas!

Aunque aquellos ruegos rompían el corazón de Paxton, sabía que debía marcharse, que su destino estaba en otra parte.

–No, mamá, debo marcharme, pero te promento que tendré muchas precauciones y procuraré que no me maten.

Ed Wilson había pensado lo mismo que su madre, cosa que la maravillaba. Cierto que algunas veces había sentido la tentación de reunirse con Peter y que, al cruzar el puente, había pensado en parar el coche y saltar. Sin embargo, no lo había hecho. Sabía que podía hacer algo muchísimo más importante que escapar.

–Por favor, Paxton, no te vayas. ¡Te lo ruego!

–Mamá, no me pidas esto.

Y por segunda vez, quizás, en toda su vida, ambas mujeres volvieron a abrazarse y esta vez fue Paxton la que sostuvo en brazos a su madre. Se había roto el hielo y anudado un lazo entre las dos, pero era demasiado tarde para que Paxton retrocediera. Su madre veía bien claro que Paxton sólo había venido a despedirse y que su marcha sería inmediata.

Pasaron las dos semanas siguientes hablando serenamente de muchas cosas: de su padre, de lo que sintió su madre cuando murió y, finalmente, incluso hablaron de la otra mujer. Había sido una mujer con la que él había trabajado y, aunque Beatrice estaba al corriente de aquella relación y sabía lo solo que se sentía su marido, no podía darle lo que él quería. Admitió que incluso se sintió aliviada cuando supo que otra mujer se lo proporcionaba. Pese a todo sintió un gran dolor cuando murió y cuando pasó a ser del dominio público que había otra mujer en su vida. A Paxton le pareció que aquélla era una manera muy curiosa de ver las cosas y tuvo que reconocer que, a pesar de la comunicación que se había establecido entre ambas, eran muy diferentes. Una tan fría, tan distante, tan alejada, tan temerosa de confiarse, de perder el control, de entregarse excesivamente a los sentimientos; la otra tan cálida, tan abierta, tan apasionada, tan profundamente involucrada y comprometida en todo, incluso en aquel dolor surgido como resultado de la muerte de Peter. Eran muchísimos los aspectos en que Paxton se parecía a su padre.

También su hermano George trató de disuadirla de ir a Vietnam, pero, al igual que su madre, a los pocos días comprendió que era inútil. Paxton estaba decidida. Le puso, pues, las vacunas y cuando finalmente llamó Ed Wilson para que regresara a San Francisco a recibir instrucciones, George, Allison y su madre la llevaron al aeropuerto y esta vez incluso Paxton lloró cuando se despidieron. Tenía la impresión de que dejaba su casa para siempre, puesto que, aunque volviera, ya no sería lo mismo. Era algo que sabía positivamente. Se iba como una niña, pero volvería muy diferente: marcada con las cicatrices de la batalla, más sabia, quizá también más amargada, pero nunca volvería ser una niña. La que en otro tiempo fuera Paxton Andrews había desaparecido para siempre, igual que los demás.

11

El adiós de San Francisco no fue más fácil que el de Savannah. En realidad, pese al cambio de actitud de su madre como consecuencia de la muerte de Peter, el adiós de San Francisco fue mucho más duro. Gabby no paró de llorar ni un momento y la madre de Peter, con el corazón destrozado porque su marido había consentido en enviarla a Saigón, le dijo que estaba tan rematadamente loco como la propia Paxxie.

La noche en que se marchó todos la acompañaron al aeropuerto. Había conseguido un pasaje en un transporte militar de la base aérea de Travis, iba provista de los certificados de vacunación, del pasaporte, los visados y los documentos que la acreditaban como periodista del *Morning Sun,* además de todas las instrucciones relativas a los contactos que debía establecer y a los lugares a que debía acudir. Le habían procurado alojamiento en el Hotel Caravelle de Tu Do y el *Sun* incluso le había proporcionado un libro de frases en lengua vietnamita. Pero le quedaba la peor parte: decir adiós a los Wilson fue algo espantoso, porque Travis le recordaba el adiós a Peter y porque hasta el padre de Peter se echó a llorar al abrazarla, al besarla cariñosamente en la mejilla y al recordarle por milésima vez que tuviera muchísimo cuidado.

–Y te lo pido por favor, si al llegar allí lo piensas mejor y decides volver, no cometas la locura de quedarte, das media vuelta y regresas. Considero que cometes una equivocación terrible yendo a Vietnam. No seas orgullosa y, si rectificas, vuelve en seguida.

–No cambiaré de opinión –les aseguró Paxton con lágrimas en los ojos–, pero os quiero mucho.

Mientras podía, quería decirlo. Uno no sabía nunca qué podía pasar.

–Cuidaos mucho –les dijo a todos volviéndolos a besar, justo en el momento en que anunciaban su vuelo.

–Tengo que irme ya. ¡Prometedme que me escribiréis!

–¡Ten muchísimo cuidado! –la exhortó Marjorie, tratando de no pensar en su hijo–, y vigila mucho lo que comes.

Todos se echaron a reír al oír aquella recomendación. Gabby y Paxton se abrazaron. Todo había comenzado con su amistad. Eran dos muchachas que se querían como hermanas y que se conocían desde hacía cuatro años.

–¡Te quiero mucho, cabezota! –le dijo Gabby–. Ten mucho cuidado, Paxxie, porque si te ocurriera algo me moriría.

Paxton se limitó a asentir con la cabeza y alborotar aquella encendida cabellera roja y rizada.

–Y tú procura no quedar enganchada otra vez antes de que esté de vuelta.

El niño no tenía más que tres semanas, por lo que Gabby no pudo reprimir una sonrisa a pesar de las lágrimas.

–Cuídate mucho, Pax, te echaremos mucho de menos.

Matthew la abrazó y Paxton dio un paso atrás para contemplar el grupo.

–Volveré a tiempo para arreglar el árbol de Navidad.

Era el trato que había hecho con Ed Wilson: seis meses en Saigón y a casa en Navidad.

Todos agitaron la mano al ver que se colgaba el macuto del hombro y recogía su pequeña maleta. Llevaba unas botas fuertes que parecían militares, vaqueros y una camiseta, además de una Nikon que acababa de comprarse y que llevaba colgada también del hombro. Se volvió al llegar a la puerta, agitó la mano por última vez y, pensando en Peter, trató de reprimir las lágrimas. Después dio media vuelta y marchó corriendo hacia el avión. Al subir precipitadamente la escalera del C-141, chocó con un muchacho que daba la impresión de ser el hermano pequeño de algún soldado. Tenía el cabello dorado como el suyo, una cara redonda de niño y, al mirarlo mientras subía detrás de ella, arrebujado en su duffel, pensó que parecía tener quince años. Después supo quién era: un nuevo soldadito bisoño que iba a pelear en Vietnam. Mientras ella ocupaba su asiento en el avión, el muchacho se apresuró a juntarse con un centenar de soldados como él, chicos de dieciocho, diecinueve y veinte años. Casi se sentía una señora mayor en medio de aquellos niños. Cuando el avión despegó y puso proa hacia el Pacífico, Paxton lanzó una mirada a tierra y rezó para que todos los chicos que ahora volaban hacia Saigón pudieran estar vivos y celebrar las próximas Navidades.

Le habían concedido seis meses, seis meses para encontrarse a sí misma, para ver la guerra, para enterarse de lo que había ocurrido en Da Nang, para presenciarlo con sus propios ojos. Seis meses para romperse el corazón y ofrecerlo a los demás hecho pedazos, para expiar sus pecados y decir al mundo la verdad de todo lo que estaba ocurriendo en aquel país. Seis meses en Vietnam. Se daba perfecta cuenta de que posiblemente era una locura, pero estaba plenamente convencida de que era una deuda que tenía con Peter. Mientras cerraba los ojos y recostaba la cabeza en el asiento, las luces de California fueron borrándose rápidamente detrás de ella.

Segunda parte

Vietnam

Junio de 1968-abril de 1975

12

Paxton estuvo despierta todo el vuelo, desde la base aérea de Travis hasta Hawai, a pesar de que cuando llegaron era casi medianoche para ella. Siguió despierta gran parte del vuelo hasta Guam y durante el trayecto, mientras guardaba turno en el lavabo, habló con algunos de los chicos que viajaban con ella. La mayoría de ellos tenían un aspecto parecido al del soldado con quien había tropezado en la escalerilla del avión. Parecía que apenas habían cumplido los dieciocho años, eran jóvenes y tenían miedo aunque, cuando se tranquilizaban un poco, eran bastante pícaros. Varios le preguntaron si querría salir con ellos al llegar, algunos le mostraron fotografías de sus novias, madres o esposas y en su mayoría eran de lo más inexperto como soldados, es decir, constituían la representación viva de aquella palabra con que los etiquetarían día y noche nada más llegar: *novatos.*

Unos pocos habían estado anteriormente en Vietnam y, por propia voluntad, regresaban para cubrir otro turno. Eran los que más interesaban a Paxton y dos de ellos la hicieron partícipe del whisky de su botella-petaca en el curso de la noche hasta Guam, más o menos a medio camino entre San Francisco y Saigón.

Paxton quería saber qué sucedía en Vietnam, por qué habían querido volver, por qué lo odiaban o por qué lo amaban, cómo era esencialmente el país y qué significaba para ellos, si bien no estaba demasiado segura de entender sus palabras.

Hablaban de lo espantoso que era Vietnam, de lo terrible que era el vietcong, de cómo Charlie había acabado con la vida de muchos de sus amigos, y hablaban de las bellezas del país, de las montañas, de los ríos, del verdor de las colinas, de los olores, de su perfune, de sus mujeres y de sus prostitutas, de los amigos que estimaban, de los compañeros que habían perdido, de los peligros... Costaba hacerse una idea del país si uno no lo conocía previamente. Por otra parte, sentían un extraño respeto hacia el enemigo y su orgullosa fidelidad a la causa, admiraban su valentía en la lucha, su resistencia, su esfuerzo que los llevaba a morir antes que entregarse. ¡Qué curioso aquel respeto que les inspiraban sus enemigos! Hablaban continuamente de Charlie, de lo terribles que eran sus oficiales, de cómo nunca se tenía conciencia exacta de lo que ocurría en realidad. Y hablaban de lo más importante de todo: de que no había forma humana de que los Estados Unidos pudieran salir vencedores de la guerra de Vietnam.

–Entonces, ¿por qué volvéis? –les preguntó Paxton con voz tranquila, a lo que dos de ellos, tras mirarse mutuamente, dejaron vagar la vista a lo lejos.

Paxton esperó largo rato y, cuando al fin contestaron, le pareció que los entendía.

–No me parece bien quedarme en los Estados Unidos –explicó uno–. A la gente le importa un bledo esta guerra. Los amigos están cabreados contigo porque vienes de la guerra y te miran como si fueras un traidor. En cambio, en Vietnam tus compañeros mueren atrapados en el barro o saltan por los aires al pisar una mina.

El joven que le daba aquellas explicaciones sin darse cuenta hacía rechinar los dientes mientras hablaba.

–Yo he visto cómo a mi mejor amigo le volaba toda la cara... Otros dos buenos amigos míos están desaparecidos. De veras que no puedo irme a casa y quedarme sentado esperando lo que pueda pasar. Tengo la obligación de venir aquí a ayudarlos, por lo menos hasta que se llegue a un acuerdo y acabe este infierno.

–Sí –dijo el otro, en todo de acuerdo con el primero–. En casa no hay sitio para nosotros. Nos hemos convertido en los malos. El malo no es Charlie, ni el presidente, los malos somos nosotros, los que estamos aquí peleándonos por ellos. Lo que ocurre es que la gente pasa de esas cosas. Nosotros estamos jugándonos la vida y los tipos que nos mandan no quieren que nos pongamos serios y les hagamos daño de verdad, porque tienen miedo de que a los rusos o a los chinos se les acabe la paciencia. Por eso dejan que nos rompamos los cuernos en Vietnam. ¿Quieres saber por qué he vuelto? Pues he vuelto para ayudar a mis amigos a salir del atolladero y para que podamos regresar juntos a casa.

No tenía esposa ni hijos y lo único que le importaba eran los compañeros del ejército.

Pero ellos también se sentían intrigados con ella y acabaron por hacerle las preguntas de rigor.

–¿Y tú? ¿Qué vienes a hacer aquí?

–Pues he venido a ver qué pasa.

–¿Por qué? ¿A ti qué te importa lo que pueda pasar?

Se quedó pensando un buen rato y, aunque no se había propuesto contárselo a todo el mundo, consideró que ya era tarde para ocultarlo y que, al fin y al cabo, seguramente no volvería a ver nunca más a aquellos chicos. Metió la mano dentro de la camiseta y, ante la sorpresa de sus interlocutores, sacó la placa de identificación de Peter. Se la quitó y la mostró. Los dos hombres movieron afirmativamente la cabeza porque sabían muy bien qué significaba.

–Murió en Da Nang. Simplemente quiero ver cómo es ese sitio.

Volvieron a asentir con un gesto.

–Es un sitio de locos.

El mayor de los dos le preguntó sonriendo:

–¿Cuántos años tienes?

Paxton titubeó y, también sonriendo, dijo:

–Veintidós. ¿Por qué?

–Tengo dos años más que tú y es la tercera vez que voy a Vietnam y la verdad es que he visto cosas que no me gustaría nada que mi hermana pequeña pudiera ver. ¿En serio quieres instalarte en Saigón? Está muy lejos de casa, ¿lo sabes?

–Ya lo he pensado.

Sí, en realidad lo sabía, aunque todavía no se daba perfecta cuenta de la situación. Por fin les dio las buenas noches, volvió a su asiento y se quedó dormida. Durmió el resto del viaje.

Aterrizaron en Guam a las nueve de la mañana de sus relojes, dos de la madrugada, hora local. Estuvieron parados una hora para repostar gasolina y después emprendieron el vuelo hacia Saigón. Estaba programado llegar a Saigón a las cinco de la madrugada, hora local. Durante todo el tiempo del vuelo Paxton no podía apartar de sus pensamientos el hecho de que Peter había realizado aquel mismo viaje hacía poco más de dos meses.

Aterrizaron en el aeropuerto de Tan Son Nhut, principal base militar aérea del país, poco después de las cinco de la madrugada, hora local. Paxton estaba decepcionada porque no podía ver el paisaje. Todo el mundo le había dicho que Vietnam era muy verde. En lugar de eso lo único que vio fueron las luces de lo que parecían fuegos artificiales y se preguntó qué podían significar. El soldado sentado se echó a reír cuando ella quiso saber si estaban celebrando una fiesta nacional.

–Sí, llámalo así si te gusta, pero ellos lo llaman guerra. Es la artillería y eso son balas trazadoras..., creo que en las inmediaciones de Bien Hoa. Ya lo verás, te va a encantar. Tenemos fuegos artificiales continuamente cuando nuestros pájaros sueltan los huevos sobre Victor Charlie.

La actitud del soldado molestó a Paxton, que se dio cuenta de que le tomaba el pelo. Se sentía muy incómoda por haber metido la pata.

Paxton reunió sus cosas y tuvo la impresión de que los muchachos que habían hablado con ella ahora la habían olvidado. Ahora todos estaban metidos en sus problemas. Cuando llegaron al aeropuerto los hicieron montar en camiones.

Como en el aeropuerto no la esperaba nadie, recogió sus maletas y buscó un taxi. Se sentía muy valiente aunque, como no hablaba una sola palabra de vietnamita, le parecía haberse quedado de pronto sin ningún amigo en el mundo.

En la parte exterior de la terminal había una hilera de coches desvencijados y por todas partes se veían soldados norteamericanos. Como era la principal base militar de Saigón, durante unos momentos Paxton se sintió a salvo por el simple hecho de encontrarse allí.

–¡Eh, es a ti, Doughnut Dollie*! ¡Bienvenida a Saigón! –le gritó una voz y, al volverse para ver a quién iba dirigido el saludo, tuvo la desagradable sorpresa de que el negro con acento del Sur profundo se refería a ella.

–¡Muchas gracias! –contestó ella, procurando que se diese cuenta de su acento de Savannah.

–¿Louisiana? –remachó él y esta vez Paxton se echó a reír.

–¡Georgia!

–¡Demonios! –exclamó él sonriendo, y desapareció corriendo.

Todavía no había amanecido, pese a lo cual había gente por todas partes, muy despierta y atareada. Paxton hizo una señal a uno de los taxistas que esperaban. El coche era un Renault azul y amarillo y el conductor llevaba sandalias y pantalón corto, tenía cara chata y larga y cabellos negros y desgreñados.

–¿Tú Wac**? –le preguntó casi a voz en cuello.

Los ruidos parecían más intensos que en los Estados Unidos. Incluso a aquella hora de la madrugada, oía voces y cláxones a distancia y en el aire flotaba una especie de perfume de flores, especias y aceite. Se olía en todas partes el combustible de los jets y, al mirar a su alrededor, Paxton creyó percibir una neblina de humo suspendida en el aire.

–No, no soy Wac –le explicó, no sin decirse que a él no le importaba lo que ella pudiera ser.

–¿Waves***?

–No.

Paxton tenía ganas de dejar las maletas en el coche. Hacía más de veinte horas que estaba viajando.

–Lléveme al Caravelle Hotel, por favor.

* Doughnut Dollie significa «Muñeca Donut» y se utiliza aquí a modo de piropo. (*N. de la T.*)

**WAC significa Women's Army Corps, Cuerpo Militar Femenino. (*N. de la T.*)

*** WAVES significa Women Appointed for Voluntary Emergency Service y es una rama femenina de la Marina. (*N. de la T.*)

–¿Tú prostituta? –le preguntó, seguramente impresionado por su aspecto, y ella no supo si echarse a reír, echarse a llorar o admitir que lo era.

–No –dijo, resuelta, mientras dejaba las maletas en el coche–, periodista.

Gracias al librito de frases que llevaba, sabía que era una *bao chi,* corresponsal en vietnamita. Sin embargo, todavía no se atrevía a lanzarse a hablar en una lengua que no le era familiar.

El hombre negó con la cabeza. Se negaba a entender. Se deslizó detrás del volante y le dirigió una mirada escrutadora como preguntándose qué era en realidad.

–¿Tú militar?

¡Uf! ¡Cuándo llegaría de una vez a Saigón!

–Periódico –volvió a intentar ella.

Esta vez pareció que al hombre se le había encendido un lucecita.

–¡Ah, muy bien!

Hablaba a gritos y, al dejar la base, puso la mano en el claxon y no la quitó en todo el tiempo. El ruido era ensordecedor pero, pese a la hora, la atmósfera era una cacofonía de cláxones. Cuando ya se acercaban a Saigón, el hombre le preguntó muy interesado:

–¿Comprar drogas a mí?

Aquí todo parecía muy simple. ¿Tú prostituta? ¿Tú comprar drogas a mí? Debía de ser un lugar terrible para los jóvenes que nunca habían salido de sus casas.

–No quiero drogas. Hotel Caravelle.

Y se lo volvió a repetir para estar segura de que lo entendía.

–Está en Tu Do.

Tenía entendido que era la calle principal o por lo menos eso le había dicho el hombre del *Sun* que se ocupaba de los corresponsales extranjeros. Ed Wilson, por su parte, había insistido en que se alojase en aquel hotel porque era uno de los mejores de la ciudad y el más limpio. En la misma calle estaba la emisora de la radio CBS y probablemente había pensado que Paxton se sentiría más segura en aquel hotel que en cualquier otro de Saigón.

–¿Cigarrillo? –le ofreció nuevamente, al tiempo que ella

hacía votos para que no le ofreciera nada más durante el trayecto de seis kilómetros hasta Saigón.

–Ruby Queen –dijo el chófer, identificando la marca favorita de los vietnamitas.

–No, gracias, no fumo –le explicó mientras varias motos y un Citroën antiguo se habían empeñado en pasar todos al mismo tiempo a su lado.

El conductor reaccionó poniendo ambas manos en el claxon, como hacía todo el mundo. Mientras, Paxton se recostaba en el asiento y trataba de aspirar una profunda bocanada de aire, si bien el olor persistente del humo casi la ahogaba.

Sin embargo, al mirar la carretera que los conducía a Saigón, se dio cuenta de que los edificios iban haciéndose más bonitos y de que, a medida que se acercaba al centro de Saigón, la ciudad parecía cobrar cierto aire parisino. A pesar de lo temprano de la hora, había gran cantidad de peatones por la calle, aunque esta circunstancia y el toque de queda obligaba a la gente a caminar muy aprisa, como si huyesen de algo. Algunas personas iban en bicicleta, otros en taxis-triciclo y en todas partes reinaba la misma algarabía de voces y cláxones.

Algunos edificios eran de colores pastel, otros eran de piedra. Antes de llegar a la ciudad, el chófer pasó por delante del Palacio Presidencial y de la Basílica de Nuestra Señora de la Paz y después, a través del bulevar Nguyen Hue, bordeado de bellísimos árboles, llegaron al ayuntamiento. Pasaron por el edificio Salem, situado en una plazoleta ,y Paxton reconoció de pronto la famosa estatua a los Marines. Tan pronto como la vio Paxton se hizo una idea más exacta del lugar donde se encontraba y supo que, en aquella plaza, en el edificio Edén, encontraría la Associated Press y las oficinas de la NBC. Unos minutos después, al girar para enfilar Tu Do, identificó el Continental Palace y recordó que el empleado del *Sun* le había dicho que allí había un bar muy interesante, la Terrasse, así como la oficina de la revista *Time.* Después de pasar por delante del edificio de la Asamblea Nacional, el chófer aminoró la marcha y le dirigió una sonrisa con su boca desdentada. Le habría sido imposible decir qué edad tenía, probablemente entre los veinticinco y los sesenta años.

–¿Quiere ir esta noche al Pink Nightclub del Hotel Catinat? Puedo pasar a recogerla para ir a cenar.

–No, gracias.

Paxton trataba de hablar con tono decidido.

–Caravelle Hotel. En seguida. Esta noche tengo que trabajar para el periódico –le ordenó con tono tajante.

–¿No prostituta? –siguió preguntándole, esperanzado, mientras ella hacía votos para que la dejara en el hotel lo más rápidamente posible y no se volvieran a encontrar nunca más.

De pronto el coche se paró delante del hotel Caravelle. Ya no le quedaba otra cosa que deshacerse de él, registrarse e irse a la cama. Se encontraba exhausta, pero el solo hecho de estar en el hotel la llenaba de euforia. El chófer le dijo el precio y Paxton, aunque segura de que la estafaba, le pagó sin rechistar porque estaba demasiado cansada para discutir. Entró en el vestíbulo del Caravelle llevando ella misma las maletas y vio a unas cuantas muchachas vietnamitas que estaban limpiando, como si el hotel fuera recobrando lentamente la vida. Todavía era muy temprano, pero en seguida el sol estaría muy alto y el hotel comenzaría a animarse. El vestíbulo se llenaría de oficiales con sus uniformes de alta graduación y de visitantes extranjeros, la mayoría europeos, así como de hermosas muchachas vietnamitas preparadas para darles la bienvenida.

–Andrews –Paxton dio su apellido a la guapa vietnamita de recepción, ataviada con el típico *ao dai,* vestido tradicional vietnamita compuesto de pantalones y una túnica larga y ajustada. La mayoría de las chicas iban de blanco, pero las había que vestían ropas floreadas o de vivos colores.

–¿Andrews? –dijo la chica mirando, extrañada, a Paxton.

–Paxton Andrews. Del *Morning Sun* de San Francisco.

Paxton estaba demasiado cansada para mostrarse amable o simpática. Todo lo que quería era una ducha y una cama. Pese a ser temprano, el aire era sofocante. No estaba preparada para un calor tan opresivo como aquél. Daba la impresión de que los ventiladores suspendidos del techo no aliviaban en nada la temperatura. Mientras tanto, la recepcionista seguía revisando la lista de nombres e iba moviendo negativamente la cabeza al hacerlo.

–El señor Andrews no ha llegado todavía. ¿Usted es su esposa? ¿Su señora?

No pudo evitar maldecirla para sus adentros.

–No –le explicó–, yo soy Paxton Andrews.

Observó que dos muchachos vietnamitas la escuchaban sonrientes y que había otros dos hombres en el vestíbulo. Uno de ellos había viajado en el avión y el otro llegaba de la calle. Los dos se fueron a sus asuntos, no sin antes dirigir a Paxton una mirada apreciativa. Uno era fornido, moreno, de unos treinta y cinco años de edad, mientras que el otro era considerablemente mayor, tenía el rostro bastante arrugado y la expresión preocupada. Aunque Paxton se fijó en ellos, no estaba interesada en dirigirles la palabra ni en saber quiénes eran. No deseaba otra cosa que meterse en su habitación, tomar una ducha e irse a la cama. Entre tanto parecía que la encargada de recepción todavía no se había enterado de quién era ella.

–Soy Paxton Andrews.

–¿Usted es el señor Andrews?

La chica sonrió por lo bajo y Paxton no pudo por menos de reír también. En las dos horas que llevaba en Vietnam ya la habían llamado Doughnut Dollie, prostituta y hombre. Bueno, no era mal comienzo.

–Sí –volvió a explicar–, soy Paxton Andrews. ¿Tiene mi habitación?

La muchacha por fin hizo un gesto de asentimiento, observada por aquellos dos hombres, que pese a todo hacían como que no miraban, e hizo una señal a un niño que no podía tener más de ocho años y le dio la llave de una habitación del tercer piso, debajo del conocido bar de la azotea.

Paxton le siguió en dirección a las escaleras, mientras el niño transportaba trabajosamente la maleta y ella se hacía cargo del macuto. Al llegar a la habitación, le dio veinticinco piastras, ante lo cual él se deshizo en extrañas sonrisas y reverencias y se escabulló escaleras abajo. Era un niño encantador y costaba creer que fuera realmente lo que le habían advertido que eran los niños vietnamitas en general. La habían puesto en guardia contra los niños diciéndole que eran ladrones, mendigos o vietcong, y a veces las tres cosas juntas. Pero éste tenía un aire de inocencia que desarmaba y Paxton se quedó mirándolo correr hacia el vestíbulo. Al entrar en la habitación aún tuvo tiempo de contemplar un ejército de cucarachas que corrían alocadas por la alfombra. Lanzó un grito, pero se obligó a entrar, aplastó unas cuantas y echó un vistazo al cuarto de baño. Estaba limpio, totalmente embaldosado de blanco y tenía un aire muy francés, como tantas otras cosas de la ciudad. De hecho, no habían cambiado mucho desde que los franceses se habían marchado del país. Por lo menos el calor, la guerra y las cucarachas eran exactamente como en sus tiempos. La innovación más notable eran los baqueteados aparatos de aire acondicionado, extremadamente ruidosos, en constante funcionamiento en todas las habitaciones. Era un detalle que le resultaba familiar y que agradecía. Tenía la ropa pegada al cuerpo después del viaje en taxi desde el aeropuerto en medio de aquel calor tórrido y húmedo y tenía la sensación de llevar encima un trapo sucio.

Se lavó la cara, llenó la bañera y a las ocho de la mañana, hora local, finalmente se acostó. Al abrir las ventanas llegaron hasta ella aquellos vapores de gasolina y súbitamente volvieron a cobrar vida la voces de Saigón. Tenía la sensación de que aquel olor a combustible invadía todos los rincones de la ciudad. Al meterse en la cama se preguntó qué impresión de la ciudad había tenido Peter al llegar, si bien pensó que probablemente no debía de haber visto muchas cosas. Apenas llegar le habían embarcado en un camión y despachado de noche a lugares como Long Binh o Nha Trang o Pleiku o Da Nang o Vinh Long o Chu Lai, sitios que ella pensaba ver pero en los que ahora sólo podía soñar.

Paxton cerró los ojos pero durmió de manera intermitente porque tenía demasiadas cosas en la cabeza, demasiadas cosas en las que pensar y mucho que ver y descubrir. Y cuando el sol se situó en el punto más alto del cielo de Saigón, se agitó en la cama, abrió los ojos y se desperezó. Su rostro esbozó una sonrisa porque en el antepecho de la ventana se había posado un pájaro que piaba sonoramente.

–Bienvenida a Vietnam –se dijo a sí misma, dándose lentamente la vuelta.

Pero al pronunciar aquellas palabras percibió un ruido y tuvo la sensación de una presencia en la habitación. Se incorporó inmediatamente, cubriéndose con la sábana, al tiempo que descubría a un hombre alto, rubio y bien parecido que se movía por la habitación. Iba vestido con un mono pero en él no llevaba ningún nombre ni indicación que señalara su pertenencia al ejército de los Estados Unidos.

–¿Qué hace usted aquí?

Paxton sintió ganas de gritar, pero no estaba segura de si debía hacerlo, por lo que se apresuró a levantarse todavía con el cuerpo envuelto en la sábana.

–Anoche se olvidó la llave en la cerradura. Si yo fuera usted, no lo haría.

El hombre estaba admirando su belleza, aunque nada en su rostro lo dejara traslucir. Uno de los botones del hotel le había avisado de que en aquella habitación había una recién llegada, una muchacha muy bonita según le había especificado el chico. Nigel le había dado una propina de veinte piastras por la información. También le habían hablado de ella sus compañeros, quienes la habían visto en el vestíbulo del hotel a primera hora de la mañana. El joven se aproximó a la cama y le tendió la llave con expresión solemne.

–Mi intención era simplemente dejársela sobre la mesilla de noche.

Paxton se dio cuenta de que hablaba con un acento especial que de momento no sabía si era británico o australiano.

–Pues... yo...

Paxton se había ruborizado y se preguntó si el hombre estaría viendo su cuerpo a través de la sábana.

–Muchas gracias.

Él sonrió, francamente divertido de verla tan azorada.

–No se preocupe, por favor. Me llamo Nigel Aucliffe y pertenezco a la United Press. Soy australiano.

El brillo especial de sus ojos revelaba que tenía muy poco de inocente y mucho de persona sana.

–Yo soy Paxton Andrews, del *Morning Sun* de San Francisco.

Sin embargo, no se atrevió a darle la mano por temor a que se le cayera la sábana con que se cubría.

–Espero tener la ocasión de verla más completa.

La frase de doble sentido hizo que se sintiera todavía más incómoda, al tiempo que él, haciendo una breve inclinación con la cabeza, salía de la habitación con la misma celeridad con la que había entrado. Paxton se sentó en la cama, todavía envuelta en la sábana, con el corazón golpeándole fuertemente el pecho en respuesta a tan inesperado encuentro. Era evidente que la experiencia que estaba viviendo le reservaba muchas sorpresas. ¿Cómo podía haber sido tan estúpida para dejarse olvidada la llave en la puerta en una zona de guerra?

–¡Dios mío! ¡Qué tonta he sido! –murmuró.

Cerró la puerta por dentro y se asomó a la ventana para contemplar la avenida Tu Do. Si entrecerraba los ojos, podía hacerse la ilusión de estar en París.

Aquella tarde a las dos debía presentarse en las oficinas de la Associated Press, situadas en el edificio Edén. Tomó un baño y después se puso un vestido de algodón azul pálido, que le parecía más apropiado para la estación que los vaqueros. Después se apresuró a bajar al restaurante principal del hotel para comer. Al entrar vio que ya había varias personas, la mayoría hombres, varios de los cuales llevaban chándal o indumentaria parecida, y algunos camisas ligeras. Había también dos mujeres vietnamitas vestidas con maravillosos *ao dais*, los tradicionales vestidos blancos que se llevan sobre pantalones amplios y que moldean tan exquisitamente la figura con su hechura etérea. Al parecer, Paxton era la única occidental del comedor. En un ricón vio a Nigel Aucliffe riendo con un desconocido y con los dos hombres que había visto a primera hora de la mañana. Se preguntó si estarían riéndose de ella. Se sentía extremadamente torpe y novata en todo. Pidió al camarero un consomé y una tortilla y observó que tanto en la decoración del restaurante como en la cocina y el menú seguía apreciándose el toque francés.

Mientras terminaba la tortilla, iba saboreando a sorbos el café, e iba tomando unas cuantas notas, Nigel Aucliffe y sus amigos se pararon ante su mesa.

–Nuevamente buenos días –dijo estudiándola abiertamente con los ojos y observándola como si quisiera volver a hacer una evaluación de su persona.

Los otros hombres la miraron intrigados ante tan sugerente saludo. Nigel ya les había hablado de ella y les había comentado que era fresca como una planta en primavera, añadiendo además que era evidente que debía de ser una niña tozuda y cabezota. Suponía que Vietnam no tardaría mucho en darle unas cuantas lecciones, cosa que parecía divertirlo sobremanera de antemano.

–Tomando el brunch*, ¿verdad?

Los ojos del hombre parecían acariciarla, actitud que molestaba a Paxton.

–Buenos días –le respondió fríamente.

En cierto modo pretendía dar a entender a los demás que había pasado la noche con ella, si bien la frialdad con la que ella le había contestado dejaba sentado que no era verdad. Los ojos de Paxton abarcaron a los otros tres y, puesto que él no se molestaba en presentarlos, la chica les tendió la mano y se presentó. El hombre moreno, más joven, que había visto al llegar era Ralph Johnson de la Associated Press de Nueva York, el de más edad era Tom Hardgood de *The Washington Post* y el tercero era Jean-Pierre Biarnet de *Le Figaro* de París. Habían asistido a una importante reunión de prensa celebrada a la siete de la mañana y acababan de regalarse con una comida larga y ociosa. Nigel y Jean-Pierre hablaban de tomarse un día de asueto cuando Nigel descubrió a Paxton en el comedor y contó al grupo la grata visión que había tenido aquella mañana al dar los buenos días a la muchacha y ella devolvérselos envuelta en una sábana. Los tres hombres estaban intrigados por la chica y, aunque tenían edad para ser padres de ella, lo habrían negado si alguien lo hubiera hecho notar. La chica se levantó, dispuesta a marcharse, y los cuatro pudieron admirar su juventud y su belleza estatuaria, conscientes de las apetencias casi irresistibles que les inspiraba. Mientras ella los observaba se produjo un extraño silencio, durante el cual Paxton advirtió que estaban valorando su condición de novata en aquellas lides.

–¿Qué haces en Vietnam? –le preguntó Johnson a bocajarro.

* El brunch es una combinación de desayuno y comida, breakfast y lunch. (*N. de la T.*)

Aquella chica y lo que pudiera hacer en aquel país le inspiraba una profunda curiosidad y, aunque los demás también la sentían, quizás eran demasiado orgullosos para preguntárselo.

–Supongo que lo mismo que los demás: buscando material para artículos, escribiendo sobre la guerra. He venido por cuenta del *Morning Sun* de San Francisco y me quedaré seis meses.

Johnson estaba estupefacto, porque sabía que se trataba de un periódico muy bueno. Había conocido a otro corresponsal del mismo periódico el año anterior y le sorprendía que ahora enviara a una novata. Pensó, sin embargo, que tal vez había otra razón.

–¿Has hecho alguna vez un trabajo como éste?

Paxton, sincera, negó con la cabeza y, poniéndose todo el orgullo en el bolsillo, se entregó al miedo que sentía. No tenía la más mínima idea del trabajo que estaba llamada a realizar. De momento tenía que presentarse en la oficina de la Associated Press y hacer lo que le mandaran, aun cuando Ed Wilson ya se había tomado la molestia de instruirlos de manera específica y personal de que no dejaran que fuera sola a ninguna parte y de que la mantuvieran alejada de las zonas de combate.

–¿Cuántos años tienes? –le preguntó Johnson abruptamente.

Por un momento, Paxton sintió la tentación de mentir, pero finalmente decidió decir la verdad.

–Veintidós, acabo de salir de la Universidad de Berkeley.

No quiso decir que había abandonado los estudios. Después de firmar el cheque para pagar la nota, salieron todos juntos lentamente del comedor. Ya en el vestíbulo, Johnson le dijo con una sonrisa:

–Hace dieciséis años que terminé los estudios en esa misma universidad. Era igual de novato que tú cuando empecé. ¡Una verdadera calamidad! Era 4-F y *The New York Times* me envió a Corea. Pero te aseguro que aprendí cosas que no habría aprendido nunca si me hubiera quedado en Nueva York.

Y dejó sorprendidos a todos al ver que tendía la mano a la chica y le decía:

–Buena suerte, nena. ¿Cómo has dicho que te llamas?

—Paxton Andrews.

Después todos le fueron tendiendo la mano por turno y el grupo se disolvió.

Nigel y Jean-Pierre habían decidido finalmente no salir aquella tarde y, en lugar de ello, trasladarse a Xuan Loc para informarse de determinadas maniobras, mientras que Ed Hardgood iría al cuartel general de MacVee en Tan Son Nhut, lugar al que Paxton había llegado la noche anterior, donde debía celebrar una entrevista personal con el general Abrams.

—¿Vas a la oficina de la Associeted Press? —preguntó Johnson a Paxton, como si acabara de ocurrírsele aquella posibilidad al salir a la calle.

Paxton asintió.

—Te enseñaré dónde está —le dijo volviendo a dedicarle una sonrisa, mientras los demás se marchaban, no sin antes prometerles que se verían aquella noche.

Las oficinas de la Associated Press estaban instaladas en el edificio que había visto la noche anterior, el Edén, justo frente a la estatua del Marine, que parecía uno de los principales puestos de referencia para todos los que vivían en Saigón. Las oficinas se encontraban en el ángulo del edificio y en ellas ya se habían recibido órdenes que la concernían. Tenía que «orientarse en Saigón» y estar a las cinco en el auditorio del Servicio de Información de los Estados Unidos para asistir a la sesión que, según le dijo Ralph Johnson, se conocía con el nombre de Locuras de las Cinco.

—Ya veo que contigo se lo toman con calma y piensan darte un trabajo de mentirijillas. A mí el primer día que llegué a Seúl me mandaron directamente al frente y por poco me pegan un tiro. Fue una bonita manera de enseñarme qué es la guerra. Me parece que lo tuyo está bastante mejor.

Sin embargo, ella estimaba que le hacían un flaco favor y se preguntaba qué habría querido decir con aquello de «trabajo de mentirijillas».

—¿Y qué son las Locuras de las Cinco?

—Pues un montón de propaganda. Nos cuentan lo que quieren y tratan de convencernos de lo maravillosa que es esta guerra. Aunque hayamos perdido una colina, en realidad no la hemos perdido. Aunque hayan matado soldados de los nuestros a espuertas, el enemigo ha perdido muchos más. Charlie se ha quedado con material nuestro, pero estaba anticuado y no nos importa. Una serie de cuentos para que parezca que las cosas son mejores de lo que son. Las mentiras de siempre con las que quieren que alimentemos a nuestros lectores de casa para que así se figuren que estamos ganando.

–¿No estamos ganando? –le preguntó ella abruptamente.

–¿Y a ti qué te parece? –dijo él fríamente, con una mirada que lo decía todo.

–Pues yo estoy aquí por eso, porque quiero conocer la verdad.

–¿La verdad? –dijo él mirándola cínicamente–, pues la verdad es que no hay nada que hacer.

Era lo que ella había sospechado, lo que Peter también sospechaba antes de que encontrara la muerte.

–¿Y cuándo crees que lo admitirán y enviarán a nuestros chicos a casa? –le preguntó Paxton con inocente fervor en los ojos, mientras él, exasperado, movía la cabeza con aire dubitativo.

–Ésta, amiga mía, es la pregunta que vale un millón de dólares. Ahora tenemos aquí medio millón de tíos, esto es una DMZ*, que significa que no hay que pisarle los callos al tío Ho, y constantemente salen de aquí soldados metidos en bolsas. Salen por millares.

Mientras decía estas palabras se dio cuenta de que la muchacha se impresionaba, por lo que le dijo bruscamente:

–Si estas cosas te impresionan, te conviene superarlo pronto o de lo contrario más te vale volver a casa. Éste no es un sitio para los débiles de corazón.

Ralph Johnson se preguntó si sabían lo que se decían al pedirle que se orientara en Saigón. Posiblemente aquella chica era una hija de papá que se hacía la turista, si bien debía admitir que algo en ella le decía que quizás había algo más en su interior. Pero todavía no estaba seguro.

–Tengo que ver a unas personas –dijo él a continuación,

* DMZ, demilitarized zone, zona desmilitarizada. (*N. de la T.*)

con una pregunta flotándole en los ojos–. ¿Estás interesada en conocer el verdadero Vietnam o has venido aquí simplemente en plan de juego para poder contar después a los demás lo que has visto?

La pregunta había sido formulada con sinceridad y Paxton apreció por lo menos en ella la posibilidad que le brindaba de ponerse a prueba a sí misma, por lo que lo miró directamente a los ojos y dijo francamente:

–Quiero conocer el verdadero Vietnam.

El hombre asintió, porque ya se había dado cuenta de que, a pesar de su buena presencia y de sus rubios cabellos, aquella chica no tenía nada de Doughnut Dollie.

–Mañana acompaño a un grupo a una base de fuego cerca de Nha Trang. ¿Quieres ser de los nuestros?

La miraba directamente, pero le ofrecía una posibilidad. También él había sido joven, habían ido a la misma universidad y, por alguna razón desconocida, consideraba que merecía aquella oportunidad.

–Me encantaría –y añadió con acento de sinceridad–: Muchas gracias.

–¿Tienes botas?

–Más o menos.

Había comprado las más fuertes que había encontrado en Eddie Bauer.

–Me refiero a botas de verdad, con un eje de acero en la suela por si pisas una caña de bambú.

Paxton le miró con aire despistado, consciente de que aquel hombre sabía de lo que hablaba. Por algo estaba en Saigón desde 1965.

–¿Qué número de zapatos calzas?

–El siete.

Paxton sentía crecer la admiración por aquel hombre. Se daba cuenta de que, si conseguía hacer algo en aquellas tierras, se lo debería a él, por lo que se sentía profundamente agradecida.

–Te procuraré un par.

–Muchas gracias.

Apenas ella hubo pronunciado estas palabras, él se despidió. Tenía una cita con el jefe ayudante de las oficinas, que frunció el ceño sólo de ver entrar a Ralph.

–¿Qué te pasa hoy? Tienes una cara estupenda esta tarde –le dijo Ralph, tratando de tomarle el pelo.

–Pues también la tendrías tú. Esta semana he recibido diez telex de San Francisco sobre un novato que debe ser el sobrino de no sé quién. No quieren que vaya al norte, no quieren que salga de Saigón, no quieren que sufra ningún percance, no quieren que vaya a ninguna parte que no sea tomar el té en el maldito palacio. Como si no tuviera bastantes dolores de cabeza para que encima tenga que dar conversación a bomberos, artistas de cine aburridas e imbéciles sobrinos de vete a saber quién.

–¡Cálmate! A lo mejor ni siquiera aparece. La mitad de esos chicos, antes de dicidirse a venir, consultan con la almohada y al final no tienen cojones suficientes para hacer el viaje. A propósito, tenemos a una Doughnut Dollie entre nosotros.

–¡Fantástico! ¡Lo que nos faltaba! Procura llevar los pantalones bien puestos, Ralph, porque todavía te necesito un mes más, si puedes aguantar.

Los dos hombres intecambiaron una sonrisa. Hacía años que eran amigos y se tenían mutuo respeto.

–¿Quién es la chica? –preguntó.

–No recuerdo cómo se llama. Es de la costa oeste y ha ido a la misma universidad que yo. Parece lista, pero está muy asustada y cae de las nubes. Me he ofrecido a acompañarla mañana a Nha Trang.

–¿Para quién trabaja?

–También lo he olvidado. Está animada pero, como no lo esté de verdad, se pegará un susto tan grande que la veo regresando a casa en el primer avión.

–¡Cuidado con lo que haces! Por allí la cosa está muy seria. Me gustaría que echases una mirada a esto.

Se trataba de un documento, que alguien le había facilitado, en el que se indicaba las enormes demandas de soldados que se estaban haciendo.

–¡Dios santo! ¿Es que no van a sentar la cabeza de una vez? ¿Cúando comenzarán a enviar muchachos a sus casas?

Ralph Johnson puso cara de desaliento al leerlo.

–Te sorprende, ¿verdad?

–Me hace llorar.

Y pasaron a tratar de otras cosas: un informe acerca de un incremento de la acción en el valle de A Shau y unos cuantos informes desatinados sobre el Agent Orange*. También hablaron de la expedición que debía hacerse al día siguiente a Nha Trang. Entretanto la recién llegada había caído en el más completo olvido.

Aquel día Ralph Johnson se detuvo a tomar el té en el barrio de Gia Dinh, llevado por asuntos personales. A las cinco volvía a estar en el centro, donde recogió unas cuantas comunicaciones en su despacho y llegó sólo con diez minutos de retraso al Servicio de Información para enterarse de las noticias transmitidas en las Locuras de las Cinco. Se trataba de las noticias de costumbre: muertos y lugares donde habían encontrado la muerte, cifras fantásticas de bajas de acuerdo con el vietcong, estadísticas en las que nadie creía desde hacía mucho tiempo y un documento de las fuerzas enemigas que todo el mundo tuvo oportunidad de examinar. Estaban presentes también Tom Hardgood y Jean-Pierre, pero no Nigel. Jean-Pierre saludó a Paxton con la mano al verla. Terminada la sesión, se acercó a ella y le pareció que tenía aspecto de estar acalorada, cansada y todavía un poco aturdida por el viaje. La informó de que Nigel había ido a Xuan Loc y le dijo que él había decidido quedarse en Saigón.

–Muy bien, mademoiselle –le dijo con una sonrisa–, ¿y usted qué tal está?

Paxton sonrió con aire cansado. Había pasado las dos últimas horas explorando la ciudad, pese al calor agobiante de la tarde, y se sentía mareada por las imágenes y olores, el ruido ensordecedor que reinaba en las calles, el fragor de los aviones, el hedor del combustible y aquel humo que se levantaba del barrio chino y quemaba los ojos. Se había perdido varias veces,

* Agent Orange, agente naranja, por el color de los envases, es un herbicida sumamente tóxico utilizado como defoliante en la guerra química. (*N. de la T.*)

había tenido que montar en dos taxis-triciclo, había sido atendida como mínimo por una docena de militares norteamericanos y no había podido servirse en absoluto del libro de frases en lengua vietnamita que llevaba encima.

–Pues todavía no lo sé muy bien –le contestó Paxton con franqueza, con una sonrisa de cansancio, sin saber a ciencia cierta qué propósito cubrían aquellas sesiones informativas de las cinco.

Las encontraba tan perfectamente orquestadas que le resultaban artificiales. Si uno quería, podía limitarse a quedarse allí sentado escuchando y enviar sus informaciones sobre la guerra basándose en lo que oía, si bien se daba perfecta cuenta de que no era a eso a lo que había venido.

–Todo esto no son más que estupideces, se lo aseguro –le dijo.

Todavía iba vestido con el mono y daba la impresión de estar acalorado y sudoroso. Era fotógrafo, aquella mañana había salido a la calle a las cuatro de la madrugada y, después de comer con los demás compañeros, había hecho un reportaje muy valioso.

Una bomba lanzada por terroristas había matado a un grupo de niños y las fotografías que él había tomado eran impresionantes. Al explicárselo, su voz sonaba totalmente monótona. Estaba absolutamente incapacitado para cualquier sentimiento, porque la magnitud del dolor había acabado por hacerlo insensible.

–He sacado una fotografía formidable: dos niñas muertas tomadas de la mano –dijo con voz perfectamente monocorde–. Los del periódico van a estar satisfechos.

Era atroz tener que vivir en aquella tierra y todos lo sabían. Había algo que iba devorando por dentro y acababa por destruir a cualquiera, pese a lo cual uno sabía que, por las razones que fuera, su puesto estaba allí.

–¿Por qué estás en Vietnam? –le preguntó Paxton con voz serena, impresionada por lo que acababa de decirle, pero llena de curiosidad por todo el mundo, mientras los demás empezaban a salir.

–Porque quería saber qué había cambiado, quería enterarme de por qué creían los americanos que podían ganar la guerra después de que nosotros la habíamos perdido.

–¿Y crees que la ganarán?

Lo preguntaba a todos, pero ansiaba saber sobre todo qué pensaban los que conocían la realidad, los que habían sido testigos de los hechos.

–No, es imposible –dijo con aire muy francés–, y además pienso que ahora lo saben pero no saben cómo decírselo a la gente. Tienen miedo de admitir que han sido derrotados, decir que se sienten incapaces de ganar y que deben regresar a sus casas. Consideran que esto no es propio de los Estados Unidos, que no es motivo de orgullo, ni es bravura..., aparte de que les ha llevado demasiado tiempo reconocerlo –dijo a manera de explicación.

Paxton estuvo de acuerdo. Los norteamericanos seguían en Vietnam para mantener el tipo, pero en realidad ya no tenían nada que hacer en aquel país. Mientras tanto, cada día morían más soldados frente al vietcong, frente a las trampas, frente a las minas, frente a los tiradores emboscados o... frente al «fuego amigo», como Peter. Era curioso que, ahora en Vietnam, se sentía menos obsesionada con él. Apenas había pensado en Peter en todo el día, ocupada en instalarse, en ver cosas y en descubrir Saigón. En cierto modo, era un descanso. Quizás ahora que estaba aquí conseguiría que el dolor fuera atenuándose poco a poco, ya que había logrado olvidarse de él todo un día. Quizás había hecho bien viniendo aquí.

Mientras meditaba en todas esas cosas se dio cuenta de que Jean-Pierre la observaba y sonreía, intrigado por lo que podía estar pensando.

–Éste es un lugar muy serio. Has sido muy valiente al venir aquí. ¿Por qué has venido?

–Es una larga historia –respondió ella, mirando vagamente a su alrededor.

Ralph ya se había marchado y los otros dos compañeros, Tom Hardgood y Jean-Pierre, la invitaron a tomar una copa con ellos en la Terrasse del Continental Palace Hotel.

–Es un lugar formidable, el auténtico Saigón. Tienes que verlo.

–Gracias –dijo tímidamente, agradecida por el trato que le dispensaban.

Aunque se daba cuenta de que Nigel la miraba con cierta condescendencia, por lo menos Ralph daba la impresión de estar dispuesto a ofrecerle una oportunidad y tenderle una mano amiga, en tanto que Jean-Pierre se mostraba francamente cordial. Paxton se fijó que llevaba una alianza matrimonial, aun cuando consideraba que su invitación era más platónica que sensual. Y estaba en lo cierto. Ya en la Terrasse, estuvo hablándole de su mujer, una modelo parisina de cierto renombre.

–Nos conocimos hace diez años, cuando me dedicaba a hacer de fotógrafo especializado en moda. Más adelante me sentí fascinado por los reportajes periodísticos. Mi mujer me considera un loco. Una vez al mes nos reunimos en Hong Kong, cosa que me ayuda a conservar la cordura. Me parece que, si no fuera por eso, me sería imposible seguir aquí. ¿Cuánto tiempo piensas quedarte? –le preguntó como de paso.

–Seis meses –dijo ella con resolución, palabras que él acogió con una sonrisa porque eran una prueba de la juventud de la chica.

–¿Tienes el novio aquí? ¿En el ejército?

Paxton negó con un gesto.

Sabía que muchas mujeres venían aquí por esto y le contó que conocía a muchas enfermeras que tenían aquí a sus novios y que habían venido al ser destinados a Saigón. Sin embargo, tarde o temprano acababan por lamentarlo, porque aquella ciudad les destrozaba el corazón, sus novios eran heridos, morían en el frente o eran devueltos a los Estados Unidos y ellas tenían que quedarse aquí cuidando niños lisiados. Algunas se sentían obligadas a quedarse y otras finalmente se marchaban, pero en todas se operaba un profundo cambio.

–El que ha estado aquí queda marcado para siempre –dijo Jean-Pierre, convencido de ello.

Paxton asintió, ansiosa de tener ocasión de comprobarlo, mientras observaba, maravillada, a su alrededor. Estaban sentados a una mesa de la terraza del Continental Palace Hotel y, pululando entre las mesas, había una multitud de mendigos tullidos. En principio, Paxton no quiso aceptar lo que veían sus ojos y pensó que estaban buscando algo, pero de pronto uno levantó la cabeza como si quisiera mirarla y ella pudo contemplar la cara de un hombre con sólo medio rostro, un solo ojo y sin brazos que la miraba y al mismo tiempo farfullaba palabras ininteligibles. Tuvo la sensación de que estaba a punto de desmayarse, pero Jean-Pierre lo alejó con un gesto, Paxton se sintió humillada mientras a su alrededor se agitaban y les ofrecían sus servicios limpiabotas, prostitutas y vendedores de drogas y mercancías diversas, pero por encima de todas las casas flotaba aquel perfume de flores y gasolina tan característico y reinaba aquel clamor de voces, cláxones, gritos, coches, bicicletas y personas. Era como un circo.

–Lo siento –se disculpó Paxton por su debilidad frente al mendigo sin rostro.

–Tendrás que acostumbrarte a esta clase de cosas, aquí es moneda corriente. En Saigón uno puede pasar temporadas haciéndose la ilusión de que no ocurre nada hasta que un día de pronto estalla una bomba, un bar vuela por los aires, uno de tus amigos cae herido o encuentras a unos niños desangrándose en la calle y llamando a gritos a su madre, muerta y tendida en el suelo, víctima de una bomba del vietcong. No siempre puedes resguardarte. Y en el norte todavía es peor, mucho peor. Allí sí que uno se entera de lo que es una guerra.

Jean-Pierre la miró atentamente por encima de los vasos, intrigado por aquella chica que, por su edad, habría podido ser hija suya.

–¿Estás segura de que quieres quedarte?

–Sí –dijo ella con voz tranquila, segura de sus actos en aquella ciudad, pese a las ganas de llorar que sentía al ver aquellos mendigos y aquellos niños sin brazos.

Aun así, sólo llevaba pocas horas en Vietnam, catorce para ser exactos.

–¿Por qué? –preguntó él con insistencia.

Paxton decidió ser sincera con él, de la misma manera que lo había sido con el chico del avión.

–Una persona a la que quería murió aquí y me entraron ganas de ver el sitio, de entender por qué murió, de venir aquí y de contar a los demás la verdad de esta guerra a través del periódico.

Jean-Pierre le sonrió tristemente.

–Eres muy joven e idealista, pero he de decirte que lo de aquí no le importa a nadie y que cuando llores en la oscuridad no habrá nadie que te escuche. Quieres enviar un mensaje desde aquí, ¿no es eso? Pero ¿a quién? Es tarde para enviarlo a tu amigo. ¿A los demás? Los que tengan que venir aquí, vendrán igualmente, algunos vivirán y otros morirán, y nada de lo que hagas podrá cambiar esta realidad.

Sus palabras hablaban de desesperanza, pero Paxton no las quería creer.

–Entonces, ¿qué haces tú aquí, Jean-Pierre?

Y al decir esto Paxton lo miró a los ojos mientras él pensaba si aquella chica estaría dispuesta a irse a la cama con él. Sabía que a Nigel le gustaba la chica y que Ralph tenía a France y a su hijo. Por supuesto que él también tenía mujer en París, pero París estaba muy lejos y esa muchacha era tan fresca, tan pura, tan llena de ideales, tan limpia y al mismo tiempo tan fuerte y tan segura... Jean-Pierre no disimuló una sonrisa y, al preguntarle Paxton el motivo de ésta, él se echó a reír.

–Estaba pensando que me recuerdas a Juana de Arco. Nosotros la llamamos Jeanne d'Arc. Creía en las mismas cosas que tú crees. La verdad, el poder de la espada manejada en nombre de Dios, la libertad.

–A mí me parece muy razonable –dijo Paxton con una sonrisa–, pero todavía no has contestado a mi pregunta.

Al fin y al cabo, ella era periodista y tenía la obligación de olfatear el lugar donde se encontraba y la gente que lo ocupaba.

–¿Por qué estoy aquí? Pues no lo sé.

Jean-Pierre, muy francés, se encogió de hombros.

–Quería ver cómo era todo esto y vine por cuenta de *Le Figaro,* pero después me intrigó y dicidí quedarme. Quería penetrar en la relidad... y me gusta. Es un sitio pecaminoso –le dijo sonriendo–, si quieres que lo sea. Tengo amigos que aprecio y quizá –dijo, encogiéndose de hombros–, como todos los hombres, me gusta el peligro. Paxton, no dejes que los hombres te mientan. A todos nos gusta jugar a soldados, imaginar que tenemos un enemigo, quitarle la colina, una casa, una montaña o quizás un país. Es algo que nos encanta y para nosotros tiene un sentido. Hasta que nos matan, claro.

Por instinto, Paxton sabía que estaba diciendo la verdad.

–¿Vale la pena morir por esto?

–No lo sé –dijo volviendo a encogerse de hombros y sonriendo tristemente–, pregúntaselo a los que han muerto, a ver qué te dicen.

–Pues creo que me dirían que no vale la pena –dijo ella filosóficamente.

–Eso es porque eres mujer –disintió él–. A lo mejor ellos te dirían que sí valía la pena.

A él le gustaba la conversación, el intercambio de pareceres, la filosofía que se encerraba en ellos, y a ella le gustaba él.

–Para una mujer nunca vale la pena, porque los que mueren son sus hijos, sus amantes o sus maridos. Una mujer no tiene nada que ganar en una guerra, sólo tiene cosas que perder, y no siente la emoción que despierta en el hombre. Los rostros de las mujeres que fotografío son rostros entristecidos, porque esas mujeres siempre tienen en sus brazos los cadáveres de sus hijos o de sus maridos. A ellas no les importaría morir, creo que son más valientes que los hombres, pero son incapaces de soportar la pérdida de los hombres que han amado –entonces su voz se hizo más dulce–. ¿Y tú ? ¿Qué era para ti ese hombre que murió? ¿Un amor o un amigo?

Aquella chica le inspiraba una gran curiosidad.

–Las dos cosas –dijo ella, sintiendo en aquellos momentos una calma muy superior a la que había sentido en mucho tiempo–. Íbamos a casarnos, vivimos juntos cuatro años... Yo tenía que casarme con él... –dejó vagar la mirada a lo lejos, sintiéndose todavía culpable por aquel hecho–. Tendría que haberme casado con él, pero no lo hice.

Su voz había sonado tan débil que él le acarició la mano.

–Si no te casaste con él debió de ser porque no tenías verdadera intención de hacerlo. Mi primera esposa murió en un accidente de aviación. Yo tenía que viajar con ella en el mismo avión, pero lo perdí y ella se adelantó. El avión se estrelló en España. Me sentí terriblemente culpable. Ella quería tener hijos y yo no. Después pensé que, si hubiésemos tenido un hijo, por lo menos me habría quedado algo de ella. Pero, ¿sabes qué pienso? Pues que no tenía que ser.

–¿Tienes hijos de tu segundo matrimonio? –le preguntó Paxton en voz muy baja.

Jean-Pierre negó con la cabeza y sonrió.

–No hace más de dos años que estamos casados y mi mujer tiene veintiocho. Primero quiere hacer carrera como modelo, los hijos vendrán después.

Paxton pensó que si le ocurría algo a alguno de los dos, tal vez también se sentiría culpable el que quedase. Quizá Gabby, con su vida de casada, simple y natural, y con sus hermosos hijos, era quien más acertada estaba. ¿No sería una locura haber venido aquí? Tal vez Jean-Pierre tenía razón, tal vez su boda con Peter era algo que no tenía que ser. ¿Tenía que sentirse culpable por ello el resto de su vida?

–¿Cuántos años tienes, Paxton? –le preguntó Jean-Pierre, sintiéndose cada vez más atraído hacia ella después de cada sorbo de Pernod que ingería. Después, al pasarse Paxton al agua, él se pasó al whisky.

–Veintidós –le dijo ella con una sonrisa.

–Yo tengo exactamente el doble de años que tú –dijo, aunque al parecer sin que le importara demasiado–. Me parece que se podría afirmar sin temor a equivocarse que debes de ser la periodista más joven que hay actualmente en Saigón y, por supuesto, la más guapa –añadió, al tiempo que hacía un brindis.

–No me has visto por las mañanas –dijo ella para decir algo, justo en el momento en que intervenía por sorpresa otra voz.

–Yo, sí.

Al volverse, Paxton vio que se trataba de Nigel, quien añadió:

–Y debo decir que por las mañanas estás estupenda. ¿Iba en serio el comentario?

–No exactamente –dijo Paxton sonriendo, tranquilizada por la aparición del personaje, debido a que Jean-Pierre se había excedido un poco en la bebida y ella ya se estaba temiendo que, cuando se tomase el siguiente scotch, entraría en un terreno excesivamente afectuoso.

La llegada de Nigel, evidentemente, simplificaba las cosas.

–Me figuraba que habías ido a Xuan Lọc –le dijo ella, dedicándole una sonrisa.

–He decidido aplazarlo para mañana.

La verdad era que había tropezado con una incitante prostituta y que ésta había sido la causa de que la expedición se hubiera pospuesto para la mañana siguiente.

–¿Habéis comido ya? –prosiguió–. Espero que no. Yo estoy muerto de hambre y no quiero comer solo.

–No, todavía no hemos comido –se apresuró a decir Jean-Pierre ya que, aunque eran las nueve, Paxton aún no se había centrado del todo ni había entrado en la normalidad horaria–. ¿Dónde queréis comer?

–No lo sé. ¿Qué os parece una cena rápida en cualquier parte y después nos vamos a bailar al Pink Nightclub?

Nigel, como Jean-Pierre, tenía los ojos puestos en Paxton, ya que la prostituta tan sólo le había ofrecido un alivio temporal. Paxton, sin embargo, dio una ojeada al reloj y se acordó de pronto de que tenía que levantarse a las cuatro de la madrugada.

–Me parece que no voy a poder y que tendré que dejarlo para otra ocasión. Ralph Johnson pasará a recogerme a las cinco de la mañana.

–¿Adónde vais?

Nigel parecía contrariado y Jean-Pierre estaba entrando rápidamente en la fase de la borrachera en que a uno dejan de importarle la mayoría de las cosas. Además, sólo le faltaba una semana para reunirse con su mujer en Hong Kong, y ya tendría sobradas ocasiones de conquistar a Paxton.

–Vamos a Nha Trang con un grupo de gente de cine –les explicó Paxton.

–Pues allí la cosa está que arde –dijo Nigel frunciendo el ceño y acordándose de pronto de lo novata que era la chica–, y cuando digo esto no me refiero simplemente a que hace mal tiempo, sino a que está atiborrado de Victor Charlies. ¡Vigila! Conozco a Johnson y sé que él va a la suya. Se dejaría matar con tal de buscar material para un artículo. Ya lo han herido dos veces y yo diría que lo único que busca es conseguir méritos para un Pulitzer, aunque él no quiera admitirlo.

A Paxton se le escapó una sonrisa al comprobar la rivalidad que existía entre ellos.

–Sé cuidarme.

–¿Volvéis mañana por la noche?

Nigel la observaba intrigado y se daba cuenta de lo bonita que era la chica, aunque también comprendía que ella no sentía el más mínimo interés por ninguno de los dos. No era para seducir hombres que había venido a Saigón, sino para aprender la profesión y escribir buenos artículos para su periódico. Aparte de que, si eran los hombres lo que le interesaba, aquí los tenía en cantidad.

–No sé cuándo volvemos –dijo contestando a la pregunta de Nigel–. Ralph no me lo ha dicho. ¿No me lo diría si no pensase regresar mañana?

Nigel se echó a reír.

–No necesariamente.

Se levantaron todos a un tiempo y el movimiento repentino atrajo a una oleada de mendigos. Nigel y Jean-Pierre los ahuyentaron con un gesto de la mano. Paxton sintió que se le desgarraba el corazón de ver a una niña sin piernas arrastrada en un carrito por su hermano, poco mayor que ella. Paxton apartó la vista, incapaz de soportar aquella imagen. Era imposible cambiar la realidad, imposible hacer que terminara la guerra, imposible devolverles los miembros que habían perdido.

–Tendrías que escribir un artículo sobre los cuáqueros –le aconsejó Jean-Pierre al marcharse–. El American Friends Service Committee tiene aquí un centro fabuloso que se encarga de suministrar prótesis a esos niños. Yo saqué fotografías fantásticas. Es verdaderamente increíble lo que hace esa gente.

–Lo visitaré. Gracias.

Y con una sonrisa dirigida a los dos, después de darles las gracias por haberla invitado, se quedó en el hotel mientras ellos encaminaban sus pasos hacia otro bar, donde pensaban beber más rato y más fuerte. Ya que la chica había decidido no acompañarlos a cenar, habían pensado que lo mejor era saltarse la cena y seguir bebiendo. Ya en el hotel, Paxton observó a varias parejas de hombres y mujeres muy bien vestidos que se dirigían al restaurante de la azotea para cenar. Se sentía tan cansada que ni siquiera pensaba en la comida. Se metió en su habitación, se echó en la cama y cayó dormida, sin ni siquiera quitarse la ropa, apenas hubo puesto el despertador en hora.

Cuando sonó tuvo la impresión de que sólo habían transcurrido unos momentos. El zumbido del despertador le hizo soñar con abejas que se precipitaban sobre ella, de las que trataba de escapar montándose en un taxi-triciclo cuyo conductor no entendía a qué sitio quería ir. Como persistía el zumbido, Paxton abrió por fin un ojo y recorrió la habitación. Todavía era de noche. Se duchó, se lavó el cabello y se puso un mono que había traído para ocasiones como aquélla. Era de color verde caqui oscuro y lo acompañó con las botas que había llevado, por si Ralph no había tenido tiempo de traerle las que le había prometido.

Bajó al vestíbulo a las cinco en punto y lo encontró desierto, si bien observó que las calles estaban llenas de vida, rebosantes de vendedores, de coches, de bicicletas, mientras la gente se apresuraba a ir camino de sus casas, del trabajo o de cualquier otro sitio; mujeres vestidas con sus sombreros puntiagudos conocidos con el nombre de *non la* y sus airosos *ao dais.* Salió a la calle y aspiró el perfume del aire, en el que se percibía el intenso aroma de flores y frutas conviviendo con el olor a gasolina y aquella nube de humo que envolvía tan persistentemente la ciudad. En ese momento oyó pasos detrás de ella y, al volverse, vio a Ralph que subía las escaleras del hotel ataviado con un mono, un sombrero para transitar por el bosque y unas botas militares exactamente iguales que otras que llevaba en la mano. Llevaba puesta también una gruesa chaqueta y otra colgada del brazo. Al encontrarse, se la pasó a Paxton, al igual que las botas.

–¿Has encontrado las botas? ¡Muchas gracias!

Paxton estaba maravillada.

–No ha habido ningún problema.

No lo había habido, porque las había comprado en el mercado negro, donde se encontraba absolutamente todo, generalmente robado, desde compresas hasta medias de nylon o prendas militares.

–También te he traído una chaqueta antibalas. No va mal si eres capaz de soportarla.

Llevaba también un casco para ella, que se lo dio igualmente. Ya equipada, la levantó para subirla al camión, que esperaba para conducirlos a través de la carretera Uno al lugar al que se dirigían. El conductor pertenecía al ejército y Ralph iba acompañado de un equipo de cuatro personas: dos cámaras, un especialista de sonido y un ayudante. Presentó a Paxton a todos los hombres, que tenían aspecto de soldados. Todos llevaban mono de camuflaje, botas y casco, el encargado del sonido miraba muy nervioso a su alrededor, mientras el ayudante sacaba el tapón de un enorme termo lleno de café humeante.

–¡Diablos! Como nos pesque el vietcong, se figurarán que han atrapado un camión de soldados.

Después miró a Paxton, vestida prácticamente igual que ellos, y le dijo:

–¿Llevas zapatos de tacón alto en el bolso?

–Soy demasiado alta y nunca uso tacón alto.

–No, te lo decía para ponérmelos yo.

Todo el mundo se echó a reír, mientras contemplaban cómo el sol iba recorriendo su camino de ascenso a medida que se alejaban de Saigón. Era una hermosa mañana de verano, corría el mes de junio y Paxton advirtió de pronto por qué decía la gente que el país era bellísimo. Sólo salir de la ciudad todo era verde y frondoso y tenía una delicadeza y simplicidad tales que le recordaba las serigrafías antiguas. A todo lo largo del borde de la carretera se veían cráteres de las bombas y un festón de niños apoyados en muletas.

Todo el grupo permanecía en silencio mientras avanzaban y Paxton contemplaba el paisaje sobrecogida por su belleza, aquella tierra intensamente roja y el verdor profundo de la vegetación. Ralph Johnson se inclinó hacia ella para ofrecerle unos donuts.

–Bonito, ¿verdad?

–Ahora empiezo a entender lo que me habían dicho: que Saigón es muy diferente.

Saigón había sido una hermosa ciudad en otro tiempo, en la época de los franceses, pero ahora era sucia, ruidosa y corrompida, llena de prostitutas y de golfos; el paisaje, sin embargo, tenía una belleza natural que Paxton no había visto nunca antes de ahora y que la conmovía hasta lo más íntimo. Pese a todo, incluso allí, el campo también ostentaba las cicatrices de la guerra, de la misma manera que estaban presentes en todo el país.

–Hace un año y medio que fue incendiado Ben Suc, el pueblo que se levantaba en este lugar. Era un sitio bellísimo y su destrucción fue un verdadero crimen.

–¿Por qué lo hicieron?

–Lo hicieron para desmoralizar al vietcong, para cortarle el suministro de alimentos, para privarlo de escondrijos. Casi nunca es posible distinguir a los buenos de los malos y por ello decidieron quemarlo todo y convertirlo en un aparcamiento. Los habitantes se quejaban de que los habían desalojado, pero una cosa como aquélla era irreproducible. Era un sitio hermoso y antiguo y trasladaron a la gente a las barracas de Quonset.

Fue entonces cuando había conocido a France, pero no lo mencionó. No conocía todavía a Paxton tan bien como para entrar en el terreno de las confidencias.

–¿Qué tal fue ayer? –le preguntó.

–Muy bien. Estuve metiendo la nariz por diferentes sitios de la ciudad y me perdí varias veces –le dijo sonriendo, al tiempo que decidía mostrarse franca con él–. Lo de las Locuras de las Cinco es pura filfa, ¿no es verdad? ¿Qué es todo ese montaje?

–Creo que ellos lo llaman «relaciones públicas», pero nosotros le damos el nombre de propaganda.

–Pero ¿cuál es su finalidad?

Paxton se sentía decepcionada, ella había venido para conocer la verdad, no para que la atiborraran de mentiras. Mientras seguían hablando, se sacó el casco y se recogió la cola de caballo en un moño. Hacía tanto calor que hasta el cabello molestaba, y más si se llevaba colgando sobre la espalda.

Ralph se echó a reír y dijo:

–Nos ofrece material para escribir algo cuando no tenemos nada que decir, aunque la verdad es que nos ocurre pocas veces.

Y a continuación añadió:

–Los compañeros de la Associated Press, ayer, andaban locos. Al parecer se esperaba la llegada de un sobrino de no sé quién y todo el mundo tenía instrucciones de mantenerlo alejado de cualquier situación que entrañase peligro.

–¿Y qué viene a hacer aquí? –preguntó Paxton, que parecía divertida por la noticia.

–Pues no lo sé. Seguramente viene de visita. Ése no debe de ser muy listo, porque Vietnam no es sitio para visitas.

Paxton lo miró fijamente a los ojos mientras los demás seguían charlando y comiendo donuts.

–¿Quieres decir que yo tampoco peco de lista?

–Quizá –Ralph era franco con ella. Siempre lo sería–. Pero quizá tu caso es diferente. Ya te lo diré a la vuelta, aunque me parece que eres una de esas periodistas locas que quieren serlo a toda costa, una de esas que quieren conocer la verdad aunque les cueste la vida.

–Gracias –dijo ella por toda respuesta poniéndose nuevamente el casco y terminándose el café.

Pararon un momento en Ham Tan y después se apresuraron a seguir hacia Phan Rang y Cam Ranh, mientras oían a distancia los estampidos de los proyectiles. A veces parecía el rugido del trueno cuando retumba en la montaña. El conductor del camión estaba continuamente en contacto por radio con su base de Nha Trang, a la que notificó antes de llegar que el camión seguiría tierra adentro. Se dirigían a una base sometida al fuego enemigo y el camión llegaría a ella desde atrás. Se consideró que era lo más seguro porque, aunque la base estaba bien protegida y pertrechada, habían estado bajo fuego enemigo toda la semana. Aquél era el artículo tras el cual iba Ralph. Le había costado una semana de trámites obtener permiso para la expedición.

–Los técnicos de radio me han dicho que allí está caliente de verdad –explicó el conductor.

Paxton ya se había enterado de que la palabra caliente hacía siempre referencia al vietcong, no al calor que pudiera hacer.

De todos modos, el calor era cada vez más agobiante y Paxton se preguntaba cómo se las arreglaría para respirar cuando llegaran al lugar de destino. Al acercase a la base, les ordenaron que se sentaran lo más bajo posible en los asientos y que llevaran puestas las chaquetas antibalas al igual que los cascos. Eran la siete de la mañana y, tres kilómetros antes de llegar a su destino, la remota base de artillería a la que se dirigían, fueron parados en un puesto de vigilancia.

–Llevo periodistas –explicó el conductor al parar delante de guardias fuertemente armados.

Llevaban fusiles M-16 de tipo estándar. Paxton sabía por Ralph que eran inferiores a los soviéticos AK-47, utilizados por el vietcong, porque se trababan y los soviéticos no.

Los centinelas echaron una ojeada al interior del camión mientras Paxton identificaba a distancia el sonido de una ametralladora M-60 y de un obús de 150 mm. Había procurado informarse previamente, si bien era muy diferente verlo todo en acción, dejando aparte el miedo que pudiera producir. Sentía que el corazón le latía con fuerza, especialmente cuando se dio cuenta de que los centinelas la observaban y seguían interrogando al chófer.

–¿Quién es la Delta Delta?

El conductor se echó a reír.

–Lo mismo. También es periodista. ¿Entendido?

Se volvió y sonrió abiertamente a Paxton.

–Sí, trabajo para el *Morning Sun* de San Francisco.

Revolvió sus cosas para buscar los papeles, pero ellos la saludaron con un gesto y dejaron de hacer preguntas al conductor, en tanto éste y Ralph intercambiaban una sonrisa y ella se preguntaba qué significaba exactamente todo aquello.

–¿De qué se trata? ¿Qué es eso de Delta Delta?

–Tendrás ocasión de oírlo otras veces si sigues aquí –dijo Ralph reprimiendo una sonrisa.

–¿A ti también te lo llamaban al principio? –preguntó Paxton inocentemente, a lo que Ralph se echó a reír de buena gana.

–En absoluto, encanto. Mejor que te explique lo que significa. Delta Delta son señales de radio para D-D, Doughnut Dollie.

Todos los del camión se echaron a reír. Paxton de buena

gana habría propinado un fuerte golpe con la bota al suelo del camión.

–¡Demonios! Pues en todo el camino hasta aquí todavía no he ofrecido ningún donut a nadie.

–Cuéntaselo a ellos, nena –le soltó el chófer festivamente, y hasta la propia Paxton soltó la carcajada.

Era exasperante eso de que todo el mundo te tratara como si fueras la reina de la belleza y como si una no esperase otra cosa que los hombres silbaran a tu paso.

–¡Delta Delta! ¡Y un cuerno!

Todo el mundo sabía que las Doughnut Dollies eran chicas guapas que contribuían mucho a levantar la moral de los soldados, pero la denominación no suponía un cumplido para Paxton.

–Ya te acostumbrarás –dijo Ralph riendo, mientras Paxton le hacía un gesto de amenaza.

Unos minutos más tarde les avisaron que se tumbaran y en seguida oyeron la artillería zumbar sobre sus cabezas. Inmediatamente bajaron del camión, mientras los cámaras y el encargado del sonido recogían el equipo. Ralph les explicó qué quería que hicieran y, después de hablar un momento con los soldados, el chófer explicó a Ralph los caminos más seguros para entrar en el campamento. A juzgar por los ruidos que llegaban, ninguno estaba suficientemente despejado para poder seguirlo. De pronto un soldado negro llegó corriendo hasta ellos y les anunció lo que ya sabían, a saber, que «la cosa estaba caliente de verdad». Al decirlo observaba a Paxton con mirada cargada de deseo.

–¿De dónde venís? –preguntó el soldado mientras bajaban del camión y se agachaban a un lado y Ralph confirmaba a Paxton que lo que se oía a distancia eran obuses.

Aunque el ejército de Vietnam del Sur estaba protegiendo los movimientos del ejército de los Estados Unidos, éste prefería confiar en sus propias fuerzas.

Según ellos, sus soldados eran mejores y luchaban contra el ejército regular de Vietnam del Norte de manera muy diferente que el vietcong, constituido esencialmente por campesinos, aunque muy valientes.

–Soy de Savannah –dijo Paxton tratando de mostrarse tranquila mientras hablaba con el negro.

–¿Ah, sí? Yo también.

Y el muchacho le citó una calle que a Paxton no le dijo absolutamente nada, si bien le sonrió pensando en Queenie.

–¿Cuánto tiempo hace que estás aquí? –le preguntó ella, interesada.

–¿En Vietnam? –dijo el soldado con una mueca–. Tienes que saber, nena, que sólo me faltan dos semanas. Tengo la fecha metida entre los ojos. Como consiga que no me jueguen una mala pasada las dos próximas semanas, ya me tienes camino de Georgia.

Que dijera que le faltaban dos semanas significaba que había pasado 380 días en Vietnam, es decir, 375 días más que Peter.

–¿Cómo te llamas?

Era una chica guapa y al soldado le habría encantado seguir hablando con ella, tocarla... Aunque tenía novia en los Estados Unidos, esto no era óbice para que tuviera ganas de hablar con Paxton.

–Paxton.

–¿Ah, sí?

La miró con aire divertido, mientras Ralph, observándolos por encima del hombro, les ordenó con energía:

–Agachaos.

Después fueron conducidos a la base, desde donde pudieron gozar de la increíble vista de un pintoresco valle, verde y hermoso, sobre el que flotaba una especie de neblina que no era otra cosa que el humo del constante tiroteo. Los aviones volaban muy bajos sobre sus cabezas, mientras otros, lejos, arrojaban bombas. Los hombres decían que eran pájaros y que ponían huevos. El oficial al mando de la base salió para dar la bienvenida a Ralph y al resto del equipo y éste se lo presentó a Paxton.

–Conque San Francisco, ¿eh? –le preguntó, mordisqueando la colilla de puro que tenía entre los labios–. Una maravillosa ciudad. A mi esposa y a mí nos encanta.

Todo el mundo estaba enamorado de alguna parte: San

Francisco, Savannah, el Norte, el Sur, New Jersey... ¡Qué importaba de dónde viniera uno! Estabas vivo, eras joven y te sentías poseído de la desesperación de volver pronto a casa, de vivir lo suficiente para poder volver. Poder establecer contacto con otra persona, viniera de donde viniera, lo significaba todo.

–Aquí la cosa está muy caliente –explicó–. Los del norte se han empeñado en pasar y nosotros en no dejarlos pasar. El año pasado conseguimos tomar esta zona y apostarnos sólidamente en ella, pero después la perdimos. Ahora que la hemos recuperado, no queremos volverla a dejar escapar.

Sin embargo, Paxton no podía dejar de pensar en cuántos hombres debía de haber costado aquella victoria. Tomar una colina, un valle, un pueblo significaba siempre la pérdida de muchas vidas humanas. Eran muchos muchachos muertos y muchísimos heridos. El soldado le explicó entonces que hasta ahora les había ido bastante bien, que únicamente habían perdido cinco hombres y que había unas pocas docenas de heridos. ¿Así que esto significaba que iban bien las cosas? ¿Estaba bien que «sólo» hubiera habido cinco muertos? Pero, ¿quiénes eran esos cinco? ¿Cómo se escogían? ¿Cómo los escogía Dios? ¿Por qué había escogido a Peter?

–¿Queréis acercaros un poco más? Aquí están cayendo muchas bombas. Procurad permanecer en los lugares que os digan mis muchachos.

Ralph estaba encantado. Deseaba tener mejores imágenes del frente para captarlas con la cámara. Se quedaron allí toda la tarde y no se retiraron hasta las tres para comer unas raciones. Luego volvieron a meterse en el fragor de la batalla. Hasta aquel momento todo el mundo estaba indemne, lo que suponía un estupendo balance. Los hombres mantenían su posición a toda costa y de cuando en cuando alguno decía que había visto a Charlie, aunque no era verdad, porque lo único que se podía ver era humo, fuego de artillería y arbustos alrededor.

–¿Qué me dices, nena? ¿Qué te parece? Ahora estás metida en el fregado –le dijo Ralph sentándose unos minutos a su lado para fumar un cigarrillo y tomar una taza de café.

–¿Qué sentiste cuando el *Time* te envió a Corea?

–Estaba que la camisa no me tocaba el cuerpo –dijo Ralph con una mueca.

–Lo supongo –dijo ella con una sonrisa nerviosa, porque desde primera hora tenía un nudo en el estómago que era imposible de deshacer.

–¿Has comido?

Paxton hizo una señal de asentimiento.

–Hay que comer, porque uno se siente mucho mejor. Hay que comer y dormir regularmente por muchas cosas terribles que ocurran, porque de lo contrario pierdes el control y haces una estupidez. Hay que mantener siempre la cabeza clara. Es el mejor consejo que se puede dar cuando se está en una guerra.

Paxton se sentía muy agradecida. Era un hombre estupendo y un periodista magnífico. Todos le tenían envidia. Ralph era bueno, francamente bueno, y estaba constantemente alerta vigilando lo que pudiera ocurrir.

–Gracias por las botas –le dijo y él le dio una palmada en la espalda.

–No te quites el casco y mantén la cabeza baja y todo irá bien.

Después de aquellas palabras volvió a desaparecer rápidamente entre unos árboles y se perdió colina arriba detrás de unos soldados, mientras Paxton pensaba si era digno de admiración o había que considerarlo un loco. En ese preciso instante se oyó una terrible explosión. Los cámaras corrieron al lugar por el que había desaparecido Ralph, seguidos inmediatamente por el encargado del sonido. Sin pensar en nada que no fuera Ralph, Paxton se encontró corriendo con ellos y, al llegar al escenario de la deflagración, vio hombres tendidos por todas partes y a Ralph con un soldado en brazos y todo el pecho abierto.

–Necesitamos un médico –dijo Ralph, sereno pero enérgico, y alguien marchó corriendo para ir a buscar uno mientras otro lo reclamaba por radio.

–Tengo seis hombres caídos –dijo por el auricular y mientras lo decía Paxton notó que alguien la tocaba.

Era un hombre cuyo brazo había sido arrancado de cuajo y tenía todo el cuerpo cubierto de sangre. Levantó hacia Paxton su cara de niño y todo lo que dijo fue:

–Tengo sed.

La muchacha tenía una cantimplora al lado, pero no estaba segura de si podía darle agua. ¿Y si no podía beber? Tal vez si le daba agua lo mataría. Llegaron dos médicos y un capellán con casco que también formaba parte de la unidad y comenzaron a hacer la ronda de los heridos. El muchacho que Ralph tenía en los brazos había muerto y en aquel momento ya estaba prestando ayuda a otro.

–Tengo sed.

Nadie había atendido todavía al muchacho que ella tenía a su lado y él la miraba angustiado.

–¿Cómo te llamas? –le preguntó.

–Paxxie.

Paxton le acarició la cara y puso dulcemente su cabeza sobre su regazo, mientras sentía que la sangre del soldado le empapaba las piernas y ella hacía como que no lo notaba.

–Me llamo Paxxie –le repitió con voz suave, acariciándole los cabellos y apartándoselos de la cara, procurando refrenar el fuerte deseo que sentía de besarle las mejillas como si fuera un niño y de llorar por él. Intentó sonreírle, pero él no la veía.

–¿Cómo te llamas? –le preguntó ella a su vez para forzarlo a hablar.

–Joe.

Su voz iba debilitándose, seguramente a causa de la gran cantidad de sangre que había perdido y de la conmoción sufrida y, mientras ella lo sostenía en brazos, comenzó a entrecerrar los ojos.

–¡Vamos, Joe! –le dijo ella–, despierta, ¡ahora no te puedes dormir! ¡Así!, abre los ojos.

Paxton le sonrió, pese a que a su alrededor reinaba un verdadero frenesí. Estaban tratando de transportar a los heridos hasta un calvero, ayudados por el capellán, Ralph y uno de los cámaras, mientras un médico auscultaba a un herido. En seguida se oyó el ruido de un helicóptero que se aproximaba pero, como le estaban disparando desde la espesura, tuvo que alejarse. El médico que estaba auscultando al herido exclamó:

–¡Mierda!

El muchacho acababa de morir.

–¿De dónde eres, Joe?

–De Miami.

Su voz apenas era un soplo.

–¿Miami? ¡Qué sitio magnífico!

Paxton tenía los ojos llenos de lágrimas y un nudo en la garganta, estaba mareada y sentía las piernas empapadas de sangre. El operador de radio que estaba a su lado, sentado en la hierba, daba órdenes al helicóptero para que se fuera. Aquello estaba demasiado caliente.

–¡Un cuerno me voy! –les dijo una voz–. ¿Cuántos hay ahí tumbados?

La voz era decidida y potente; era la voz de un hombre que no estaba dispuesto a marcharse sin sus heridos.

–Quedan cuatro que necesitan marcharse seguro.

En ese momento hubo otra explosión.

–¡Mierda! –gritó alguien, mientras los médicos volvían a correr y un soldado acudía a hablar con el operador de radio para darle un nuevo informe de los heridos.

–¡Y son nueve! Ahora hay otros cinco, Niner Zulu. ¿Podéis mandar en seguida otro pájaro? Hay algunos que no pueden esperar mucho rato.

Mientras lo escuchaba, Paxton cerró los ojos porque sabía que el muchacho cuya cabeza descansaba en su regazo era uno de ellos. Habría querido hacer una indicación al operador de radio, pero estaba demasiado ocupado con el auricular, y tampoco veía por allí a Ralph, que había ido con los cámaras a alguna parte.

–¿Estáis bien vosotros? –le preguntó una voz que pasó junto a ella, a la que ella respondió, sorprendida, con viveza:

–Estamos muy bien. ¿Verdad que estás bien, Joe? ¿Estás bien?

El soldado volvió a sumirse lentamente en el sueño, aunque ella hacía lo posible para despertarlo tocándole la mejilla, procurando no mirar la parte del cuerpo en que habría debido haber un brazo y donde ahora sólo había un muñón ensangrentado que iba empapando la tierra. Pensó en hacerle una especie de torniquete, pero tenía miedo de empeorar las cosas. Al cabo de un momento tenía a un médico a su lado.

–Te estás portando muy bien, amigo, muy bien.

Y sonrió a Paxton.

–Tú también lo estás haciendo muy bien.

Después se dio cuenta de que el chico que trataba de tranquilizarla era el de Savannah y tuvo la impresión de que eran viejos amigos.

–Éste es Joe –dijo ella tratando de hablar con voz natural, pero mirando el brazo con preocupación al tiempo que el helicóptero sobrevolaba la zona y ella todavía podía oír muy próxima la voz del piloto a través de la radio.

–Aquí Niner Zulu. Vamos a entrar, pero rápido. No bajamos. Metedlos dentro lo más rápidamente posible.

–¡Mierda! –oyó.

Por lo visto era la palabra del día y, por lo que veía a su alrededor, la más apropiada.

–¿Cómo diablos se figura que vamos a meterlos dentro? –preguntó el operador de radio a quien lo quisiera oír.

–No te preocupes –dijo uno de los hombres lleno de desesperación–, pues, como tarde mucho rato, ya no habrá necesidad.

De los cinco últimos ya habían muerto dos. Ahora sólo había que transportar siete heridos. Habían muerto cuatro. Después de un comienzo tan bueno, el día había resultado nefasto.

Por fin llegó el pajarraco, que se posó lo suficientemente bajo para que los médicos y los soldados pudieran cargar a bordo a cuatro heridos. Inmediatamente acudió un segundo helicóptero para cargar a los demás. Eran aparatos Huey y a Paxton se le antojaron maravillosos cuando los vio llegar. Observó cómo dos hombres se encargaban de cargar a Joe y, sin casi darse cuenta, se encontró rezando por el restablecimiento de Joe. Al volverse, vio en la distancia a otros dos muchachos en el suelo, con los ojos muy abiertos sin ver nada, junto a los cuales había varios soldados vietnamitas. Tambaleándose, se dirigió, mareada, hacia los arbustos. Ralph se reunió con ella unos momentos más tarde y la encontró desencajada y pálida, con el mono ensangrentado y manchas de sangre en el cabello allí donde se había tocado.

–Procura reaccionar, nena. Cuando estuve en Corea pasé seis meses encontrándome enfermo cada día.

Suspiró y se sentó un minuto junto a ella. Las cosas se habían calmado un poco, por lo menos ahora, pese a que la muerte estaba presente en todas partes. Ya no era tan intenso el fragor de los proyectiles. Ralph estaba pensando en volver a Saigón aquella misma noche en lugar de quedarse como había previsto.

–Hoy hemos conseguido bastante buen material –dijo Ralph y Paxton lo miró con horror.

–¿Así es cómo lo llamas? ¿Buen material?

De pronto se había acordado de Jean-Pierre y de aquella magnífica fotografía que había sacado de dos niñas muertas tomadas de la mano. Aquel tipo de cosas desgarraban el corazón.

Ralph, francamente irritado, le soltó:

–No soy yo quien quiere la guerra y si estoy aquí es para informar sobre ella. Quizá si contribuyo a que la gente se asquee, conseguiré ponerle fin más pronto de lo previsto. Si uno viene aquí para informar de las fiestas que se celebran en el club de oficiales resulta que se equivoca, porque esta guerra no tiene nada de hermoso, y si lo que uno busca es reír a carcajadas, mejor que espere a Navidad, cuando venga Bob Hope.

–Vete al cuerno, ¿quieres? Si estoy aquí es por las mismas razones que tú.

Paxton estaba cansada, enfadada, deprimida e impresionada por todo lo que había visto.

–¿Ah, sí? ¿Estás por las mismas razones que yo? Pues te diré que esta guerra necesita más gente como tú y como yo, gente que esté dispuesta contar la verdad sobre todo lo que vea y, si es preciso, a morir por ella incluso, gente que no tenga miedo de la verdad. ¿Por esto estás tú aquí?

Paxton clavó los ojos en él. Ralph le estaba apretando las clavijas, pero estaba contento de ver cómo reaccionaba. Era una chica dura y fuerte, se interesaba por las cosas y tenía presencia de ánimo. Había muchas cosas que le gustaban de ella, era una chica fuera de serie, calificación que daban los hombres a las cosas que les gustaban de verdad.

–Sí, por eso estoy aquí –dijo ella mirándolo a los ojos–. Estoy aquí para contar toda la verdad de esta maldita guerra. Igual que tú.

–¿Es la única razón? –le preguntó él con intención, después de lo cual se apaciguaron un tanto los dos y ella decidió que le contaría lo que ya había dicho a Jean-Pierre sobre Peter.

–Hace dos meses que murió aquí mi novio.

Ralph se quedó un rato pensativo al escuchar sus palabras, después la miró y le dijo algo que la dejó fría.

–Olvídalo.

–¿Cómo puedes decir una cosa así?

Paxton estaba horrorizada y en cierto modo ofendida.

–Pues porque prescindiendo de lo que haya podido traerte hasta aquí, ahora debes olvidarte de ese detalle si quieres hacer un trabajo decente. Él ya no existe y tú no puedes remediarlo. Lo que sí puedes hacer es ayudar a gente como él, ayudar a toda una nación ofreciéndole una información verídica y objetiva. Si lo que persigues es vengarlo o ir tras su recuerdo, no harás nada bueno, ni para él, ni para ti, ni para aquellos que lean lo que escribas.

Ralph tenía razón y ella lo sabía, pero sus palabras la herían. Lo que él pretendía era que en el término de un día hiciese borrón y cuenta nueva y eliminase el recuerdo de aquel chico al que había amado durante toda la etapa de la universidad. Sin embargo, sabía que tenía razón. Como periodista tenía el deber de contar lo que viera, no contarle la historia de Peter. Lo que él le había dicho era terrible, pero ambos sabían que en aquellas palabras estaba la verdad.

Aquella tarde se trasladaron a Hai Ninh, a medio camino de Saigón, y toparon con una serie de combates y de sucesos de interés para Ralph. Cuando ya se disponían a marchar, el oficial que estaba al mando les dijo que era peligroso regresar de noche y que sería mejor que aguardasen hasta la mañana siguiente. Durmieron en las trincheras con los soldados y Paxton, allí tumbada, contempló las estrellas y pensó en Peter. ¿También él había vivido momentos así? ¿Había tenido miedo? ¿Había considerado hermoso aquel país? ¿Había pensado en ella? Pero, en fin de cuentas, ¿importaba realmente todo aquello? Tal vez Ralph tenía razón. Quizá nada importaba salvo la verdad y la gente que la conocía.

–¿Estás bien?

Se acercó a ella y le ofreció un cigarrillo, que ella rechazó. Estaba tan cansada y tan impresionada por todo lo presenciado que ni siquiera había querido cenar. Las raciones que le habían ofrecido no eran, por otra parte, muy tentadoras. El arroz y el *pho,* una especie de sopa blanca de tallarines, que comían los soldados vietnamitas, tenían mucha mejor cara.

–Estoy bien.

–Pues no lo parece.

Paxton sonrió.

–Tampoco tú pareces estar como un rey –dijo, aunque admitió que Ralph tenía mejor aspecto que ella.

–Siento haber sido duro contigo, pero estamos en un sitio duro. Ni puedes comprometer tus ideales ni olvidar por qué has venido. Cuando la cosa se hace personal, no hay nada que hacer. Y si el viaje que has hecho hasta aquí empezó de esta manera, todavía no es tarde para cambiar de postura y plantearse una finalidad clara, limpia y objetiva. No debes olvidar para quiénes escribes ni qué quieres decirles, porque así te mantendrás humana. Sin embargo, no puedes convertir esto en una venganza personal. Algunos soldados lo hacen: como sus compañeros han muerto, enloquecen y se lanzan entre la vegetación detrás de Victor Charlie, pero no tardan ni quince segundos en pisar una mina y les salta la cabeza por los aires. Hagas lo que hagas, no puedes dejar ni un solo momento de pensar. Los que sobreviven lo tienen presente todos los minutos del día.

Era un buen consejo y Paxton lo sabía.

–No puedo dejar de pensar en ese chico: Joe, el de Miami. Ni siquiera sé su apellido. No dejo de pensar ni en un momento en si todavía vive.

–Probablemente sí –le dijo Ralph para tranquilizarla–. Ha tenido suerte. Nha Trang está muy cerca de la unidad sanitaria 254. Es muy probable que a los quince minutos de haberlo recogido ya estuviera en la mesa de operaciones.

Ralph le dio unas palmaditas en el brazo con ánimo de

tranquilizarla aun en el caso de que no fuera verdad. No importaba. Ella había hecho todo lo posible para ayudarlo y ahora tal vez el muchacho estaba vivo gracias a ella. ¡Eran tantos los soldados y él había visto morir a tantos y tantos caer heridos! Uno acababa por curtirse, después ya sólo quedaban el cansancio y la amargura. Todos aquellos muchachos se convertían en montones de carne. Era para enfermar. Hacía que uno se preguntase por qué una chica como Paxton decidía ir a un sitio como aquél. Había que estar un poco loco. Si uno no lo estaba al principio, acababa estándolo al final. Ralph le sonrió.

–¿Sabes una cosa? Nunca pronuncio bien tu nombre. Sé que el apellido es Andrews, pero el nombre es algo así como Pattie... o Patton, ¿no es verdad?

–Paxton –dijo ella con una sonrisa–, con tal de que no me llames Delta Delta.

–¿Puedo hacerlo si no me acuerdo de que te llamas Paxton?

Después reflexionó un momento y de pronto, mientras seguían allí en la trinchera uno al lado del otro, se echó a reír como un loco mientras ella lo miraba enfadada.

–¿Qué pasa? ¿Es por mi nombre?

–No, tu nombre me gusta, pero es que acaba de ocurrírseme una cosa. Tú trabajas para el *Morning Sun* de San Francisco, ¿no?

Paxton asintió con un gesto.

–¿Tienes un tío en el periódico?

–No exactamente un tío.

Paxton se ruborizó, pero Ralph no podía darse cuenta.

–Bueno, tengo una especie de tutor. El que tenía que ser mi suegro ocupa un cargo bastante alto en el periódico.

No quería decirle que era el propietario.

–El jefe de la oficina de aquí me dijo que había recibido una serie de telex frenéticos de una persona del *Sun* anunciándole que venía para acá el sobrino de no sé quién y que debía vigilar que, hiciera lo que hiciera, no se metiera en ningún lío ni fuera a zonas de combate.

Ralph la miró sonriendo y le dijo:

–Señorita Paxton, me parece que ese sobrino eres tú y que

lo menos que se podía figurar el tipo de la oficina es que estuvieran refiriéndose a una chica. ¡Madre mía! ¿Y qué hago yo? Pues nada menos llevarte en un mismo día a los dos sitios más calientes de Vietnam.

Y rompió a reír, secundado por Paxxie.

–Me alegra que no dedujeras que se trataba de mí.

–A mi también.

Ralph sonrió muy contento, los dos allí tendidos, mientras escuchaban a lo lejos el estampido de fuego esporádico.

–No sé cómo escribes, pero eres una chica estupenda y eres valiente. El resto tiene que salir bien por fuerza.

–Gracias –le dijo ella con una sonrisa.

–Siempre que quieras puedes acompañarme. Puedes venir en todas las misiones que organice siempre que no le digas nada a tu tío.

Paxton volvió a sonreír y, en tanto se acomodaba como podía y acababa sumiéndose en el sueño, pensó un momento en Ed Wilson. No hacía más de dos días que estaba en Vietnam y le parecía que hacía años que no le veía: ni a él, ni a Gabby, ni la ciudad de San Francisco... ni a Peter.

13

Ralph y Paxton volvieron el día siguiente en el camión a Saigón junto con todo el equipo. Durante todo el camino de regreso se mantuvieron en silencio. Era imposible ser testigos de la muerte, del dolor y de la pérdida de tantas vidas humanas y mantenerse indiferentes.

–Hace mella, ¿no es verdad? –dijo Ralph con voz tranquila poniéndose junto a ella.

Había dicho al encargado del sonido que se sentara junto al conductor.

–Sí –dijo Paxton asintiendo con un gesto.

Seguía pensando en el muchacho de Miami. ¿Cómo iba a ser ahora su vida con un brazo solamente? O, lo que era peor aún, ¿y si había muerto en la operación? ¿Por qué se luchaba? Daba la impresión de que ya nadie estaba seguro de nada. Todo era una locura.

–Aquí vas a educarte –dijo Ralph–. La mayoría de los que vienen aquí ya no vuelven a ser los mismos.

–¿Por qué?

Paxton seguía buscando respuestas.

–No lo sé, pero creo que lo que ven aquí es excesivo, se sienten demasiado involucrados en los hechos y acaban por volverse unos amargados, unos seres decepcionados. Cuando vuelven a Estados Unidos son recibidos con odio y tratados como asesinos. Nadie los comprende. En Estados Unidos la gente se dedica a escuchar la radio, a perder el tiempo en los bares, a comprar coches y a ir detrás de las mujeres. Les tiene absolutamente sin cuidado lo que pueda ocurrir aquí. Siempre ha sido así. No quieren enterarse siquiera. ¿Vietnam? ¿Dónde está Vietnam? ¿A quién le importa? Una pandilla de asiáticos que se dedican a matarse y que nos matan a nosotros... Pero la gente acaba por olvidarlo. A los que están aquí peleando les pegan un tiro por nada.

–¿Lo crees en serio?

Le dolía oír aquellas cosas, sobre todo cuando pensaba en Peter. Era fácil considerarlo un héroe por haber muerto en aquella tierra, aunque la verdad fuera que no lo era para nadie, ni siquiera para ella.

–Yo lo creo y lo triste del caso es que lo cree todo el mundo. A nadie le importa un bledo lo que aquí ocurre. No hay nadie que entienda lo que pasa. Tampoco yo lo entiendo. Queremos proteger al sur contra el norte, igual que hicimos en Corea. Pero aquí es diferente, porque la gente del sur también está contra nosotros. Ni siquiera podrías asegurar quién es vietcong y quién no. A mí me lo parecen todos. No tienes más que fijarte en esos chicos. La mayoría te volarían la cara con una granada apenas te echaran la vista encima. Y eso es lo que enloquece a nuestra gente, porque uno ya no sabe en quién tiene que creer, a quién tiene que respetar, contra quién tiene que luchar. La mayoría de los soldados tienen más respeto a Charlie que a sus propios oficiales, porque el vietcong lucha como nadie. Y el ejército de Vietnam del Sur es ridículo. ¿Entiendes lo que te quiero decir? Es todo una locura y, cuando uno se queda, acaba por volverse loco. Piénsalo bien antes de decidir quedarte. Cuando ya no te pases diez veces al día queriendo marcharte en el primer avión que salga, será el principio del fin.

Hablaba un poco por hablar, pero algunas de las cosas que decía eran verdades como puños y Paxton lo sabía. Había algo extrañamente seductor en Vietnam, algo que te incitaba a quedarte, tal vez algo que se respiraba en el aire, los olores, los ruidos, la gente o quizás el curioso contraste entre Saigón y la increíble belleza del paisaje, la inocencia que se reflejaba en los rostros de las gentes, el dolor que sentían. Uno quería creer que eran puros, que todo aquello les hacía daño, que era posible ayudarlos. Pero de eso se trataba. ¿Podíamos ayudarlos y salvarnos al mismo tiempo? ¿O todo era inútil? Cuando a las doce del mediodía entraron en Saigón, Paxton seguía sin las respuestas a todas aquellas preguntas.

Ralph la dejó en el hotel y se dirigió a las oficinas de la Associated Press en el edificio Edén. Mientras Paxton atravesaba el vestíbulo pensaba que era increíble lo sucia que iba. Tenía el mono todavía cubierto de sangre seca, de tierra y sudor y su aspecto debía de ser espantoso. Tropezó con Nigel, quien la contempló con las cejas levantadas.

–¡Madre mía! Me parece que has tenido un día muy agitado, ¿o es que te has cortado al afeitarte?

La locuacidad de que hacía gala aquel hombre la irritaba y sacándose el casco le contestó bruscamente:

–Hemos estado en Nha Trang y hubo muchos heridos.

Para ella eran muchos y el solo hecho de recordarlos hizo que los ojos se le llenaran de lágrimas.

–No me sorprende. Aquí no puedes encontrar otra cosa.

Era una especie de asno presumido cuya actitud la ponía especialmente nerviosa.

–¿Dónde cenaremos esta noche? –le preguntó Nigel.

–No lo sé. Yo tengo que escribir mi artículo.

Como resultado de su acuerdo con el *Sun,* no tenía plazos de entrega fijos y pensaba ir enviando material a medida que lo escribiese. De todos modos tenía intención de que fuese pronto, pues quería demostrarles que había venido aquí a trabajar y pensaba hacerlo en serio.

–Quizá te pasemos a recoger más tarde. ¿Sabes si Ralph ha ido a su casa o a la oficina?

–Ha ido a la oficina –dijo Paxton con una voz que dejaba traslucir todo su cansancio.

–Será mejor que duermas un poco. Estás hecha cisco.

–Lo estoy realmente. Nos veremos más tarde.

Aunque tenía intención de escribir sobre todo lo que había visto, apenas tomó un baño y se metió en la cama «sólo un minuto», cayó en un sueño tan profundo que no despertó hasta el anochecer, realmente hambrienta.

Bajó al comedor y no encontró a ningún conocido. Cuando

trató de comer se dio cuenta de que no podía. Incluso encontró que sabía horriblemente el batido de piña al que se había aficionado desde su llegada. No podía pensar en otra cosa que en lo que había visto en Nha Trang. Después de tomar una taza de caldo y un poco de *chao tom,* pequeñas brochetas de gambas, volvió arriba y se sentó a escribir el artículo. Escribió hasta las dos de la madrugada y, al describir al chico de Miami y al muchacho de Savannah, lloró. Se dio cuenta de que ni siquiera sabía su nombre completo, aun cuando eso ni siquiera importaba. Cuando terminó, se sentó en una silla, agotada pero feliz. Escribir sobre aquello había sido una catarsis.

Quiso describir la belleza de Vietnam, los contrastes de todo lo que había visto pese al poco tiempo que llevaba en el país, el horror que producían los lisiados, la ruindad de las prostitutas, los ruidos de las calles y la increíble belleza de las tierras a medida que se avanzaba hacia el norte, aquel verde brillante, aquel rojo intenso de la tierra, todo aquel país que se desangraba en silencio en medio de tanta desolación... y nuestros muchachos desangrándose con él, por él. Era un artículo magnífico y se sentía satisfecha. Se preguntó cómo lo juzgarían en San Francisco.

Se acostó a las tres de la madrugada y al día siguiente a las nueve estaba en las oficinas de la Associated Press, donde encontró a Ralph, fresco como una lechuga y con aire de eficiencia, vestido con una limpia camisa blanca y unos pantalones color caqui.

–¿Qué te llevas entre manos, Delta Delta?

Paxton no pudo evitar una sonrisa y él se alegró de verla.

–Nada de particular, he venido para enviar mi artículo.

–¿Nha Trang? –preguntó Ralph.

Paxton asintió con un gesto.

–A propósito, me he informado y me han dicho que todos los chicos que recogieron el otro día siguen bien, salvo uno...

El corazón de Paxton dio un vuelco.

–El que no se ha salvado era un negro de Mississippi. Así es que tu chico debe de estar bien. He pensado que te haría feliz saberlo.

Paxton sonrió como si le hubiera sacado un peso de encima, mientras él la miraba dulcemente. Era una buena chica de verdad. Y además, una fuera de serie, material de primera calidad. Le quedaba mucho por aprender, pero era lista y a él le gustaba.

–No siempre salen las cosas tan bien. Quizá le trajiste suerte. Ya debe de estar camino de su casa.

Era una manera de salvarse, aunque fuera con un solo brazo. Por lo menos no volvía a casa metido en una bolsa de plástico.

–¿Qué plan tienes para hoy? –le preguntó Ralph.

–Pues... Buscar líos –dijo Paxton, queriendo ser graciosa.

Ralph se echó a reír.

–Vete con cuidado, porque en esta ciudad los encontrarás.

–Eso me ha parecido.

Si no había nada mejor, siempre le quedaba Nigel Aucliffe o aquel casado un tanto despreocupado que era Jean-Pierre, el cual debía reunirse con su mujer en Hong Kong aquel fin de semana.

–La revista *Time* ofrece esta noche una fiesta en sus oficinas del Continental Palace, ¿quieres ir?

–Por supuesto que sí.

Paxton no sabía exactamente si se trataba de una cita o de una amable invitación, pero no le importaba. No buscaba aventuras, pero sabía que los contactos que pudiera establecer quizá le fuesen útiles.

–Nos encontraremos allí –dijo echando una ojeada al reloj–. ¿Quedamos a las seis?

Era evidente que tenía prisa.

–De acuerdo.

Paxton pasó el resto de la tarde paseando nuevamente por Saigón. Lo que más la impresionaba eran los niños. ¡Eran tan vulnerables y, pese a su edad, estaban tan castigados! Sin embargo, si uno se sentaba en algún bar, inmediatamente trataban de venderte algo, desde heroína a cigarrillos o bebidas robadas. Sabía que más adelante escribiría un artículo sobre los niños. Era un mundo extraño, muy distinto del que ella conocía. Pese a todo, cuando miraba a su alrededor, se alegraba de haber venido.

A las cinco volvió al hotel, se puso un vestido de seda estampado de flores y unas sandalias nuevas. Luego fue por la avenida Tu Do abajo en dirección al Continental Palace. No costaba convencerse de que aquella ciudad había sido bella en otro tiempo, cuando era francesa, aunque en muchos aspectos seguía siéndolo, pero debajo de la superficie externa se advertía una gran tensión. Incluso estando sentada en un bar se percibía que la gente era plenamente consciente de que el enemigo estaba en todas partes y de que en el momento más impensado podía estallar una bomba.

Al llegar al hotel, pasó a través de la multitud que llenaba la terraza y, como de costumbre, advirtió la presencia de Nigel. Estaba entretenido con dos enfermeras del ejército: tenía a una sentada en el regazo y dejaba que la otra le pasase los dedos por el cabello y bromease con él. Paxton no le dijo nada y se limitó a subir discretamente a las oficinas de Time Inc.

Arriba había una gran cantidad de gente y Ralph la estaba esperando, entretenido en una animada conversación con el jefe de la oficina sobre la inminente Convención Demócrata de Chicago. Aquel año había habido motines en todas partes desde el asesinato de Martin Luther King y el más reciente de Robert Kennedy. En aquellos momentos Ralph estaba haciendo calamitosas predicciones.

–En Chicago habrá una gran confusión.

Mientras pronunciaba la frase vio a Paxton. La saludó con una sonrisa afable y la presentó a todo el mundo. Luego la acompañó por toda la sala como persona experimentada que era y como si Paxton fuera su hermana pequeña. Paxton se sentía muy agradecida, cosa que tuvo ocasión de decirle después mientras tomaban un whisky. Le había presentado a todas las personas que a él le parecía que podían resultarle útiles.

–Te lo digo muy en serio, Ralph. Si no hubiera sido por ti, yo no habría hecho otra cosa que quedarme en la habitación del hotel.

–Quizá más te valiera... –le dijo Ralph tomando un largo sorbo de whisky–. Ayer, cuando regresamos, me sentía terriblemente culpable. Me parece que Nha Trang resultó excesivo para empezar a hacerse cargo de las cosas que ocurren en este país.

–No soy de la misma opinión –dijo ella con voz tranquila y mirándole a los ojos–. Yo he venido a eso.

Al poco rato Ralph le decía con una sonrisa pícara:

–¿Sabes una cosa? Tenía razón en lo que te dije. Ayer estuve investigando un poco y parece que tú eres efectivamente la persona que hay que vigilar, acompañar a las fiestas de la embajada y dejar instalada en el «gueto dorado».

Durante un tiempo ese lugar en cuestión estuvo en el edificio de apartamentos de moda de la calle de Gia Long.

–Espero que todavía nadie haya hecho las mismas deducciones que tú –dijo Paxton con una sonrisa.

–No –dijo Ralph–, entre otras cosas porque aquí no hay nadie que tenga tiempo de ocuparse de niñas incautas. Y a propósito –dijo mirándola con cierto aire de prudencia–, ¿estás interesada en formar parte de otra misión? Iré a Cu Chi para hacer un artículo sobre la cuestión de los túneles. He pensado que tal vez te gustaría acompañarme.

–Me encantaría. ¿También a las cinco?

Ralph soltó una carcajada al verla tan interesada y tan ansiosa.

–No, te recogeré a las ocho. Habrá tiempo sobrado. También hay que ir vestido de campaña.

Paxton le miró frunciendo el entrecejo.

–¡Ah! ¿No es un té en el club de oficiales? Pues te advierto que mis amigos de San Francisco se enfadarán.

Ralph, guiñándole un ojo, le dijo:

–No te preocupes, Delta Delta, les envías unos cuantos donuts y ya está.

Paxton simuló que le daba un golpe, que Ralph esquivó agachándose. Luego, al cabo de unos minutos, se marchó.

Paxton habló con varios periodistas, después bajó al piso inferior y procuró evitar a Nigel, aunque éste ya estaba muy borracho y, además, muy acaramelado con una de las enfermeras. Después regresó tranquilamente al hotel, cenó en su cuarto y a las diez ya estaba en la cama. A las ocho de la mañana bajó al vestíbulo para esperar a Ralph.

Esta vez iba acompañado de un equipo diferente, con un solo fotógrafo y un conductor distinto. El vehículo era un jeep del ejército y el conductor un joven marine. Era un chico muy alto y muy simpático que llevaba el pelo cortado al cepillo y tenía los ojos azules. Era de Montana y lucía un tatuaje con un vaquero en el pecho. Paxton procuró que no se le escapase la risa cuando el chico le dijo que su apellido era Cowboy. Tenía diecinueve años y estaba en Vietnam desde las pasadas Navidades. Todavía le quedaban seis meses de servicio, si bien añadió que estaba muy a gusto en aquel país. Había sido destinado temporalmente a la Agencia de Información y de momento se dedicaba a trasladar periodistas de un sitio a otro y de visitar a dignatarios en todo el país.

–Con tal de no pisar ninguna mina y no dejar que te dispare ningún amarillo, se está estupendamente bien.

Paxton pensó que, de hecho, era afortunado, pues le habría ido mucho peor si hubiese tenido que luchar en el norte junto a sus compañeros.

El trayecto hasta Cu Chi duró cuarenta y cinco minutos, durante los cuales hablaron de caballos y de otras cosas hasta que por fin Ralph y Paxton se centraron en el artículo que pensaban escribir. El fotógrafo que llevaban era francés, se llamaba Yves y era amigo de Jean-Pierre. Parecía un muchacho bastante callado y aparentemente tímido, aunque la verdad es que apenas hablaba inglés. Ralph ya había trabajado con él y estimaba mucho su labor, por lo que estaba complacido de llevarlo en la misión que había preparado para aquel día. Era eficiente, tranquilo y meticuloso con su trabajo, como Paxton.

–La base de Cu Chi es un lugar muy interesante –le explicó Ralph durante el camino–. Es el cuartel general de la 25 División de Infantería «Rayo del Trópico», de Hawai. Hacía más de dos años que habían construido aquella base sobre los túneles excavados con antelación por los del vietcong y se pensaba que todos habían quedado clausurados. Sin embargo, el vietcong había operado debajo mismo de sus pies y desde que llegaron a Cu Chi sólo habían tenido dolores de cabeza. Es una base enorme, a la otra orilla del río Saigón y enfrente mismo del Triángulo de Hierro, precisamente donde se han desarrollado los peores combates de esta guerra.

–¿Y qué haremos en ese lugar?

Paxton estaba interesada en reunir toda la información posible.

–Pues hemos descubierto toda una red de túneles y he pensado que podría ser material para un buen artículo. Los muchachos que hacen esta labor se conocen con el nombre de «ratas de túnel» y forman un grupo curiosísimo. Son tíos más fuertes que el acero y tienen nervios envidiables. A mí ni loco me mete nadie en uno de esos túneles. Piensa que el vietcong tiene bajo tierra todo un mundo subterráneo. El año pasado, cuando destruyeron el Triángulo de Hierro, procuraron desmantelar toda la red, pero todavía no se ha conseguido del todo.

»Imagínate que el año pasado, en el bosque de Thanh Dien, justo al norte del Triángulo de Hierro, se descubrieron las instalaciones de un hospital completo. Esos vietcong son asombrosos.

Aquellos hombrecillos, designados despectivamente por los soldados con los nombres de *gooks* y *dinks,* eran mucho más listos de lo que parecía a primera vista y Ralph lo sabía. Se trataba de un pueblo sumamente ingenioso, astuto, esforzado e increíblemente valiente, que lucharía hasta la muerte contra el ejército del sur y contra los norteamericanos que lo ayudaban.

–¿Crees que me dejarán meter en los túneles? –preguntó Paxton, embelesada, a lo que Ralph, horrorizado, contestó con un movimiento negativo de la cabeza.

–Ni se te ocurra, Pax. Es demasiado peligroso y de sólo pensarlo me da claustrofobia.

Ralph lo dijo con estremecimiento, pero Paxton no estaba de acuerdo con él.

–¡Sería fascinante!

–Estás loca...

Hicieron el resto del camino en silencio. Paxton, al llegar, quedó impresionada ante las dimensiones de la base de Cu Chi y de comprobar lo bien organizada que estaba. Aquella excursión no tenía nada que ver con la que habían hecho dos días antes a la base de fuego próxima a Nha Trang, si bien no se lo pareció tanto cuando fueron conducidos a una zona detrás de la base, poblada de exuberante vegetación. Daba la impresión de que el calor emanaba de la espesura y se veía soldados por todos lados, aparte de tractores ocupados en arrasar árboles y arbustos.

–Vuelve a ponerte la chaqueta antibalas –le ordenó Ralph con aire distraído, al tiempo que daba instrucciones a Yves y saludaba con un gesto a una persona desde lejos.

–¿Por qué?

El calor era agobiante y nadie la llevaba puesta. La mayoría de los hombres trabajaban con el tórax desnudo y llevaba solamente los pantalones de faena y las botas de combate. Incluso los había que no llevaban casco.

–Nadie la lleva.

–Haz lo que te digo –le ordenó Ralph con aspereza–, ellos también deberían llevarla. Cu Chi es un sitio famoso por los francotiradores.

Paxton obedeció, enfurruñada, y se puso la pesada chaqueta. Ya iba a sacarse el casco, cuando una mirada severa de Ralph la frenó en seco. Al igual que los soldados, se había acostumbrado a llevar la loción protectora contra el sol y el producto repelente de los insectos sujetos en las correas del casco. La mayoría también llevaban sujeto a ellas el paquete de cigarrillos y algunos los naipes y otros objetos de uso corriente. Paxton observó que todos llevaban a mano su M-16 y la mayoría, metida en el cinturón o en una pistolera, su 45 de tipo estándar. Le habían advertido al llegar que no llevase armas, pero en los últimos días se había dado cuenta de que había muchos que las llevaban. En el mercado negro se podía comprar casi todo, pero Paxton no tenía ningún interés en poseer armas.

Mientras Paxton se volvía para ponerse su equipo, se les acercó un hombre alto. Era la persona a la cual Ralph había saludado con un gesto. Tenía cabello color arena y ojos claros, así como una sonrisa espontánea, pero la tensión que dejaba traslucir su mirada y su actitud constantemente preocupada desmentían su aire indiferente.

–¡Hola, Quinn! Parece que tienes a los chicos atareados.

El capitán William Quinn, de infantería, estrechó la mano a Ralph y a Yves y saludó cordialmente a Paxton.

–Me alegro de veros a todos –dijo. Dirigiéndose a Ralph, prosiguió–: La semana pasada, después del día en que nos vimos, encontramos algo extraordinario. ¡Ese marica tiene que ser devuelto pitando a Kansas!

Miró a Paxton como tratando de excusarse y, al señalar una zona que ya habían explorado, ésta observó que llevaba una alianza matrimonial. Era un hombre muy guapo, tenía treinta y dos años, había ido a West Point y era militar de carrera.

Mirando a Paxton con una sonrisa tímida dijo:

–¿También trabajas para la Associated Press?

Su mirada pareció penetrarla y por un momento se olvidó casi de lo que acababa de preguntarle. Era muy apuesto y había en él como una aureola de tranquilidad y de fuerza, una impresión de control total, a lo que venía a sumarse algo más, una especie de actitud ligeramente arrebatada de la que no era ajena la locura.

–Pues... no. Soy del *Morning Sun* de San Francisco.

–Una maravillosa ciudad. Antes de venir aquí estuve destacado en Presidio.

En esa ciudad había dejado a su mujer, aunque eso no lo mencionó.

–Es mi nueva protegida –dijo Ralph con una sonrisa–, me recuerda cómo era yo cuando estuve en Corea, aunque me parece que no era tan lanzado como ella –dijo a manera de cumplido.

Paxtón lo agradeció.

–¡De nada, Delta Delta! –respondió a Paxton en tono de broma, mientras seguían al capitán Quinn hasta el claro que había entre la vegetación.

Se veían herramientas, máquinas y hombres por todas partes. Observando el suelo con atención advirtieron aquí y allá unos pequeños agujeros por los que parecía que a duras penas habría podido introducirse un niño.

–¡Dios mío! ¿Es esto?

Ralph, asombrado, bajó al hoyo formado en el terreno y atisbó por uno de los agujeros. Normalmente estaban totalmente ocultos y la entrada era invisible, pero Quinn y sus hombres habían desembarazado todas las aberturas que habían encontrado y así era más fácil ver todo el recorrido de los túneles. Incluso habían quedado al descubierto los tubos de bambú que utilizaban para respirar cuando se introducían por las galerías.

–Supongo que después deben de ensancharse.

Bill Quinn movió negativamente la cabeza.

–No siempre. Ten en cuenta que son muy esmirriados.

Lo dijo humorísticamente pero con respeto.

–Tardamos seis días en sacar a los cabrones de ahí dentro. Son unos cabezotas.

–Sí –asintió Ralph–, siempre lo han sido.

Bill Quinn les mostró todo lo que había que ver y Paxton le preguntó si podía meterse en una de aquellas galerías sólo para ver un poco cómo era por dentro. La mayor parte de los hombres estadounidenses eran demasiado corpulentos para meterse dentro, eran excesivamente fornidos y tenían los hombros muy anchos, pero ella era ágil y flexible y tenía interés en ver el interior. Tomó una de las cámaras de Yves y una linterna y siguió a uno de los hombres bajos y delgados, conocidos por el apodo de «ratas de los túneles», que se dedicaban a explorarlos, y a los pocos minutos estaba sin aliento. Salió pálida y cubierta de tierra, resollando pesadamente y bastante asustada. En el interior había notado una especie de olor a muerte, sensación que quedó explicada cuando su acompañante le dijo que «todavía no los habían sacado a todos». Era una imagen espantosa la de los vietcong muertos descomponiéndose en algún tramo de aquellos túneles. Pero todo a su alrededor era igualmente espantoso. Aunque Nha Trang, a su manera, había sido una experiencia terrible, especialmente por el combate de que habían sido testigos y por los heridos resultantes, ese lugar era más sutilmente espantoso, más ominoso, aun cuando el teniente les aseguró que en aquel momento todos los túneles estaban despejados y que los únicos vietcong que había en ellos estaban muertos.

–¿Utilizáis perros? –preguntó Paxton, todavía impresionada. Ella había sido la primera mujer estadounidense que se había atrevido a bajar a uno de aquellos túneles y hasta Yves, el fotógrafo de Ralph, se mostraba muy poco entusiasmado ante la perspectiva de tener que hacerlo. Sin embargo, la diferencia radicaba en que Paxton era joven, estaba llena de vida y sentía un gran interés. El capitán había observado, además, que era muy bonita, cuando se quitó el casco y se soltó sus rubios cabellos, que le cayeron como una cascada sobre la espalda. Muy bonita, sí señor. En aquel momento tuvo la sensación de haber pasado toda la vida en Cu Chi.

–Sí, también nos servimos de perros –explicó–, pero hemos perdido tantos, que procuramos utilizarlos lo menos posible. Optamos más bien por hombres, ya que por lo menos, cuando están metidos en los túneles, pueden disparar. Los perros no pueden.

Había que admitir, sin embargo, que no era una gran ventaja. La sola idea la aterraba y sintió que un estremecimiento le recorría la columna vertebral mientras inspeccionaban el terreno y descubrían otra abertura, ésta rodeada de tubos de bambú para la aireación.

–Éste fue curiosísimo –prosiguió Quinn–: en el interior había siete hombres y una mujer y suponemos que se pasaron dentro un año entero o quizá incluso más tiempo.

En sus mismas narices. Quinn explicó que salían de noche y se dedicaban a hacer todo lo que podían contra la base: sabotaje, bombas de plástico, granadas de mano, tiroteo emboscado.

–Nos dieron muchos dolores de cabeza.

El comentario era una manera de subestimar la realidad. Por vez primera, Paxton comenzó a tomar notas. De pronto se acercó a Quinn un sargento para informarlo de que más adelante había un francotirador. Echó una mirada de soslayo a Paxton y después volvió a mirar a Quinn.

–¿Quiere que los traslademos a la base?

La presencia de los periodistas parecía irritarlo y la mirada con que los fulminó no tenía nada de cordial. Bill Quinn, sin embargo, no pareció darse cuenta. Miró qué hora era y dijo algo al oficial de transporte para tratar de averiguar si tenía contacto con los chicos que estaban inspeccionando las zonas de bosque que todavía no habían sido exploradas.

–No, aquí están muy bien –dijo Bill Quinn al sargento y después siguió hablando un momento con el oficial de transporte antes de explicar a Ralph que había un francotirador, tal vez dos, y que tenían motivos para creer que podía haber otro túnel más arriba.

–Incluso podéis tener la oportunidad de ser testigos de cómo despejamos los túneles –dijo con la mayor tranquilidad del mundo, sonriendo a Paxton.

Ella no lo sabía todavía, pero Bill Quinn era famoso en Vietnam. Con ayuda de sus hombres, había descubierto y despejado más túneles que ninguno de los que se dedicaban a ese menester en la historia de la guerra de Vietnam y varias veces había bajado él personalmente, habiendo resultado herido en cuatro ocasiones. Por ello fue condecorado dos veces. Sus hombres le adoraban.

–Hay que estar un poco loco para ser rata de túnel –decía siempre, pero aquello era precisamente lo que buscaba en sus hombres, aquel ramalazo hecho de osadía y de valor, pero refrenado siempre por la prudencia necesaria para obedecer.

Debían ser hombres dispuestos a morir en un espacio apenas suficiente para moverse. Por eso le había intrigado aquel deseo de Paxton de echar una mirada a una de las galerías. Su sargento, sin embargo, se sentía mucho menos intrigado y se mostró abiertamente contrariado al ser confirmada la presencia del segundo francotirador.

–¿Los llevo ahora a la base, señor?

–No lo considero oportuno, sargento –dijo Quinn con firmeza–. No creo que hayan recorrido todo el trayecto desde Saigón hasta aquí simplemente para almorzar con nosotros. Más bien me parece que han venido para ver cosas como éstas.

Como Cowboy, el conductor, Bill Quinn era del noroeste de los Estados Unidos y tenía una manera de ser campechana y aparentemente lenta, aunque sus hombres sabían que en un momento podía convertirse en serpiente de cascabel.

–¿Quieres beber algo? –preguntó a Paxton.

Estaba muerta de sed, por lo que se sintió agradecida cuando vio que del interior de una nevera se manterializaba milagrosamente una Coca-Cola. También las hubo para Ralph e Yves, y pasado un momento se trasladaron todos a una pequeña tienda a la que Quinn daba el nombre de «despacho». Allí contestó a todas las preguntas que quisieron hacerle y se mantuvo en contacto con el oficial de transportes. Tras dos llamadas, Quinn frunció el ceño y les anunció que debía volver a salir porque no le gustaban nada las noticias que le llegaban acerca de los francotiradores.

Quinn estaba muy serio cuando salió para adentrarse en el bosque y esta vez pidió a Paxton y a Ralph que se mantuvieran retirados. Yves estaba agachado entre la vegetación, sacando fotografías de algo que le interesaba con ayuda de un teleobjetivo. Al cabo de un momento, cuando ya volvían a avanzar, se produjo un movimiento súbito entre la vegetación y una explosión de artillería en un lugar más adelante, hechos que indujeron a todos a echarse al suelo, incluida Paxton.

Bill Quinn avanzó reptando, mientras el chico de la radio trataba frenéticamente de establecer contacto con alguien:

–Adelante, Guardián Solitario, aquí Tonto... Guardián Solitario, ¿me oyes? ¿Qué pasa por ahí?

La voz llegaba a sacudidas, pero el oficial de transmisiones informó rápidamente al sargento. Había dos francotiradores y seis vietcong, aparentemente surgidos de la nada. Quinn estaba en lo cierto: existía otro túnel.

Ralph la miró mientras seguían agachados en el suelo y ella de pronto se sintió agradecida a aquel hombre por haberle hecho poner la chaqueta antibalas y el casco.

–¡Bonito día hemos escogido para venir aquí! –dijo Ralph, enfurruñado.

–Por lo menos no nos aburriremos –dijo ella con una sonrisa, procurando no parecer asustada.

–Me parece que ya llevas aquí más tiempo de la cuenta –le gritó Ralph procurando dominar el ruido–, ya te estás volviendo un caso crónico.

Y mientras pronunciaba estas palabras reapareció el sargento a su lado y, mirando con irritación a Paxton, dijo:

–El capitán quiere que se retiren –utilizó el mismo tono que habría empleado el ascensorista de unos grandes almacenes.

Ralph y Paxton se sintieron molestos por sus maneras.

–¿Hay alguna razón especial para excluir a los representantes de la prensa? –preguntó Ralph bruscamente, buscando a

Yves con la mirada y descubriéndolo mientras seguía sacando fotos con el teleobjetivo, aparentemente satisfecho del trabajo que estaba realizando.

–Sí, señor, yo diría que hay una razón muy especial –le espetó el sargento–, aparte de que hay una mujer con usted. Preferiríamos que ninguno de los dos resultara herido, si no le importa.

Su acento era puramente neoyorquino, así como sus maneras.

–¿Le parece suficientemente razonable? –añadió.

–Pues, la verdad, no me lo parece –dijo Ralph mirándolo directamente a los ojos, mientras Paxton los observaba a los dos–. Considero que el sexo no tiene nada que ver con la prensa y si la chica busca la oportunidad de hacer algo, déjela.

Ralph se había mostrado amable con ella, la trataba con respeto, y Paxton se lo agradecía. Consideraba que, puesto que estaba en Vietnam, había que dejarla que hiciera su trabajo.

–¿O sea que la responsabilidad será de usted si la matan? –dijo el sargento de Nueva York buscando maraña.

El nombre que llevaba en el mono decía «Campobello».

–No, mía no –respondió Ralph con viveza–. La responsabilidad será de ella, puesto que de lo contrario no habría elegido este trabajo, de la misma manera que yo tengo responsabilidad en lo que a mí concierne..., igual que usted, sargento.

–Pues que lo pasen ustedes bien.

El chico dio media vuelta y se arrastró reptando hacia la espesura. Un momento más tarde Paxton seguía a Ralph y los dos juntos se aproximaban un poco más al escenario de los hechos. Ahora se habían adelantado un poco y el operador de radio reclamaba un par de helicópteros para que echaran una ojeada y vieran qué se estaba cociendo, pero el vietcong estaba disparando contra el helicóptero.

–Guardián Solitario... –volvía a llamar el operador–. ¿Qué pasa ahí?

Desde el otro extremo llegó un alarido de satisfacción.

–¡Hola, Tonto! Acabo de tumbar a dos indios, uno herido. ¡Formidable! Gracias por la ayuda. Permanece en contacto...

De pronto se oyó un fragor espantoso. La ametralladora

M-60 acababa de volar por los aires alcanzada por dos granadas de mano. Súbitamente, sin que apenas pudiera darse cuenta de lo que sucedía, alguien agarró a Paxton con brazo poderoso y, tomándola por los hombros, la arrastró hacia atrás con tal fuerza que casi no llegó a hacerse cargo de lo que ocurría. En el momento en que volvió a encontrarse tendida en el suelo percibió el temblor de lo que parecía una enome explosión. El vietcong estaba arrojando granadas de mano y una de ellas no la había alcanzado por pura casualidad. El operador de radio había abandonado su puesto y Ralph se había derrumbado en la espesura, prácticamente en brazos del sargento. Sin embargo, Paxton habría sido alcanzada por la granada si Bill Quinn no la hubiera agarrado y se hubiera lanzado a la carrera cargando con su cuerpo y poniendo en riesgo su propia vida. Tumbada boca abajo en el suelo, con las largas piernas del capitán abiertas frente a ella, tardó un momento en comprender exactamente lo que había ocurrido.

–¿Te he hecho daño?

La miraba preocupado, pero ella negó con la cabeza y se movió un poco envarada. Él le advirtió que mantuviera baja la cabeza, pese a que los soldados de infantería habían avanzado sobre el vietcong y los ruidos procedentes del combate se oían a más distancia.

–No, estoy bien.

El capitán la ayudó a sacudirse la tierra de la cara y después sonrió.

–Pareces una niña pequeña que se ha caído y ensuciado de tierra.

–Pues yo me siento como una niña pequeña a la que acaban de salvar la vida –y después, mirándolo seriamente, dijo–: Gracias.

Quinn estaba tranquilo y absolutamente impertérrito. De hecho, ésta era la manera de ser que lo había hecho famoso y le había ganado la simpatía de sus hombres. Era capaz de cualquier cosa por sus hombres, prescindiendo del coste que supusiera para él, y nunca pedía a nadie nada que él mismo no estuviera dispuesto a hacer. Por eso gozaba del afecto y la confianza de sus soldados.

–Creo que Tony tiene razón. Habría tenido que esperar unos días para autorizar que vosotros, los periodistas, vinierais a visitarnos. Aparte de que no sabía que Ralph vendría acompañado de una amiga.

La miró como si le pidiera disculpas y después, lentamente, la ayudó a levantarse.

–Pues a mí me encanta haber venido. Los túneles son fabulosos.

Quinn le sonrió por toda respuesta, impresionado por la presencia de ánimo de la chica y complacido de hasta qué punto la fascinaban los túneles. Puesto que debía cumplir aquella misión, él también la hacía con gusto. Constituía un auténtico reto, encerraba un misterio y mucho peligro y había que ponerse en el pellejo de los que habían construido aquellos túneles si uno quería cazarlos.

–Me gusta este trabajo.

Quinn sonrió serenamente y de pronto Paxton sintió la necesidad de escribir un artículo sobre aquel hombre, a pesar de que temía hacerle preguntas. Sabía que estaba pisando un terreno que pertenecía a Ralph, que aquello en realidad le era ajeno, y por otra parte no quería importunar a Quinn ni entrometerse en un asunto en el que era una intrusa. De hecho, el sargento les había dicho claramente que intrusos lo eran todos. Y ahora que las cosas se ponían todavía más complicadas, no quería molestar a nadie.

–Tendrás que volver otra vez, cuando hayamos limpiado este túnel. Es increíble la de cosas que encontramos dentro.

Paxton todavía recordaba el hedor del túnel en que se había metido.

–Sobre todo armas. La mayor parte de las armas que usa el vietcong son robadas o capturadas a nuestro ejército –le explicó–. Se encuentra artillería, cosas soviéticas, herramientas chinas, medicamentos, libros de texto... De veras que es sumamente instructivo.

Aquel hombre parecía considerar los túneles como el reto supremo de la guerra, pero en realidad Paxton estaba más interesada en el hombre que en la labor que realizaba. ¿Qué clase de hombre era para recorrer todo aquel mundo subterráneo y para lanzarse tras un enemigo que nadie más era capaz de localizar, pero cuya existencia todo el mundo conocía? ¿Qué clase de hombre era para creerse capacitado para ganar una guerra como aquélla y estar dispuesto a morir en el intento?

–¿Cuánto tiempo hace que estás en Vietnam? –le preguntó Quinn mientras iban en busca de Ralph y de Yves.

Los combates ahora se habían desplazado más arriba, pero el sargento estaba al corriente de todo lo que ocurría, así como los helicópteros.

–¿Unas semanas?

–Seis meses –respondió Paxton con una sonrisa.

Le parecía que llevaba allí todo este tiempo, a pesar de que no hacía ni una semana que había llegado.

–Eres demasiado joven para venir tan lejos a escribir artículos sobre esta guerra.

Era una muchacha valiente y eso le gustaba, pero la verdad era que en ella le gustaba todo: su aspecto, su valor, su decisión al meterse sin titubear en aquel túnel. Nunca había encontrado en su vida otra mujer como aquélla.

–¿No estás arrepentida de haber venido?

–No –dijo Paxton mirándole a los ojos–, estoy contenta de haber venido.

Contenta, triste, asustada y a ratos feliz, pero consciente de estar en el lugar adecuado y en el momento adecuado, cosa que ya era algo.

Quinn iba a decirle lo mucho que la admiraba cuando reapareció de pronto el sargento Campobello y le informó que le necesitaban. Habían herido a dos francotiradores y los habían hecho prisioneros, habían matado a otros dos y cuatro habían escapado, presumiblemente de nuevo por el túnel. Sin embargo, si conseguían hacer hablar a los dos prisioneros, sabrían en qué lugar exacto encontrarían aquel túnel.

–Tengo que ir a trabajar –dijo con sonrisa serena–, nos veremos antes de que os vayáis.

Y desapareció con el sargento Campobello mientras ella iba en busca de Ralph e Yves. Estaba cubierta de barro de pies a cabeza y tenía el mismo aspecto de los soldados.

–Ya has tenido un aviso muy próximo –le dijo Ralph en

tono de censura–. Mejor que estés un poco atenta o de lo contrario te volarán la tapa de los sesos.

A Ralph tampoco le había gustado ni pizca que la chica se metiera en el túnel.

–Pon mucha atención, Delta Delta, porque esta gente no dispara a lo tonto.

–Tengo el cuidado que hay que tener –le soltó ella–, lo que pasa es que me han lanzado una granada de mano. Por poco le dan el operador de radio. ¿Qué te parece que tengo que hacer? ¿Quedarme metida en el coche mientras tú buscas material para tus artículos?

Se lo dijo de un tirón, por lo que él se echó a reír. Aquella chica era exactamente como había sido él a su edad: ansioso de estar en todas partes, de asomar la nariz allí donde hubiera jaleo, de estar en condiciones de escribir el artículo más completo y mejor jugándoselo todo a una carta.

–Muy bien, nena, como quieras, pero después no me vengas llorando si te hacen daño.

–No lloraré –dijo la chica refunfuñando y sacudiéndose el polvo y la tierra que llevaba encima mientras él la miraba riendo.

–Estás hecha unos zorros, ¿lo sabes? –dijo Ralph sin parar un momento de reír, por lo que ella también se sumó a sus carcajadas.

Había sido un día interesante y tenía que confesar que Bill Queen le gustaba un poco más de lo normal.

El capitán volvió cuando estaban a punto de marcharse, les dio las gracias por haber visitado Cu Chi y se ofreció a mostrar toda la base a Paxton en la próxima ocasión que lo visitaran. De momento tenía que dejarlos, porque en aquellos momentos estaban ocupados interrogando a los prisioneros.

–Te veré en Saigón, Ralph. Iré la semana próxima. Quizá podríamos cenar juntos.

Ralph hizo un gesto de asentimiento y se despidieron de Quinn agitando todos la mano. No vieron al sargento, lo que les pareció normal, puesto que Paxton había tenido ocasión de darse cuenta de que odiaba a los periodistas. En fin, era un detalle sin importancia. Había sido un día de intenso trabajo y tanto ella como Ralph habían conseguido material para escribir buenos artículos. Yves, por su parte, también había conseguido buenas fotografías, especialmente una en el momento en que disparaban contra uno de los francotiradores. Era terrible pensar que lo que aquí constituía el criterio de calidad de las fotografías era siempre algo espantoso. Dos hombres muertos y una muchacha herida podían convertirse en materia para un artículo «estupendo» o para una «excelente» fotografía e incluso podían hacerse acreedores de un premio de periodismo. Era curioso que pudiesen ganarse premios por ver morir a la gente.

Pero mientras conducían hacia Saigón, Paxton no podía pensar en otra cosa que en Bill Quinn y en que había tratado de protegerla contra la granada amparándola con su cuerpo, en toda la fuerza que emanaba aquel hombre y en la mirada de sus ojos al acurrucarse ella debajo de él. Pese a todo, se sentía culpable por entregarse a aquellas divagaciones; sabía que era un hombre casado, y no hacía más que dos meses que Peter había muerto... Sin embargo, era innegable que aquel hombre tenía algo, una especie de poderosa energía, una corriente eléctrica que la atraía y que ella encontraba terriblemente embriagadora.

14

Durante la semana siguiente Paxton se quedó en Saigón. Escribió un artículo sobre el suceso de Cu Chi y un artículo sobre los túneles. El periódico publicaba sus artículos bajo el encabezamiento de «Mensaje de Vietnam, por Paxton Andrews». Hasta ahora los habían publicado todos y el *Sun* incluso los vendía a otros periódicos, lo que podía significar que apareciesen también en Savannah, en cuyo caso causarían una gran impresión en su madre y su hermano. Ed Wilson en persona la había llamado para felicitarla y tributarle sus elogios por la calidad de los artículos y por su evidente valor.

–Dime que no es verdad que te has metido en uno de esos túneles, Paxton.

Y ella se sonrió mientras escuchaba sus palabras y asomaban lágrimas a sus ojos. ¡Estaba tan lejos el *Morning Sun*!

–Estoy perfectamente –fue todo lo que Paxton respondió.

Paxton le pidió que llamara a su madre de su parte y que le dijera que estaba bien y que, aunque de momento todavía no había tenido tiempo de escribirle, no tardaría en hacerlo. Le rogó también que transmitiera todo su afecto a Gabby, a Matt y a la señora Wilson, pero, después de hablar con él, se sintió enferma todo el día. Quiso distraerse escribiendo otro artículo. Después alquiló un coche y fue sola a Bien Hoa. Se sentía inflamada de valor y plenamente independiente. Tenía veintidós años y había recorrido medio mundo para escribir cosas en las que ni siquiera había soñado.

Otra de las cosas que la fascinaban era el mercado negro, por lo que una tarde se dirigió a la base de Tan Son Nhut, donde habló con varias personas para informarse de los robos masivos que se producían en el ejército y que se filtraban directamente al mercado negro, incluyendo uniformes y armas.

Y mientras paseaba lentamente por la base de Tan Son Nhut a la caída de la tarde descubrió a cierta distancia un hombre alto vestido con uniforme de combate. Su porte y su manera de andar le resultaban familiares, pero tenía el sol de frente y no podía ver de quién se trataba. De todos modos, conocía tan pocas personas en Saigón que le hubiera resultado difícil imaginar que se trataba de un conocido. Sin embargo, un minuto más tarde el hombre se volvía para hablar con otra persona. No había duda, era el capitán William Quinn, de Cu Chi, y a Paxton le pareció increíblemente apuesto cuando lo vio acercarse a ella y notó que el corazón se le aceleraba.

–¡Hola! ¿Cómo estás? –le dijo mirándola fijamente, como se estuviera esperándola.

Su sonrisa distendida revelaba que era uno de esos hombres que rara vez tienen prisa, que siempre están relajados y serenos, pese a que, si uno lo observaba con atención, advertía en su interior, muy adentro, una tensión poderosísima.

–¿Qué te trae por aquí? –y después añadió con una sonrisa burlona–: Hoy vas mucho más limpia que la última vez que te vi.

En la última ocasión que se habían visto ella llevaba la cara cubierta de tierra, por haber estado tumbada en el suelo, precisamente debajo de él, a fin de evitar una granada de mano. Ahora llevaba un vestido blanco, flores en el pelo y sandalias rojas.

–Gracias. He venido porque quiero hacer un artículo sobre los robos que se producen en el ejército y la posterior reaparición misteriosa de los objetos en el mercado negro.

–Pues me parece muy bien –dijo, interesándose–. Si resuelves el enigma te concederán la Medalla de Honor del Congreso, pero yo diría que aquí hay un montón de gente que tiene gran interés en conseguir que no lleves adelante tus averiguaciones porque has de saber que hay involucradas grandes sumas de dinero.

–Eso creo. ¿Te has ausentado de Cu Chi por un tiempo?

Quinn se encogió de hombros con aire despreocupado.

–He tenido una breve entrevista con el general. Regreso esta noche.

Calló un momento y, sin saber por qué, Paxton retuvo el aliento y permaneció a la espera. No habría querido dar importancia a lo que estaba ocurriendo, pero era inevitable. Se sentía tan fuertemente atraída hacia él que estaba por completo aturullada. Aquel hombre hacía que se sintiera terriblemente joven y, en otras circunstancias, también habría hecho que se sintiera terriblemente estúpida.

–Me doy cuenta de que es un imprevisto –dijo Quinn con voz pausada–, pero ¿te importaría comer un bocado conmigo antes de que me vaya? No tengo una prisa especial.

Quinn le dirigió una mirada tan intensa que casi la hizo estremecer con su fuerza. Su personalidad era una extraña combinación de energía y dulzura a la que era muy difícil sustraerse.

El corazón de Paxton dio un vuelco.

–Me encantaría –dijo.

Bill Quinn pareció complacido y después se quedó pensativo un momento.

–¿Te parece bien si vamos al club de oficiales y tomamos una hamburguesa y un batido de leche? Toda la semana he soñado con darme ese gusto –confesó, igual que un niño, a lo que ella no pudo por menos de echarse a reír.

Atravesaron toda la base charlando animadamente de Saigón, del hotel donde Paxton se hospedaba y de la escuela a la que había ido de pequeña. Quinn le dijo que había jugado al fútbol en West Point, cosa que a Paxton no le pareció nada extraña después del salto que había dado para librarla de la granada de mano. Al entrar en el club sonaba música de los Beatles y varias parejas bailaban. En el aire flotaba la agradable sensación de estar en los Estados Unidos y, por segunda vez desde que había llegado a Vietnam, Paxton sintió añoranza de su patria. La primera vez fue cuando le telefoneó el padre de Peter desde San Francisco.

Pidieron hamburguesas y patatas fritas, Paxton tomó una Coca-Cola y él una cerveza y luego se quedaron contemplando las parejas que bailaban en la pista y ecuchando la música. Después de los Beatles siguió *Satisfaction,* canción favorita de todo el mundo, y a continuación *Proud Mary,* una de las preferidas de Paxton de los tiempos de Berkeley.

–Así que, ¿cuándo terminaste los estudios? –le preguntó Bill mientras escuchaban la música y charlaban.

En estos momentos a Paxton le parecía más joven como si, libre de las tensiones que actuaban sobre él, ahora se sintiese más relajado, sin aquella tensión interior que ella antes había advertido en él. Paxton se echó a reír al escuchar su pregunta.

–No los he terminado –dijo con aire compungido–. Tenía que recibir el diploma en junio, pero abandoné los estudios.

–Me parece perfecto –dijo Bill con una sonrisa–, mejor dicho, perfectamente acorde con tu generación.

Se veía que sólo quería bromear un poco, pero que en el fondo no le daba importancia. Ahora, juzgando el hecho a distancia, a Paxton tampoco le parecía tan importante. Que tuviera o no el diploma era algo totalmente secundario.

–Durante la pasada primavera me ocurrieron una serie de cosas que, al irse acumulando, me dejaron un poco... desilusionada.

–Y ahora, ¿cómo estás?

La miraba directamente a los ojos y parecía importarle muy poco lo que hubiera hecho con sus estudios. Lo que le interesaba de veras era lo pudiera hacer como persona adulta. El mundo en que estaban era para las personas adultas, un mundo donde se vivía de verdad, bajo tensiones terribles, y en el que también se moría de verdad, hubiera ido o no a la universidad.

–Ya no me parece importante.

–Esto es lo que consigue Vietnam –dijo él de manera críptica, sorbiendo lentamente la cerveza, mientras Paxton procuraba no dejarse deslumbrar por el encanto de aquel hombre. Después de todo, era un hombre casado.

–Las cosas a las que uno antes daba importancia dejan de tenerla: la casa, el coche, todo lo que parecía constituir el eje de la propia vida. En cambio, las cosas corrientes pasan a cobrar una gran importancia, la gente de aquí..., vives para ellos.

Los ojos de aquel hombre no la abandonaban un momento.

–A veces tienes la impresión de que tu casa está demasiado lejos y, en cambio, se supone que estamos aquí para luchar por ella.

–¿Es por tu casa por lo que luchas? –le preguntó ella bajando la voz.

–No estoy seguro, ya no sé por qué demonios estamos luchando, si quieres que te diga la verdad. Es el cuarto turno que hago en Vietnam y te juro que no sé por qué estoy aquí. Se supone que estamos aquí para ganarnos los corazones y las mentes de los habitantes de este país, pero eso no son más que palabras, Paxton, porque aquí no estamos ganando nada. Lo que ellos ven es que matamos a su gente y destruimos su país. Y, en realidad, tienen razón.

–Entonces, ¿por qué te quedas? –le preguntó ella tristemente.

Paxton seguía empeñada en querer saber por qué iba la gente voluntariamente a Vietnam, puesto que en realidad nadie sabía qué hacía allí, salvo los que iban por obligación. Los demás, al parecer, no sabían nada y, si alguna vez lo habían sabido, ya lo habían olvidado hacía mucho tiempo.

–Pues me quedo aquí porque están matando a nuestros muchachos y, así, quizá pueda protegerlos. Creo que hace bastante tiempo que estoy haciendo lo que hago para saber qué me llevo entre manos. Tal vez estoy equivocado –dijo con un suspiro terminándose la cerveza–, quizás eso no cuenta para nada.

Era triste pensarlo pero era algo que, en un momento u otro, todos se lo habían dicho. Todo el mundo se daba cuenta en un momento determinado de que lo que hacía era totalmente inútil.

–Eres una chica valiente –dijo entonces, recordando su decisión al meterse en el túnel–. Nadie de los que han visitado la base lo ha hecho y, menos aún, una mujer. La mayoría de la gente estaba asustadísima aunque no quisiera admitirlo.

Sus ojos brillaron llenos de admiración.

–Gracias, a lo mejor es porque soy tonta.

–Es posible que tontos seamos todos –dijo él en tono cordial.

Un día después de la visita de Paxton a la base había perdido dos hombres, uno de ellos aquel operador de radio apodado Tonto. Pero no quería decírselo porque no lo consideraba el momento adecuado y, de hecho, importaba poco.

Después salieron al exterior y, como la noche era agradablemente cálida, pasearon un poco. Por lo menos la vida en la base era relativamente segura, aunque de cuando en cuando cayera alguna bomba o aparecieran francotiradores.

–Me gustaría poderte enseñar algún día este país. Incluso ahora, es hermoso.

Había momentos en que a Quinn realmente le encantaba aquella tierra.

–Me gustaría muchísimo. La semana pasada estuve en Bien Hoa, pero me gustaría ver más cosas, aunque de momento no sé todavía adónde ir.

–Yo podría guiarte –le dijo con voz dulce y, de pronto, volviéndose hacia ella, añadió–: Aún no sé qué puedo hacer contigo –y la miró con cierta confusión–. Nunca en la vida había encontrado a una persona como tú.

Paxton se sentía halagada y poderosamente atraída hacia él, pero no sabía qué decirle.

–¿Y tu esposa?

Quería ser franca con él, franca y sincera, como él también quería serlo con ella.

–Hace diez años que estamos casados, desde que salí de West Point. Tenemos tres hijos, tres hijas para ser más exacto –dijo sonriendo–. No sé por qué, pero siempre me había figurado que tendría chicos. Mi mujer está hasta la coronilla del ejército. Pertenece a una familia de militares, como yo, y por esto yo me figuraba que ella sabía dónde se metía. Aunque seguramente lo sabía, quizás ha acabado por hartarse. Lo que ella querría ahora es que yo volviera a casa, pero la verdad es que no me siento preparado.

–¿La quieres?

Paxton lo miraba directamente a los ojos, quería saber qué buscaba aquel hombre y él estaba dispuesto a decírselo.

–En otro tiempo, sí. Ahora, no lo sé. Nos encontramos dos veces al año en Tokio o en Hong Kong y discutimos sobre el futuro. A ella le gustaría que me buscase un trabajo, pero no estoy seguro de estar en condiciones de hacerlo. Actualmente tengo treinta y dos años. ¿Qué puedo ofrecer? ¿Alegar que he estado cuatro años gateando en túneles del vietcong? ¿Presumir de no haber pisado ninguna mina? ¿Alardear de que he sabido ocuparme de mis hombres? ¿Qué conseguiría con eso? ¿Convertirme en un director eficiente de un campamento de boy scouts? No lo sé. No estoy preparado para ese tipo de trabajos. Supongo que estoy preparado para matar –dijo con tristeza.

–¿Cuántos hombres has salvado desde que estás aquí? –le preguntó Paxton con voz tranquila–. ¿No te parece que quizá sea esto lo que mejor haces? ¿Salvar a tus hombres de la muerte?

–Quizá.

Era una chica muy comprensiva y a él le gustaba. La encontraba inteligente, sincera, valiente... y muy bonita. Tenía todo lo que le faltaba a Debbie. Su mujer se estaba quejando continuamente, estaba siempre lamentándose: las hijas, la casa donde vivían, los padres de ella, los padres de él, el Vietnam, la paga, el cambio... él ya no lo podía soportar por más tiempo. Quería otra cosa, aunque no sabía qué. ¿O quizá no lo había sabido hasta entonces? ¿Hasta la semana pasada, cuando conoció a Paxton?

–Quiero que sepas una cosa –le dijo, porque quería ser franco con ella–. He salido con un par de mujeres. Nada importante... enfermeras, una chica del Cuerpo Femenino y otra de San Francisco, pero siempre de una manera totalmente clara. Las dos ya sabían que yo estaba casado y fue una cosa totalmente sincera por ambas partes. Contigo, sin embargo, ni siquiera sé si te gusto..., aunque eso es diferente. Nunca he encontrado una mujer como tú.

Simplemente, quería que ella lo supiera.

En la zona de luz en la que se encontraban, Paxton le sonrió y, sin poderlo evitar, se acercó a él y le rozó la mejilla con el dedo.

–Gracias –dijo Bill Quinn.

El gesto había hecho asomar las lágrimas en sus ojos. Hacía tanto tiempo que nadie le acariciaba de esa manera, que casi había olvidado aquella sensación.

–Creo que estoy enamorado de ti. ¿Crees posible que un hombre hecho y derecho se enamore de una chica como tú en un lugar como éste y que de ello pueda salir algo bueno?

No sabía exactamente qué podía salir de ello, pero el momento tenía una gran intensidad, puesto que la vida sólo era el presente.

–No lo sé –dijo con tristeza, porque en ese momento recordó a Peter.

Lo que ocurría ahora era muy diferente. Era algo que sólo tenía validez en el presente, sin la promesa de otra cosa mejor, sin un mañana, muy probablemente sin un futuro.

Mientras seguían paseando, él le dijo con absoluta franqueza:

–Jamás he pensado en dejar a mi mujer y no estoy seguro de si lo haría. Hace mucho tiempo que estamos casados y quiero a mis hijas.

–¿Con qué frecuencia las ves? –le preguntó Paxton.

–Pues con no mucha frecuencia. La última vez que nos vimos mi mujer viajó con las niñas hasta Honolulu, pero fue muy duro para ella. Prácticamente no nos conocemos. Supongo que esto de aquí ha tenido un peso terrible sobre ellas, como lo ha tenido también sobre mi mujer. De todos modos, los peligros que enfrento no son muy grandes.

–Pues a mí no me parece que el otro día estuviera exento de peligros.

Quinn se encogió de hombros. Para él lo del otro día tenía poca importancia.

–Bueno, ya sabes a qué me refiero. Los que vuelan tienen que subir, Charlie les dispara y después te enteras de que han caído prisioneros. Yo paso bastante tiempo lejos del frente.

Los dos sabían, sin embargo, que la palabra frente era sumamente imprecisa.

Entonces Paxton se volvió hacia él y le dijo:

–Yo no quiero nada. No tienes que hacerme ninguna promesa ni darme nada. No te pido que, para salir conmigo, me digas que piensas divorciarte. De momento ni siquiera nos conocemos. ¿Por qué no esperamos un poco a ver qué pasa?

–¿Lo dices en serio? ¿Nada de promesas? ¿Ningún trato?

¿Nada de pienso-quererte-hasta-la-muerte? –le dijo mientras la rodeaba dulcemente con los brazos.

Pero ella se detuvo y se quedó mirándolo.

–Lo único que te pido es que no dejes que te maten. No pido otra cosa. ¿Consideras que es un trato?

Lo miró ávidamente, observó a aquel hombre tan alto y de hombros tan anchos.

–Te lo prometo.

–Muy bien, entonces estamos de acuerdo.

Y continuaron caminando, charlando y riendo mientras pasaban al lado de otras parejas que hacían lo mismo que ellos. Paxton se preguntaba si a él le importaría que lo vieran con ella, pero le pareció que no era así. Al cabo de un momento él se paró y, con una sonrisa, le preguntó:

–¿Adónde demonios vamos? Esta noche hemos recorrido la mitad del camino hasta la zona desmilitarizada. Ya nos conocemos la base de cabo a rabo.

Paxton también se hechó a reír. Le encantaba estar con él. Todo aquello era un poco loco.

–Creo que ahora tendré que volver al hotel.

–Te seguiré con el coche –dijo él de mala gana, reacio a separarse de ella–. ¿En qué hotel te alojas?

–En el Caravelle.

–¿Qué te parece si tomamos una copa en la azotea?

Daba la impresión de que tenían algo que celebrar, aunque Paxton todavía no estaba segura de qué era. Paxton asintió con una sonrisa: le gustaba la idea y se preguntó si encontrarían algún periodista, aunque de hecho no le importaba. No tenía secretos.

Bill Quinn siguió el viejo Renault que Paxton había alquilado y aparcó en la puerta del hotel, la siguió al interior y, rodeándole los hombros con el brazo, subieron a la azotea. Acababan de vivir unas horas maravillosas y Paxton tenía la sensación de haber recorrido mucho camino en poco tiempo, más camino que la distancia entre San Francisco y Saigón. Más bien le parecía que venía de otro mundo y que de pronto había irrumpido en éste, si bien todavía no estaba totalmente segura de sus sentimientos. Sabía que Bill Quinn la atraía poderosamente, que le costaba apartarse de él y que en sus sentimientos había una especie de urgencia y al mismo tiempo una sensación de miedo, así como también, en un lugar extraño y distante, un sentimiento de tristeza. En sus vidas todavía persistían otras personas: su mujer para él, el recuerdo de Peter para ella. Pese a todo, ahora estaban aquí y ella había sabido repentinamente que lo necesitaba, del mismo modo que él la necesitaba a ella. Quizás esto era en realidad lo más importante.

–¿Paxton? –le dijo pronunciando su nombre con gran atención, un nombre nuevo para él.

Ella se volvió hacia él con una tímida sonrisa.

–¿Sí?

–Hace un momento estabas muy seria. ¿Estás bien?

–Sí, estaba pensando.

–Pues no pienses –le dijo él con una sonrisa, rozando su frente con los labios justo cuando llegaban al bar del último piso.

Vieron a Tom Hardgood y a Jean-Pierre, éste recién llegado de Hong Kong acompañado de una chica. Paxton observó la presencia de Ralph en un rincón, totalmente enzarzado en una amigable conversación con una bellísima euroasiática. Paxton se sorprendió al verlo. No se habían encontrado en toda la semana y aquella misma mañana Paxton le había dejado una nota en las oficinas de la Associated Press.

Bill Quinn también lo había visto y condujo a Paxton hasta el sitio en que estaba sentado. Ralph la presentó a su acompañante.

–France Tran, Paxton Andrews.

Era una joven increíblemente hermosa y Paxton observó que tenía acento francés. Debía de tener más o menos la edad de Paxton y llevaba un *ao dai* blanco. Parecía perfectamente a gusto en aquel ambiente.

–¡Hola, France! –dijo Bill, ¿cómo está An?

–Muy bien –dijo la chica con una sonrisa dirigiendo una mirada cariñosa a Ralph–, está hecho un pequeño monstruo.

–¡Un monstruo terrible! –dijo Ralph–. La semana pasada me puso una rana dentro de la bota. Menos mal que antes de ponérmelas suelo inspeccionarlas.

Ralph soltó una carcajada, mientras Paxton se sorprendía de descubrir en él una faceta que desconocía. No sabía con seguridad de quién estaban hablando, pero suponía que se trataba de un niño, evidentemente el hijo de aquella joven. De pronto se preguntó si ella y Ralph estarían casados.

Se quedaron hablando unos minutos y después ella y Bill fueron a sentarse a otra mesa. Procurando no evidenciar la confusión que sentía, se inclinó hacia Bill y le preguntó:

–¿Quién es esa chica?

–¿France?

Bill estaba sorprendido de que Paxton no la conociera, porque le había parecido que ella y Ralph eran muy amigos.

–Vive con Ralph –le explicó–, estaba casada con un soldado del cuarenta y cinco de caballería y An es el hijo de ese matrimonio.

Bill Quinn pareció titubear y Paxton se quedó mirándolo, deseosa de conocer el resto de la historia.

–Lo mataron antes de que naciera el niño, que ahora debe de tener más o menos dos años. Ella y Ralph hace aproximadamente un año que viven juntos, aunque él procura no divulgarlo. Viven en Gia Dinh.

Todo lo que Paxton sabía del sitio era que se trataba de un barrio en las afueras de Saigón.

–¿Están casados?

–No. La madre de la chica era francesa y el padre vietnamita y, aunque he hablado contadísimas veces con ella, creo que tiene ciertos prejuicios contra los matrimonios mixtos. Por culpa de la guerra lo pasó muy mal cuando Haggerty murió. Tengo entendido que todavía no cobra la pensión de viudedad y que incluso la acusaron de prostituta y de que An no era hijo de su padre.

–¿Y qué dice la familia de él a todo esto?

–Él no les había dicho que se hubiera casado y me parece que la familia está muy tirante con ella. Viven en el campo, en Indiana. No han querido reconocerla, ni a ella ni al niño.

Paxton estaba horrorizada.

–¿Y Ralph? ¿Piensa casarse con ella y adoptar el niño?

Bill no pudo por menos de sonreír ante la ingenuidad de la

muchacha. Ella habría querido que todo estuviera bien atado, pero no siempre era posible conseguirlo.

–Me parece que eso tendrías que preguntárselo a él.

Paxton había quedado impresionada ante la amabilidad y las maneras cultivadas de aquella joven.

–Es muy bonita.

–Sí –reconoció él–. Y una chica con una gran cultura. Pero como Ralph trate de llevarla a los Estados Unidos, la gente la medirá con el mismo rasero que mide a las prostitutas del Pink Nightclub. En nuestro país no saben apreciar la diferencia.

–Pues no hay más que darle un vistazo –dijo Paxton, exasperada.

Pero Paxton era una muchacha ingenua y Quinn lo sabía.

–Entonces, lo que tienes que hacer es mirarla siempre con esos ojos, Pax. Pero ten en cuenta que la gente no la ve de la misma manera. Para ellos una asiática es una asiática, una amarilla, una igual que aquella persona que mató a su hijo, a su novio o a su hermano. No va a ser nada fácil poder llevarse estas chicas a casa.

–Pero ésta es diferente –dijo Paxton, haciéndose cargo de su defensa sin saber por qué.

–No para ellos.

Paxton no habría querido darle la razón, pero sospechaba que la tenía, y esto la entristecía profundamente por aquella chica a la que apenas conocía. Seguramente era así. Cuando estuviera en los Estados Unidos, aquella bellísima euroasiática sería una amarilla más.

Aquella noche hablaron largo rato, primero sobre la guerra y después sobre otras cuestiones. Bill Quinn ya no volvió a hablar de su mujer ni de sus hijas. Hacía tanto tiempo que estaba en Vietnam, que se sentía desarraigado de su gente. En cambio, se sintió fascinado oyendo a Paxton hablar de Berkeley.

La acompañó hasta la puerta de su habitación cuando cerraron el bar, pero no insistió en entrar.

–Volveré a Saigón dentro de unos días –dijo con voz tranquila–, te llamaré apenas llegue.

Después, sin añadir nada más, se inclinó y la besó suavemente en los labios. Inmediatamente después se marchó. Paxton habría querido, antes de que se fuera, rogarle que se mantuviera con vida, pero no quería pensar siquiera en los peligros que acechaban en los túneles de Cu Chi.

15

Bill Quinn volvió a Saigón tres días después. Antes de salir de la base avisó por teléfono a Paxton y, al llegar, ésta ya lo esperaba en el vestíbulo del hotel. Estaba muy guapo y elegante con su uniforme impecable. Por teléfono él le había advertido que era una «cita oficial» y, cuando lo vio entrar en el vestíbulo, le sonrió deslumbrada al verlo tan apuesto, tan joven y tan elegante.

–¡Caramba! –exclamó él al verla, con toda la cabellera suelta y con un vestido de seda rosa que había traído de Estados Unidos.

Era un vestido muy corto, que dejaba las piernas al descubierto. Paxton procuraba no recordar que a Peter le gustaba mucho.

Bill había reservado una mesa en un restaurante próximo a la embajada y Paxton se sintió muy halagada cuando le cedió el paso y el camarero les indicó una mesa situada en un rincón. El comedor tenía un aire muy francés, estaba iluminado muy románticamente y había ramilletes de flores en todas las mesas. Allí, por lo menos, se evitarían el olor a gasolina. Estaba lleno de compatriotas suyos.

Paxton le habló de otra misión a la que había ido con Ralph, un lugar próximo a Long Binh. Bill frunció el entrecejo al oírla.

–Me parece peligroso –le dijo, francamente preocupado, al tiempo que se preguntaba si debía hablar con Ralph.

–Es tan peligroso como estar aquí. No seas tonto, Bill. De hecho, es un lugar más seguro que Cu Chi.

–Ni lo sueñes –dijo Bill con voz tranquila, sintiendo un curioso impulso protector hacia ella que hasta a él mismo le sorprendió.

Bill nunca sentía ninguna preocupación por lo que pudiera estar haciendo su mujer en los Estados Unidos. Debía admitir, sin embargo, que Debbie estaba tranquila en San Francisco, mientras que Paxton, diez años más joven, estaba en Vietnam y andaba constantemente buscando guerra.

–Perseguir al vietcong dentro de unos túneles no me parece precisamente una cosa muy segura –dijo la chica.

Paxton debía confesarse que aquella semana se había obligado a no pensar en lo que Bill tenía que hacer. Antes de ir a Long Binh con Ralph, éste le había instruido acerca de la necesidad de «no fraternizar con los soldados», recomendación que al primer momento ella había encontrado particularmente divertida, si bien después se había dado cuenta de que se lo decía en serio, por lo que ella le había replicado, sorprendida:

–¿Cómo puedes decir una cosa así?

Se estaba refiriendo veladamente a France y él lo sabía, pero aquello no le hizo claudicar.

–Mi caso es diferente, Pax. Soy un hombre. Y Bill Quinn está casado.

–¿Y qué pasa? ¿Donde está la diferencia? Su mujer está en el otro extremo del mundo. ¿Y si nos matan la semana que viene? ¿Dónde estará la diferencia entonces?

En el término de unas pocas semanas había acabado pensando como todos los que vivían en Saigón.

–¿Y cuando vuelva al lado de su mujer? Entonces, ¿qué? –dijo Ralph con voz tranquila–. ¿Cómo te sentirás entonces? Ya has tenido un descalabro en la vida, ¿todavía no tienes bastante?

–Es algo inevitable –dijo Paxton, apartando la vista.

No tenía ganas de justificar su vida amorosa ante Ralph Johnson. Aunque era amigo suyo, él no tenía ningún derecho a decirle con quién podía salir y con quién no debía salir.

–Todavía no es tarde para dejarlo. Ten en cuenta que Vietnam es un sitio extraño y que aquí las cosas adquieren rápidamente un cariz serio. Por otro lado, hay cosas que deberían ser serias y no lo son, porque estamos cagados de miedo y siempre pensamos que tal vez nos maten hoy y que hemos visto morir a tanta gente que ya nada nos importa. No te comprometas con ningún soldado, Paxton, ni siquiera con un periodista, porque después lo pagarás caro. Aquí todos estamos un poco locos.

Estaba tratando de darle un consejo y le hablaba perfectamente en serio.

–¿Y qué hago aquí contigo? Yo también soy periodista –se defendió Paxton, a lo que él reaccionó con una sonrisa.

Sin embargo, Paxton todavía era joven y todavía no había sido alcanzada por aquellos horrores que ellos daban por sentados.

–Eres muy joven, Pax. Todavía no es tarde para ti. Te lo recomiendo: no te comprometas con Bill. Es un chico estupendo y lo aprecio mucho pero, sea lo que sea lo que ocurra entre vosotros, tú serás la perjudicada. ¿Por qué te empeñas en pasar por eso?

–¿Y France? –le dijo ella, queriendo volver a centrarse en su caso, aunque por la cara que puso Ralph comprendió que había pisado terreno vedado.

–Ella no tiene nada que ver con esto –dijo Ralph dirigiéndose hacia un helicóptero equipado con material sanitario, en el que pensaba ausentarse las tres horas siguientes.

A su regreso ninguno de los dos volvió a suscitar aquel tema de conversación y ella tampoco quiso mencionárselo a Bill aquella noche. En cualquier caso, para ellos el consejo había llegado demasiado tarde. Mientras estaban sentados hablando, Bill le sostenía la mano. Hablaban de lo habitual entre los que sienten que para ellos se inicia algo nuevo y en su horizonte asoma el amor.

Habían casi terminado el mousse de chocolate que estaban tomando como postre cuando entró en el restaurante una hermosa muchacha vietnamita, vestida con un *ao dai,* que llevaba un inmenso ramo de flores. Paxton la admiró complacida, Bill se volvió y vio a la chica. La miró una décima de segundo mientras ya se marchaba y, sin pararse a pensar, agarró a Paxton, la arrancó de la silla y la empujó debajo de la mesa. Con su cuerpo cubrió el suyo, apretándolo contra la banqueta, y justo en aquel momento se oyó una terrible explosión. Todas las ventanas de la parte frontal del restaurante saltaron por los aires y el suelo quedó sembrado de cuerpos que habían salido despedidos de sus asientos. Hubo un momento de silencio, después se oyeron gritos y Paxton pudo contemplar a su derecha una cortina de llamas que se levantaba hasta el techo. Bill la empujó por el suelo hacia una luz que brillaba en la oscuridad. Después la condujo a la calle y hacia la salvación mientras las sirenas sonaban y a su alrededor la gente se ponía a gritar desaforadamente. Por todas partes se oían gritos y lamentos de dolor. Bill Quinn la dejó en la calle y se apresuró a entrar para prestar ayuda, pero ella le siguió. A Paxton le sangraba una herida en el brazo producida por un trozo de vidrio que se le había introducido en el vestido. Aparte de esto, la explosión la había dejado incólume. Tenía algunos arañazos en las piernas y el cuerpo un poco magullado por los esfuerzos realizados, pero aun así entró en el local y ayudó a sacar a una mujer del interior. Ésta gritaba con todas sus fuerzas porque se había quedado sin visión. Tenía la cara y los brazos cubiertos de sangre y Paxton no podía hacer otra cosa que tratar de consolarla mientras aguardaban a que viniera la ambulancia. Vio que Bill ayudaba a sacar a dos hombres, pero estaban muertos. Finalmente intervinieron los médicos y la policía. El escenario era espantoso y había sangre y cristales rotos por todas partes. Cuando se acercaron al coche de Bill, Paxton temblaba violentamente. Él la atrajo hacia sí y la abrazó. Los dos llevaban toda la ropa manchada de sangre y, mientras él la besaba, ella rompió a llorar.

Aquél era un lugar terrible para enamorarse, un lugar terrible para vivir y la guerra que los había reunido también era terrible.

–¿Qué hacemos aquí? –preguntó Bill con voz temblorosa.

No lo decía tanto por lo que había visto sino porque, de haber ocurrido las cosas de otra manera, Paxton podía haber muerto. Ahora de pronto se daba cuenta de que por encima de todo deseaba no perderla.

–¿Por qué no podemos estar en un lugar normal, como Nueva York, Maryland o Texas?

–Porque –dijo Paxton sonriendo entre lágrimas– si estuviéramos en uno de esos sitios, lo más probable es que no supieras nada de mi existencia y que estuvieses con tu mujer.

Paxton se echó a reír, se secó los ojos y se esforzó en borrar de sus pensamientos lo que acababa de ver y sufrir.

–O algo parecido –añadió.

Bill también sonrió.

–Tiene usted una manera de decir las cosas, señorita Paxton Andrews...

–Siempre digo la verdad, es uno de mis fallos.

–Y una de tus virtudes. No creo que te quisiera tanto si no dijeses siempre la verdad. Una de las cosas que consigue este país es hacerte odiar a todas las patrañas. Lo he comprobado cuando he ido a los Estados Unidos en los descansos entre los turnos –le explicó mientras se metían en el coche–. Me resulta imposible escuchar mentiras, todas esas explicaciones y excusas que todo el mundo cuenta y que nadie cree. En cierto modo es mejor estar aquí –después, como si recordara de pronto lo ocurrido, añadió–: Por lo menos así lo había creído hasta ahora.

–Eso ocurre aquí muy a menudo, ¿verdad? –preguntó ella refiriéndose a la bomba. Él asintió. Paxton sonrió tristemente y dijo–: No sé qué pasa, pero cada vez que estoy contigo acabo como si me hubieran arrastrado por una trinchera.

–Todo esto te ocurre por haber cometido la locura de venir a este país.

Y le dio un beso tan fuerte que equivalía a decirle que se alegraba de que los dos estuvieran vivos y de que no les hubiera ocurrido nada.

La acompañó al hotel y, sin decir palabra, subieron escaleras arriba. Bill se había parado en el bar para comprar una botella de whisky; tras cerrar la puerta de la habitación, la dejó sobre la mesa y se volvió para mirarla con unos ojos tristes que parecían decirle que la amaba.

–Pax, ¿quieres que me vaya?

Había pensado alojarse en el Rex, pero quería estar con ella todo el tiempo posible, si ella lo quería.

–Si quieres que me vaya, me iré.

Ella negó con un gesto de la cabeza, sonrió y caminó lentamente hacia él. No sabía qué hacer exactamente. Hacía cuatro meses que Peter había muerto y había creído que se sentiría unida hacia él para siempre. Pero ahora de pronto tenía la impresión de estar viviendo otra vida, de encontrarse en otro mundo, de estar en un lugar donde ya no volvería a estar nunca y lo único que le importaba era Bill Quinn.

–No quiero que te vayas –le susurró.

Bill se inclinó y la estrechó entre sus brazos, mientras ella correspondía con una pasión que era fruto de la privación, el miedo, el dolor, y él la acariciaba con la fuerza del hombre que se juega la vida cada día. Aquella noche habían estado a punto de morir y tal vez morirían el día siguiente, pero de momento, por lo menos durante aquel instante suspendido en el tiempo, estaban vivos y se pertenecían uno a otro.

Bill Quinn se tendió a su lado en la cama y lentemente fue despojándola de las ropas. El vestido de seda había quedado reducido a jirones tras la explosión y él tenía sangre en el uniforme. Todo lo que querían era acabar con el pasado, con el dolor, con la soledad que los había reunido. Al sentir el contacto satinado de su piel, Bill dejó escapar un gemido.

–Oh, Dios mío, Pax, eres tan hermosa

No podía dejar un momento de tocarla, de abrazarla, de besarla, pero ella lo amparó con sus brazos, lo atrajo hacia sí y él la penetró, mientras los ojos de Paxton se llenaban de lágrimas, aunque no eran lágrimas por el pasado ni por todo lo perdido, sino por lo que, juntos, habían encontrado.

16

Tres semanas más tarde Paxton hizo otra excursión a Cu Chi en compañía de Ralph. Por aquel entonces la Convención Demócrata en Chicago se había convertido en una orgía de locuras, mientras Harriman todavía estudiaba las conversaciones en torno a la paz del Vietnam que se celebraban en París. Era tan irónico que parecía un chiste malo y esto fue lo que pensó Paxton al leerlo en el teletipo de las oficinas de la Associated Press cuando acudió allí para encontrarse con Ralph antes de las Locuras de las Cinco. Le parecía que ya nada tenía sentido, salvo lo que estaba ocurriendo en aquellos momentos en Vietnam y la vida que compartía con Bill. Todo lo que importaba era que él estuviera a salvo y que no les ocurriese nada a ninguno de los dos. Cada vez que se encontraban en el hotel, a Paxton le parecía un milagro. Ahora la visitaba muy a menudo y siempre se quedaba a pasar la noche con ella.

Ralph se abstuvo de hacer comentarios sobre la cuestión durante el trayecto hasta la base de Cu Chi pero finalmente, cuando ya llegaban, se volvió hacia ella y le hizo una pregunta:

–Lo vuestro va en serio, ¿verdad?

Paxton asintió, puesto que no quería decir nada más en presencia del conductor. Ralph no había citado nombres, pero los rumores circulaban con rapidez desde Saigón a todas las bases. Quién dormía con quién y por qué lo hacía: éstos solían ser los temas de conversación más corrientes, así como todo lo relacionado con estas cuestiones, incluidas las enfermedades venéreas y toda la retahíla de afecciones tropicales.

–Sí –le respondió ella muy seria–, es posible. Es muy reciente y todavía no hemos hecho planes. Hay una serie de cosas que tenemos que hablar si es que...

Quería decir que si la cosa continuaba. Pero Ralph la entendía y, moviendo la cabeza con aire de censura, dejó vagar la mirada más allá de la ventana.

–Estáis locos los dos, como ya lo sabes.

–¿Por qué?

¡Era tan ingenua, parecía tan llena de esperanzas cuando volvió la cabeza para mirarlo!

–Porque saldrás muy malparada, Pax. Así es como salimos todos aquí. Y tú también, no hace falta que te lo diga. Eres una chica estupenda y sabes cuáles son las opciones y la verdad es que la mayoría no son halagüeñas.

Quería decir que, cuando finalmente licenciaran a Bill, seguramente volvería al lado de su mujer, si es que no lo mataban antes. Por supuesto que existían posibilidades de que sobreviviera o que incluso abandonase a Debbie, pero Ralph pensaba que, sobre todo esto último, no era probable.

–Hace demasiado tiempo que estás aquí. Eso te ha vuelto cínico.

–Puede ser –dijo encendiendo un cigarrillo, nada menos que de la marca de cigarrillos local, ya que ahora le gustaba el Ruby Queen–, pero me conozco la película.

–A lo mejor no has visto el final, porque quizá no te has quedado suficiente tiempo. Tú no lo sabes todo.

–Mira una cosa –insistió de nuevo, porque en realidad aquella chica le gustaba–, eres muy lista, más lista que la mayoría, y estás trabajando muy bien. Escribes unos artículos estupendos. Es posible que un día ganes un Pulitzer.

–Sí, seguro –dijo ella echándose a reír.

–De acuerdo, pues no ganarás el Pulitzer, pero eres buena y lo sabes. ¿Por qué tienes que buscarte ese dolor de cabeza? Tú sólo vas a quedarte seis meses aquí. Pues entonces, espera un poco a volver a casa y allí encontrarás el príncipe azul sentado detrás de un escritorio en una ciudad tan bonita y tan segura como por ejemplo Milwauke. Paxton se volvió hacia él con aire decidido.

–Mira, lo que ha ocurrido no he podido evitarlo. Ha ocurrido y es así. No puedo pretender que no ha ocurrido. ¿Y por qué habría de pretenderlo? Ahora estamos aquí. Esto es algo real, el resto no cuenta para nada.

–¿Y si resulta que lo que no cuenta para nada es esto y lo real es el resto?

–Entonces quiere decir que me equivoco. ¿Nunca te has equivocado, Ralph?

Paxton no quería volver a mencionar a France, pero él se había unido a ella por las mismas razones: porque los dos estaban en aquel país, porque era una vida dura y todo el mundo estaba asustado y porque la gente a su alrededor moría como moscas. ¿Qué mejor antídoto contra todo aquello que enamorarse de alguien, independientemente de los propósitos que te guiaran?

–Oye una cosa –dijo Paxton, volviéndose hacia él mientras aplastaba el cigarrillo–, no pretendas aconsejarme. Sé que te guían buenas intenciones, pero no me entiendes.

–Quizá –dijo Ralph tristemente.

Aquella tarde, cuando volvió a verlos juntos, hubo de preguntarse si estaría equivocado y si Paxton tendría razón. Era innegable que lo que existía entre los dos era algo muy fuerte, muy tierno y muy hermoso. Ellos querían ocultarlo a todo el mundo, pero era muy difícil. Los sentimientos mutuos eran tan intensos, tan físicos en muchos aspectos y al mismo tiempo tan sinceros, tan puros, tan edificados en la admiración, la ternura y el amor mutuos, que era muy difícil ocultarlos.

El sargento de Bill, Tony Campobello, también se había dado cuenta y estaba furioso, cosa que hasta la propia Paxton había advertido. Con ella se limitaba a ser correcto y aquella tarde, durante la visita, el tono que adoptó para hablar con su superior fue glacial, a lo que Bill se limitó a responder enarcando una ceja con aire divertido. Sin embargo, cuando se tropezaron con él una tarde en la oficina de cambio, Paxton no pudo resistir la tentación de decirle alguna cosa, aprovechando que Bill estaba ocupado.

–Lo siento mucho... –empezó ella a decir a Tony, pero él la cortó en seguida.

–¿Qué?

–La reacción de usted –dijo ella francamente, puesto que él no hacía nada para ocultarla.

–Mi reacción no tiene nada que ver con esto –dijo él fríamente.

–Entonces, ¿por qué está enfadado?

Paxton lo miraba fijamente a los ojos, cosa que con él le resultaba más fácil que con Bill, porque tenía la misma altura que ella.

–¿O lo que ocurre simplemente es que no le gusto?

–A mí usted me importa muy poco –el sargento estaba pasándose y lo sabía, pero no le importaba. La odiaba y quería que lo supiera–. El que me importa es él. Me ha salvado la vida más veces de lo que usted imagina. Ha salvado a más hombres en este maldito país de lo que usted pueda imaginar y ahora viene usted y pone en riesgo su vida. Y encima ni se entera.

Paxton estaba muy sorprendida por sus palabras y no las entendía en absoluto.

–Pero, ¿cómo puede decir eso?

Ella no había hecho nada para poner en riesgo la vida de Bill, al contrario, deseaba que la conservara aun al precio de volver junto a su mujer. Ella no quería que muriese. Aquel muchacho estaba loco.

–¿Sabe usted, señorita, qué hay que hacer aquí para conservar la vida? Pues hay que arrastrarse por el suelo todos los días y no pensar más que en una sola cosa: en uno mismo. Como te preocupes demasiado del vecino, como te dediques a vigilar a tu compañero en lugar de vigilar tu propia piel, eres hombre muerto. En un segundo puede ser el fin. ¿Y sabe usted en qué piensa él ahora? Pues no en nosotros, no en él, no en lo que está haciendo, no en quién está metido en el túnel, no si hay o no un tipo en el bosque esperándonos, porque en lo único en que piensa es en usted. Por eso se queda sentado sonriendo. ¿Y sabe qué ocurrirá si la cosa continúa? Pues que saltará por los aires, porque pisará una mina o un tío emboscado le volará la tapa de los sesos. ¿Y sabe quién tendrá la culpa, señorita? Pues usted. Piénselo la próxima vez cuando vaya a tocarla.

Mientras decía estas palabras se les acercó Bill, que llegaba con las compras y con una sonrisa.

–¡Hola, Tony! Conoces a Paxton, ¿verdad?

La conocía, pero no habría querido conocerla. Algo perturbó a Bill al ver cómo lo miraba Paxton cuando el sargento dijo:

–Sí, claro.

Y tras saludar, se fue.

Paxton no dijo una palabra a Bill sobre lo que el sargento acababa de decirle, pero pasó toda la noche asustada, al lado de Bill, pensando en lo que le habían advertido. ¿Tenían razón todos los demás? ¿Estaba equivocada por el hecho de quererlo? ¿Acabaría aquel amor destruyéndolos a los dos? ¿Acaso no había sitio para el amor en aquella tierra? Era difícil de aceptar, puesto que todo el mundo tenía a alguien, aunque sólo fuera por un momento. No hacía mucho que Ralph le había dicho que no tenía derecho a amar a Bill, pero en cambio él vivía con la muchacha euroasiática en Gia Dinh. Ralph volvería a su casa aquella noche, ¿verdad? En cambio, ¿por qué nadie quería que ella estuviese con Bill? Y de manera especial aquel sargento, que estaba tan furioso contra ella.

–Esta noche has estado terriblemente quieta –dijo Bill al día siguiente.

Bill tenía tres días de permiso. Paxton, pese a todo, no le mencionó lo que Tony le había dicho y se limitó a comentar que estaba un poco preocupada a causa de un artículo.

Aquel fin de semana lo pasaron en Vung Tau para aprovechar los tres días de permiso de Bill y permanecieron todo el tiempo en aquella encantadora ciudad costera que seguía siendo un magnífico lugar turístico a causa de sus maravillosas playas. A Paxton le parecía que nunca había sido tan feliz. De cuando en cuando hablaban del futuro, pero a menudo procuraban evitarlo. Ahora no había nada de qué hablar, salvo del tiempo que compartían juntos. Cuando Bill volviera a los Estados Unidos tendría que decidir qué haría con Debbie. Volverían casi al mismo tiempo. Paxton había prometido que estaría de regreso en Navidad y él debía volver un mes más tarde. Él estaría en San Francisco a finales de enero porque ambos estaban de acuerdo en que ya habían pasado bastante tiempo en Vietnam. Con los cuatro turnos que había cubierto Bill había más que suficiente. Volvería a casa para intentar cumplir con la difícil tarea de vivir.

–¿Crees de veras que podrías soportar ser la esposa de un militar? –le preguntó una noche en la cama, mientras estaban en Vung Tau, y lo más terrible de todo era que lo decía en serio.

–Creo que sí –dijo ella con una sonrisa–. Podría escribir para *Stars and Stripes**.

–Eres demasiado buena para ellos.

De hecho, era una publicación informativa que leía todo el mundo.

–¡Anda, no digas tonterías! –dijo ella acercándosele, y él la besó.

Pasaron unos días maravillosos en Vung Tau y volvieron en octubre. Poco tiempo después, Bill viajó a Hong Kong para pasar unos días de permiso con Debbie. Era algo que él y Paxton habían hablado largamente y Bill incluso había estado a punto de cancelar el viaje, pero Paxton consideró que debía hacerlo, pese a lo mucho que le dolía. Sabía que era algo que debía a Debbie y que no era el momento adecuado para una confrontación. Cuando Bill volvió, estuvo varias semanas de mal humor. Debbie lo había presionado con respecto a la actitud que adoptaba frente a la guerra, puesto que ella hacía un tiempo se había incorporado a un grupo antibelicista y como resultado de ello ahora tenía clasificado a su marido como un asesino. También le había exigido un coche nuevo y le había manifestado que estaba hasta las narices del ejército.

Acababa de ser elegido Nixon y las noticias que Paxton tenía de su casa eran buenas. Al parecer, su madre se encontraba perfectamente, pese a que estaba ansiosa de verla en Navidad. Gabby le había escrito para decirle que esperaba otro niño. La vida continuaba, pero Paxton no podía imaginar cómo podría ser la vida con ellos. Después de cinco meses en Vietnam, tenía la impresión de vivir en otro planeta.

* *Estrellas y Barras*, título de una publicación que alude a la bandera de los Estados Unidos. (*N. de la T.*)

Así se lo dijo a Bill una noche en que salieron a cenar.

–Siento remordimentos de decirlo, pero no quiero volver a casa en Navidad.

Quería quedarse con él en Vietnam. Para ella significaba más que ir a casa y estar con su familia en Savannah. Hacía años que odiaba aquella ceremonia y sabía que ahora le resultaría mucho peor. Aquel año había servido para que se hiciera más adulta y lo viera todo con ojos distintos. Además, la Navidad en su casa sin Queenie sería algo verdaderamente espantoso, aparte de que la vida en los Estados Unidos resucitaría toda una oleada de recuerdos tristes relacionados con Peter. Aunque ahora pensaba menos en él, era evidente que en ella había una parte que lo amaría siempre. Las cosas ahora eran completamente diferentes y Bill lo entendió perfectamente.

–Entonces, ¿por qué no te quedas aquí a pasar las Navidades?

Sabía que habría debido convencerla de que fuera a su casa, pero se sentía egoísta y la quería para él. Sería la última ocasión tranquila que pasarían juntos antes de que él volviera a su casa el siguiente mes y tratara de resolver qué hacía con Debbie.

–¿Lo dices en serio?

Paxton le miró maliciosamente.

–Por supuesto que sí.

–Entonces, de acuerdo.

Ella se inclinó, le besó, volvieron a la habitación del hotel y pasaron la tarde entera haciendo el amor. A la mañana siguiente Paxton envió un telex al *Sun*: «Imposible volver en diciembre según previsto. Artículos importantes en puertas. Volveré el 15 de enero. Por favor avisen familia en Savannah. Paxton Andrews». Sabía que la noticia caería como una bomba, pero en realidad no le importaba. Quería estar con Bill porque sabía que quizás ésta sería la primera y última Navidad que pasarían juntos. Si él decidía después poner punto final a aquella relación, por lo menos le quedaría aquel recuerdo. Se sentía muy filosófica con respecto a este punto pero en cualquier caso, cuando uno vivía bajo la constante amenaza del peligro, había que serlo.

La víspera de Navidad fueron juntos a la iglesia y a la

mañana siguiente despertaron uno en brazos del otro. Él le había comprado un suéter en el economato y un hermoso brazalete de oro en forma de ajorca en Hong Kong, cuando había estado allí con Debbie en octubre. Tenía engarzado un pequeño diamante y Bill, al ponérselo en el brazo, le dio un beso. Ella también le había comprado en el economato un magnífico reloj y unos cuantos libros que sabía que le interesaban y que había encargado en los Estados Unidos, aparte de unas prendas de ropa interior muy divertidas que había adquirido en el mercado negro. No eran más que tonterías, pero era lo mejor que podían permitirse dadas las circunstancias. De todos modos, el brazalete era un regalo muy especial y en su interior, delicadamente grabadas, figuraban las iniciales de los nombres de los dos y la inscripción *Navidad 68.*

–Éste es el primero de muchos –dijo Bill crípticamente mientras la besaba.

Aquella noche asistieron al espectáculo de Navidad de Martha Raye, donde todo el mundo lo pasó muy bien. Bob Hope estaba en Da Nang y fue aplaudido por diez mil personas, entre soldados y mujeres. El número culminante del espectáculo fue Ann Margret, aunque Paxton juzgó que la exhibición de símbolos sexuales no consiguió otra cosa que exasperar a los soldados. De todos modos, fue estupendo. Al final del espectáculo el general Abrams prendió en la camisa de Bob Hope la Medalla de Servicios Civiles Distinguidos, gesto que desencadenó una ovación cerrada.

Paxton y Bill encontraron a Tony Campobello en el espectáculo de Martha Raye, mientras que Ralph había sido encargado de escribir un artículo sobre el mismo por cuenta de la Associated Press. Asistió al espectáculo acompañado de France y de su hijito, An, que era adorable y se parecía enormemente a su madre. Bill y Paxton hablaron unos momentos con Ralph y France y después los perdieron y ya no volvieron a encontrarlos. Había una enorme cantidad de gente. Tampoco volvieron a ver a Tony ni a ninguno de los hombres de Bill. Tony se había mostrado muy frío al encontrar a su capitán acompañado de Paxton. Todavía no había conseguido vencer la antipatía que le inspiraba aquella chica y no quería fingir amabilidad con ella.

De todos modos, ahora a ella ya no le importaba, porque sabía que tanto ella como Bill volverían a casa dentro de un mes. Hablaban a menudo de lo extraño que les resultaría vivir en la misma ciudad sin estar juntos.

–Pero no será por mucho tiempo –insistía Bill, aunque Paxton seguía preguntándose qué ocurriría cuando volviera a ver a sus hijas y estuviera nuevamente en su casa. Tenía la extraña sensación de que ya no se sentiría tan dispuesto a abandonarlas, prescindiendo de todo lo que pudiera haberle prometido a ella en el calor de la pasión.

Pasaron una víspera de Año Nuevo muy tranquilos en el club de oficiales, que coronaron con unas copas en el bar de la azotea. Después hicieron el amor en la habitación de Paxton y contemplaron la llegada del año nuevo con ternura y pasión. Todavía estaban uno en brazos del otro besándose y murmurando palabras de amor, cuando les sorprendió la mañana.

Pasaron gran parte de la tarde durmiendo, pues al anochecer Bill debía volver a Cu Chi porque se iniciaba su servicio. Volvería a Saigón al cabo de dos días y Paxton debía escribir un artículo para el *Sun.* Su columna titulada «Mensaje de Vietnam» era muy bien acogida y había generado gran cantidad de cartas elogiosas, algunas de las cuales habían sido remitidas a Saigón. Proporcionaba a sus lectores informes fidedignos de todo lo que ocurría y parecía que su sinceridad y su integridad resplandecían en sus escritos. Ed Wilson se sentía especialmente complacido y estaba contento de haberla enviado a aquellas tierras. Sentía oscuramente que lo que ella escribía vengaba en cierto modo a su hijo y que Peter no había muerto en balde. Paxton había ido a Vietnam para contar la historia de Peter y medio millón de muchachos como él y se sentía orgullosa de las cartas que había recibido en respuesta a sus reportajes. Incluso había contestado algunas, aunque la mayoría de las veces estaba demasiado ocupada para poder hacerlo.

El artículo que tenía que escribir al día siguiente versaría sobre los mendigos de las calles de Saigón y sobre otras cosas acerca de Hue. También tenía pendiente el artículo del espectáculo de Martha Raye y Bop Hope. Pasó dos días muy atareada y, mientras esperaba la llegada de Bill, a las ocho de la noche seguía ante la máquina de escribir. Estaba haciéndose tarde, pero Paxton sabía que a veces era difícil para Bill librarse de todas las obligaciones. Aparte de que, si Tony Campobello sabía que Bill debía reunirse con ella, haría lo imposible para entretenerlo. Aquél era un juego que le gustaba y en relación con el cual Bill se mostraba paciente, pese a que aquella actitud constantemente hostil irritaba a Paxton.

A las diez volvió a echar una ojeada al reloj y comenzó a sentirse un poco preocupada, aunque sabía que, como oficial, no era totalmente dueño de planificar sus salidas. Además la cosa parecía haberse agravado en los últimos tiempos. ¡Tenía que resolver tantas cosas antes de su partida dentro de tres semanas! Por otra parte, estaba tratando de entrenar a un nuevo oficial que lo sustituiría y que acababa de llegar de los Estados Unidos, y Paxton sabía que esto no era nada fácil.

A las once de la noche Paxton volvió a mirar el reloj y comenzó a recorrer la habitación de un lado a otro. Al llegar la medianoche comenzó a sentirse seriamente preocupada. Decidió, pues, bajar al vestíbulo e indicó al telefonista dónde estaría en caso de que Bill la llamara. Pensó que podía haber encontrado a algún amigo que lo hubiera entretenido y que quizá se encontrarían más tarde en el bar, como había ocurrido ya una o dos veces. Pero en el bar no encontró a ningún conocido, ni siquiera a Nigel. Sabía que Ralph había ido a pasar el fin de semana del Año Nuevo con France y An en casa de unos parientes que ésta tenía en Hau Bon.

Recorrió el vestíbulo sin un objeto específico durante un buen rato mientras Bill seguía sin aparecer. No podía hacer nada. Como era demasiado tarde para llamar a la base, volvió a la habitación, donde permaneció sentada en una silla gran parte de la noche, cavilando sobre la posibilidad de que hubiera surgido algún problema que hiciera imposible que él apareciese, aunque le parecía improbable. Cayó, por fin, dormida a las cuatro de la madrugada y volvió despertarse cuando ya amanecía. Seguía sin noticias de él. Se había hecho la ilusión de que aparecería durante la noche mientras dormía y de que se deslizaría en la cama junto a su cuerpo, puesto que él tenía una llave de la habitación y lo había hecho en más de una ocasión, cuando tenía la posibilidad de presentarse de improviso y sorprenderla.

Pero aquella noche no hubo sorpresa. La otra midad de la cama estaba vacía cuando Paxton se despertó y, a las siete y media, se dirigió a las oficinas de la Associated Press. Leyó los teletipos para enterarse de los sucesos ocurridos durante la noche pero, aparte de una bomba de plástico en un bar y de una reyerta callejera en Cholon, no había ninguna novedad.

Paxton sabía que Ralph había regresado tarde la noche antes, por lo que una hora más tarde lo llamó a su casa desde las oficinas de la Associated Press.

–Sé que es una tontería... –comenzó Paxton, que se daba cuenta de que no era muy propio llamarlo, pese a que no tenía a nadie a quien llamar–, pero resulta que anoche Bill no vino y, aunque tengo la seguridad de que no ha ocurrido nada malo, pensé que quizá tú...

–¡Por el amor de Dios, Pax! –dijo Ralph, revolviéndose en la cama y lanzando un gruñido–, ¿quieres que yo le llame?

–Sí.

–¿Y por qué no le llamas tú? Tienes las mismas credenciales que yo.

–Pues porque resulta que todo el mundo está enterado de mi relación con Bill.

A pesar de todas las precauciones iniciales, se había convertido en uno de los secretos peor guardados de Saigón.

–¿Y qué importancia tiene?

–Pues que voy a parecer una especie de celosa entrometida. Lo único que me interesa saber es si está bien y cuándo piensa dejarse ver.

No se le había ocurrido siquiera que pudiese estar con otra. La relación entre los dos era muy especial y estaban tan enamorados que entre ellos nunca se había insinuado la posibilidad de que pudiera interponerse nadie entre ambos.

–Muy bien, muy bien, llamaré. ¿Qué es lo que quieres saber?

–Pues que la base de Cu Chi sigue en pie, que no ha sufrido ningún ataque durante la noche y que Bill está bien.

–Oye, pequeña... –dijo, sentándose en la cama y sonriendo a France.

Se sentía muy feliz y a la vez estaba preocupado por France, porque la noche anterior le había dicho que estaba embarazada y que quería tener el hijo.

–Como la base de Cu Chi haya volado, estamos apañados. ¡Pero si es más grande que Nueva York!

–Bueno, Johnson, déjate de chistes y llámalos, ¿quieres?

–De acuerdo, de acuerdo, los llamaré.

Ralph se inclinó para besar a France, que seguía en la cama.

–¿Está bien la chica? –preguntó France.

A ella también le gustaba Paxton y, aunque no la conocía mucho, era consciente de la afinidad que existía entre las dos.

–Está bien, lo que pasa es que se le acaba la paciencia y se pone nerviosa. Todo el mundo se pone así cuando se acerca el momento de volver a casa. Acabarán por volverme loco.

–¿Y tú? –le preguntó ella, mirándolo con tristeza después de las noticias de la noche anterior–, ¿cuándo volverás a casa, mi amor?

–Nunca, a menos que tú vengas conmigo.

Pero ella había dicho que no pensaba ir nunca a los Estados Unidos y lo decía en serio. No tenía ganas de que la tratasen como a una prostituta. Se quedaría en Saigón y lo amaría siempre.

Ralph se sentó en el borde de la cama y llamó a Cu Chi. Conocía a una o dos personas más en la base, pero Bill era la más importante, por lo que pidió que lo pusiesen en contacto directo con su unidad. Habló primero con un tipo que no conocía, que le contestó con evasivas cuando preguntó por Bill y después lo pasó a otras personas sin que consiguiera aclarar nada. De pronto se preguntó si el instinto de Paxton era acertado y si en realidad había ocurrido algún percance. De pronto se le ocurrió llamar al sargento Campobello. Hubo una larga pausa y le dijeron que no colgase, pero lo dejaron esperando. Tardó casi diez minutos en poder hablar con Tony. Por lo menos Ralph había tenido el acierto de no colgar. Sin embargo, en seguida se convenció de que efectivamente había problemas.

–¿Tony? –dijo Ralph, como si fueran viejos amigos, aunque no lo eran en realidad.

A Tony no le caía nada bien, porque sabía que Ralph era la persona que había presentado a Paxton a Bill, y Campobello era una de esas personas capaces de conservar el rencor toda la vida.

–Soy Ralph Johnson, de la Associated Press de Saigón.

–Sé quién es, hombre –la voz era áspera y fría y parecía que le molestaba tener que atender la llamada–. ¿Qué quiere?

–Pues resulta que he hecho esta llamada, que por supuesto no es oficial, para saber si ayer ocurrió ahí algo. Quiero decir que...

Si se hubiera tratado de otra persona le habría preguntado directamente si Bill estaba bien, pero no quería que Campobello supiera que llamaba de parte de Paxton. Tenía la impresión de que con aquellos rodeos parecía un niño.

–Mire, Tony, por aquí ha habido rumores de que ahí había ocurrido algo. ¿Qué hay de verdad en esto?

Hubo una pausa interminable.

–Bueno, pues yo diría que sí. Este fin de semana únicamente ha habido una baja. Una sola. Está bien, ¿no le parece?

Pero el tono de su voz era sarcástico y amargo.

–Pues me parece formidable.

Ralph no sabía con seguridad adónde iría a parar, pero Tony le resolvió el problema.

–El único problema, por supuesto, es que ha sido... –y casi escupió las palabras– nuestro jefe. ¿Lo recuerda? Un tipo alto, fuerte, un tipo realmente impresionante... Bill Quinn.

¡Santo Dios! Ralph se había quedado frío. ¿Qué diablos le diría a Paxton?

–Pero, ¿cómo ha sido?

La voz de Ralph sonaba muy débil y, en cuanto a Tony, parecía que lloraba.

–¿Que cómo ha sido? Pues muy sencillo. Hace unos meses que se enamoró de esa maldita zorra y comenzó a distraerse y a no prestar atención en lo que hacía. Se había enamorado del mundo también. Era el príncipe azul, Galahad, ¡vete a saber quién se creía que era! ¿Quiere saber cómo ha sido, señor? Pues resulta que ayer los chicos tenían miedo de meterse en un agujero, ¿y sabe usted quién se metió? Pues lo ha acertado, el capitán. Se figuraba que él tiraba mejor que el tipo que estaba en el otro extremo, porque siempre había sido así. ¿Y sabe qué pasó, señor mío? Después de cuatro veces de hacerlo, esta vez se equivocó, porque era demasiado corpachón para aquel agujero, porque era demasiado lento, demasiado viejo, porque tenía la cabeza llena de toda esa basura y pensaba volver a casa dentro de unos días y decirle adiós muy buenas a su mujer y a sus hijas, pero el Charlie que estaba al otro extremo del agujero le voló los sesos.

Ralph sintió que no se encontraba bien al oír aquellas palabras, al percatarse de la tristeza, de la amargura y la ironía de lo que había ocurrido. Ahora que le faltaban menos de dos semanas para regresar a su casa, lo mataban. Como había ocurrido a tantos otros. Pero éste era diferente. Bill Quinn era un tipo tan extraordinario, ¡y estaba tan enamorado de Paxton!

–¿Ya tiene su artículo, señor Johnson? –le preguntó Tony con amargura, sin tratar de disimular que estaba llorando.

–¿Ha tomado notas o prefiere venir y ver el cadáver? No volverá a casa hasta mañana por la tarde y supongo que ya no volverá con su amiga.

Bill Quinn no era el primer hombre que se había enamorado en Vietnam, ni tampoco el primero que engañaba a su mujer, pero daba la impresión de que el sargento se sentía ultrajado. Hacía tiempo que lo predecía. Una y otra vez había visto repetirse aquel hecho de hombres que se involucraban hasta tal punto con las mujeres, se encaprichaban tan locamente con ellas, que perdían totalmente la chaveta. Estaba completamente convencido de que la causa de la muerte de Bill era Paxton y no había nadie que pudiera hacerlo apear de aquella convicción. Para él, Paxton Andrews había matado a Bill Quinn y no había más que hablar.

–Esto la matará –dijo Ralph hablando consigo mismo más que con Campobello.

Tony, en el otro extremo del hilo, se secó los ojos con la manga.

–¡Ojalá! Se lo merece.

–No puede ser que lo diga en serio, ¿verdad?

–Sí, lo digo en serio –dijo con voz glacial–. Con tanto joder ha matado a mi capitán.

–Su capitán era una persona adulta y sabía lo que hacía.

Ralph tenía el pundonor de defender a Paxton delante de aquel hombre y ya estaba empezando a enfadarse. Paxton no había matado a nadie. En todo caso, se había herido a sí misma. Había buscado una oportunidad en aquella relación y había perdido, igual que ya le había ocurrido en otra ocasión. La guerra era así. Si uno quería atarse a cualquier cosa en esta tierra –un perro, un soldado, un niño– corría el riesgo de perderla.

–Él eligió, Campobello, igual que ella. Sabía perfectamente lo que hacía. Si ayer fue abatido, quiere decir que el tipo que estaba en el otro extremo debía ser sumamente hábil. No creo que Bill Quinn estuviera desprevenido en ningún momento.

Era sumamente rápido, extremadamente eficiente, sabía perfectamente qué se llevaba entre manos. En esto había una gran verdad, pero Tony Campobello no quería enterarse.

–¡Maldita sea! ¡No sé por qué tuvo que meterse en aquel agujero!

–¿Y por qué se metió, si puede saberse? –insistió Ralph.

–Qué sé yo, no sé qué quería demostrar con eso, quizás estaría pensando en ella.

–No era tan chapucero, ni tan estúpido, ni siquiera tan valiente.

Sabía, sin embargo, que todos los generales lo decían y que hasta el propio Bill lo había dicho: que para ser una rata de túnel había que estar un poco loco.

–Estaba loco, pero por la chica.

–Sí, claro, lo estaba –admitió Ralph, como queriendo quedar bien con los dos–, pero ese asunto sólo le concernía a él y no creo que hubiera permitido que se interfiriese en lo que hacía. No lo puedo creer. Y si usted lo cree, Campobello, le aconsejo que rectifique, aparte de que, si tanto le apreciaba, haría bien en callarse sus opiniones y en guardárselas para usted. Cuando esta chica se entere de la noticia, quedará destrozada, y no necesita que usted, encima, le diga todas esas cosas si da la casualidad de que sus caminos se cruzan algún día, cosa que espero que no suceda.

–Lo mismo digo.

–Por consideración a Bill Quinn, le pido por favor que mantenga la boca cerrada y se comporte como un caballero si alguna vez se cruza con ella.

–Váyase al cuerno, señor mío –escupió Tony Campobello a través del teléfono, mientras los ojos se le volvían a llenar de lágrimas–. Esa zorra ha matado a mi capitán.

Era como un niño pequeño junto a su madre muerta, dispuesto a acabar con el primero que se le acercase. Cuando, unos minutos más tarde, colgó por fin, Ralph se sentó un largo rato y miró desesperado por la ventana. ¿Qué demonios contaría ahora a Paxton?

France había escuchado todo el rato y, al ver que se levantaba de la cama para vestirse, se acercó y le puso la mano en el hombro.

–Siento mucho lo de tu amigo –dijo con su encantador acento francés, sus maneras suaves y su corazón amable.

Ralph se volvió hacia ella y la abrazó.

–Lo siento por los dos, en realidad –añadió France.

–También yo. Hace tiempo que se lo advertí a la chica.

–¿Por qué? –preguntó ella con dulzura.

–Pues porque consideré que se equivocaban. Se paga un precio demasiado alto si uno pierde. Quise advertírselo, pero no me escucharon.

–Quizá no podían escucharte.

Ella, en fin de cuentas, era más sabia que él. Lo observó mientras se vestía. Una hora más tarde, Ralph estaba en el Caravelle, llamando a la puerta de la habitación de Paxton con una expresión que no auguraba nada bueno. Pero al abrir la puerta, la vio vestida con sus pantalones tejanos, una camisa de Bill y las botas militares y la encontró encantadora.

–¿Te han dicho algo? –le preguntó muy nerviosa, apartándose para que él pudiera pasar.

Se había hecho ella misma la cama y, aparte de no haber cenado la noche anterior, tampoco había desayunado.

–Sí –dijo él con aire reservado al tiempo que entraba y echaba un vistazo alrededor.

Habría querido evitar este momento.

–¿Qué? –preguntó ella dejándose caer pesadamente en la butaca en la que solía echarse Bill–. ¿Qué diablos te han dicho?

¿Cómo decírselo? ¿Cómo darle la noticia?. Había hecho aquel papel centenares de veces y de pronto se sentía imposibilitado de representarlo una vez más, le era imposible porque, si lo hacía, sabía que podía matarla. Tenía treinta y nueve años y había visto, oído, olfateado y escrito sobre la muerte tantísimas veces que le parecía haber vivido cien vidas. Escondió la cara entre las manos y la miró. No tenía más remedio que decírselo.

–Ayer lo mataron, Pax.

La frase cayó como un mazazo en la habitación y por espacio de un minuto a Paxton le pareció que se derrumbaría, desmayada, en el suelo. La única cosa que ahora tenía presente en sus pensamientos era el recuerdo de la cara de Ed Wilson el día en que fue a comunicarle la noticia de la muerte de Peter y el dolor de su propio corazón al estrellarse en el suelo. Esta vez, sentada en la cama, tuvo la sensación de hundirse lentamente en ella mientras mantenía los ojos fijos en Ralph, como si se negara a aceptar lo que le había dicho.

–No es verdad.

–Lo es –asintió Ralph–. Se metió en un túnel y Charlie lo atrapó. Ocurrió muy rápidamente, no sufrió. El resto no tiene importancia.

No sabía si era verdad o no, pero sabía que tenía que decirlo. Desde el lugar donde estaba sentado, le tendió la mano, pero Paxton tenía los ojos clavados en él y no la tomó.

–¿Puedo verlo?

Titubeó un momento y recordó que Tony le había dicho que le habían volado la cabeza, por lo que dijo:

–No me parece oportuno. Además, mañana envían su cadáver a casa.

–Con dos semanas de adelanto –dijo Paxton, dejando volar sus pesamientos.

Estaba allí sentada, mirando fijamente el espacio, pálida como una muerta, vestida con aquella camisa de Bill, sumida en aquella sensación de que todo había terminado para ella. Tenía casi veintitrés años y había perdido en aquella miserable guerra a los dos únicos hombres que había amado. Sí, seguramente todo había terminado para ella.

–Te advertí que esto podía ocurrir, Pax, y tú también lo sabías. Es el riesgo que corremos todos al venir a este país. Esta tarde me puede tocar a mí o a ti. Le tocó a él como le hubiera podido tocar a otro cualquiera.

–Pero no le tocó a otro, sino a él.

Lentamente comenzaron a correr lágrimas por sus mejillas. Ralph se sentó en la cama, a su lado, y la rodeó con sus brazos mientras ella seguía llorando un tiempo que se le antojaron horas. Era un dolor sordo pero que no cesaba, como el fragor de un trueno interminable.

–Lo siento mucho –dijo Ralph.

Pero Paxton estaba fuera del alcance de las palabras, más allá de cualquier consuelo posible. Ya no le quedaba nada, ya no tenía nada, lo había perdido todo. Bill había desaparecido. Era sólo un recuerdo. De él no le quedaba más que aquel brazalete que le había regalado en Navidad. Lo contempló con mirada ausente y de pronto se dio cuenta de que el ejército enviaría a Debbie, a San Francisco, todos sus efectos personales, y con ellos los libros que ella le había regalado, todos dedicados, las baratijas que le había dado, las fotografías que se habían hecho en Vung Tau, las cartas que ella le había enviado...

–¡Oh, Dios mío! Hay que evitarlo.

Ralph se figuró que hablaba de la muerte de Bill, pero Paxton le explicó en seguida a qué se refería.

–Tenemos que impedirlo.

–Ya ha ocurrido en otras ocasiones con otros soldados, Pax. Su mujer tendrá que hacerse cargo de que Bill estaba en una zona de guerra y de que llevaba mucho tiempo aquí. La gente cambia.

–Pero eso no está bien. ¿Por qué tenemos que permitir que tenga que vivir bajo esa impresión –se acordaba de su madre y de que su padre había muerto en compañía de otra mujer–. Y también están las niñas. ¿No podemos evitarlo?

–Pues no lo sé.

Se quedó pensativo unos momentos y se admiró de que Paxton pensara en aquello, aunque no sabía qué podía hacer exactamente. El ejército se mostraba sumamente estricto en el asunto del envío a la familia de los efectos personales de los muertos. Lo enviaban todo, incluso la ropa interior y las postales, lo que demostraba que tenía razones para preocuparse.

–¿Con quién se podría hablar?

Los dos pensaron simultáneamente en el mismo hombre, pero Paxton fue la primera en pronunciar su nombre: Campobello.

–¡Dios mío! No creo que quiera hacerme este favor, Pax.

–Entonces lo llamaré yo, mejor dicho, iré a verlo. Él también debe estar muy afectado.

La verdad era que Paxton se quedaba muy corta y Ralph no quiso ponerla al corriente de los sentimientos que abrigaba aquel muchacho en relación con ella ni de que la juzgaba responsable de la muerte de Bill.

–Oye, ¿por qué no dejas que me ocupe personalmente de este asunto?

Paxton se sonó y su voz tembló al responder.

–No, tengo que hacerlo yo. Se lo debo a Bill. Iré yo misma.

–Te acompañaré.

Paxton no tenía ni idea de dónde se metía, pero todos los esfuerzos de Ralph por disuadirla resultaron inútiles. El cometido de ahorrar a Debbie el conocimiento de sus relaciones con Bill parecía haberle prestado alas y un mayor control de sus sentimientos de dolor durante el trayecto a Cu Chi. Pero al llegar allí, Ralph no estaba preparado para la sorpresa de encontrar a Campobello en seguida y menos aún para presenciar el ataque casi físico contra Paxton, pero Ralph lo sujetó por los hombros y lo sacudió con fuerza.

–¡Por el amor de Dios! ¡Basta ya! ¿No ves en qué estado se encuentra?

–¡Demasiado bien está! –le gritó Campobello mientras las lágrimas corrían por sus mejillas y temblaba junto al coche, temblaba incontroladamente por lo que acababa de decirle.

Era más de lo que había dicho a Ralph por teléfono y pronunciado con más veneno todavía.

–¿Quieres ver cómo ha quedado?

–¡Por favor! –exclamó Paxton cayendo de rodillas y gimiendo horriblemente mientras Campobello la miraba, pálido–. ¡Por favor, se lo pido! ¡No siga! Yo le amaba.

Y de pronto, en el lugar donde se encontraban, con unos soldados a distancia que contemplaban la escena y adivinaban a medias lo que ocurría, se produjo un gran silencio. Campobello estaba pálido y tembloroso en manos de Ralph, mientras Paxton lo contemplaba con ojos llenos de odio.

–Yo le amaba. ¿Es que no lo entiende? –repitió, mientras Campobello continuaba llorando.

–También yo le amaba. Habría dado la vida por él. Una vez me salvó la mía en uno de esos malditos agujeros, pero esta vez no pude ayudarle.

–Nadie podía ayudarle, hombre –le dijo Ralph, soltándolo–, aquí no hay nadie que pudiera ayudarle. Ocurre o no ocurre. Fíjate en todos los tipos que tienen tantísimo cuidado, que no se mojan nunca y que la palman el día antes de volver a casa, y en cambio otros son descuidados y andan siempre medio borrachos y no reciben ni un rasguño. Es el destino, el hado, Dios, llámalo como quieras. Pero odiar a la gente no sirve de nada.

Campobello también lo sabía y precisamente esto le enloquecía. Quería tener a alguien a quien culpar, alguien en quien descargarse. Muchos de sus compañeros habían muerto y ahora también el capitán al que admiraba, el hombre que le había salvado la vida, el que había sido su amigo, el que había reído con él, bebido con él, su compañero de fatigas. Él había desaparecido y a alguien había que culpar. Se había empeñado en echársela a Paxton.

Ralph le explicó con toda tranquilidad a qué habían venido y Campobello pareció sobresaltarse.

–¿Puede ayudarnos? Paxton tiene razón. No podemos consentir que esas cosas vayan a parar a manos de su mujer.

El sargento volvió a contemplar a Paxton con odio, sintiendo que el veneno renacía en él, pero ella ya estaba de pie y le miraba con aire dolorido pero decidida.

–¿Tiene miedo de que la descubran? ¿Es eso? –le preguntó.

–No –dijo ella moviendo negativamente la cabeza–, tengo miedo de dar un disgusto a su mujer y a sus hijas. Bill también las quería. No hay razón para darles ese disgusto a su mujer y a sus hijas. Nosotros habíamos hablado de matrimonio, pero ahora ya no tiene por qué saberlo nadie –y a continuación, aun cuando no le debía nada, quiso hablarle de su padre–. Murió en un accidente de aviación acompañado de otra mujer y mi madre ha tenido que vivir con esta realidad el resto de su vida. Desde que mi hermano me lo explicó un día siempre me he preguntado por qué tuvo que ser así. Todos nos lo preguntamos. En el caso de mis padres yo conocía el motivo, pero seguía siendo una contrariedad. Ni nosotros necesitábamos saberlo ni ellas tampoco. Basta y sobra con el hecho de que haya muerto. Me gustaría que me devolvieran mis cosas.

–¿Qué cosas?

Campobello la miraba con desconfianza y resultaba evidente que seguía odiándola.

–Tres libros de poemas con una dedicatoria y un fajo de cartas y fotografías. Lo demás no importa –y añadió un tanto cohibida–: También le había comprado ropa interior divertida en Navidad y en alguna parte debe tener guardado un mechón de mis cabellos. Me parece que son las únicas cosas que podrían importar.

–¿Se puede saber por qué quiere esas cosas? –siguió preguntando, acercándosele más y con actitud de no descartar que pudiese existir alguna razón oculta.

–Ya le he dicho el motivo. Lo ocurrido nos ha sumido a todos en el dolor. Su mujer no tiene necesidad de enterarse de lo demás.

Por un instante, un brevísimo instante, aquel chico pensó que Paxton era una buena persona, cosa que todavía aumentó su tristeza. Y todavía se sentía más triste porque pensaba que Bill Quinn la había amado, que quizás había muerto por ella. Todos estaban cansados, confusos y sobreexcitados. Todos –Quinn, Campobello, Ralph e incluso Paxton– llevaban demasiado tiempo en Vietnam.

–¿Volverá usted a su casa después de esto? –le preguntó el sargento, olvidando casi que Ralph estaba presente.

Paxton tenía los ojos llenos de lágrimas al contestar.

–No lo sé –dijo encogiéndose de hombros–, supongo que sí.

–Iré a buscar todo eso. Esperen un momento –dijo Campobello.

Estuvo media hora ausente, mientras Paxton seguía llorando y Ralph fumaba su habitual Ruby Queen. Finalmente volvió con un paquetito.

–He encontrado los libros, las fotografías, las cartas y la ropa interior, pero no he encontrado el mechón de cabellos. Como no está entre sus cosas, no importa.

Paxton pensó que probablemente lo llevaba encima cuando murió, pero no dijo nada por miedo a indignar a Campobello más de lo que estaba.

–Gracias –dijo con voz queda, procurando dominarse y tomando el paquete de sus manos.

Paxton se había convertido en una mujer débil y digna de compasión. Sólo quedaba aquello del inmenso amor que había sentido por Bill, sólo quedaba aquel paquetito de tantas esperanzas y tantos sueños. Como las ciudades que el ejército tenía que incendiar para ahuyentar al vietcong, dejando tan sólo escombros y cenizas.

El sargento Campobello se quedó mirándola mientras ella montaba en el coche de Ralph; finalmente la llamó.

–¡Eh!

El chico no quería pronunciar su nombre, pero Paxton se detuvo y miró a aquel hombre que la odiaba tanto y que la responsabilizaba de la muerte de Bill.

–Lo siento –dijo el soldado con labios temblorosos.

Paxton no estaba segura de si sentía haber estado tan duro con ella o la desaparición de Bill, pero en cualquier caso ella lo sentía también.

–Yo también –dijo Paxton mientras se acomodaba en el coche.

Campobello seguía mirándolos cuando, dejando atrás la base, enfilaron la carretera con destino a Saigón.

17

–Tienes que volver a casa, nena.

Ralph permanecía en la habitación del Caravelle y Paxton estaba sentada en la cama, ahora con una expresión agresiva en el rostro y los brazos cruzados. Nixon había prestado juramento la semana anterior y hacía un mes que Bill había muerto. De momento había retrasado la vuelta a casa un mes más.

–Aquí no te queda nada. Ya has hecho tus seis meses, el periódico quiere que regreses, Bill no volverá y los teletipos que recibo en mi despacho me van a volver loco. Quieren que regreses, Pax. Hace siete meses que estas aquí. Ya es hora de regresar.

–¿Por qué? Tú llevas años aquí.

–Mi caso es diferente. Yo estoy destinado aquí y no me espera nadie. No importo a nadie. Mis padres están muertos, hace diez años que no veo a mi hermana y vivo aquí con una mujer que va a tener un hijo mío. Tengo razones para quedarme, tú no. Además empiezas a perder la chaveta en estas tierras. Como esos chicos que llevan demasiado tiempo metiéndose en los túneles. Vuelve a casa, respira un poco de aire fresco, tómate un buen descanso y, si tanto te gusta estar aquí, que te vuelvan a enviar los del periódico o busca a alguien más que te envíe. Pero si no regresas ahora, vas a hacer alguna tontería.

Había ido a otras dos misiones con Nigel y Jean-Pierre y, por las cosas que Paxton escribía, Ralph habría podido asegurar que estaba demasiado sobreexcitada para que su permanencia en Vietnam pudiera ser de utilidad para nadie, ni siquiera para ella.

–Vete antes de que tenga que llamarlos y decirles que vengan por ti.

Ralph también sabía que Paxton había dejado de preocuparse por lo que comía, que estaba pasando un proceso de disentería y que tenía momentos de fiebre. Desde la muerte de Bill estaba muy desmejorada, pero aunque sufría, procuraba no demostrarlo. Era una muerta que caminaba, si bien no estaba dispuesta a admitirlo.

–¿Estás dispuesta a sentar la cabeza? ¿Puedo enviarte a casa o debo avisarles que vengan a buscarte? Te aseguro que vendrán. Ese tipo de San Francisco está empezando a ponerse nervioso y dice que llamemos al embajador y que, si no quieres marcharte, te expulse del país.

–¡Está bien, está bien! Me iré, has ganado.

Ralph suspiró aliviado. Estaba muy preocupado por ella. También había encontrado una vez a Campobello en el economato y le había parecido que estaba más calmado. La muerte de Bill Quinn había sido una importante pérdida para todos.

–¡Estupendo! ¿Cuándo? ¿Te parece bien mañana?

–¿Por qué tan pronto?

Quería que le dejase más tiempo. No tenía ganas de marcharse, tal vez porque Bill había muerto en aquel país. Quedarse en Saigón era como quedarse con él, en la habitación que habían compartido, en los restaurantes que habían frecuentado.

–¿Por qué no? –contestó Ralph–. Puedo conseguirte un pasaje para mañana por la mañana. Antes de mediodía sale un Freedom Bird y quiero verte montada en él.

–Lo que quieres es deshacerte de mí –dijo Paxton sonriendo a través de las lágrimas.

Odiaba tener que dejarlo, tener que dejar a toda la gente que había conocido e incluso dejar el ruido, los olores, la locura de Saigón. Era curioso, pero había empezado a amar aquella ciudad.

–Estoy celoso de tus artículos –dijo él en son de broma–, y si te quedas, ya puedo despedirme del Pulitzer.

–¿Irás a verme a San Francisco? –le preguntó tristemente.

–¿Piensas ir a San Francisco?

Ahora que Paxton había admitido que se marcharía al día siguiente, Ralph se sentía más tranquilo.

–Supongo que sí. No lo sé todavía. Me quedaré si me dan trabajo en el periódico.

Lleno de admiración, le dedicó una sonrisa. Después de siete meses, había aprendido a quererla como a una hermana pequeña y la echaría mucho de menos.

–Si no te dan trabajo quiere decir que son imbéciles, porque has de saber, señora mía, que eres una reportera fabulosa.

–Viniendo de ti, el elogio vale mucho –dijo Paxton llena de agradecimento y cariño–. Te aseguro que te echaré mucho de menos. ¿Quieres que cenemos juntos esta noche?

–Por supuesto.

Se presentó solo. Había dejado a France y An en casa, como hacía a menudo. No le gustaba mucho que alternara con los demás compañeros de profesión. Y hoy quería estar solo con Paxton.

–¿Serás feliz en Estados Unidos? –le preguntó muy serio después del segundo whisky.

–Pues supongo que sí –dijo Paxton con la misma mirada clavada en el vaso como si pudiera encontrar todas las respuestas dentro de él–. En realidad no lo sé –y levantando los ojos añadió–: ¿Crees que uno vuelve a ser el mismo de antes después de haber pasado por aquí?

–No –dijo él sinceramente–, pero unos lo disimulan mejor que otros. Quizá no has estado aquí tanto tiempo para que la estancia haya podido cambiarte.

–Yo diría que sí me ha cambiado.

Él también lo temía, sobre todo por ella.

–Quizá sólo te lo figuras por lo de Bill –dijo Ralph, esperanzado.

Había visto personas convertidas en verdaderas ruinas a causa de Vietnam. La droga, las enfermedades venéreas, los peligros, las heridas recibidas y los extraños cambios que operaba en el espíritu. ¡Era un país tan bello y tan equivocada nuestra presencia en él! Para muchas personas era algo desesperadamente confuso. Ralph, sin embargo, tenía la esperanza de que ella no hubiera permanecido en el país el tiempo suficiente para quedar envenenada por él y de que no se hubiera enamorado de aquella tierra hasta el punto de no poder olvidarla.

–Te hará bien volver a casa. Después de la tempestad viene la calma.

Aunque Ralph sonrió, ahora ella no le correspondió.

–A todo el mundo le hace bien volver a casa; quizá también te lo hará a ti algún día –dijo Paxton con voz suave–. ¡No sabes cuánto me gustaría volver a verte en Estados Unidos! Es muy duro tener que volver. ¿Cómo le cuentas a la gente lo que has visto aquí?

–¿Está enterada tu familia de lo de Bill?

Paxton negó con un gesto. No se lo había dicho a nadie. Había estado esperando para ver qué decidía hacer Bill con su matrimonio. Quizá no se habría decidido nunca abandonar su mujer, ya que ésta era una posibilidad que había subsistido siempre entre los dos.

–No creo que se lo cuente ahora. No tiene objeto.

Ralph asintió. Eran muchas las cosas de Saigón que nunca se podrían contar a nadie.

Bebieron hasta las cuatro de la mañana y Ralph volvió al hotel por la mañana para llevarla al aeropuerto. Paxton llevaba el mismo macuto que había traído de Estados Unidos, la misma maletita. El mismo dolor en su corazón, salvo que ahora era considerablemente más grande. Había perdido dos hombres en Vietnam. Y a pesar de ello era un país que había acabado por amar.

–Hazte el favor que voy a decirte, Pax –le dijo Ralph con una sonrisa triste al despedirse–. Olvídate de este lugar lo más rápidamente que puedas; si no lo haces, te matará.

Algo en ella le decía que tenía razón, si bien otra parte de su ser la avisaba de que no se desprendiese nunca de aquel recuerdo, en parte también porque ella así lo quería.

–Cuídate mucho, Ralph –dijo abrazándolo con afecto–. ¿Sabes una cosa? Pues que te quiero mucho.

Cuando se separaron había lágrimas en los ojos de Ralph y, antes de que Paxton montara en el avión, las últimas palabras que él le dijo fueron:

–Yo también te quiero, Delta Delta.

18

Paxton aterrizó en el aeropuerto de Oakland después de un vuelo de diecisiete horas en un avión contratado por World Airways. Durante el vuelo habló un poco con varios soldados que retornaban a casa, pero todo el mundo estaba tan agotado, tan quemado y asustado de volver, que nadie tenía ganas de hablar con nadie, ni siquiera con una rubia tan bonita como Paxton. Todos habían esperado tanto aquel día, habían soñado tanto con él, que estaban aterrados ante el regreso. ¿Qué dirían? ¿Cómo se explica a otra persona lo que se siente cuando se mata a un hombre? ¿Cómo se cuenta a la gente qué supone matar a un semejante que tienes ante ti, hundirle la bayoneta en el vientre, disparar contra un francotirador que después resultà ser una mujer? ¿Cómo explicar que un niño de nueve años lanzó una granada de mano y mató a tu compañero y que después tú te precipitaste en el bosque, lo arrastraste por el suelo y le diste muerte? ¿Cómo contar estas cosas? Los atardeceres en la montaña, el verdor de Vietnam, sus sonidos, sus olores, sus gentes, hablarles de aquella chica que ni siquiera sabía pronunciar tu nombre pero que amabas. No se podía contar nada. Por eso todos volvían en silencio.

Cuando Paxton bajó del avión con su falda y su blusa, el cabello recogido en un moño, calzada con las sandalias rojas, ahora ya tan viejas, costaba creer que volvía a casa, porque ella ya no tenía la impresión de que aquélla fuera su casa. Su casa era Saigón y una habitación del Caravelle. ¿O era la casa que había compartido un tiempo con Peter en Berkeley? ¿O la casa de los Wilson? ¿O la casa de su madre en Savannah? No fue hasta que bajó del avión cuando se dio cuenta de que ya no tenía casa, especialmente cuando un muchacho, a su lado, moviendo la cabeza, murmuró:

–¡Uf, qué raro es esto de volver de Vietnam!

Paxton sabía qué quería decir, porque a ella también se lo parecía.

Ed Wilson había enviado un coche a recogerla y Paxton viajó, tranquila, sentada en el asiento trasero, camino del periódico. Pero no estaba preparada para la recepción que tuvo. Se sentía como una heroína en un país extranjero, especialmente cuando los editores y otras personas que no conocía le estrecharon la mano y la colmaron de elogios por el extraordinario trabajo realizado en Saigón. Estaba estupefacta, no tenía la más mínima idea de lo que le decían. Al agradecerles sus palabras, le resbalaban lágrimas por las mejillas. Por fin se quedó sola con Ed Wilson, quien después de mirarla intensamente, pudo valorar el terrible precio que Paxton había pagado por su estancia en Vietnam. Había cambiado. Estaba más delgada e incluso algo demacrada pero, aparte de esto, había algo en sus ojos que le asustaba. Era como una tristeza inmensa, como si hubiera puesto años y se hubiera hecho más sabia. Había visto morir gente, había sido testigo de combates...

–No lo has pasado muy bien –le dijo, sin preguntarle nada.

Paxton contestó con una sonrisa.

–Estoy contenta de haber ido.

Y lo decía en serio, porque pensaba en Bill, en Ralph y en sí misma. Y porque en cierto modo tenía la impresión de que era una deuda que tenía con Peter y con su país.

–Me gustaría que te quedaras en casa y descansaras un poco, Paxton, y después que volvieras al periódico y te dedicaras a escribir sobre lo que quisieras. Has hecho un buen trabajo y nos gustaría quedarnos contigo y que tuvieras una sección propia.

Estaba emocionada y complacida y pensaba quedarse con lo que le ofrecía, pero en su corazón todavía subsistía un recelo cuando pensaba en la columna que había escrito desde Saigón.

–¿Habrá otra persona que se ocupe de la columna «Mensaje de Vietnam»?

Ed Wilson movió negativamente la cabeza y sonrió, sabiendo que todos los periodistas eran iguales. Las secciones que llevaban eran como hijos suyos.

–Nixon ha prometido terminar con la guerra y considero que en un futuro podemos sacar los informes de Saigón a través de la Associated Press.

–Tiene gente estupenda –dijo Paxton pensando en Ralph, aunque la sonrisa de orgullo que Ed Wilson lucía en su cara estaba enteramente consagrada a ella.

–Tú entre otros, Paxton –dijo sinceramente–, no sabes la sorpresa que me has dado. No sabía que llevabas tantas cosas dentro. Me figuraba que habrías vuelto al mes de estar allí, horrorizada ante lo que allí acontece.

–Al principio estaba realmente horrorizada, pero tenía la impresión de que mi trabajo era útil.

–Puedes estar segura. Durante estas últimas semanas me parecía que nunca te decidirías a volver a San Francisco –y frunciendo el ceño añadió–: A propósito, ¿cuál ha sido la causa del retraso?

Paxton se quedó un minuto sin saber qué contestar. ¿Qué podía decirle? ¿Que el hombre que amaba había muerto? ¿Otro más?

–Pues, pasa que una se involucra en las cosas que ocurren y cuesta mucho liar los bártulos y marcharse.

–Comprendo. Bueno, primero que nada tienes que descansar y dentro de unas semanas puedes volver por aquí, cuando te sientas con ganas.

Paxton se preguntaba cuándo tendría ganas de hacerlo y, recordando que debía buscar un hotel, echó una ojeada al reloj. Pero el periódico ya se había ocupado de todo.

–Te hemos reservado una suite en el Fairmont. Marjorie quería que te vinieras a casa, pero he pensado que necesitarías descansar y que ahora debes sentirte totalmente independiente.

También había dicho a Marjorie que, por si portaba alguna enfermedad del Vietnam, mejor sería que no durmiera en la habitación de los invitados.

Había puesto a su disposición un coche y un chófer y los Wilson la esperaban para cenar. Pero la hora de la cena llegaba para ella con quince horas de retraso y Paxton a duras penas pudo mantener abiertos los ojos. Fue un encuentro emotivo para todos y Paxton tuvo la sensación de que esperaban que les explicase por qué había muerto Peter, si bien ella no había vuelto con respuestas, sino más bien con más preguntas.

Gabby charló incansablemente durante toda la cena explicando las gracias de Marjie, informándolos acerca de lo movido que era Peter y cantando las excelencias de su nueva casa. Tenían las paredes tapizadas de telas Fortuny, papel Brunschwig en algunas habitaciones y cortinajes azules en el dormitorio. Paxton, agotada después del viaje, por dos veces se equivocó al dirigirse a ella y la llamó Debbie. Le parecía que no podía asumir la realidad. Todo aquello le resultaba excesivo, aparte de que sus respectivas vidas durante los últimos siete meses habían sido radicalmente diferentes. En más de una ocasión se vio obligada a refrenar las lágrimas que pugnaban por saltarle de los ojos y el deseo de decirle que ya no podía soportar aquello por más tiempo. Añoraba los sonidos y los olores de Saigón, su habitación del Caravelle. Peter, Bill... Cuando salió de la casa la cabeza le daba vueltas. Al volver al hotel se metió en la cama, pero se quedó despierta horas y más horas. Se sentía vulnerable, cansada, destrozada. Por fin se durmió cuando ya salía el sol. Dos horas más tarde la despertaba el telefonista de recepción. Tenía que levantarse, ducharse, cambiarse y tomar el avión hacia Savannah.

Después, las cosas todavía empeoraron. Se había traído toda la ropa equivocada y no tenía nada que contar a nadie. No estaba en disposición de enfrentarse con la Liga Junior, ni con el club de bridge que frecuentaba su madre, ni estaba dispuesta tampoco a asistir al banquete que habían planeado ofrecerle las Hijas de la Guerra Civil. Todos decían que querían saber cosas de la guerra de Vietnam, pero no era verdad. No querían saber nada del hedor de la muerte, ni del chico de Miami que había perdido el brazo, ni de los mendigos sin brazos ni piernas que se arrastraban por el suelo en la terraza del Continental Palace al atardecer. No querían saber nada de enfermedades venéras, de drogas, de chicos que morían a manos del vietcong, de viejos y niños abatidos de un disparo. No querían saber de aquello que te rompía el corazón, pero que en realidad te enamoraba.

Todo lo que pudo decirles fue que sentía mucho estar tan cansada, tan enferma, tan delgada y tan totalmente incapaz de contarles nada. Lo que ellos hubieran querido habría sido una película limpia y pulcra que les contase la guerra, sin huesos, sin sangre, sin metralla, sin trozos de carne volando por los aires y estrellándose sobre ti, sin jóvenes muertos, sin la agonía de un pueblo.

Paxton nunca se había sentido tan sola como en Savannah. Jamás había tenido tan mal aspecto y jamás había echado tanto de menos a Queenie. Sin embargo, sabía que a Queenie tampoco le habría podido contar nada. Se había hecho mayor, estaba sola, era una extraña. Era imposible hablar de todo aquello con nadie, salvo si había estado allí. Salió con unos amigos, pese a que después lo lamentó, un día que se encontró con un compañero en un bar. Estuvieron hablando y, por fin, tuvo la suerte de poder conectar con alguien. Hablaron de Ben Suc, de Cu Chi, de Nha Trang, de Bien Hoa, de Long Binh, de Hue y de Vung Tau, donde ella y Bill habían pasado el primer fin de semana. Era como un lenguaje secreto entre viejos amigos y fue el único día agradable de las dos semanas que pasó en Savannah. Se estrecharon las manos con gran cordialidad y aquella noche Paxton se acostó sintiéndose mucho menos sola.

También lo pasó muy mal hablando con su madre. Ésta se figuraba que Paxton seguía apenada por lo de Peter e ignoraba que había muchísimo más que eso. En todo caso, si estaba apenada era por su juventud perdida, por un país que ya no volvería a ver nunca, por dos hombres que había amado y por una parte de su propia persona que se había quedado con ellos para siempre.

Su hermano acabó de hacerle perder la paciencia. Finalmente, cargada con unos cuantos vestidos nuevos, que parecían más adecuados que sus botas de combate, que sin embargo conservó también, a mediados de febrero Paxton regresó a San Francisco.

Comenzó entonces a trabajar seriamente en el *Sun,* cuya administración se encargó de instalarla en un hotel, donde vivió varias semanas hasta que encontró un pequeño apartamento. Cada noche se hacía el propósito de telefonear a Gabby, pero siempre acababa por comprender que no le era posible. No tenía nada que decirle, ni ganas de ver su nueva casa ni sus nuevas cortinas, y además encontraba que Matt era pesado y ampuloso y que los dos eran muy artificiales. Para ella eran insignificantes. Aquellos días en que habían estado tan unidas habían terminado para siempre, la gente que había amado entonces había desaparecido. Ya no quedaba nadie. Incluso odiaba sus escritos en el periódico.

Debido a su estancia en Vietnam, le habían encargado comentar los acontecimientos políticos locales, cosa que le resultaba increíblemente aburrida. El señor Wilson la instaba a que, si le era posible, siguiera los cursos nocturnos y terminara sus estudios en Berkeley, pero ella no se consideraba capaz de hacerlo, porque encontraba que todo era tedioso y que no tenía sentido ninguno. Aparte de esto, se encontraba siempre cansada y por la noche, cuando llegaba la hora de volver a casa, estaba desesperada. Tenía veintitrés años y le parecía que su vida había terminado y que las únicas personas con que le era posible hablar era con aquellas que habían estado en Vietnam.

En ocasiones, se tropezaba con alguien que conocía el país y de pronto los dos comenzaban a hablar de su vida allí y charlaban horas y horas. Después se iba cada uno por su lado y volvía a reinar el silencio de antes. De cuando en cuando se enteraba también de que la gente de Vietnam luchaba y ganaba, pero a veces también perdía y moría. Tenía la sensación de que estaba perdiéndoselo todo por no estar allí. Hasta que terminara la contienda, el único sitio donde deseaba estar era Saigón. Trató de explicárselo al editor un día y éste sonrió y le dijo que llevaba perfectamente las tareas que le habían encargado.

Paxton continuaba leyendo las noticias que informaban sobre Vietnam y se preguntaba qué hacían Ralph y los demás. ¿Por qué seguían allí? ¿Por qué había tenido que volver ella? ¿Qué había hecho mal para merecer aquello?

Y, contrariamente a las promesas que había escuchado

entre el público de los Estados Unidos, los ataques eran todavía más terribles y las bajas iban en aumento.

En mayo, después de cuatro meses de estar en casa, se dio cuenta de que no podía soportarlo por más tiempo. Peter hacía más de un año que había muerto. Había asistido a una ceremonia celebrada ante su tumba, pero se sentía tan muerta como él. Por lo menos Peter y Bill habían vivido y habían muerto, habían venido y se habían ido, pero ella no hacía más que vegetar, escribir sobre cosas que en realidad no le importaban, siempre bajo la impresión de que había desperdiciado su vida.

Finalmente, el primero de junio, antes de que Nixon viajara a Midway para entrevistarse con Thieu y acceder a retirar veinticinco mil soldados de Vietnam, Paxton tomó una decisión. Se dirigió al despacho de Ed Wilson con la impresión de sentirse mejor en aquel momento que en todos los últimos meses y por lo menos segura de sí misma. Le pidió que volviera a darle su columna y con toda la delicadeza posible le anunció que, si ellos no la mandaban a Saigón, buscaría a alguien que la enviase.

Ed Wilson se escandalizó e incluso llegó a preguntarse si había sido excesivo para ella el tiempo pasado en Vietnam y si estaría algo trastornada.

–¡Por el amor de Dios! ¿Por qué quieres volver a Vietnam? Pero, Paxton, ¿no te das cuenta de que nuestros chicos harían lo que fuera para evitarlo?

Era un grito lejano, que se remontaba a aquellos tiempos en que Vietnam había costado la vida de su hijo.

–¿Por qué quieres volver allá?

–Porque lo necesito –trató desesperadamente de explicárselo–, porque aquí no hago nada, porque en realidad nadie entiende qué ocurre en aquella tierra salvo quienes lo saben.

–¿Y tú lo entiendes? –le preguntó lleno de escepticismo.

–No, pero lo he visto. Sé cómo es, nadie tiene que explicármelo. No puedo quedarme tranquilamente aquí sentada hablando de coches, de cortinas, de niños y de barbacoas mientras sé lo que está ocuriendo allí. Señor Wilson, necesito volver a Vietnam.

A Ed Wilson le parecía un desatino, pero la chica era bastante mayor para decidir por sí misma y, por otra parte, era indudable que su columna había sido buena para el periódico. Al cesar la publicación de sus artículos se habían recibido muchas quejas, pero ellos no habían encontrado ningún otro periodista dispuesto a ir a Saigón.

–¿Y qué piensa tu familia?

–Todavía no les he dicho nada.

–¿Y si te matan? –le preguntó a bocajarro.

–Querrá decir que ése era mi destino –dijo llena de serenidad–, como lo fue el de Peter.

Ed Wilson asintió. Él había acabado por aceptarlo, pero no Marjorie, todavía. Ella seguía denostando al destino por aquella injusticia. Él también sabía que lo era, pero por lo menos comprendía que estas cosas ocurrían.

–¿Cuánto tiempo piensas quedarte en Saigón esta vez, Paxton?

–Pues no lo sé –dijo, pensativa, mientras se sentaba–, tal vez un año. Aproximadamente un año. De hecho, es una cuestión que dejaré en el aire.

Le dirigió una sonrisa, contenta por primera vez después de cuatro meses.

–Se lo haré saber cuando no pueda soportarlo por más tiempo. Tal vez cuando termine la guerra.

–Paxton –le dijo mirándola fijamente–, ¿estás segura de que es lo que quieres?

Viendo que la chica asentía, decidió satisfacer su curiosidad, ya que no le cabía en la cabeza que Paxton quisiera volver a Vietnam.

–¿Es que tienes alguna relación con alguien que está allí?

Paxton sabía a qué se refería, pero se limitó a mover negativamente la cabeza.

–Sólo amigos, unos cuantos locos como yo –dijo pensando en Ralph y en los demás–, que necesitan apurar la copa hasta el final, igual que yo.

–Pues espero que pronto pueda apurarse –dijo tristemente, ofreciéndole un salario que la dejó sorprendida–. Puedes alojarte en el mismo hotel o en otro mejor, si es que lo hay. Haz lo que te plazca, Paxton, tienes carta blanca.

Ed Wilson se levantó, la besó y ella le dio las gracias. Salió del despacho radiante de felicidad.

–Alguien ha conseguido un aumento –dijo uno de los editores al verla salir y dirigirse hacia ellos.

–Puedes asegurarlo –dijo volviéndose con una mueca–. Acabo de recuperar mi columna y me han enviado a Saigón.

–¡Pues vaya mala pata! –exclamó una de las chicas, moviendo la cabeza.

Era imposible que nadie lo comprendiese.

Cuando volvió a su despacho, Paxton redactó un telegrama dirigido a Ralph Johnson, oficina de la Associated Press en el edificio Edén, de Saigón. El telegrama decía: «Regreso tan pronto como encuentre vuelo. Prepárate. Saludos afectuosos, Delta Delta». Envió el telegrama y regresó a su casa para hacer las maletas y llamar a su madre y a Gabby. Su madre quedó aterrada, pero en realidad nada sorprendida. Gabby, que estaba esperando la llegada de su tercer hijo, se echó a llorar. Pero Paxton ahora debía decidir por sí misma. Dos días más tarde viajaba en un avión rumbo a Saigón.

19

La llegada de Paxton a Tan Son Nhut fue esta vez para ella como un regreso a casa. Echó una mirada a su alrededor y contempló aquella base que le era familiar con más calor del que había sentido cuando había vuelto a Savannah. Inmediatamente se sintió como en casa y comprendió que había obrado acertadamente. Un taxi la condujo a través de la avenida Tu Do hasta el Caravelle, donde había vivido el año anterior. Era extraño pensar que había estado ausente cinco meses, aunque ahora finalmente se sentía como en casa. Al marcharse se había sentido como muerta, pero ahora volvía a estar viva.

Dejó las maletas en el hotel y dio instrucciones al taxista para que la llevara al edificio Edén, situado en la plaza, y al pasar por delante de la estatua de los Marines no pudo evitar una sonrisa. Apenas podía esperar a ver a Ralph. Le descubrió sólo entrar, con su aire atormentado y quejoso, recién llegado de una misión de combate. Estaba de espaldas y en aquel momento despotricaba contra el chófer inexperto que les había tocado en suerte. Paxton se acercó a él lentamente y le dio unos golpecitos en la espalda. Al verla, sus labios dibujaron una amplia sonrisa y le echó los brazos al cuello.

–¡Delta Delta! ¡Si no me lo puedo creer! ¿Serás loca? ¿Qué demonios has venido a hacer aquí cuando podrías estar tranquilamente en San Francisco?

–¿En serio? ¿Quién te lo ha dicho? He escrito artículos sobre todos los asquerosos actos políticos que se han celebrado, sobre todas las manifestaciones de protestas y si hubiera tenido que asistir a uno más me pongo a vomitar.

–¡Bienvenida! –dijo muy sereno, auténticamente complacido de verla.

–Gracias.

Sus ojos se encontraron y los dos sostuvieron la mirada. Ambos habían pasado por momentos difíciles y ella le debía todo cuanto sabía acerca de Vietnam.

–¿Estás demasiado cansada para una copa? ¿Cuándo has llegado, dicho sea de paso?

–Hará un par de horas. No, no estoy cansada. Ni siquiera sé qué hora es, pero no me importa.

Estaba extasiada de verlo.

–¿Vamos a la terraza del Continental Palace? –le preguntó, riendo.

Todavía recordaba lo horrorizada que se había quedado la primera vez que Jean-Pierre le había llevado a aquel sitio. Paxton le preguntó por él mientras volvían a enfilar con el coche la avenida de Tu Do.

–A propósito, ¿cómo está?

–Bebiendo demasiado, como siempre. Su mujer ha acabado por dejarlo, cansada de esperar que volviera de la guerra. Pero me parece que él ya lo tenía previsto.

Mientras conducía la iba mirando de cuando en cuando. ¡Estaba tan contento de volverla a ver! Para él, Paxton era como de la familia y ella sentía lo mismo con respecto a él.

–¿Cómo está France?

–Bien –dijo con voz extraña por un momento–. Espera el niño para septiembre.

Paxton le miró llena de curiosidad, preguntándose cómo debía de sentirse Ralph ahora. Al principio le había contrariado aquella eventualidad. Dada la incertidumbre de la vida que llevaban, Ralph no consideraba acertado tener un hijo fuera de matrimonio.

–Traté de convencerla, en bien del propio niño, pero ella lo ansiaba desesperadamente. Entonces... *voilà*.

Se encogió de hombros con una sonrisa, como a pesar de su voluntad.

–Me imagino que no tendré más remedio que ser padre.

Todavía no se había casado con France, aunque ahora pensaba seriamente en hacerlo dado que estaban esperando un hijo. De momento intentaba convencerla.

–¿Qué tal se está en los Estados Unidos?

Hacía tanto tiempo que Ralph no había estado en el país, que se le antojaba un lugar extranjero.

–Pues me ha parecido un sitio extraño –dijo Paxton procurando ser sincera–. Al principio se me hacía muy raro, odioso casi. La gente esá muy cambiada o por lo menos a mí me lo parecía. Todo el mundo está preocupado por sus cosas y a nadie le importa un rábano lo que pueda pasar aquí. Es como si esto no existiera, salvo para los que conocen el país. Como los demás desearían que no existiese, pues no existe.

–Ya me lo temía.

Habían llegado al Continental Palace y Paxton se dio cuenta de que ya no recordaba el calor insoportable de Saigón. Era un gran contraste comparado con el frío de San Francisco. Pero tampoco esto le importaba. Se encontraba contenta de estar aquí, pese al ruido constante y a aquel olor a flores, frutas y vapores de gasolina que ya le resultaba tan familiar.

Subieron arriba y a Paxton se le ocurrió que tal vez encontraría a Nigel. Así se lo dijo a Ralph, quien al primer momento se mostró muy vago y a continuación, mirándola de una manera extraña, le dijo:

–Hace dos meses que lo mataron en Bien Hoa. Un caso verdaderamente estúpido. Un coche que voló por los aires por culpa de una bomba colocada por el vietcong. Una cosa tonta pero que le costó la vida.

Eran muchos los que morían por tonterías como aquélla, como Peter y tantísimos más. También los que morían durante un combate podían morir por cosas tontas, como el caso de Bill. Procuró no pensar en ello y limitarse a disfrutar de la compañía de Ralph.

–Siento lo de Nigel.

Lo sentía, a pesar de que era un hombre que nunca le había gustado.

–¿Trabajas mucho?

–Demasiado –dijo él sonriendo con aire de hombre feliz–, pero me encanta. Me gustará volver a trabajar contigo. ¿Cuándo estás dispuesta a empezar? He estado aplazando una excursión a Da Nang porque no encontraba a nadie que quisiera acompañarme.

–Me encantaría.

Nunca había estado en Da Nang y siempre se había sentido indecisa a causa de Peter. No sabía qué impresión le produciría visitar el lugar donde había muerto Peter. Sin embargo, ahora se daba cuenta de que ya estaba en condiciones de visitarlo.

–Está bien. Lo prepararé todo. ¿Qué te parece pasado mañana?

–Estaré a punto.

Paxton le sonrió y él echó una ojeada al reloj. Debía volver junto a France, porque ahora no le gustaba mucho dejarla sola. Últimamente no se encontraba muy bien y, además, An era un niño muy travieso.

–¿Quieres que te lleve hasta el Caravelle? –le preguntó Ralph levantándose, pero ella le dijo que no con una sonrisa.

–Si no me caigo dormida, iré andando. Si tengo pereza, siempre puedo tomar un taxi-triciclo. No hay problema.

Ralph se agachó y la besó en la mejilla.

–Bienvenida otra vez. Estoy contento de que hayas decidido volver.

–Yo también –dijo Paxton correspondiéndole con un abrazo–. Saluda de mi parte a France. Nos veremos mañana en las Locuras de las Cinco. Siguen funcionando, ¿verdad?

Paxton se rió al recordarlo y al pensar en todos los corresponsales que conocía y que volvería a ver. Allí se encontraba verdaderamente en su casa, cosa que por otra parte la asustaba un poco. Ahora ya era una más, ya era como ellos, había dejado de ser una novata y se había convertido en veterana, una de tantas personas que pertenecían a ese país y que se quedarían en él hasta que terminase la guerra.

Saludó a Ralph con un gesto de la mano y mientras iba bebiendo su refresco, cerró los ojos. En la mesa de al lado había un Boina Verde con una chica vietnamita. Llevaba el uniforme de camuflaje a rayas de tigre y el pañuelo rojo, blanco y azul, del que tanto se enorgullecían todos. Sólo los Boinas Verdes llevaban el camuflaje combinado con el color marrón, las famosas rayas de tigre.

Paxton tomaba un *thom xay,* el refresco de piña al que tanto se había aficionado, puesto que si hubiera tomado algo alcohólico habría caído redonda allí mismo. Al dejar el vaso sobre la mesa y levantar la vista tuvo un sobresalto. Era como un sueño. Había regresado y súbitamente tenía a su alrededor los rostros que le eran familiares. Sin embargo, esta parte del sueño no era tan fácil.

Al principio no sabía qué decir y de hecho no habría dicho nada, pero él tenía los ojos clavados en ella y la miraba, nervioso e indeciso. Era el primer sargento de Bill Quinn, Tony Campobello.

–Creí que se había marchado –dijo, extrañado, como si también él se sintiera confuso ante aquel sueño.

–Me marché –dijo ella titubeando un poco, como si temiera que él volviese a atacarla verbalmente, esta vez sin Ralph para protegerla–. Pero he vuelto. Hoy, dicho sea de paso.

–¡Ah! –dijo él con un ademán de la cabeza–. ¿Qué tal en los Estados Unidos?

El chico permanecía allí torpemente de pie, hablando con ella, vestido con su uniforme, mientras Paxton no sabía qué actitud adoptar, porque su presencia le recordaba a Bill, cosa que resultaba tan dolorosa para ella como para el propio sargento. En cierto modo los tres seguían estando unidos, pese a que ahora hacía seis meses que Bill había desaparecido.

–Fue extraño volver a casa –dijo Paxton hablando con sinceridad–. Allí no hay nadie que entienda nada.

–Eso dice todo el mundo. Nos vamos de aquí como héroes y allí nos tratan como delincuentes.

–Son tiempos extraños –dijo ella en voz baja, preguntándose para sus adentros si debía pedirle que se sentara.

El muchacho parecía nervioso, inquieto. No era un hombre alto, pero respiraba fuerza y una especie de sereno vigor que siempre la había impresionado. Sabía que Bill lo apreciaba y respetaba, aun cuando la relación entre ambos no siempre había sido apacible.

–¿Todavía está en Cu Chi?

No sabía qué otra cosa preguntarle.

–Me he reenganchado por cuarta vez –dijo, medio orgulloso, medio resignado, como todos–. Bill decía siempre que había que estar un poco loco para querer ser rata de túnel y me parece que tenía razón.

–Loco o muy valiente, o las dos cosas –dijo ella con voz queda y sus ojos se encontraron con los de Tony, porque había vuelto a acordarse de Bill y sabía que Tony leía en sus pensamientos.

–Era un gran tipo –dijo, lleno de admiración, y después, nuevamente con cierta torpeza–: Tengo que disculparme con usted.

–No, no lo haga.

Paxton no tenía ganas de volver a hablar de lo mismo. Había sido tan terrible que no quería volver a acordarse. No quería recordar la muerte de Bill, cuando Ralph se lo había comunicado, porque se sentía incapaz de soportarlo. Por eso levantó los ojos hacia Tony y dijo con voz triste:

–Lo comprendo. Los dos estábamos trastornados.

–Sí, pero usted hizo una cosa muy especial. He estado pensándolo mucho tiempo y siempre he tenido ganas de decirle lo que pensaba. Esto me ha hecho comprender por qué Bill la amaba tanto. Porque él a usted la amaba, ¿sabe?

Paxton, recordando, sonrió tristemente al tiempo que se preguntaba qué podía haber impresionado a aquel chico.

–También yo le amaba... y supongo que usted también. Por eso perdimos un poco la cabeza cuando ocurrió lo que ocurrió.

–Sí, pero cuando usted vino a buscar las cosas que le había regalado para que no fuesen a parar a manos de su mujer, la verdad es que quedé muy impresionado. La mayoría de mujeres no lo habrían hecho. Les habría importado un bledo o hubieran dejado que la mujer se enterase o, en cualquier caso, habrían considerado que era una cosa que no tenía importancia. Son muchos los tipos que aquí se han buscado otra mujer pero, que yo sepa, no ha habido ninguna que, si él ha muerto, haya venido después para hacer desaparecer las pruebas y evitar que la esposa se enterase. A él esto le habría gustado. Quería con locura a sus hijas –sus ojos se llenaron de lágrimas y a ella también le fue necesario reprimirlas–. Y también está aquello que me dijo usted aquel día acerca de su padre. No tenía por qué habérmelo dicho –dio un paso adelante mientras ella dejaba el vaso vacío sobre la mesa–. Quería decirle simplemente lo mucho que lo sentía. Le pregunté por usted a ese de la Associated Press, pero me dijo que usted se había ido a San Francisco.

Luego, tendiéndole la mano, añadió:

–Me sorprende incluso que me dirija la palabra después de las cosas que le dije aquel día.

–Los dos estábamos sometidos a las mismas tensiones, pero de todas formas le doy las gracias, Tony.

Paxton le estrechó la mano. Fue un apretón de manos sereno, firme, enérgico, tal como era aquel muchacho, con aquellos ojos oscuros que se hundían en ella como balas.

–Gracias.

Paxton comenzaba a entender por qué le gustaba a Bill aquel muchacho. Era directo, sincero, pese a su temperamento vivo.

–¿Quiere sentarse?

Paxton indicó con un gesto la silla que Ralph había dejado vacante hacía unos momentos, pero Tony movió negativamente la cabeza, pues todavía se sentía incómodo con ella.

–No, estoy bien. Además, tengo que encontrarme con alguien dentro de unos momentos –parecía ansioso, con ganas de hacerle mil preguntas–. ¿Cómo es que ha vuelto a Saigón?

Paxton le sonrió.

–También yo me he reenganchado. Segundo turno.

Tony se echó a reír.

–Pues es usted muy valiente, porque aquí hay muchos que no ven el momento de largarse.

–Pues yo no veía el momento de largarme de San Francisco.

–¿Es usted de San Francisco? –le preguntó con curiosidad, ya que Bill Quinn apenas le había hablado de ella.

–El periódico para el que trabajo es de San Francisco y

estudié cuatro años en la Universidad de Berkeley, pero yo soy de Savannah.

–¡Pues vaya! –dijo el chico, un tanto sorprendido–. Hace once años que pasé allí un fin de semana, después de hacer el entrenamiento básico en Georgia. Aquella gente es de lo más serio que he conocido. Por poco me echan a patadas por haber ido a bailar. Yo soy de Nueva York y la verdad es que en el Norte nos tomamos las cosas un poco más a la ligera.

La chica se echó a reír ante aquella descripción de Savannah.

–Pues ha dado en el clavo. Y ésta es la razón de que yo no viva en Savannah. Lo paso muy mal cuando tengo que darle explicaciones a mi madre con respecto a este punto.

–Pues debe de estar angustiadísima sabiendo que está en Saigón –dijo él con gran sensatez para sus años, mientras ella trataba de calcular qué edad podía tener.

Dicho sea de paso, Tony tenía treinta años.

–Pues no exactamente –admitió Paxton refiriéndose a su madre–, pero en realidad no tenía demasiadas opciones. Yo ya no podía quedarme más tiempo en los Estados Unidos y por eso me marché de San Francisco y he vuelto a Vietnam.

–¿Por qué?

En ciertos aspectos, le resultaba imposible comprenderlo. Era una chica muy bonita, era joven, era evidente que tenía un buen trabajo y era sumamente inteligente. Habría podido ir a cualquier sitio aparte de Vietnam. ¿Qué demonios venía a hacer aquí?

–Pues todavía no lo sé –le contestó Paxton sinceramente–, no lo he pensado detenidamente. Cosas que han quedado pendientes, supongo, y la sensación de que mi sitio está aquí. Ya no podía soportar por más tiempo las trivialidades que importan tanto a nuestros compatriotas. Que si los coches nuevos, que si el trabajo, que si las nuevas cortinas... Ésos son los temas de que hablan, mientras aquí el vietcong va matando a los nuestros.

Eso era algo que los dos sabían muy bien.

–No podía sopotarlo por más tiempo.

Tony se llevó la mano a la frente como si hiciera una especie de saludo.

–En el sitio de donde vengo llaman a esto *pazzia,* locura, chaladura.

Puso una cara muy neoyorquina al decirlo. Paxton se levantó con una carcajada. De pronto se sentía muy cansada. Acusaba la diferencia de nueve horas y de repente sentía todo el peso de la fatiga.

–Tiene cara de estar agotada –dijo él viendo que se ponía de pie y que casi se tambaleaba.

–Lo estoy. Tenga en cuenta que acabo de llegar.

El soldado la contemplaba fijamente, como si quisiera decidir algo sobre ella, en tanto Paxton procuraba no ponerse nerviosa. Paxton pensó un vez más en todo lo que le había dicho en cierta ocasión hacía seis meses y en lo mucho que la había odiado, especialmente durante todo el tiempo en que salió con Bill, pero ahora todo había terminado y no había que pensar más en el asunto. Daba la impresión de que ahora quería una tregua. No había razón para la venganza. Paxton sabía que Bill habría querido que fueran amigos y, aunque encontraba que aquel sargento era un personaje un tanto extraño, se sentía dispuesta a pasar por alto ese aspecto. De hecho, era más arrebatado que extraño y en ocasiones excesivamente nervioso. Pero ¿quién no lo era en Saigón?

–¿Puedo llevarla al hotel? Tengo un jeep robado en la calle. Lo he tomado en el aeropuerto –dijo sin alterarse, a lo que ella se echó a reír.

–Pues me va de perlas. En realidad mi intención era ir andando –ahora, sólo pensar en volver a pie hacía que se sintiera agotada–. ¿No le molesta?

El sargento negó con la cabeza.

–Me alojo en el Caravelle, al final de la calle.

–Un hotel que está muy bien –dijo el joven a modo de conversación–. Cierta vez cené en la terraza. La comida es muy fresca.

Al decir esto se echó a reír, mientras ella lo observaba con expresión de extrañeza.

–Sé que suena ridículo, pero vengo de una familia de comerciantes de comestibles al por mayor y he pasado toda la vida oyendo comentar que en tal o cual sitio la verdura es fresca o no lo es. Cuando era niño odiaba la verdura, porque estaba harto de oír siempre los mismos comentarios, pero al hacerme mayor he caído en lo mismo. Debe de ser una maldición familiar.

Paxton también se echó a reír. Se sentía cansadísima y estaba contenta de haber hecho las paces con él. Era muy extraño haber vuelto, haberlo encontrado y estar hablando ahora amigablemente después de aquella hostilidad y aquel odio durante todo el tiempo que salió con Bill. Tal vez era una cuestión de celos. Había oído decir que algunos suboficiales se volvían extrañamente posesivos con sus jefes.

–Me acordaré de lo de la verdura cuando vuelva a cenar en el hotel –dijo Paxton con una sonrisa de cansancio.

–Muy bien –dijo él, al tiempo que paraba delante del Caravelle y la ayudaba a bajar–. ¡Dios mío, pero si está medio dormida!

En efecto, Paxton apenas podía mantener abiertos los ojos.

–¿Seguro que se encuentra bien?

–Si puedo llegar a la cama, estaré perfectamente. Gracias por acompañarme, sargento.

–De nada, señorita Andrews.

El sargento la saludó ceremoniosamente, mientras ella pensaba, un tanto sorprendida, que era muy curioso que recordase su nombre después de tanto tiempo. Recogió su equipaje en recepción, se metió en su habitación y se desplomó en la cama vestida tal como estaba. No se despertó hasta veinte horas después, cuando el sol de la tarde ya se derramaba a raudales por la ventana de la habitación. Recordó entonces que la noche anterior había hablado con el sargento en la terraza del bar y por espacio de un minuto, tendida aún en la cama, dudó sin saber exactamente si lo había soñado.

20

Paxton se quedó despierta un par de horas, deshizo el equipaje, tomó un baño, bajó al comedor para cenar y después volvió a meterse en la cama. Durmió hasta la mañana siguiente. Ralph le había dejado una nota en recepción en la que le decía que pasaría a recogerla a las siete de la mañana siguiente. A las seis de la mañana del siguiente día sonrió al ver que el sol se levantaba. Era un día estupendo, extremadamente caluroso, cosa de la que fue tomando buena nota mientras se ponía el mono y una camiseta kaki y se ataba las botas. Eran las mismas que le había regalado Ralph al llegar a Saigón el año anterior. Esta vez no tenía miedo de encontrarse en Vietnam. Todo funcionaba como debía funcionar. Y mientras bajaba las escaleras iba pensando que se sentía a gusto, que estaba plenamente convencida de hacer lo que correspondía hacer.

Como de costumbre, Ralph llegó puntualmente, esta vez acompañado de Bertie, un fotógrafo británico con quien Paxton ya había trabajado anteriormente y al que tenía en muy alta estima. Mientras salían de la ciudad iba contándoles chistes y Paxton sonreía observando a Ralph y sirviéndose una taza de café del termo. El sol ya estaba muy alto y parecía que de las calles se levantaba una vaharada de vapor, impregnado de aquel olor de siempre a gasolina, a flores y frutas que reinaba por todas partes. Era aquel mismo humo que parecía flotar sobre ellos y, al dejar atrás la ciudad, aquel mismo verdor en las colinas, aquella misma tierra roja que incitaba a tocarla con los dedos. Sí, eran los mismos mendigos, los mismos huérfanos, los mismos heridos, los mismos tullidos. Aquel mismo país al que había acabado por amar tanto que ya no le era posible abandonarlo. Ralph le había dicho en la nota que había dejado en el hotel una noche antes que la excursión a Da Nang había sido pospuesta, pero que la recogería a la misma hora de la mañana siguiente para ir a una localidad diferente.

–¿Te das cuenta de que ni siquiera sé adónde vamos? –dijo Paxton–. Después dirás que no confío en ti. ¿Adónde vamos, si puede saberse?

El fotógrafo hablaba con el conductor.

Ralph había pensado en decírselo previamente e incluso quiso llamarla por teléfono la noche anterior, pero después se le había hecho tarde. Tenía intención de ponerla en antecedentes antes de salir por si quería cambiar de opinión, pero la excitación de preparar un artículo con su compañera había hecho que al final no le dijera nada.

–Hoy vamos a Cu Chi –dijo Ralph mirando, nervioso, el reloj–, pero si quieres damos media vuelta y te dejo en el hotel. No tienes obligación de venir. Lo estúpido del caso es que hace seis meses que no vengo por aquí y resulta que ayer me salieron con una cosa interesante.

La última vez que habían estado en Cu Chi las cosas habían distado mucho de ser fáciles y como aquel neurasténico siguiera por allí...

–Lo siento mucho, Pax –comenzó a explicarse Ralph–. Al cambiar la excursión de Da Nang a Cu Chi tenía que habértelo advertido, por si preferías abstenerte.

–No, ¿por qué? Tal vez me sea necesario afrontar la situación.

–¿Quieres que vuelva a llevarte a la ciudad, Pax? –insistió con voz suave.

La chica movió negativamente la cabeza sin pronunciar palabra y se quedó largo rato mirando por la ventana. Hacía seis meses que había muerto Bill y quince que había muerto Peter. Las cosas aquí eran de esta manera. No podía mantenerse apartada de los lugares en que habían muerto ni ajena a la tierra que habían pisado. Los recuerdos dolorosos eran muchos.

Peter había encontrado la muerte en Da Nang, y Bill en Cu Chi. Paxton no podía mantener oculta la cabeza durante mucho tiempo. Había que continuar, que seguir viviendo.

–Estaré perfectamente bien –dijo con serenidad.

Recordaba muy bien la última vez que había estado aquí, llevada por el deseo de recoger las cartas que había enviado a Bill. Fue un día antes de que expidieran el cadáver a Debbie, en San Francisco. Eso le recordó también el encuentro con Tony Campobello en la terraza del bar. Exhaló un profundo suspiro y tomó otro sorbo de café al tiempo que volvía a mirar a Ralph.

–No imaginarás a quién encontré ayer en la terraza del Continental Palace después de que te fueras.

–A Ho Chi Minh –dijo Ralph en tono festivo.

¡Estaba tan contento de que Paxton hubiera vuelto a Saigón y de que hiciera el reportaje con él! De la misma manera que se había alegrado cuando se avino a dejar Saigón por su propia voluntad, ahora estaba radiante porque había decidido volver. Ralph comprobaba que el tiempo transcurrido en los Estados Unidos le había hecho bien y que ahora estaba en condiciones de reanudar su trabajo, aquel trabajo que los dos amaban con tanta pasión y que no estaban dispuestos a abandonar hasta que la guerra de Vietnam concluyera.

–Me encontré con Tony Campobello –dijo al ver que no lo adivinaba–. ¿Sabes quién es? El sargento de Bill.

Paxton volvía a estar en condiciones de hablar de Bill. Durante los cinco meses en los Estados Unidos no había hablado de Bill con nadie, puesto que allí nadie le conocía.

–¿Aquel neurasténico? ¿Y qué hizo? ¿Arrojarte la bebida a la cara?

Ralph recordaba con precisión excesiva el último encuentro en Cu Chi y admitía que había sido cualquier cosa menos agradable. Recordaba cómo había gritado el sargento y la impresión que había sentido Paxton al recuperar el pequeño fajo de cartas.

–Por cierto, no te lo creerás –dijo Paxton adoptando incluso ella una actitud escéptica–, pero estuvo casi simpático. Un poco tenso y nervioso, pero... –titubeó un momento al volver a recordar la última ocasión en que habían estado allí seis meses atrás–, pero se disculpó por lo de la última vez.

Ralph la miró largamente antes de hablar.

–Ha habido un cambio, pues. Me figuraba que aquel cabrón habría querido matarte. Como intente hacerte algo, que se prepare. Por un momento creí que se le habían cruzado los cables otra vez.

Paxton miraba por la ventana mientras recordaba el lance.

–A todos nos ocurre alguna vez.

En ella, sin embargo, había sido normal. Paxton estaba destrozada porque había perdido a Bill. El que se había salido de sus casillas había sido Campobello. Ralph le comentó que las ratas de túneles eran todos iguales, que estaban siempre al borde de la crisis porque vivían bajo una tensión y un peligro constantes. Tarde o temprano, a todos les ocurría lo mismo: estallaban. ¿Quién podía culparles?

Al llegar a la base, tras entrar por la puerta principal, Ralph les dijo que quería entrevistarse primero con el nuevo oficial que estaba al mando del veinticinco de infantería. Paxton lo siguió al interior. El oficial era un hombre simpático, que les explicó que recientemente habían descubierto toda una nueva red de túneles en los que se encontró un arsenal de bombas, habitaciones y «oficinas». Sin saberlo, los hombres de Cu Chi habían vivido sobre todo un pueblo subterráneo. Les mostró fotografías y diagramas y después llamó a un auxiliar para que les mostrara los alrededores. Los invitó a que volvieran después y le hicieran las preguntas que consideraran pertinentes. Al decirlo dirigió una apreciativa mirada a Paxton. No sabía quién era en el momento de conocerse y lo único que vio fue una chica guapa ataviada con ropa de combate, lo que hizo que pensara que Ralph era un hombre afortunado.

Después se trasladaron a la parte trasera de la base y Paxton, al volver a ver los lugares donde Bill había vivido y trabajado, sintió que el corazón le daba un vuelco. Volver a aquel escenario suponía enconar la herida. Ralph se dio cuenta al mirarla, puesto que ahora se dirigían al mismo sitio donde había estado con Bill, y por un momento lamentó haberla inducido a acompañarlo.

–Lo siento por ti, Pax. No debí decirte que vinieras. No se me había ocurrido pensarlo.

–No pasa nada –dijo ella dándole unas palmadas en el brazo y reajustándose la mochila.

En ella llevaba algunas notas y unas cuantas cosas, como la cantimplora y un pequeño botiquín. Como los soldados, llevaba en el casco la crema protectora contra el sol y el líquido repelente de insectos.

–Me encuentro perfectamente –dijo al bajar del jeep, pero mentía.

En realidad estaba triste, porque Bill no se apartaba de sus pensamientos. Súbitamente chocó con una persona que por poco la hace caer en el suelo, si bien la sujetó antes de que cayera.

–¡Maldita sea! –exclamó la persona en cuestión, mientras ella se tambaleaba y él la sostenía con sus brazos.

Al mirarlo, Paxton vio que era nada menos que Tony Campobello.

–Hola –dijo Paxton tímidamente, tratando de recuperar el equilibrio.

Ralph entretanto estaba hablando con otra persona y el fotógrafo estaba cargando las cámaras.

–No tenía intención de lastimarla –dijo con una sonrisa que hizo brillar sus negros ojos como ascuas–. Se ve que estos días tengo que decirle constantemente lo mismo. ¿Llegó bien la otra noche a la habitación? ¡Estaba tan cansada! Creí que no llegaría despierta a la habitación.

Paxton ahora ya estaba familiarizada con su acento neoyorquino y empezaba a comprender por qué Bill apreciaba tanto a Campobello. Era un hombre nervioso y tenso, pero también era inteligente, rápido y agudo, aparte de que se preocupaba de las personas que tenía a su alrededor y de todo cuanto ocurría.

–Después de dejarlo a usted me fui a mi cuarto y dormí veinticuatro horas seguidas –le explicó Paxton–, ni siquiera me molesté en desnudarme.

–No me extraña –dijo él con una sonrisa mientras observaba el dolor que se reflejaba en los ojos de la chica.

Sabía que había de ser duro para ella volver a aquellos lugares, puesto que para él también lo era frecuentarlos. Dondequiera que fuera, siempre tenía que recordar a alguien que había amado o perdido. En todas partes había fantasmas, al igual que para la mayoría de los que se quedaban en Vietnam. Aunque también había buenos recuerdos, los malos eran mayoría.

–¿Qué tal está la verdura por aquí? –le preguntó ella con una sonrisa, tratando de aligerar el momento.

La mirada que se había cruzado entre los dos ya había dicho con suficiente elocuencia lo mucho que añoraba a Bill y durante un instante en que a ella le pareció perder el control de sus actos sintió el impulso de acercarse a Campobello y tocarlo.

–Muy fresca –dijo él echándose a reír, sorprendido de que la chica recordara los detalles de su conversación. Luego volvió a quedarse serio.

–Pero los francotiradores también están muy frescos –añadió–. Tenemos que vigilar la parte este, porque ahora se mueven por ese sector. Hace unas horas han herido en un brazo a uno de mis muchachos. Afortunadamente no ha sido nada serio, ha tenido suerte. Desde entonces estamos tomando muchas precauciones. Manténgase retirada si va a ver los túneles.

Sabía a qué habían venido y el oficial le había encargado que los atendiera en todo.

–Vigilaré, gracias.

Entonces Ralph se volvió con una mirada de irritación. Empezaba a acalorarse y no le había gustado nada enterarse de que aquel día el vietcong atacaba de firme. Lamentaba haber traído a Paxton a una misión arriesgada, ya que lo único que había pretendido era volver a darle un empujoncito facilitándole información fresca.

–Tú a mi lado, Delta Delta, ¿o es que piensas pasar el día de palique?

–Abre los brazos, que voy corriendo.

–Cálmate un poco porque tenemos a Charlie en las mismas narices.

–Eso me han dicho.

Después de echar una mirada a Tony, Paxton se acercó a Ralph. Fue presentada al teniente que ocupaba el puesto de Bill, cosa que volvió a encogerle el corazón, si bien hizo lo posible para concentrarse en lo que hacía. Ralph explicó al fotógrafo las instantáneas que necesitaba y expuso a Paxton el ángulo de su reportaje. A su alrededor había mucha actividad, hombres que iban y venían e incluso algunos que se introducían entre la vegetación para enfrentarse con el vietcong que merodeaba por los alrededores.

–Caramba, ¿te figurabas que transformarían el Triángulo de Hierro en una especie de aparcamiento, justo al otro lado del río, y que lo conseguirían? –mascullό Ralph dirigiéndose a uno de sus hombres, que se limitó a encogerse de hombros.

Sabía que no había manera de detener a aquella gente.

–Es imposible que nos los quitemos de encima. Los quemas, los desalojas de los túneles, los masacras, pero Charlie sigue avanzando y enviando tíos para que husmeen por aquí.

–Sí –dijo Ralph asintiendo con un ademán de la cabeza, mientras Paxton se agachaba y seguía a Bertie hacia unas matas altas que había al otro lado del calvero. Bertie quería sacar unas cuantas fotos del tiroteo antes de ir a ver el túnel y, por alguna razón, Paxton lo siguió intuyendo que encontraría material para un reportaje. En aquel momento Ralph estaba haciendo otra cosa y alrededor de ellos dos había media docena de soldados y uno que se había adelantado para ver qué encontraba. Al arrodillarse Paxton entre la maleza, detrás de ella apareció un operador de radio.

–Señorita, ¿todo va bien?

–Perfectamente.

–¿Seguro que usted puede estar aquí?

–Que yo sepa, no hay asientos especiales para la prensa.

Apenas acababa de pronunciar aquellas palabras cuando pasó rozándola el silbido de una bola de fuego. Sin decir palabra, el operador de radio y ella se echaron cuerpo a tierra, él cubriéndola con los brazos, casco contra casco y mordiendo el polvo.

–Pensándolo mejor –dijo Paxton en voz baja mientras seguían a la espera–, sería mejor que tuvieran asientos especiales. Esto ha sido muy cerca.

Se acordó de la ocasión en que Bill la salvó de la granada casi en aquel mismo sitio. Ahora las balas habían pasado más próximas de lo que suponían. Al volver a ponerse de rodillas, el operador de radio advirtió que Bertie había sido alcanzado en el corazón y estaba tendido a su lado.

–¡Oh, maldita sea!

Le tomó el pulso, pero su corazón no latía. Volvían a escucharse detonaciones cercanas y una docena de soldados pasaban junto a ellos empuñando sus M-16 y arremetiendo contra lo que podían ser dos francotiradores más.

–Váyase de aquí inmediatamente –gritó el operador de radio a Paxton–, quítese de en medio.

Pero justo en el momento en que Paxton iba a marcharse volvieron a abrir fuego desde otro ángulo. Él la cubrió con su cuerpo y empezó a gritar frenéticamente en demanda de socorro.

–Madre Gansa, Madre Gansa... Aquí Peter Pan... Venid, estamos en el calvero y están acribillándonos, tengo una visita y aquí conmigo a una Delta Delta, sacádnoslos de encima y yo traeré a la chica.

–Recibido, Peter Pan... Aquí Madre Gansa...

Era el operador de la base. Darían órdenes a los soldados para que desalojaran a los francotiradores, aunque la cosa no iba a resultar fácil.

–Tenemos dos posibilidades –explicó el operador a Paxton, ahogándola casi–. Podemos ir corriendo como demonios al lugar del que hemos venido o bien meternos entre los árboles, que es más corto, aunque suponga avanzar.

Sin embargo, en aquella dirección estaban los tiradores emboscados, cosa que era mucho más peligrosa. No sabía qué hacer con la chica. Era un chico aproximadamente de su misma edad, oriundo de Maine, y lo último que habría querido era que le culpasen de haber dejado matar a la chica a consecuencia de un falso movimiento realizado en el calor del momento.

–Yo voto por los árboles –dijo ella con calma mientras explotaba una nueva descarga junto a sus rodillas; haciendo rodar el cuerpo y apartándose de él, añadió–: De hecho, creo que tendríamos que movernos con gran rapidez.

Y al decirlo echó a correr hacia adelante, seguida por el operador de radio, justo en el momento en que, en el lugar donde yacían, estallaba una granada. El vietcong no estaba para bromas. Paxton no pensaba en nada mientras corría. Al llegar junto a los árboles, Paxton se agazapó entre ellos y se arrojó al suelo, jadeando, mientras el operador se deslizaba a su lado y el M-60 abría fuego y se oía una inmensa explosión.

–¡Éste es el cerdo gordo! –le explicó el operador, antes de volver a establecer contacto con la base.

–Aquí Madre Gansa –contestó la base–. Peter Pan, ¿dónde demonios está tu Delta Delta?

–Aquí la tengo –dijo sonriendo a Paxton, mientras a ella le entraban ganas de reír.

¡Qué cosa! Por poco la mata el vietcong y su gente todavía seguía llamándola Doughnut Dollie.

–¿No está herida? –dijo la voz desde el otro extremo en tono preocupado.

–Está perfectamente –dijo el operador volviendo a mirarla para confirmarlo–. ¿No podéis sacarnos de aquí?

–Lo estamos intentando. Son más de los que creíamos.

Siempre era así. Parecía que en Cu Chi siempre se infiltraban en grandes cantidades. Conocían muy bien el antiguo sistema de túneles y el reciente descubrimiento de una nueva red demostraba que había más. En cualquier caso, hicieras lo que hicieras, Charlie iba siempre un paso por delante y siempre resultaba vencedor.

–Os sacaremos de ahí dentro de unos minutos, Peter Pan. Esperad quietos en vuestro sitio.

Se oyeron nuevas descargas y Madre Gansa anunció que acababan de herir a uno de los francotiradores y lo habían capturado. El operador de radio dijo a Paxton que se quedara donde estaba, mientas él avanzaba para intentar echarles una mano.

–Vuelvo en seguida.

Cuando él se marchó, Paxton comenzó a oír disparos a sus espaldas, cosa que hizo que no supiera hacia dónde moverse. Al parecer, no había opción, salvo seguir al operador de radio. De pronto, antes de que se diera cuenta de ello, volvió a encontrarse en medio del tiroteo y descubrió que tenía a su lado un muchacho tumbado en el suelo. Tenía toda la espalda abierta y la cabeza caída hacia atrás. Al mirarlo más atentamente, Paxton vio que era el muchacho de Maine y que tenía la radio a su lado. Creyó que estaba muerto pero, al acercarse, advirtió que todavía respiraba. Estaba inconsciente, al igual que otros dos muchachos que estaban muy cerca de él. Aunque el combate había vuelto a alejarse, oía las granadas, las M-16 y M-60. Sin pararse a reflexionar, tomó la radio de manos del soldado e hizo lo que le había visto hacer para establecer contacto con la base.

–Adelante, Madre Gansa –habló Paxton cautelosamente a través del micrófono.

–Recibido... Aquí Madre Gansa. ¿Quién eres?

Durante un fugaz momento titubeó:

–Aquí Delta Delta. El operador de radio está herido y tengo a otros dos muchachos también heridos.

–¿Dondé estás? –la voz de Madre Gansa dejaba traslucir pánico.

–No lo sé muy bien. Estamos entre los arbustos, pero el combate no está muy lejos. Aquí hay algo más que simples francotiradores. ¿No podéis sacarnos de aquí?

Aunque su voz sonaba firme, Paxton se dio cuenta de que la mano que sostenía el aparato le temblaba. Uno de los muchachos se había movido y había dejado escapar un gemido, pese a lo cual Paxton no dejaba de repetirse que no había que dejarse vencer por el pánico.

–Estamos tratando de sacaros de ahí, Delta Delta. ¿Tienes una bengala?

Ya iba a decir que no la tenía, cuando recordó que llevaba una en la mochila.

–Sí.

–Quiero saber dónde estáis exactamente, Delta Delta. Espera un minuto y no hagas nada hasta que yo te lo diga.

Apartándose del teléfono, comenzó a gritar en la habitación donde se encontraba para que todos pudieran oírle.

–Buscad al teniente, buscad a quien sea. Hay una mujer y tres heridos y no sé dónde demonios están metidos, sólo que se encuentran entre los arbustos.

El teniente llegó en seguida y al poco rato llegó también Ralph. Alguien le había ido a buscar y ahora estaba escuchando, nervioso, la radio junto con los demás. Seguían tratando de desalojar a los tiradores emboscados, pero ya se había detectado la presencia de otros vietcong que evidentemente estaban en contacto con una unidad del ejército situada en algún lugar del norte.

–¡Fantástico! –refunfuñó el teniente–. ¡Lo que faltaba! Soldados regulares de Hanoi y una periodista de San Francisco.

Se quedó unos momentos con lo ojos cerrados como si rezase.

–¿Puedes sacarlos de allí, Mack?

Ralph estaba francamente aterrado.

–¡Santo Dios, Ralph! ¿Qué te figuras que estamos haciendo? No sé qué demonios está pasando allí ni tampoco sé qué hace ella allí en medio. Todo esto me suena a ejército de Vietnam del Norte.

–¿Se han acercado en plena base?

Aunque costaba creerlo, era algo que había ocurrido otras veces y que, de hecho, ocurría en todas partes. Llegaban silenciosamente, irrumpían en medio de los soldados mientras dormían y les rebanaban el cuello o les robaban los fusiles. Su presencia ya no era ningún secreto y, desde donde estaban, Paxton podía ver perfectamente la acción. Se lanzaban granadas mutuamente y la ametralladora M-60 estaba en plena acción.

–Aquí Madre Gansa –era el operador de radio a través del teléfono–. Delta Delta, ¿me oyes?

–Te oigo perfectamente, Madre Gansa. ¿Me mandas un taxi o qué?

Ralph movió la cabeza, al tiempo que se arrepentía de haberla invitado a acompañarlo a Cu Chi.

–Te mandamos un taxi en seguida.

Mientras pronunciaba estas palabras tuvo la impresión de que la lucha estaba desplazándose más lejos, que se adentraba en la vegetación y se apartaba de la base. Por fin parecía haber surtido efecto.

–¿Cómo están los heridos?

Paxton acababa de comprobarlo. Uno estaba consciente y los otros dos seguían respirando.

–Estamos bien –transmitió Paxton a la base–, pero en apuros. ¿Podéis apresuraros un poco?

–Danos dos minutos y enseguida os enviamos un Dustoff. ¿Tienes la bengala?

–La tengo.

–Ya te avisaremos, Delta Delta.

Durante los cinco minuto siguientes el combate se alejó todavía más y casi simultáneamente Paxton percibió el aleteo de un helicóptero y vio el Dustoff a distancia.

–¿Ves el aparato, Delta Delta?

La voz era tranquila, pero Paxton, al verlo, sintió que los ojos se le llenaban de lágrimas. Aunque todo ocurría con gran rapidez, había pasado miedo. Todo aquello servía para recordarle que volvía a estar en el Vietnam, que aquello no era San Francisco ni Savannah. Aquí la gente se moría, de aquí la gente volvía a su casa sin brazos o sin piernas o ciego o sordo o sin rostro. Por espacio de un minuto llegó a pensar que todo había terminado. Pero ahora no tenía tiempo de entregarse a aquellos pensamientos, porque debía ocuparse de meter a los heridos en el helicóptero.

–Ya veo el aparato, Madre Gansa –confirmó Paxton.

–Enciende la bengala, Delta Delta.

Por el rostro de Ralph, que estaba en la sala de control, resbalaban gotas de sudor. ¡Dios santo, no dejes que la maten!

En los intervalos de las comunicaciones con Paxton, el operador de radio hablaba alternativamente desde la base con los muchachos que estaban en el bosque y con la unidad sanitaria.

–Te hemos visto, Delta Delta. Ahora van a recogeros.

Después de estas palabras los hombres de la sala de control se quedaron a la espera, mientras Paxton permanecía donde estaba y el helicóptero se posaba en el mismo lugar donde Bertie había encontrado la muerte. Paxton vio que recogían su cuerpo y lo montaban en el helicóptero y después vio dos hombres que se acercaban corriendo con una camilla y que llegaban hasta ella y los tres heridos.

–¿Estás bien?

Paxton asintió con un gesto mientras colocaban rápidamente al primer hombre en la camilla y después volvían por los otros dos. A continuación le indicaron con una seña que se montase en el helicóptero.

–¡Anda, sube!

La chica atravesó corriendo la enorme nube de polvo que había levantado el viento provocado por las hélices y, sin añadir palabra, los hombres la empujaron hacia el helicóptero y éste despegó. Cubrió la corta distancia hasta la 159 unidad médica instalada en la base, donde había un helipuerto y un equipo de médicos y enfermeras esperando.

–Aquí Madre Gansa, adelante Dos Uno Alfa Bravo, ¿ya la tienes?

–Positivo –dijo el piloto con voz tranquila–. ¿Cómo están los de abajo?

–Hasta ahora bien. Ya no hay más heridos.

–Corto y fuera, Madre Gansa. Ahora entramos.

Al aterrizar, Paxton seguía agarrada a la radio y se dio cuenta de que todo su cuerpo temblaba. La radio estaba manchada con la sangre del operador, pero ahora él ya se encontraba en manos del personal médico. Paxton dejó que desembarcaran primero los heridos y, después de dar las gracias al piloto, bajó cautelosamente del helicóptero. Apenas puso los pies en tierra, sintió que alguien la agarraba con fuerza y la obligaba a volverse, lo que hizo que se le cayera el casco y se le derramara la rubia cabellera sobre la espalda.

–¿Qué demonios estaba haciendo allí?

Al principio ni siquiera se dio cuenta de quién era, pero aquel hombre la sacudía como si fuera una niña pequeña y parecía a punto de pegarle una zurra.

–Pero ¿es que no se da cuenta de que pudieron haberla matado? ¿Qué demonios ha ido a hacer allí? Toda esta zona está prohibida.

–Yo...

Entonces lo vio: sus ojos centelleaban como brasas y la sobrecogían de miedo. Era Tony Campobello.

–¿Es que no se atiene a las normas o se considera demasiado importante para respetar ese tipo de cosas? ¡Podían haberla matado, a usted y a todos los que estaban con usted!

De pronto Paxton comprendió que ya no podía aceptar aquella situación por más tiempo y que mucho menos iba a tolerar que siguiera hablándole de aquella manera. Ya había pasado otra vez por aquello y no estaba dispuesta a echarse las culpas de todo lo malo que ocurriese. Esta vez no había sido culpa suya y era muy posible que tampoco lo fuera cuando murió Bill.

–¡Basta ya! –le gritó con sus ojos verdes echando chispas, igual que si fueran fusiles M-16–. ¡Yo no he hecho nada! ¡Y de los heridos tampoco tengo la culpa! Aquí ha venido el ejército de Vietnam del Norte, señor mío, y si sus chicos no son lo bastante listos para mantenerlos fuera de esta base, no tiene por qué gritarme a mí. Todo lo que he hecho ha sido pasarme dos metros de la línea marcada y después ha venido el lío.

–Pero ¿usted qué demonios espera encontrar aquí? ¿Doncellas que le sirvan el té? ¿No ha entendido que esto es zona de guerra?

Los dos estaban frente a frente, gritándose uno a otro. Hacía rato que se habían llevado a los heridos y el helicóptero había vuelto a despegar, pero ellos seguían gritando. Como los hombres se figuraban que se trataba de una pelea personal, no intervenía nadie. En realidad, sí que era una pelea personal, porque arrancaba de hechos pasados y parecía que lo que ahora se necesitaba era renovar un poco el aire.

Sin embargo, mientras Paxton seguía gritando, de pronto sus ojos se llenaron de lágrimas. Eran lágrimas de indignación, de impotencia.

–¡No me grite! –le soltó la chica a la cara–. Yo no tengo ninguna culpa de que hayan herido a esos muchachos.

–No, pero pudo ser por su culpa –volvió a la carga, mientras Ralph y el teniente llegaban en un jeep y contemplaban cómo los dos seguían gritando y agitando los puños.

Ralph protestó, indignado, mientras Tony, al ver llegar al teniente, se apaciguaba un poco. Ralph, entretanto, le observaba sin disimular la rabia que sentía.

–¿Otra vez lo mismo? –le preguntó, furioso.

Pero Campobello no temía enfrentarse con Ralph.

–Podían haberle volado los sesos –le dijo a modo de explicación.

–¡Gracias a Dios, no ha ocurrido! –dijo el teniente.

Tenía más años que Bill y estaba muy impresionado por los acontecimientos de la jornada.

–Quizás he sido imprudente al invitar a la prensa a que echara una mirada al túnel.

El fotógrafo había muerto y Paxton había estado a punto de morir. Ralph estaba lívido ante lo ocurrido.

Ralph la miró fijamente mientras decía a Paxton:

–Quizá tendríamos que poner un poco más de atención. ¿Cómo demonios se te ha ocurrido avanzar hasta allí?

–No lo sé. Bertie ha dicho que quería hacer unas cuantas instantáneas y yo quería ver cómo las hacía. Me parece que lo he seguido y cuando me he enterado, ya los tenía encima.

–Si no hubiera tenido la radio, todavía estaría en el bosque, señorita –dijo el teniente con respeto–. Menos mal que ha tenido sangre fría. Gracias a esto probablemente ha salvado la vida de estos chicos.

Paxton miró furiosa a Tony, todavía echando chispas.

–Pues el sargento aquí presente considera que han estado a las puertas de la muerte por culpa mía.

El teniente sonrió. Campobello era uno de sus hombres más capaces, aunque era un poco exaltado.

–Yo no he dicho eso –protestó Campobello–, lo que he dicho es que ha faltado poco para que la mataran.

En otra ocasión la había acusado de la muerte de Bill, pero aquél era otro momento, otra historia.

–Eso está más cerca de la verdad –dijo Ralph y, mientras Tony y Paxton subían al jeep con ellos, todavía mirándose con aire de desafío, Ralph habló con el teniente sobre el traslado a Saigón del cadáver de Bertie. Era un excelente compañero de trabajo y todo el mundo lamentaría su pérdida. Uno más, otra muerte. Era difícil vivir bajo tanta tensión.

–Me gustaría dar las gracias al operador de radio de la base –dijo Paxton con voz serena antes de marchar.

El teniente se lo presentó y Paxton no pudo reprimir las lágrimas al conocerlo.

–Quería darte las gracias.

No sabía qué decirle. Gracias a sus transmisiones y a su sangre fría le había salvado la vida.

–No tiene importancia, Delta Delta –le dijo arrastrando las palabras, porque también era sureño, aunque ella no quiso preguntarle de dónde era–. ¡Lástima que te metieras en una zona caliente!

–Pero lo importante es que me has sacado de ella.

Se enteró de que los heridos evolucionaban satisfactoriamente. Lo único que había que lamentar era la muerte de Bertie, cosa que tuvo a Ralph ensimismado durante todo el viaje de regreso a Saigón.

No habían vuelto a ver a Tony al marchar, pero Ralph seguía furioso con él y desahogó parte de sus frustraciones refunfuñando contra Paxton. Había sido una jornada muy dura para todos, un día horrible de una guerra horrible, y se iban sin el reportaje que pensaban hacer. Ralph dijo que volvería otro día, pero primero había que ir a Saigón, informar a la Associated Press y hacer determinados trámites.

–Pero ¿se puede saber qué os pasa a vosotros dos? Cada vez que estáis juntos os ponéis a gritar como locos –dijo Ralph a Paxton.

Estaba enfadado con ella o por lo menos lo aparentaba. La verdad es que había pasado un gran pánico y ahora se sentía tan aliviado al ver que la muchacha estaba incólume que no podía por menos de desahogarse un poco.

–El sargento me ha acusado de provocar la muerte de aquellos chicos por culpa de mi imprudencia.

–Has sido imprudente en lo que a ti concierne, que todavía es peor. Estás aquí para escribir artículos sobre esta guerra, no para que te maten, porque así no vas a demostrar nada. En cuanto a él, no sé qué problema tiene, pero me parece que está como una cabra.

–Lo está –confirmó Paxton con una mirada cargada de veneno.

Volvía a llevar la ropa manchada de sangre, esta vez del operador de radio, y se sentía terriblemente sucia. Se acordaba de otras misiones en las que había estado y pensaba en los motivos que la habían empujado a volver a Saigón. No es que le gustase lo que había ocurrido, pero sabía que tenía la obligación de estar aquí. ¿Con quién había contraído aquella obligación? ¿Consigo misma? ¿Con su país? ¿Con el periódico? ¿Con Ralph? ¿Con Peter? ¿O con Bill? Preguntas interesantes. De regreso a Saigón permanecieron callados. Había sido un día terriblemente agitado para los dos. Y también para Tony, que había salido a dar un largo paseo y a reflexionar acerca de qué era exactamente lo que sentía por Paxton.

21

Ralph seguía enfadado con Paxton cuando la encontró al día siguiente en las oficinas de la Associated Press, pero ella lo invitó a comer y, después de un par de copas, pareció que las aguas comenzaban a remansarse.

–¡Mira que eres...! Cuando ayer te vi metida entre la maleza con aquellos tíos pensé que había llegado tu hora. ¡Creí que contarías el cuento! Me pareció que la cosa estaba hecha.

–Lo mismo creí yo –admitió ella tomándose su *café sua.*

Era un café endulzado con leche condensada de lata. Un año atrás lo había encontrado detestable, ahora le encantaba.

–¿Sentiste miedo? –preguntó Ralph en voz baja, a lo que ella sonrió.

–Después, sí, pero mientras ocurría, no estoy segura. Hubo un minuto en que sentí pánico pensando en lo que podían hacerme si no me mataban. Eso me daba más miedo que la muerte misma.

En más de una ocasión los periodistas caían prisioneros, pero solían ser puestos inmediatamente en libertad. Los norvietnamitas pretendían con ello que les hicieran propaganda, aunque subsistía siempre la posibilidad de que no fueran tan humanitarios en una próxima ocasión. Las cosas que se contaban acerca de torturas y palizas a cargo de los vietnamitas habían pasado a la leyenda.

–En realidad, lo que más me preocupaba era cómo sacar de allí aquellos chicos antes de que murieran.

De pronto Ralph se quedó pensativo y, moviendo la cabeza, dijo:

–¡Pobre Bertie!

–¿Estaba casado?

Aunque era un chico que le caía muy bien, de hecho lo conocía muy poco.

–No, tenía una amiga aquí en Vietnam, creo que una chica de Cholon. Aparte de ella, no creo que tuviera a nadie más. Ni esposa ni hijos. He llamado a la embajada para dar la noticia y creo que mañana envían el cadáver a Londres.

Paxton asintió con un gesto y pensó en Bill y en cuando su cadáver fue enviado a Debbie. Después Ralph la miró y por un momento se sintió muy cansado.

–¿No te cansas de todo esto? Me refiero a tantas muertes. A veces me pregunto cómo es la vida en un sitio donde la gente sólo muere de cosas como cáncer o caídas del telesquí.

Paxton sonrió dándose cuenta de lo que quería decir, pero ella sólo había estado ausente de aquel ambiente durante un breve tiempo. Verdaderamente era algo que dolía, costaba admitirlo y, aun así, nadie estaba dispuesto a abandonar el país. Era imposible volver a casa y dejar pendiente aquel asunto. Por eso no había podido quedarse en Estados Unidos. Aunque uno volviera a casa, dejaba el corazón en Vietnam, porque sabía que aquello quedaba por resolver.

–Sí, uno acaba por hartarse. Todos estamos un poco hartos.

–A veces me preocupa –le dijo Ralph sinceramente.

Paxton notó que la tercera copa ya había hecho efecto en Ralph, cosa rara en él, porque emborracharse no entraba en sus costumbres.

–Cuando pienso en France y en que ha querido tener ese hijo... ¡Vaya infierno para tener un hijo!

–Podéis iros todos a los Estados Unidos –dijo Paxton con voz tranquila, aunque se preguntaba si Ralph estaba realmente en condiciones de volver.

Quizá se había quedado demasiado tiempo en Vietnam y ya no podría estar a gusto en otro sitio. Había periodistas que vivían tanto tiempo en lugares como Turquía, Argelia y Vietnam que ya no podían volver a Nueva York, Chicago o Londres. A veces Paxton se preguntaba si Ralph sería uno de ellos.

–Ella no quiere ir a los Estados Unidos conmigo, quiere quedarse aquí. Tiene un mal recuerdo del tiempo que estuvo casada con el soldado norteamericano, el padre de An. El ejército la trataba con desprecio, la familia del marido la odiaba. Se figura que si va a los Estados Unidos conmigo la gente la apedreará por la calle. ¿Y sabes una cosa, Pax? Pues que tal vez tenga razón; no estoy tan seguro de tener derecho a sacarla de su tierra. Si estuviéramos en los Estados Unidos, yo tendría la oportunidad de hacer muchas cosas por An, pero si nos quedamos aquí, cuanto mucho conseguiré tenerlo a salvo, alimentarlo y librarlo de mayores percances.

An era muy pequeño, pero Paxton sabía que en las calles de Saigón había niños de cinco años vendiendo heroína. No era el caso de An, porque France se ocupaba de él y lo tenía en casa con ella. También lo llevaba a una guardería francesa católica que en otro tiempo había estado reservada exclusivamente a un público distinguido. La madre de An era una verdadera señora. Sin embargo, la familia vivía en un mundo agonizante, un mundo en el que iba a nacer el hijo que France y Ralph esperaban.

–A propósito, ¿cómo se encuentra? –preguntó Paxton.

–Gorda –dijo Ralph riendo–, pero encantadora.

Ralph esperaba aquel hijo con impaciencia porque para él era algo maravilloso, pese a la indiferencia que simulaba ante los amigos. Sería padre a los treinta y nueve años.

Después de comer, Ralph fue a su despacho mientras Paxton se dirigía al Hotel Catinat, en Nguyen Hue, para nadar un poco. Más tarde se proponía volver al Caravelle para escribir su artículo. Después de lo ocurrido el día anterior en Cu Chi todavía no había tenido tiempo de ordenar las ideas y, al atravesar el vestíbulo del hotel, estaba perdida en sus pensamientos. Por eso, al sentir que una persona le tocaba el brazo, tuvo un sobresalto. Era Tony.

–Yo... –empezó a decir, aunque no sabía exactamente cómo proseguir, temía que se pusiera a gritar de nuevo, al parecer su forma preferida de conversación–. ¿Qué le trae por aquí?

Tony estaba rojo como la grana. Era más fácil hablar con

ella cuando iba vestida con mono, camiseta y botas de combate y llevaba sus hermosos cabellos rubios cubiertos por el casco. Pero ahora, tan guapa y tan femenina, hacía que Tony se sintiera cohibido y lamentara incluso haber venido, pese a que sabía que era su obligación.

–Una vez más tengo que excursarme –dijo clavando sus ojos oscuros en los verdes de Paxton, con una expresión que a Paxton por un momento le pareció infantil–. Ayer no tuve ningún derecho de gritarle de aquella manera. Estaba... estaba muy asustado por usted. Sentí un gran alivio cuando comprobé que no le había ocurrido nada. Además, al verla otra vez allí tuve malos recuerdos.

Tony tenía los ojos húmedos. Seguía echando de menos a Bill Quinn y estaba seguro de que a ella le ocurría lo mismo. Tony no era una persona que supiera ocultar sus sentimientos.

–Para usted también tiene que ser muy duro.

Paxton asintió, conmovida por la sinceridad de unas palabras que hacían más fácil hablar con él.

–Al principio ignoraba el lugar al que íbamos. Para mí era una misión más y un artículo que tendría que escribir, pero de pronto comprendí dónde me encontraba y entonces ya sólo me fue posible pensar...

Se le habían llenado los ojos de lágrimas. Moviendo la cabeza con un gesto de desengaño, dejó vagar la mirada a lo lejos. Después le dijo:

–Quizás usted tenía razón cuando me lo dijo hace mucho tiempo. Quizá cuando alguien se obsesiona demasiado con una persona acaba despreocupándose de los demás y entonces...

–No debí haberle dicho tal cosa. Usted no tuvo la culpa de su muerte. Pero yo quería culparla a usted porque estaba harto de culpar siempre de todo a Charlie. Charlie se ha llevado a muchos compañeros míos. Bill fue uno más y en parte fue culpa de él –suspiró profundamente–. Nunca debió meterse en aquel túnel y él lo sabía de sobra. En lugar de ordenar que lo hiciera otro, siempre se metía él. Las veces anteriores había tenido suerte, pero era de los que siempre quieren responsabilizarse de todo. Y ayer usted se metió de lleno en el fregado. Teníamos una unidad de vietcong en las mismas puertas de la base y usted corrió un gran riesgo. Considerándolo bien, se hizo lo que había que hacer, pero por un momento pensé que ocurriría lo peor... y sólo pensarlo me enloqueció.

–Gracias –dijo ella con una dulce sonrisa y mirándolo fijamente–, gracias por haberse preocupado de mí.

Lo fácil era no preocuparse, pues, después de tantas muertes, uno acababa por inmunizarse. De lo contrario, habría sido para volverse loco.

–Después, cuando de vuelta a casa lo pensé mejor, me di cuenta del peligro, pero cuando estaba allí con aquellos muchachos no tuve tiempo de pensar.

–Estuvieron a punto de acabar con usted –admitió Tony.

Él y el teniente habían hablado después acerca del asunto y habían admitido que pudo resultar muy mal.

–Podía haber terminado de muy diferente manera.

Cuando lo pensaba, se sentía enfermo.

–Sí, tuve suerte. Precisamente ahora iba a mi habitación para escribir un artículo sobre lo ocurrido.

–¡Ah! –dijo él con cierta contrariedad–. He tenido que venir a recoger unos papeles en MacVee y pensé que quizás... aceptaba usted ir a cualquier parte a tomar un café.

Paxton titubeó un momento, sin saber qué pretendía exactamente de ella aquel chico, pero como el artículo podía esperar, decidió aceptar la invitación si aquello servía para olvidar el mal rato que habían pasado y hacer las paces. Pensó, además, que aquel muchacho, pese a su apariencia hosca, debía de ser totalmente inofensivo.

–¡De acuerdo! Escribiré el artículo más tarde.

Salieron a la calle y anduvieron por la acera hasta el Tu Do. Había una mesa libre en la parte delantera, desde la cual se sentirían inmersos en el caos y el bullicio de la vida callejera, pero de hecho ya estaban acostumbrados.

–Ralph dice que usted y yo siempre estamos peleando –dijo Paxton con una sonrisa, mientras tomaba a pequeños sorbos un *thom xay*.

–Sí, es verdad –dijo Tony riendo, a lo que añadió en seguida con aire contrito–: Pero me temo que es culpa mía.

–Puede estar seguro –dijo ella con una sonrisa.

–No puedo remediarlo. Es el temperamento italiano.

–Debe de serlo –dijo la chica riendo–. Ralph dice que es porque los dos estamos locos.

–También es posible –dijo él con una especie de mueca que al momento se convirtió en una sonrisa–. Aquí uno acaba por volverse loco.

–¿Es diagnóstico o es advertencia?

–Quizá las dos cosas.

Pese a todas las tensiones por las que habían pasado, resultaba curioso que se encontrase a gusto con él.

–¿Está usted casado? –le preguntó Paxton con naturalidad.

Tenía edad para estarlo. Observándolo a la luz del sol, Paxton calculó su edad. Tenía exactamente siete años más que ella: treinta años.

–No –dijo él moviendo negativamente la cabeza–. Estuve casado pero me divorcié antes de venir aquí. En realidad... –dijo con un suspiro, como si se propusiera ser sincero con ella–, de hecho vine aquí por eso. Mi mujer y yo nos casamos a los dieciocho años. Éramos novios desde el colegio. Tuvimos una niña al poco tiempo de casados..., bueno, un año más tarde, quiero decir que no nos casamos por eso –tuvo interés en explicarle–. La niña murió de leucemia y eso nos destrozó. Fue algo totalmente incomprensible para nosotros. La niña tenía dos años. ¿Cómo podía morir? ¿Cómo era posible que Dios nos hiciera una cosa así? Ya sabe qué pasa en estos casos.

Desvió la mirada como si siguiera atormentado por aquel recuerdo, mientras Paxton no apartaba los ojos de él.

–Después tuvimos un niño –dijo con mirada radiante–. Es un niño maravilloso. Se llama Joey, es decir, Joe, como mi padre. Y lo divertido del caso es que se parece muchísimo a él.

Parecía haberse alejado un millón de kilómetros de ella mientras hablaba de su hijo. Paxton lo escuchaba conmovida.

–Es un niño estupendo. Bueno, pues –dijo, al tiempo que súbitamente se le ensombrecía el semblante–, resulta que cuando Joey cumplió dos años, Barbara, mi mujer, me dijo que quería divorciarse. Después de siete años de matrimonio, cinco años antes de venir aquí, después de la hija que se nos había muerto y después de que nuestro hijo acabara de cumplir los dos años, ¡todo terminado! Va y me dice que quiere divorciarse. ¡Por poco me muero! –miró a Paxton abiertamente a la cara y añadió–: No sabía si matarla o matarme yo.

–¿Qué ocurrió? ¿Por qué? ¿Se había cansado o qué?

–No –dijo Tony mirándola amargamente–, mejor dicho, sí. Se había cansado de mí. En realidad, se había encaprichado con mi hermano. Mi hermano es dos años mayor que yo y siempre ha sido el niño bonito de la familia. Tommy, la maravilla número uno. Tommy el Fantástico. Tommy, el niño más aplicado de la escuela. Mientras que a mí me tocó trabajar con mi padre y ayudarle a sacar adelante el negocio. Tommy se hizo contable, fue a trabajar a la ciudad y después se matriculó en la facultad de derecho. Actualmente es abogado. Bueno, el hecho es que ella me dejó y se casó con él. Joey estaba encantado con él. Y ahora, ¿cómo le explicas a un niño que su tío ha pasado a ser su padre y que su madre es una mala pécora? Mis padres me pidieron que no me lo tomase demasiado a pecho si no quería destruir la familia.

Hizo un gesto muy italiano con el que quería demostrar toda su impotencia y dijo:

–Así que me largué y vine a Vietnam y ya no he vuelto más a casa. Ésta es toda mi historia.

Y se quedó mirando un momento el tráfico mientras Paxton reflexionaba.

–¿Y desde entonces no ha vuelto a ver a Joey? –le dijo la chica, atónita, y tratando de asimilar lo que le había contado.

–No –dijo Tony mirándola–. ¿Qué le voy a decir? ¿Que odio a su madre?

–¿La odia? –le preguntó con curiosidad.

–Antes, sí. Ahora no lo sé. Antes, cuando me metía en la cama y cavilaba, me sentía tan cabreado que sentía ganas de matarla. En lugar de matarla a ella me dedicaba a matar a Charlie. Pero si he de decirle la verdad, no sé si todavía la quiero. A lo mejor ella obró correctamente, no sé. Ahora tienen tres hijos y ella es feliz, Tommy la quiere, Joey parece feliz si he de juzgar por las fotografías, y mi hermano está encantado con él. ¿Cómo voy a decir que no han hecho bien? ¿Y sabe una cosa?

Ahora, a veces, cuando pienso en ella, ni siquiera me acuerdo de su cara.

–El odio es una cosa muy curiosa –dijo Paxton con voz tranquila–. Uno se concentra tanto en el odio que ni siquiera sabe por qué odia.

Así ocurría en Vietnam y en otros lugares, en otras vidas.

–Es usted una mujer muy interesante –dijo él con voz suave–. Esto fue lo que más me impresionó de usted cuando volvió a los Estados Unidos. Barbara no habría hecho nunca lo que hizo usted por Bill. Me refiero a lo de recuperar las cartas y las cosas para que su mujer no se enterara. Mi mujer me restregó por las narices que se acostaba con mi hermano. Usted, en cambio, vino a la base, quiso recuperar las cartas que le había escrito, para que la mujer no se enterara y no tuviera un disgusto. Aunque ni siquiera la conoce.

–Lo hice por él.

Pero la verdad era que también lo había hecho por sus hijas.

–Le quería muchísimo, ¿verdad? –preguntó Tony.

–Si –dijo ella con un movimiento afirmativo, y preguntó a Tony–: ¿Y usted por qué me odiaba tanto? Me refiero a los primeros tiempos.

Tony hizo una profunda aspiración y trató de explicárselo, como si pretendiera también explicárselo a sí mismo.

–No sé, quizá porque usted me daba miedo. Temía que pudiera distraerlo demasiado y que él se volviera imprudente. En serio. Lo he visto en otros. Se obsesionan tanto mirando la fotografía de su chica que pisan una mina y saltan por los aires. En realidad, Bill no era así. No sé, quizá fue porque aquello me molestaba. ¡Qué sé yo!

Volvía a tener un aire muy italiano.

–Quizás estaba celoso. Aquí la vida es mucho más fácil si no hay mujeres.

Tenía razón, porque para las mujeres a veces también resultaba más fácil si no había hombres, aunque era mejor que los hubiera.

–Él lo apreciaba a usted muchísimo –dijo Paxton como haciéndole un último regalo de Bill.

–Y él a usted la amaba muchísimo –repuso Tony con voz

tranquila–, se le notaba cuando hablaba de usted. ¿Cree que habría acabado por dejar a su mujer?

–Probablemente no –dijo ella sinceramente, moviendo el refresco que estaba tomando–. No creo que tuviera realmente intención de abandonar a sus hijas. No es difícil, estando aquí, dejarse arrastrar por la pasión del momento y amar a una persona. A todos nos resulta fácil caer en esto. Uno no sabe siquiera si estará vivo la semana que viene. Aquí no hay que pensar en si el matrimonio resultará o no, en si te va el trabajo de él, en si a él le gustará o no tu familia, en el lugar adonde se irá a vivir. Lo único que se necesita es estar vivo para pasar un fin de semana en Vung Tau. En cierto modo, todo es muy sencillo.

Había mucha verdad en sus palabras y Tony lo sabía.

–¿Cuánto tiempo se quedará aquí esta vez? –le preguntó Tony.

Cuantas más cosas sabía de ella, más le gustaba aquella chica, aunque a veces acabase por sacarlo de sus casillas. Lo que mas nervioso lo ponía era su independencia, su valentía, aquella rebeldía que la impulsaba a hacer lo contrario de lo que le pedían, aunque también le impresionaba su rectitud, su cordialidad, su sinceridad, su sensibilidad.

–Me quedaré todo el tiempo que pueda soportarlo –dijo Paxton sonriendo– y mientras sigan publicando los artículos que les mande.

–Dicen que es usted buena periodista.

–No lo sé –dijo encogiéndose de hombros–, pero me gusta escribir.

–Pues yo ni siquiera escribo cartas –dijo Tony riendo–. Cuando puedo, escribo a Joey, pero me cuesta mucho. Hace tanto tiempo que no nos vemos.

–¿No cree que tendría que volver a los Estados Unidos y hacerle una visita?

–Quizá –dijo él.

Pero en realidad le daba miedo enfrentarse con él.

–Quizá lo mejor es dejarlo que haga su vida. ¿Qué puedo ofrecerle yo? Tommy se porta bien con él y, como Joey tiene su mismo apellido, todo el mundo supone que es hijo suyo. A mí no me necesita para nada.

–Pero usted sigue siendo su verdadero padre. ¿Cómo le llama el niño cuando le escribe?

La voz de Tony sonó ahogada al responder.

–Me llamá papá –hizo una larga pausa y añadió–. Quizá cuando acabe este turno, me acercaré a verlo.

Paxton hizo un gesto de aprobación.

–¿Y qué pasó con el negocio de la familia? Me refiero a la verdulería –dijo Paxton con una sonrisa, a la que Tony correspondió.

–Mi padre murió el año pasado y mi madre traspasó el negocio. Hizo muy bien. Tommy la mantiene. El dinero del traspaso mi madre lo dividió entre Tommy y yo. Cuando vuelva quizás haré algo con él, aunque todavía no lo he pensado. Hubo una época en que pensé ir a California y comprar una granja, o al valle de Napa y comprar una viña. No sé, algo así. Me gustaría hacer algo en lo que intervenga la tierra –se le iluminaron los ojos–. Ésta es la única cosa que me gusta de Vietnam, esa tierra tan roja y tan rica, ese verdor tan increíble –sonrió a Paxton como disculpándose–. Seguramente en el fondo de mi corazón sigo siendo un agricultor. Quizá, si compro algo, Joey irá a visitarme.

–Estoy segura.

Paxton veía que Tony podía convertir aquel sueño en realidad. Era un hombre de corazón sencillo, con ideales muy simples y valores muy claros. Lo cual no significaba que no fuera inteligente. Si había burlado a los vietcong en los túneles de Cu Chi quería decir que tenía cerebro. Paxton se preguntaba qué sería de él cuando volviera a los Estados Unidos, pues resultaba evidente que para él no iba a ser fácil. Lo de su hijo Joey partía el corazón.

–¿Usted ha estado casada, Paxton?

Tony, ahora que le había contado su vida, también sentía curiosidad de saber cosas de ella.

–No.

–¿Cuántos años tiene?

–Veintitrés. Vine a Vietnam cuando salí de la universidad.

–¿Por qué?

Entonces ella le contó todo lo de Peter y le habló de Gabby, de su madre, de George y de que, desde la muerte de Bill, ya no podía encontrar en ellos el calor de otros tiempos.

–No sé qué haré en los Estados Unidos cuando vuelva. Sólo sé que de momento no puedo volver.

–Tenga cuidado –le advirtió él, mientras volvía a acomodarse en la silla y aspiraba profundamente el aire denso de Saigón–, este país crea adicción, igual que les sucede a los colgados del caballo o la hierba. Y ahora los hay en cantidad. Nosotros somos iguales que ellos, también estamos colgados y no hay quien nos desintoxique.

Paxton sabía qué quería decir exactamente y, con respecto a ella, no veía solución.

–Supongo que nos quedaremos hasta que consigamos arrancarnos este país de dentro –dijo ella, acordándose de Ralph.

–Sí –asintió Tony–, o hasta que acabe con nosotros. También hay que contar con eso. Ayer, por ejemplo, usted estuvo muy cerca.

Esa solución no le parecía la buena.

–¿Y usted? Probablemente ha estado mil veces cerca de la muerte. Estoy empezando a creer que lo que marca la diferencia es la suerte.

Los dos sabían que así era. ¡Cuántos chicos encontraban la muerte el día antes de licenciarse, cuando sólo les faltaba un día para volver a casa! Eran muchos. Ocurría así y no había ninguna explicación.

–Quizás sucede que tengo suerte –se encogió de hombros–. Por lo menos, la he tenido hasta ahora. Antes no se me había ocurrido.

Volvió a hacer referencia a su mujer. Se sacó una fotografía de la cartera y mostró a Paxton el retrato de su hijo.

–Aquí tenía seis años, pero ahora ya tiene siete.

Paxton miró la fotografía y no pudo abstenerse de exclamar:

–Es exactamente igual que usted.

–¡Pobre niño, entonces! –se echó a reír Tony.

También llevaba una fotografía de Barbara, pero rara vez la sacaba de la cartera. Desde entonces había habido algunas chicas en su vida: enfermeras, muchachas del cuerpo militar femenino, un par de chicas nativas que vivían cerca de Cu Chi y una joven hermosísima que había conocido un par de años atrás, cuando evacuaron Ben Suc. Pero en realidad nada serio con ninguna, porque con ninguna había establecido una relación comparable a la que había existido entre Paxton y Bill o Peter. Desde la separación de Barbara no había mantenido ninguna relación seria. Ya no recordaba siquiera cómo podía ser, aunque sí recordaba muy bien lo que había visto en los ojos de Bill Queen, una especie de luz y paz que Tony no conocía desde hacía años.

Volvieron lentamente al hotel, situado en Tu Do, escuchando el griterío de la calle, el plañido de los cláxones, los taxis-triciclo que pasaban rozando, los timbres de las bicicletas, todas aquellas voces, chillidos y exclamaciones que eran Saigón.

Al llegar a los escalones del Caravelle, Tony se volvió hacia Paxton y le dijo, muy serio:

–Gracias por haber pasado la tarde conmigo, Paxton. Me ha sorprendido que aceptara venir. ¡Me había portado tan estúpidamente en las anteriores ocasiones!

Paxton se echó a reír ante su franqueza.

–¡No diga tonterías!

Tony habría querido decirle lo guapa que estaba por si no tenía ocasión de decírselo nunca más, pero no se atrevió. Sin embargo, quiso pedirle algo y, pese a que se sentía muy nervioso, logró decírselo.

–Supongo que no querrá venir a cenar un día conmigo, ¿verdad?

Paxton se sobresaltó, pero se repuso inmediatamente. En realidad, no sabía qué pensar de aquel muchacho, pero supuso que posiblemente necesitaba compañía y estuvo dispuesta a dársela.

–¡Claro que sí! Me encantaría.

–Entonces la llamaré un día de éstos.

–Gracias, Tony.

Se estrecharon la mano y Paxton subió a su habitación para escribir el artículo sobre los sucesos del día anterior. Después de escribirlo permaneció unos momentos con la mirada perdida en el vacío pensando en aquel niño cuyo padre lo había dejado hacía cinco años para venir a Vietnam y, sin saber por qué, puesto que no conocía al niño, su corazón voló hacia Joey.

22

La semana siguiente Tony volvió a Saigón y la llamó, pero ella estaba ausente, había ido con Ralph y otros a reunir material para otro artículo. A su regreso, sin embargo, llamó a Tony al teléfono que éste le había dejado. Tony estaba con unos amigos en la base de Tan Son Nhut y le preguntó si quería ir a cenar y después a ver una película en la base. A Paxton le pareció muy bien, porque hacía mucho tiempo que no iba al cine.

Tony pasó a recogerla a las siete, lo que dio tiempo a Paxton para tomarse una ducha, lavarse el cabello y cambiarse. Fueron a cenar a Ramuntcho's, el restaurante de la planta baja del edificio Edén.

Era un restaurante francés muy bueno, frecuentado por los soldados norteamericanos, por lo que nadie les prestó atención mientras hablaban, reían y bromeaban. Ahora que se conocían un poco más, su trato era mucho más natural y agradable que antes. Tony tenía mucho sentido del humor y sus opiniones sobre el ejército eran de lo más divertido.

–Entonces, ¿por qué sigues reenganchándote?

–Porque no tengo nada mejor que hacer. Estudié un par de años en una escuela nocturna, hablo español perfectamente, sé cambiar pañales –lo sabía porque se había ocupado personalmente de la hija que había muerto–, al parecer tengo dotes de mando y he pasado cuatro años y medio haciendo de rata de túnel. ¿Qué puedo hacer con eso? Tal vez encontraría un trabajo en las alcantarillas de Nueva York. ¿Qué otra cosa podría hacer?

–¿Y lo de la granja? ¿Y lo de la viña en el valle de Napa?

–¡Uf! Queda tiempo para esto. Además –le confesó–, no me gusta dejar las cosas a medias.

Sin embargo, había dejado a medias la cuestión de su hijo. Pero entonces tenía veinticinco años y se sentía completamente impotente.

–Y en cuanto a ti, ¿qué? –preguntó a Paxton–. ¿Qué piensas hacer cuando vuelvas?

–Haré de Dorothy en *El mago de Oz* –contestó sin vacilaciones–. Tengo la manía de los zapatos rojos.

–Ahora sé por qué me gustas –dijo él con una extraña sonrisa–, me gustas porque estás loca –y volviendo a ponerse serio añadió–: ¿Piensas seguir trabajando para un periódico cuando regreses a los Estados Unidos?

–Supongo que sí. Siempre quise ser periodista y, ahora que lo soy, me gusta.

–Tienes mucha suerte. Es una manera muy agradable de ganarse la vida.

De pronto recordaron lo que había estado a punto de ocurrirle a Paxton en Cu Chi y se echaron a reír.

–¿Qué has hecho esta semana?

Cuando Paxton se lo dijo, le impresionó la cantidad de artículos que había escrito. Aquella chica no tenía miedo de ensuciarse la ropa, ni de recibir un disparo ni tampoco de ver los horrores de la guerra y, aunque esto asustaba a Tony porque temía el riesgo, hacía que sintiera por ella un gran respeto.

Al final decidieron saltarse la película. Fueron al bar del Caravelle y se quedaron horas charlando de Vietnam, de Bill, de la familia de Tony, de la de Paxton e incluso de Queenie.

–Tengo la impresión de conocerte de toda la vida –le dijo cuando se despedía de ella, porque en Paxton había una cordialidad y un calor que hacían fácil el contacto y la amistad.

–A mí me ocurre lo mismo –confesó ella–, y no me sucede a menudo.

Sin embargo, aquella salida había resultado positiva para los dos. Paxton le había contado incluso las dificultades de la relación con su madre y también que una sola vez, después de la muerte de Peter, la relación entre ambas había experimentado un cambio, a pesar de lo cual, cuando Paxton regresó de Vietnam, no fue posible restablecer aquel vínculo de intimidad surgido un día. En realidad, eran muy diferentes.

–No he tenido una amiga como tú desde que era niño –dijo Tony riendo muy feliz–, ya me entiendes, el compañero o compañera al que se lo dices todo.

Barbara había sido para él esa persona cuando eran niños, pero después todo había cambiado.

–¿Cuándo vuelves a Saigón? –le preguntó Paxton ya en el vestíbulo.

Eran más de las dos y hacía mucho rato que había empezado el toque de queda.

–No lo sé todavía. Ya te llamaré.

Tony pareció dudar un momento pero después, acercándose, le tocó el hombro.

Llamó dos días después. Había hecho un trato con un compañero y disponía de un permiso. Volvió a proponer a Paxton ir al cine y esta vez casi llegaron a la base de Tan Son Nhut, pero en la carretera habían volado un coche y, como no se podía pasar, dieron media vuelta y volvieron a Saigón.

–¿Adónde quieres ir? ¿Al Radio City Music Hall? ¿Al teatro? ¿O prefieres tomar una hamburguesa y un batido en Schrafft?

–¡No fastidies! –refunfuñó ella–. Me dan náuseas.

–¿Quieres ir a bailar al Pink Nightclub?

–Vayamos a tu casa a ver la tele y a comer palomitas –dijo ella bromeando.

Ahora fue él quien refunfuñó.

–¡Venga, vamos a tu hotel a charlar un rato!

Así pues, volvieron a hacer lo mismo, aunque esta vez, cuando se despidieron en el vestíbulo, Tony la llevó hacia un rincón oscuro y la besó. Le acarició los cabellos y rozó sus hombros desnudos, cuya piel, suave como el satén, casi le arrancó un gemido. ¡La deseaba tanto!

–La cosa se está poniendo difícil –dijo Tony imitando la voz de los Munchkins en *El mago de Oz,* a lo que ella se echó a reír.

–Eres incorregible –le dijo ella besándolo a su vez.

–¡Que va! Te equivocas totalmente. ¿Quieres probarme? –le dijo acercándole la boca al cuello, a lo que ella respondió con una risa ahogada.

–No está bien que me hagas reír en este momento –murmuró ella. Él le contestó besándola apasionadamente en los labios.

–Perdóname, Paxxie. Vayamos arriba.

–Tengo miedo.

–No temas.

Sí, Paxton tenía miedo. Todos los hombres a los que había amado habían muerto. ¿Y si ahora moría él? No quería hacerle esto, ni hacérselo a sí misma. No podía. Intentó decírselo, pero él la miró dulcemente y le echó para atrás la sedosa cabellera.

–Nosotros no hacemos nada, Pax. Todo está en las estrellas, en manos de Dios. Lo que tiene que ocurrir, ocurre. Lo que ocurrió a Peter o a Bill no fue culpa tuya. No recuerdes, por favor, lo que dije entonces. Lo que me pueda ocurrir tampoco será culpa tuya. Lo que tenemos que hacer es tomar lo que encontramos en nuestro camino, y amarnos uno al otro mientras podamos y, si ocurre algo, hacer lo que consideremos mejor. Paxton, no puedes pasarte el resto de tu vida apartada de todos por miedo a que, si vas con alguien, pueda sucederle algo.

–Pero es que a veces tengo la impresión de que he sido yo la que los ha matado –dijo muy apenada y con lágrimas en los ojos.

Tony, recordando las cosas que le había dicho cuando todavía no la conocía, se odió a sí mismo.

–Tú no has matado a nadie, y lo sabes muy bien. Sólo ocurre que tienes miedo.

La rodeó con sus brazos y la estrechó con fuerza.

–Nena, no tengas miedo. Jamás en mi vida había querido a nadie como a ti. No me dejes, te lo ruego.

Y entonces, mirándola como no había mirado a ninguna mujer en su vida, dijo algo que tampoco había dicho a ninguna hasta entonces. Sin embargo, como era verdad, se atrevió a decírselo:

–¡Nena, te necesito!

Se necesitaban mutuamente, los dos necesitaban tener a alguien, porque era imposible enfrentarse con el horror de lo que estaban viviendo sin contar con una persona que les ayudase a superarlo.

Subió hasta la habitación de Paxton, pensando en todo lo que se habían dicho y estrechando su cuerpo contra el suyo. Al llegar a la puerta, la ciñó con sus brazos, la besó largamente en los labios y, apartándola, la contempló con una sonrisa muy dulce.

–Sea lo que fuere lo que nos ocurra, Paxton, sea lo que fuere lo que decidas hacer, te amaré siempre.

A continuación se dirigió a la escalera y, sin volverse a mirarla, fue bajando lentamente mientras ella le contemplaba.

23

Al cabo de una semana recibió un telegrama de los Wilson desde San Francisco. Gabby acababa de tener otra niña y tanto ésta como la madre se encontraban perfectamente. Se llamaba Mathilda. Pese a que era un acontecimiento muy distante, muy apartado de lo que era su vida actual, tuvo una gran alegría. Durante el resto de la semana los teletipos transmitieron noticias relativas a una extraordinaria congregación de jóvenes, reunidos para un concierto que se celebraría en cierto sitio llamado Woodstock.

Paxton había vuelto a salir con Tony y finalmente habían ido al cine. Vieron una película llamada *The Producers,* que les encantó a los dos. También contemplaron un magnífico reportaje de los primeros hombres que habían pisado la luna unas semanas antes y Tony no pudo reprimir las lágrimas al presenciar aquel hecho extraordinario. Después tomaron unos batidos de leche y unas hamburguesas en la cantina de la base y hablaron de sus respectivas infancias. La de Paxton en Savannah y la de Tony en Nueva York eran diferentes como el día y la noche y, cuando ella le puso al corriente de todo lo relativo a las Hijas de la Guerra Civil, a él le pareció increíble todo lo que Paxton le contaba.

–Oye, Paxton, por favor, no me digas que todavía hay quien se preocupa de esas cosas. ¿En serio hay gente que aún piensa en la Guerra Civil? ¡Es increíble, vamos!

Paxton también le refirió otras cosas: su padre, todas las

cosas que hacía con él y aquellas estupendas mañanas de sábado en su despacho. Tony, por su parte, le habló de cuando había trabajado en verano con su padre en el Bronx y de que su familia se había abierto camino lentamente y al final había conseguido reunir bastante dinero. Había trabajado de firme y, pese a ser un niño, se había sentido un hombre. Le encantaba trabajar. También le habló de la sensación que tuvo cuando nació su hijita y de lo que sintió cuando ella murió. Había creído morir del disgusto. Y después le habló igualmente de la llegada inesperada de Joey, un milagro, y de lo sano, fuerte y robusto que era.

Aunque no se entregaba muy a menudo a tales recuerdos, los ojos se le iluminaban al evocarlos.

–No puedes hacerte idea de lo que es. Tener hijos es lo más grande de este mundo.

Y de pronto, como si acabara de ocurrírsele, le preguntó:

–¿Quieres tener hijos algún día, Pax?

Todavía había ciertas cosas de ella que no sabía. No eran muchas, pero todavía quedaban algunas. La vida en un lugar como aquél te empujaba a confidencias que no se habrían producido en una vida normal.

–Creo que sí. La verdad es que no lo he pensado con mucho detenimiento –después, recordando mejor y queriendo ser sincera con Tony, porque ésta era realmente su manera de ser, rectificó–: No, no es verdad. Cuando vivía con Peter pensaba que un día tendríamos hijos. Con Bill fue diferente, nunca me hice verdaderas ilusiones de que llegase a casarse conmigo, de ese modo no me habría sentido engañada si no lo hubiera hecho. Pero lo curioso del caso es que siempre me he sentido distante en el trato con los niños.

–No es lo mismo cuando se trata de tus propios hijos –le aseguró Tony–. Es completamente diferente, resulta una especie de milagro. Es muy difícil de explicar. Uno se da cuenta de que allí hay un vínculo estrechísimo y que aquel hijo es parte de uno mismo.

Paxton lo miró por encima de los batidos de leche.

–¿Incluso ahora sientes eso por Joey?

Tony se quedó pensativo y, clavando en ella sus ojos, asintió.

–Sí, incluso ahora.

A pesar de todo lo que había ocurrido, Paxton no lo dudó.

–Pues entonces tienes que ir a verle de cuando en cuando.

–Sí, debería hacerlo –dijo con voz ronca.

Después fueron a bailar y finalmente Tony la acompañó al hotel, la rodeó con el brazo al subir por la escalera y, como no esperaba que ella le pidiera que entrara en su habitación, se acercó para darle un beso y desearle buenas noches. Pero Paxton le tiró suavemente de la manga y cuando Tony se volvió, vio que la puerta de la habitación permanecía abierta. Sin atreverse a preguntarle por qué lo había hecho, la siguió dentro y atrayéndola hacia sí, la besó como nadie la había besado en su vida, y ella le correspondió como nunca había correspondido a ningún hombre. Todo cuanto se relacionaba con Tony era diferente. Con él, Paxton pensaba de otra manera, hacía cosas distintas, tenía sensaciones diferentes. Él había conseguido que volviera a sentirse joven, joven y vieja a la vez, increíblemente femenina, totalmente natural. Era como si hubiera nacido para él, como si hubiera esperado toda su vida que él llegara. Tony también sentía lo mismo respecto a ella y así se lo dijo en la cama, cuando estuvieron uno junto al otro.

–Nunca he querido a nadie como te quiero a ti, Pax. Haces que sienta deseos de hacer esta misma noche la maleta y huir contigo a cualquier sitio donde podamos estar a salvo para siempre.

Pero los dos sabían que era peligroso pensar tales cosas en un lugar como aquél.

Tony pasó aquélla y otras noches con ella. Era curioso, pero al final del verano tenían la sensación de estar casados. Siempre que podían iban juntos a todas partes y Paxton le consultaba cosas acerca de las cuales nunca había hablado con nadie, entre ellas incluso las misiones de carácter periodístico a las que acudía con Ralph.

Tony, por su parte, se lo contaba todo, salvo cuando se trataba de misiones de combate, porque temía que Paxton sufriera demasiado si sabía los peligros que arrostraba.

Ralph modificó la mala opinión que tenía de Tony y a principios de septiembre fueron un día a cenar los cuatro juntos. La pobre France estaba enorme y Ralph le tomaba un poco el pelo, pero Tony le dijo que la encontraba hermosísima, cosa que Paxton le agradeció sobremanera. La verdad era que Paxton no podía imaginarse a sí misma con aquel aspecto y le costaba hacerse a la idea de que un día pudiera alojar un niño en su cuerpo. En cierto momento le pareció incluso percibir que el niño pataleaba en el vientre de France y le pareció extraordinario que a ésta no le importase en absoluto.

–¿No produce dolor? –le preguntó más tarde a Tony–. ¡Es tan enorme el vientre, está tan tirante! Tiene que ser terrible.

–No es terrible, sino maravilloso. Te lo aseguro.

Y besándola dulcemente repitió:

–Te lo aseguro.

Ninguno de los dos había hablado de matrimonio ni en la posibilidad de tener hijos, aunque tácitamente sabían que así sería si alguna vez salían vivos de Vietnam. Pero este último detalle tampoco era objeto de comentario por parte de ninguno de los dos. En cambio, hablaban de ir a pasar una temporada de descanso en Bangkok o de comprar regalos de Navidad para Joey. Finalmente, a mediados de septiembre, Tony obtuvo un permiso de cinco días y llevó a Paxton a Hong Kong, donde le compró un anillo, que le puso en el dedo sin más explicaciones. Era un aro con un corazón de rubíes y brillantes en el centro. A Paxton le encantó, porque lo decía todo. En Hong Kong lo pasaron extraordinariamente bien y se hospedaron en el Ambassador Hotel, como tantos soldados norteamericanos acompañados de sus esposas o de sus novias.

Al volver, Paxton se enteró de que Ralph estaba en Da Nang, cosa que consideró imprudente. El niño podía nacer de un momento a otro, por lo que Paxton le había sugerido que no se alejase mucho de Saigón, pero Ralph le había contestado que no podía quedarse sentado esperando a que naciera el niño. France estaba en contacto con una comadrona y contaba también con la asistencia de un médico para casos de necesidad, aparte de que Ralph le había dejado el número de teléfono de Paxton por si le hacía falta comunicar con ella. Además, esperaba estar de regreso de Da Nang por lo menos una semana antes de que naciera el niño.

Una noche Tony y Paxton estaban profundamente dormidos en la habitación del Caravelle después de haber hecho el amor, cuando sonó el teléfono. Paxton contestó.

–¿Diga?

No podía imaginar quién podía ser a aquella hora. El reloj indicaba las cuatro de la madrugada.

–¿Paxton? –dijo una voz con acento francés, pese a lo cual Paxton no la reconoció al primer momento–. Soy France.

¡Oh, Dios mío! Paxton se sentó de un salto en la cama preguntándose dónde podía estar Ralph.

–¿Estás bien?

–Estoy perfectamente.

Paxton casi se la imaginaba sonriendo educadamente en medio de la oscuridad de la habitación. Era de esa clase de personas que nunca se quejan, que nunca ponen obstáculos, que nunca tratan de imponerse. Sin embargo, la había llamado a las cuatro de la madrugada, aunque sólo la conocía superficialmente.

–Lo siento muchísimo –siguió diciendo con voz contenida. Se hizo un largo silencio que dejó perpleja a Paxton.

Ni por un momento se le ocurrió que la muchacha pudiera estar con los dolores del parto y sufriendo contracciones.

–Ralph no está –dijo– y me ha sido imposible ponerme en contacto con la comadrona... y el médico al que puedo llamar en caso de que... –se interrumpió abruptamente, lo que alarmó a Paxton.

–¿France? ¡France! ¿Estás ahí?

Dio unos golpes al teléfono, temiendo que la línea se hubiera cortado. El ruido despertó a Tony.

–¿Qué pasa?

Levantó la cabeza de la almohada y Paxton iba a darle la explicación oportuna cuando volvió a oír la voz de France, esta vez con mayor viveza.

–No consigo ponerme en contacto con el médico ni con la comadrona y estoy sola con An. Siento mucho molestarte, pero quizá podrías llevarme al hospital y hacerte cargo de An hasta que vuelva Ralph...

Volvió a sumirse en el silencio y entonces Paxton cayó en la cuenta de lo que ocurría. Tony entretanto la miraba fijamente.

–¡Por supuesto que sí! Voy en seguida. Pero ¿seguro que estás bien? ¿No quieres que llame una ambulancia?

–No, no, naturalmente que no –dijo France como reprimiéndose–, pero ¿vendrás pronto?

–En seguida. France, ¿te parece que estás a punto de tener el niño?

–Espero aguantar hasta llegar al hospital. Gracias –dijo y colgó bruscamente.

Lo que no sabía Paxton era que estaba sometida a terribles dolores y que, en el momento de colgar el auricular ni siquiera podía andar. Había esperado demasiado y ahora los dolores se producían con enorme rapidez. Paxton, en la habitación del Caravelle, estaba vistiéndose rápidamente mientras Tony saltaba de la cama.

–Te llevaré a Gia Dinh. A esta hora no debe de haber mucho tráfico –dijo Tony, solícito, al tiempo que se vestía.

–¿Dónde está el hospital más próximo?

Paxton procuraba mantener la cabeza despejada, pero en realidad estaba aterrada. Aquello la asustaba mucho más que el tiroteo en el frente.

–Creo que está en..., ¡bueno, no lo sé! Lo miraré al salir. ¿Cómo estaba France?

Tony ya se había enfundado el uniforme y Paxton se había puesto falda, blusa y sandalias. En aquel momento se cepillaba el cabello.

–Creo que mal. A cada momento se quedaba callada. Pensé que la comunicación se cortaba pero después me di cuenta de que la que se callaba era ella.

–Si no recuerdo mal, ésa es la señal reveladora.

Paxton tomó el cepillo de dientes con una sonrisa.

–Seguramente no hubiera llamado si no estuviera en un apuro.

Tardaron veinte minutos en llegar a Gia Dinh y, cuando estuvieron delante del edificio donde vivían Ralph y France, Paxton pulsó el timbre del apartamento. Durante largo rato no hubo respuesta y Paxton ya se preguntaba si habría decidido ir directamente al hospital sin esperarlos cuando Tony le indicó luces en uno de los pisos. Siguieron esperando hasta que el portero electrónico les franqueó la entrada. Después de subir corriendo las escaleras, la encontraron acurrucada detrás de la puerta del piso con un rastro de agua detrás de ella. Pareció contrariada de que Paxton no viniera sola, pero Tony actuó con perfecta normalidad. Dejó que France, que parecía enormemente hinchada, se apoyara en él y la llevó a su habitación. France llevaba un batín y debajo un camisón rosa. En la habitación contigua a la suya Paxton atisbó al niño. An dormía plácidamente. Cerró sigilosamente la puerta del cuarto y preguntó a France si había vuelto llamar al médico, pero ella se limitó a mover negativamente la cabeza y a agarrarse con fuerza a Tony. No parecía muy consciente de que era Tony quien la sostenía y apenas hacía caso a Paxton.

–France, tienes que vestirte –le dijo Paxton con voz tranquila, pero justo en ese momento France lanzó un grito irreprimible y se agarró con más fuerza a Tony.

Éste la sostenía suavemente y la dejó en la cama, sin soltarla, hasta que hubo remitido la contracción.

–France, tenemos que sacarte de aquí –le dijo con calma Tony–, te cogeré en brazos.

Mientras decía estas palabras, France volvió a gritar y nuevamente se agarró a él. Estaba fuera de sí, ya que desde medianoche sentía terribles dolores y ya eran las cinco de la madrugada. De pronto Paxton advirtió unas manchas de sangre en la cama, y se sobresaltó. Quiso indicárselas a Tony, pero éste las había visto y sabía exactamente de qué se trataba, por lo que miró a Paxton perfectamente tranquilo.

–No iremos a ninguna parte –dijo Tony sin inmutarse–; trae todas las toallas que encuentres y muchos periódicos, cuantos más mejor –y comenzó a desatarse los zapatos. Paxton se preguntó si se habría vuelto loco.

Tony trató de dejar un momento a France, pero ésta no le dejó y, aunque sufría terriblemente, murmuraba constantemente:

–¡Cuánto lo siento! ¡Cuánto lo siento!

Paxton contempló horrorizada aquella mujer desgarrada por los dolores y pensó que no entendía cómo podía decir Tony que aquello era hermoso. A ella le parecía espantoso, lacerante, intolerablemente doloroso.

Trajo todas las toallas que encontró, un par de sábanas limpias y un montón de periódicos que había en la cocina. Tony le dijo que los dejara en el suelo y que se arrodillara a su lado. Él se colocó detrás de France y la agarró con fuerza, y esta vez, cuando recomenzaron los dolores, France apretó con intensidad las manos de Paxton y comenzó a hacer fuerzas para expulsar al niño.

–¡Oh, no! ¡Oh, no! –gritaba France–. ¡El niño está saliendo!

–Lo sé –murmuró Tony y, después de indicarle lo que tenía que hacer, se ató una de las sábanas al cuerpo a manera de delantal durante el intervalo entre dos accesos de dolor, mientras France seguía agarrada a las manos de Paxton y volvía a gritar una y otra vez al tiempo que Paxton también gritaba con ella. Tony dijo a Paxton que ahora agarrara las piernas de France mientras él la sostenía por los hombros y ella seguía haciendo fuerzas. Paxton sentía intensos deseos de huir de la habitación. Le resultaba intolerable contemplar tanto dolor. De pronto, después de un terrible empujón, se oyó un leve gemido y los tres pudieron contemplar una diminuta carita roja que acababa de salir del alma de France, la cual la miraba atónita.

–¡Así! –exclamó Tony–, vuelve a empujar, sigue...

Esta vez aparecieron los hombros, mientras Tony facilitaba suavemente la salida sosteniendo con delicadeza una parte del cuerpo del hijo de France y Ralph. Era una niña y, mientras Paxton contemplaba admirada aquel milagro con lágrimas en los ojos, Tony se inclinó hacia ella y la besó. France ahora sonreía. Paxton contempló asombrada cómo Tony cortaba el cordón umbilical con ayuda de los cordones de los zapatos.

–Ahora llama una ambulancia –le dijo a Paxton, mientras ésta miraba atónita a France y al hombre que amaba con admiración total.

Tenía ganas de decirle qué formidable era, pero ya se lo diría más tarde, cuando tuviera tiempo.

Fue a llamar a la ambulancia y, antes de que llegara, despertó a An. France ya estaba cubierta, en tanto que el niño miraba complacido y extrañado aquella hermanita suya recién llegada a casa.

–¿Ha venido mientras mamá dormía? –preguntó, y los demás sonrieron–. ¿Te ha despertado, mamá?

No le gustó nada que se llevaran a las dos en la ambulancia, pero por otra parte estaba contento de ir al hotel con Tony. Paxton acompañó a France en la ambulancia hasta el hospital, sintiéndose maravillada por todo lo que había visto aquella noche: el dolor desgarrador de la madre, la minúscula carita asomada al mundo, empujada a salir de su escondrijo, y después la madre acogiéndola. Ahora la niña dormía plácidamente en brazos de su madre, que descansaba totalmente satisfecha.

–Siento haberos causado tantas molestias –dijo France, excusándose, ya en la ambulancia.

Paxton seguía dándole la mano, aún no repuesta totalmente de lo que acababa de presenciar. ¡Le parecía todo tan irreal! La guerra era real, la muerte se había convertido en un hecho normal, pero aquel milagro del nacimiento, esta faceta tan intrínseca del ser humano, la había sorprendido por completo y la había dejado estupefacta.

–Has sido muy valiente, France –dijo Paxton–, y siento no haberte podido ayudar más, porque en esto me falta experiencia.

Daba las gracias a Dios por haber podido contar con Tony.

–Te has portado maravillosamente –dijo France con voz de sueño al tiempo que cerraba los ojos, todavía agarrada a la mano de Paxton.

Ésta se quedó con ella en el hospital hasta la mañana siguiente. Al volver al hotel encontró a Tony jugando con An, los dos muy felices. Por suerte Tony tenía dos días de permiso, lo que le había permitido quedarse y esperar a Paxton.

–¿Cómo se encuentra? –preguntó Tony con aire preocupado–. ¿Todo va bien?

–Todo va maravillosamente bien –dijo Paxton sonriéndole casi con timidez–. La niña es monísima y France estaba muy feliz con la pequeña en brazos cuando las he dejado.

Casi no podía creer lo que había presenciado, si bien en cierto modo ahora se sentía más cerca de él.

Tony la miró largo rato sin decir palabra y, sin soltar la mano de An, rodeó a Paxton con el otro brazo y la besó.

–Anoche estuviste muy valiente –le dijo.

Había sido una noche que recordarían siempre.

–En mi vida había estado tan asustada. ¡Dios mío, Tony! ¿Cómo se puede soportar tanto dolor?

–Vale la pena –dijo él sin titubear, palabras que en aquel momento revelaron toda la verdad a Paxton.

Aquel momento en que la niña asomó la cabeza y el primer grito que salió de sus pulmones lo borraban todo. Paxton sabía que era algo que no podría olvidar.

–Realmente es un milagro, ¿no es verdad?

Tony asintió y, agachándose, se colocó a An sobre los hombros.

Ralph apareció a las cinco de la tarde. Había ido a su casa, había encontrado la nota de Paxton y se había dirigido precipitadamente al hospital para ver a France y a la pequeña. Paxton lamentaba que ella hubiera visto nacer a la hija de Ralph y que él, en cambio, no hubiera podido estar presente. Estaba radiante al llegar al hotel e insistió en invitarlos a champán para celebrarlo. Por fin, cuando se marchó con An en los brazos, tras dar las gracias a los dos, les comunicó que la niña se llamaría Paxton, es decir, Pax Tran Johnson. El nombre de Pax, que en latín significa «paz», le cuadraba muy bien.

Cuando aquella noche se acostaron, Paxton seguía muy impresionada por todo lo que había visto aquel día y su cabeza no cesaba de cavilar y de darle vueltas a aquellos acontecimientos.

–No sé, Tony –dijo a oscuras, ya en la cama–, pero me parece que no estoy preparada para una cosa así.

Estaba muy afectada por haber contemplado tanto dolor y no entendía cómo France había sido capaz de soportarlo.

Pero Tony se limitó a reír en la oscuridad y, volviéndose hacia ella, la besó.

–De momento no tienes por qué preocuparte. Ahora tienes otras cosas en que pensar.

Una de ellas, válida para los dos, era sobrevivir a la guerra de Vietnam.

–Ya sabes a qué me refiero. En cierto modo, ha sido espantoso.

–Supongo que debe de ser bastante duro –admitió Tony–, pero estoy seguro de que las mujeres lo olvidan, porque de lo contrario no tendrían más hijos.

Ver nacer el hijo de France había hecho que Tony reflexionara en las cosas importantes de la vida, las cosas que uno había dejado atrás al venir a Vietnam. De pronto sentía el deseo de una vida diferente.

–De veras que me encantaría volver a tener hijos –le confesó aquella noche.

–De eso entiendes bastante –dijo ella tristemente, pensando en lo bien que se había llevado con An.

¿Quién habría podido asegurar, sin embargo, si tendrían la oportunidad de tener hijos alguna vez? ¿Cómo saber si vivirían para tenerlos? Pero lo que habían experimentado aquella noche había establecido un nuevo vínculo entre ambos. Era un momento especial que habían compartido y que ahora los unía todavía con más fuerza.

–Te quiero, Pax –le dijo en la oscuridad.

–Yo también te quiero –murmuró ella, cayendo dormida en sus brazos y soñando con el hijo de France.

24

En octubre hubo una moratoria de ámbito nacional en los Estados Unidos y una importante manifestación que pedía el fin de la guerra. En noviembre hubo otra. El 3 de noviembre Nixon prometió que terminaría la guerra y la gente que lo escuchaba y creía en él sintió renacer las esperanzas.

El 16 de noviembre la nación quedó estupefacta al enterarse de lo ocurrido el año anterior en My Lai y súbitamente se levantó una enorme oleada de protesta en todo Vietnam. El teniente Calley era detenido en los Estados Unidos y, en Vietnam, los generales pretendían pasar a todo el mundo por una criba. Los militares responsables se sintieron ultrajados. Durante el curso de la guerra se habían producido tantas crueldades por ambos bandos que aquel ejemplo había servido para poner en tela de juicio todo lo que se había hecho hasta entonces. Circulaban fotografías de niños asesinados de un disparo, en tanto las oficinas de la Associated Press, *Time* y las cadenas CBS, ABC y NBC se veían inundadas de demandas en solicitud de investigación de determinados asuntos. Todo aquello acaparó la atención de la gente durante cierto tiempo y dio origen a sorprendentes anécdotas. Ralph y Paxton estuvieron tan atareados que no les quedaba tiempo para nada y ésta tenía que hacer verdaderos esfuerzos para dedicar un poco de tiempo a Tony.

Tony movió determinados hilos e hizo ciertos tratos para conseguir pasar el día de Acción de Gracias en Bangkok con

Paxton. Se hospedaron en el Hotel Montien y pasaron en aquella ciudad cuatro de los días más felices de su vida. De hecho, Paxton había llegado a un grado de intimidad con Tony no alcanzado con sus compañeros anteriores. Su relación se componía de amistad y amor a partes iguales y la mutua confianza que existía entre los dos permitía que pudiesen decírselo todo. En el avión, de regreso a Vietnam, hablaron de My Lai y del teniente Calley.

–¿Lo conoces? –le preguntó Paxton. Tony tuvo el gusto de contestar que no lo había visto en su vida, y agregó:

–Pero he oído historias parecidas, por supuesto contadas extraoficialmente. Los soldados tenemos tanto miedo que al final acabamos dando rienda suelta al odio y perdemos los estribos. Aquí no hay normas, Pax, tú lo sabes perfectamente, y algunos se desquician. Ven morir a sus compañeros, no encuentran la forma de escapar de la situación, tu mejor amigo pisa una mina, no saben cómo seguir adelante, hasta que un buen día pierden el control y se ensañan con Charlie.

Esto había sido más o menos lo que había ocurrido en My Lai, aunque ellos no lo aprobaban ni muchísimo menos. Hacía demasiado tiempo que duraba aquella guerra y cada vez tenía peor cariz.

Aquel año, en Navidad, fueron a ver el espectáculo de Bob Hope y durante el mismo Paxton recordó que hacía un año había ido con Bill al de Martha Raye. Aquí, sin embargo, un año no duraba el mismo tiempo que en otro sitio. Un año en Vietnam podía ser toda una vida. Tony y Paxton pasaron una velada tranquila en el hotel. Ella había llamado a su familia de Savannah aquella misma mañana y al día siguiente visitaron a France y a Ralph y llevaron regalos para An y para el bebé. France se consagraba al cuidado de la pequeña y Ralph estaba realmente entusiasmado con ella. La niña se parecía un poco a Ralph, pero tenía mucho de France. Ralph seguía porfiando para conseguir que France aceptara casarse con él, pero de momento no había logrado su aquiescencia.

Ralph trató de convencer a Paxton para que le acompañara a una misión al delta del Mekong el día de Año Nuevo, pero ella se negó porque todavía no se había puesto al corriente del trabajo. Aquel día Tony tendría que trabajar y ella proyectó quedarse escribiendo en su habitación. Después ella y Tony fueron a pasar dos días en la playa de la China, en Da Nang. Al volver Paxton trató de ponerse en contacto con Ralph en las oficinas de la Associated Press para ver si se había enterado de la destrucción de una base situada en las proximidades de An Loc durante el Año Nuevo.

Nadie sabía nada de Ralph, por lo que Paxton volvió a preguntar el día siguiente. Entonces ya sabían qué había sido de él. Cuando Paxton entró en la oficina se produjo un silencio total. Se entretuvo viendo los teletipos y después se metió en el despacho de Ralph, pero estaba vacío, y la taza limpia de café indicaba que todavía no había llegado. No sabía si esperarlo o no y, justo cuando consultaba la hora de su reloj, advirtió que los de la oficina la estaban mirando. Aunque todos sabían qué le había ocurrido a Ralph, nadie se atrevía a decírselo, porque la conocían y sabían que eran muy amigos. Finalmente el jefe ayudante se acercó lentamente y, sin decir palabra, le hizo una seña para que lo siguiera a su despacho. Paxton obedeció con expresión preocupada.

–¿Qué pasa? ¿Dónde está Ralph?

Paxton rebosaba vitalidad y, como de costumbre, llevaba prisa. Tenía que escribir varios artículos y esperaba que Ralph no tardara demasiado. Fue entonces cuando se enteró de la noticia: Ralph había muerto durante el trayecto de regreso de My Tho. Había sido una verdadera tontería: el jeep en que viajaba había pasado por encima de una mina. Una tontería, como siempre, como tantas veces. ¿No era siempre una tontería? ¿Había acaso una manera inteligente de morir en aquella tierra? Si no era por fuego amigo, era por una bomba en un restaurante o por un obús o una mina. ¿Eran estas muertes inteligentes? ¿Qué diferencia había cuando todo había terminado? Al escuchar sus palabras, Paxton se sentó y permaneció mirándolo, incapaz de creer lo que había ocurrido. No podía ser. Era imposible tratándose de Ralph. ¡Hacía tanto tiempo que estaba aquí! Además, Ralph era demasiado listo para dejarse matar, era astuto, eficaz, un espíritu amable... y prudente. Ralph tenía treinta y nueve años y acababa de ser padre por primera vez. ¿Acaso no estaban enterados? ¿No se lo había dicho nadie al que había puesto la mina que mató a Ralph? ¡No era posible que hubiera muerto! Él tenía una hijita pequeña. ¡A ella tampoco podía ocurrirle una cosa así, porque en casa había alguien que la estaba esperando! ¿Es que la gente no atendía a estas cosas? ¿Es que a nadie le importaban estas cosas?

Paxton no podía entender qué había sucedido, pero se levantó, salió del despacho sin pronunciar palabra, volvió andando al hotel, alquiló un coche y se fue a Cu Chi sola, sin pararse a pensar en el peligro. Quería ver a Tony y contarle lo ocurrido. Cuando éste la vio llegar a la base le pareció que contemplaba una aparición. Paxton no se había puesto ropa de campaña e iba vestida con una falda rosa, una blusa del mismo color y unas sandalias blancas. Se encontraron por pura casualidad justo cuando Tony salía de la base con unos reclutas para hacer unas maniobras. Saltó del jeep y ordenó al cabo que aguardase. Atravesó el campo corriendo en dirección a Paxton.

–¿Qué haces aquí?

Le había dado un susto de muerte, pues en principio había pensado que ocurría algo malo. Luego, al ver cómo iba vestida, descartó aquella eventualidad.

–¿Quién te ha traído hasta aquí?

–He venido sola –respondió ella con aire despreocupado, y miró frenéticamente a su alrededor como si buscara algo.

–¿Qué pasa, Pax? ¿Te ocurre algo malo?

Probablemente había ocurrido algo. Lo intuía porque Paxton no le miraba, estaba como ausente, distante. Había visto compañeros en aquel estado, cuando habían presenciado la muerte de un amigo. Quedaban conmocionados, como si hubieran perdido la razón. Al comprender que a Paxton le había ocurrido una cosa parecida, la agarró por los brazos, la estrechó contra su pecho y la obligó a mirarlo.

–Pero, nena, ¿qué te pasa?

Estaba contento de que recurriera a él, aunque le parecía increíble que hubiera cometido la locura de venir sola en coche hasta Cu Chi. Pero en aquel momento Paxton parecía no estar en sus cabales. De pronto le miró, comenzó a aspirar grandes bocanadas de aire y Tony tuvo la impresión de que iba a ahogarse, de que no podía asimilar aquel aire que la asfixiaba.

–¡Cálmate, por favor! Respira lentamente... ¡Vamos, así!

Un recluta los observaba, pero a Tony no le importó, sólo quería que Paxton recobrase el aliento y no se ahogase en sus brazos.

–Dime qué ha ocurrido.

–Ralph...

Fue la única palabra que pudo pronunciar durante los primeros minutos, pero Tony sintió un nudo en la garganta.

–Cálmate, tranquilízate, respira, respira...

La empujó suavemente, forzándola a sentarse en el suelo, y él se sentó a su lado.

–Ya estás bien ahora, ¿verdad, Pax?

Tony ya había pasado por esto, sabía qué era, también él había vivido momentos como aquél. Entonces ella se lo dijo:

–Hace dos días, cuando venía del delta, pisó una mina. Nadie me lo había dicho.

Tenía la mirada ausente y de pronto rompió a llorar y comenzó a golpearle el pecho con ambas manos, como poseída de una inmensa angustia y de una furia ciega.

–¡No, no y no! ¡Al final lo han cazado esos bastardos! ¡Después de tanto tiempo lo han cazado!

Aunque para él se trataba de un hecho corriente, se sintió enfermo al verla tan desesperada.

–¿Lo sabe France?

–No lo sé. Todavía no he hablado con ella.

¡Pobre muchacha! Tenía dos hijos, el mayor era hijo de un soldado caído en acción de guerra y la segunda era hija de Ralph y acababa de nacer. ¿Qué haría en Saigón con dos hijos medio asiáticos medio americanos? ¿Morirse de hambre? Los padres de la chica no podían ayudarla, estaban en la indigencia. ¿Quién se ocuparía de ella? ¡No le faltaba más que esto!

Tony atrajo de nuevo a Paxton y la besó con dulzura.

–Mira, aunque es una cosa que no me gusta nada, tengo que hacerlo. Debo llevar a esos chicos a unas maniobras, pero apenas vuelva iré al hotel y te acompañaré a ver a France. Ahora buscaré a alguien que te lleve a Saigón.

Paxton, como una niña obediente, asintió con la cabeza casi sin mirarlo. Tony consiguió un soldado que no tenía nada que hacer en aquellos momentos y le ordenó que llevara a la chica a Saigón.

–¡Ten mucho cuidado! –le gritó ella al arrancar y Tony agitó el brazo para despedirse antes de marchar con sus compañeros.

Durante todo el camino hasta Saigón, Paxton permaneció muy seria, sin decir una sola palabra al joven que conducía. Ni siquiera le preguntó su nombre ni contestó a ninguna de sus preguntas. Se limitó a dejarse llevar mientras miraba el paisaje por la ventanilla, pensando todo el tiempo en Ralph, en France, en An y en la pequeña Paxxie.

Cuando llegó al hotel, fue directamente a su habitación y se tendió en la cama. Oyó sonar el teléfono, pero no contestó. Cuando Tony llegó a la base a las ocho de la noche se puso histérico, porque se figuró que a Paxton le había ocurrido algo, pues el soldado que la había llevado todavía no había regresado. La tensión reinante comenzaba a hacer estragos en todos. De hecho, hacía demasiado tiempo que estaban en Vietnam. Cuando, por fin, Tony llegó al hotel, se dirigió rápidamente a la habitación de Paxton y la encontró en el mismo sitio donde había estado toda la tarde: tumbada en la cama y con la vista clavada en el techo.

–¡Vamos, nena! –dijo tumbándose a su lado y hablándole con voz suave–. Oye una cosa: Ralph conocía el riesgo. Sabía que podía ocurrirle. Todos lo sabemos, en realidad, pero aceptamos el riesgo. Ralph actuaba por propia voluntad.

–Era el mejor periodista que he conocido en mi vida, el mejor amigo que he tenido –dijo como una niña que, desde la orilla del río, estuviera tirando piedras al agua.

De pronto levantó la cabeza y le miró.

–Era mi mejor amigo hasta que te encontré a ti. Pero él era un caso especial, el hermano que nunca tuve.

–Lo sé. Yo también le apreciaba. Pero mira una cosa: aquí en Vietnam he apreciado a mucha gente, algunos compañeros han tenido suerte y han vuelto a casa, otros no han sido tan afortunados. Si Ralph no hubiera sido valiente, haría mucho tiempo que habría regresado a casa.

Paxton sabía que era verdad, pero esto no resolvía todos los problemas. ¡Cuánto lo echaría de menos!

–¿Y France? ¿Qué será de ella ahora?

–Eso es otra cosa –dijo Tony con voz sombría.

Sabía que su futuro no le resultaría nada fácil.

Tony se duchó, se cambió de ropa y, de común acuerdo, decidieron no telefonearle antes de ir a su casa, porque sabían que era una muchacha tan prudente que se empeñaría en decirles que todo iba perfectamente aunque no fuera verdad. Fueron a verla a su casa en el jeep de Tony.

Como en la noche del parto, estuvo mucho rato sin contestar a la llamada, pero Tony vio luces en el piso. Por fin decidieron llamar a otro piso y, aunque salió alguien vociferando por una ventana, les franquearon la entrada. Al llamar a la puerta del piso no hubo respuesta pero, como oyeron música, siguieron insistiendo. Tanto las luces como la radio estaban encendidas, pero no se oía ningún otro sonido. Tony miraba, preocupado, a Paxton.

–Lamento decirlo, pero tengo el presentimiento de que ha ocurrido algo malo. Aunque quizá sólo es que no tiene ganas de ver a nadie.

Pero era extraño que también los niños estuvieran tan callados.

–Tal vez ha salido. ¿Quieres que volvamos más tarde?

Paxton movió negativamente la cabeza, puesto que también ella tenía un presentimiento que no auguraba nada bueno.

–¿No podríamos entrar? –murmuró Paxton.

–¿Te refieres a si podríamos forzar la puerta? –preguntó Tony, nervioso–. No es legal forzar una puerta.

–¿Crees que el propietario vive en el edificio?

–Posiblemente sí, pero el vietnamita que hablo no me permite decir: «Oiga, señor, ¿querría usted abrirme este piso?». No sé si tu conocimiento del idioma es mejor que el mío. Espera, voy a probar con esto.

Sacó una navaja del bolsillo y estuvo hurgando un momento en la cerradura. Cuando ya iba a renunciar a su propósito, la puerta cedió inesperadamente y se abrió poco a poco hacia adentro. Los dos experimentaron una extraña sensación. La intención de ambos era entrar en el piso pero, ahora que la puerta se había abierto, tenían la sensación de que penetraban en terreno vedado. Era como una intromisión.

El primero en entrar fue Tony, seguido de Paxton. Ninguno de los dos sabía exactamente qué encontraría y tenían una impresión de inseguridad. No les pasó por alto, sin embargo, lo pulcro y ordenado que estaba todo. Cada cosa en su sitio. Mientras la música seguía sonando, se dirigieron a la habitación de An, cuya luz estaba encendida. La primera en entrar fue Paxton, que observó que estaba vacía. Entretanto Tony fue a echar un vistazo al dormitorio principal y, tras hacerlo, tendió instintivamente el brazo para evitar que Paxton entrara.

–¡No pases! –ordenó atropelladamente, pero Paxton ya había entrado y estaba de pie a su lado.

Aparentemente no ocurría nada anormal y parecía que los dos estuviesen durmiendo. France llevaba su *ao dai,* sonreía dulcemente y tenía en brazos a su hijita, ataviada con un precioso vestidito. El pequeño An, igual que un ángel, estaba junto a las dos, muy bien peinado y con sus mejores ropas. Paxton en principio no comprendió la realidad e incluso estuvo a punto de pedir a Tony que no hiciera ruido para no despertarlos. Nada, sin embargo, podía despertarlos. Tony lo supo cuando se acercó a sus cuerpos y se inclinó para tocarles la cara. Hacía bastante rato que estaban muertos. Al enterarse de lo ocurrido, France se había envenenado y había envenenado a los niños. A su lado había una nota en lengua vietnamita y una carta dirigida a Paxton. Tony se arrodilló con los ojos llenos de lágrimas y comenzó a sollozar, mientras Paxton se acercaba y, llorando también, se ponía de rodillas junto a la cama y les iba tocando las caras, como si les diera una silenciosa bendición.

–¡Oh, Dios mío! ¿Por qué? –murmuró–. ¿Por qué?

Muerta no sólo ella, sino también An y también la niña, aquella niña a la que habían ayudado a venir al mundo apenas tres meses atrás. Todos muertos. Pax..., paz... La nota en vietnamita decía que habían querido reunirse con Ralph, que France había querido que volvieran a estar todos reunidos otra vez. Seguramente sabía qué vida tan terrible la esperaba en Saigón.

–Habría podido ir a los Estados Unidos, habría podido... –dijo Paxton mientras Tony movía negativamente la cabeza.

Él lo sabía muy bien. France no habría podido hacer nada en Saigón sin la protección de Ralph, por eso había decidido marcharse, por eso había decidido irse con él y llevarse consigo a sus hijos. Estaban tan hermosos los tres allí en la cama, ¡era una escena tan dulce!

Paxton y Tony se quedaron contemplándolos largo rato y después avisaron a la policía. Cuando llegaron los agentes, les explicaron lo que, en su opinión, había ocurrido, cosa que quedó confirmada con la nota que France había dejado. La carta dirigida a Paxton decía aproximadamente lo mismo y en ella les agradecía, a ella y a Tony, todo lo que la habían ayudado. Después se despedía y les deseaba felicidad en la vida. Paxton dejó a un lado la carta y rompió a sollozar en brazos de Tony. Nunca antes había visto una cosa tan terrible como aquélla. Se quedaron mientras se llevaban los cuerpos de los tres, An envuelto en una sábana blanca y la pequeña en brazos de su madre. Era más de lo que podía soportar y todavía sollozaba desesperadamente cuando Tony la condujo al hotel, donde necesitaron una copa de coñac para reaccionar.

–¡Oh, Tony! ¿Por qué ha tenido que hacer una cosa así?

–Ha considerado que era lo mejor.

Paxton sentía una especie de insoportable mutilación. Era una sensación en que se mezclaban la desesperación, la tristeza y la soledad ante la pérdida de su amiga. Se preguntaba si llegaría a superar aquel golpe y Tony sabía que, aunque aparentemente quizá lo superara, la cicatriz que dejaría en ella sería indeleble. Todos se sentían igual. Como los leprosos, hacía tiempo que iban dejando el corazón a pedazos por el camino.

Tardó mucho tiempo en volver a sentirse un ser humano. Enero pasó de prisa, seguido rápidamente de febrero, que también pasó raudo. Finalmente llegó marzo y los monzones, y entonces Paxton comenzó a recuperar parte de su condición humana. Hacía ya dos años que estaba en Vietnam y ocho meses que mantenía la relación con Tony. A ella, sin embargo, se le antojaba que se conocían de toda la vida. Se sentía destrozada cuando hablaba de Ralph, de France o de sus hijos y, aunque había perdido también a otras personas queridas, no habían dejado en ella una estela de dolor tan persistente. Tony tenía razón: ellos eran un caso aparte.

Ahora salían con menor frecuencia que antes y, como el tiempo no era bueno, raras veces pasaban fuera los fines de semana, ni siquiera cuando Tony tenía permiso. Solían quedarse en la habitación del hotel, hablando, bebiendo y haciendo el amor, tratando de encontrar sentido a una vida que no lo tenía. Los artículos de Paxton parecían tener más fuerza que antes. Del periódico le habían comunicado que estaban considerando la posibilidad de concederle un premio, si bien a ella le importaba muy poco. Esas cosas tenían muy poca importancia, ya que lo único que ahora contaba era conservar la vida, que terminase la guerra de una vez y, tal vez algún día, volver a casa y ver cómo seguía el mundo. A menudo hablaban de Joey, y Paxton instaba a Tony a que le escribiese con mayor asiduidad.

El turno de Tony expiraba en junio y todavía no sabía si se reengancharía, puesto que en realidad ignoraba qué podía hacer. Por una parte, no deseaba quedarse en Vietnam, pero no sabía si estaba en condiciones de volver a su tierra. Paxton tampoco sabía qué hacer. En junio había comunicado al periódico que pensaba quedarse otro año en Vietnam, pero de hecho podía rectificar. Tarde o temprano tendría que volver a casa. Ni ella ni Tony hablaban del futuro, quizá porque era peligroso o quizá porque empezaban a volverse supersticiosos.

Sin embargo, se sentían más felices que nunca, más unidos, más atados el uno al otro. Las muertes de Ralph y de France, así como las de sus hijos, habían impresionado hasta tal punto a Paxton, que la habían acercado más a Tony. Él, por su parte, también la necesitaba más que antes. La idea de volver a casa lo asustaba, aunque hablaba poco de aquella posibilidad. De momento estaban seguros de que en mayo volverían a Hong Kong; después, Dios diría. Paxton llevaba siempre a todas partes el anillo de rubíes que Tony le había regalado la última vez que visitaron Hong Kong. Aquél era el lazo que simbolizaba su unión. Un aro de rubíes y un corazón. Tony se sentía halagado al ver que Paxton nunca se separaba de él. Como ella, no hacía promesas ni pedía nada, pero había entregado su corazón a Paxton para siempre.

Tres semanas antes de salir hacia Hong Kong, con el monzón en pleno auge, Tony tuvo que participar en una misión en una zona al parecer muy infiltrada de soldados del vietcong. Sentían una predilección especial por infiltrarse durante los monzones, ya que los norteamericanos tenían serias dificultades para perseguirlos debido a las lluvias. La humedad constante determinaba que tuvieran los pies constantemente inmersos en el agua.

En todas partes reinaban el calor, la humedad y el barro, pese a lo cual había que perseguir a los vietcong. Así que el martes por la mañana emprendieron la marcha y pronto cayeron en una emboscada. Quince hombres encontraron rápidamente la muerte y nueve resultaron heridos. Los helicópteros planeaban por el lugar, pero no podían ver nada y, dado el mal tiempo, los aviones de rastreo no podían despegar. Fue enviada una segunda unidad de auxilio, pero lo único que se consiguió fue que murieran más soldados. Hasta el teniente sufrió los efectos de la metralla. Fue una terrible hecatombe y tardaron dos días en poder salir de aquel laberinto y en retirarse a Cu Chi con los muertos y los heridos. Regresaron empapados, enfermos, aterrados por todo lo que habían sufrido. Volvían sin Tony, que figuraba en la lista de los desaparecidos en acción.

25

El teniente en persona se presentó en el hotel para comunicarle la noticia, pero antes de que llamara a la puerta Paxton ya sabía que había ocurrido algo malo. Hacía dos días que lo presentía y apenas había comido y dormido. Aunque sabía que había sucedido una desgracia, todavía ignoraba de qué se trataba. Y, por extraño que parezca, no tenía la sensación de que Tony hubiera muerto, sino simplemente de que quizá lo habían herido. Cuando el teniente llamó a su puerta, al verlo retrocedió con espanto.

–¡No! –exclamó levantando la mano, como si con el gesto quisiera decirle que se fuera.

No era posible que volviera a ocurrirle lo mismo. ¡No, ella no lo permitiría!

–Miss Andrews –dijo el teniente con aire contrito, sin atreverse a pasar–, he querido venir personalmente a comunicárselo.

–¿Dónde está Tony?

Hubo una pausa interminable, durante la cual sus ojos se encontraron y el hombre movió tristemente la cabeza.

–Siento decirle que ha desaparecido en acción. No puedo añadir otra cosa. De hecho, nadie vio que fuera alcanzado por una bala, ni nadie le vio caer, pero aquello era un verdadero infierno. Todo se sumó: el monzón, la emboscada del vietcong. Recibimos información errónea y fuimos atacados. Hemos perdido a varios soldados y me temo que el sargento Campobello sea uno de ellos. Antes de abandonar la zona la peinamos detenidamente, pero no encontramos su cadáver, lo que significa que puede no estar muerto. Lo único que puedo decirle es que figura entre los desaparecidos en acción.

–¿Puede ser que lo hayan hecho prisionero?

De sólo pensarlo se le revolvía el estómago, pues estaba al corriente de lo que se decía acerca del trato que los vietcong daban a los prisioneros que caían en sus manos. Un soldado que había conseguido escapar la había informado suficientemente de este aspecto hacía unos meses. Sin embargo, de ser así, por lo menos no estaría muerto, por lo menos existiría alguna esperanza. Todo era posible.

–Quizá –dijo el teniente, aunque sin querer que Paxton se hiciera falsas ilusiones–, pero no es probable. No creo que estén interesados en hacer prisioneros, más bien les interesa acabar con nosotros. Y la verdad es que casi consiguieron su propósito –dijo con voz triste, todavía en la puerta.

Paxton no lo había invitado a pasar. Parecía el ángel de la muerte aguardando pacientemente, por eso ella no quería que avanzara un solo paso más.

–¿Y usted dónde estaba?

–Atravesamos los bosques de Hobo hasta Trang Bang y después seguimos hasta Tay Ninh, muy cerca de Camboya. Fue allí donde lo perdimos.

Paxton se sentó en una silla mientras escuchaba sus palabras, se cubrió el rostro con las manos y, aunque se esforzó en pensar que Tony estaba muerto, le fue imposible aceptarlo. No podía volver a pasar por lo mismo. Con Tony, no. Había sido terrible con los otros, pero en Tony había encontrado algo que no había conocido con nadie, aquella confianza, aquella extraña simetría, aquel comprenderse sin necesidad de las palabras. Como si cada uno leyese en los pensamientos del otro. Por esto ahora pensaba que no estaba muerto, sin que supiera exactamente por qué, por eso no sabía qué decir a aquel hombre que esperaba en la puerta. Levantó los ojos a él y le dio las gracias por haber venido a comunicarle la noticia. Habría sido peor, quizás, enterarse a través de otra persona. Esta vez, sin embargo, era extraño, puesto que las otras veces había tenido la certeza de que ellos habían muerto. Podía lamentar su muerte, podía llevar luto por ellos y, si hubiera sido valiente para hacerlo, habría podido verlos. Lo que había ocurrido era algo claro. Ahora, en cambio, todo lo que podían decirle es que Tony había desaparecido en una tormenta, más o menos como si se lo hubiera tragado la tierra. Era algo verdaderamente demencial. Incluso podía aparecer al día siguiente. Cuando el teniente se marchó, Paxton, sentada en aquella cama que había compartido con Tony durante los diez últimos meses, tenía la sensación de que, si alguien le decía que todo había sido un error y que Tony estaba perfectamente, lo habría creído.

Aquella sensación se prolongó durante varios días. Ni siquiera lloraba, pues en realidad se negaba a admitir que hubiera muerto. Sin embargo, se movía de un lado a otro igual que un zombi. Escribía artículos, leía los teletipos, iba periódicamente a las oficinas de la Associated Press, escribió un reportaje sobre Saigón, incluso tomó parte en una breve misión periodística. Y cuando estaba en la ciudad asistía también a las Locuras de las Cinco. Después de dos años en Saigón, la conocía todo el mundo. Era, sin lugar a dudas, la corresponsal más guapa de Saigón y una de las más jóvenes, aparte de una de las mejores, como atestiguaba el galardón que había recibido del Estado de California. Sin embargo, esto le importaba muy poco y el hecho no la había afectado lo más mínimo, como no la afectaba tampoco nada de lo que ocurría. Quienes la conocían sabían el motivo. Tony había desaparecido, pero ella había muerto. Sí, en abril. Seguía moviéndose de aquí para allá, pero poniendo a dura prueba su eficiencia. Todo cuanto le importaba se esfumaba en sus manos, la gente a la que había amado se había ido, había muerto, había pasado a formar parte del pasado. Sin Tony no tenía presente ni futuro.

El 2 de mayo su hermano la llamó para informarle que su madre había muerto repentinamente a causa de una complicación después de una operación de la vesícula biliar. Paxton no sabía siquiera que estuviese enferma. George dijo también que debía hacer lo posible por volver para ayudar a Allison a solucionar los muchos problemas que quedaban pendientes. Paxton dijo a su hermano que lo volvería a llamar y aquella misma noche se dirigió en coche a Cu Chi para hablar con el teniente de Tony y saber si había novedades con respecto a su desaparición. No se sabía nada nuevo. No se había añadido nada a lo que ya se sabía desde abril e incluso se había cursado la notificación oficial a la familia: el primer sargento Anthony Edward Campobello había desaparecido en acción.

–¿Y eso qué demonios significa? –preguntó ella, sarcástica, olvidando la graduación y la buena voluntad del oficial–. ¿Que tengo que quedarme aquí esperando por si aparece? ¿Que tengo que buscarlo yo? ¿Quiere que le ayude a buscarlo? ¿O quiere que espere en casa? ¿Qué diantre quiere que haga? –preguntó mientras las lágrimas, por vez primera, se agolpaban en sus ojos.

Ya no podía ocultárselo a sí misma por más tiempo. Tony no había regresado, tal vez no regresaría nunca, y ahora comenzaba a entenderlo. Sin embargo, todavía preguntó con voz rota por la emoción:

–¿Y si quedó herido por ahí?

–No lo creo –dijo el teniente con voz amable–. Paxton, creo que está muerto, aunque nos haya sido imposible encontrarlo. Lo siento.

El oficial se inclinó y le tocó el brazo, pero ella se retiró con presteza para que su amabilidad no hiciera todavía más grande su dolor.

–¿Sabe qué pienso? Que tendría que volver a su casa. Todo el mundo tiene un límite de resistencia para soportar esto. A todos nos ocurre lo mismo. Los más prudentes se van cuando llegan a este límite; los demás esperan demasiado. Usted lleva aquí el equivalente de dos turnos. ¿No cree que ya es bastante tiempo? Tony pensaba regresar en junio porque consideraba que también había llegado a este punto. ¿Por qué no lo olvida todo y vuelve a casa? Si descubrimos algo, le doy mi palabra de que la llamaremos en seguida.

Paxton asintió con un gesto y, después de mirar al teniente un buen rato, salió de la habitación. Sabía que tenía razón. Ya era hora de volver a casa y esta vez quizá para siempre. Aunque ahora se iría sin Tony. Paxton se había hecho mujer en Vietnam. Había venido aquí como una niña, con el corazón destrozado porque había perdido a su amor, había venido para encontrar respuestas a una serie de preguntas, pero no las había encontrado. Lo único que había encontrado eran más preguntas. Tenía veinticuatro años y en aquella guerra había perdido a tres hombres, cuatro si contaba a Ralph, además de amigos, compañeros y otras personas que no apreciaba especialmente, como por ejemplo Nigel. Y también había muerto una parte de ella que ya nunca volvería a recuperar. Sin embargo, también había encontrado algo: una verdad, un país que agonizaba, un lugar que en otro tiempo había sido hermoso y que se iba destruyendo lentamente. Ella lo había visto antes de que desapareciera del todo, lo había amado antes de que se perdiera para siempre, como también había amado a Tony antes de que se esfumara. Dondequiera que se encontrara, vivo o muerto, para ella no había desaparecido. Igual que amaba a Vietnam, ella sabía que a él también lo amaría siempre.

26

Su último día en Saigón pasó como un sueño ante sus ojos. Era extraño lo poco que tenía que hacer, una vez decidido que debía marcharse. Aquella tarde se despidió de todos los compañeros de la Associated Press, aunque apenas pudo articular palabra. Al atravesar la plaza no podía pensar en otra cosa que en Ralph, en France y en los dos niños. Asistió por última vez a las Locuras de las Cinco y después, sólo para despedirse de aquel infierno, fue a la terraza del Continental Palace Hotel. Pero ahora los mendigos que pululaban ya no la asustaban, sino que simplemente la deprimían. Encontró a Jean-Pierre y también se despidió de él. Ya no quedaba nadie que realmente le importase, puesto que la gente que había amado de verdad había desaparecido por diferentes motivos.

Se sentó a tomar una copa con Jean-Pierre, pero éste ya estaba muy borracho y, por alguna razón, estuvo todo el rato hablando de Nigel a pesar del tiempo que llevaba muerto. Paxton ya empezaba a preguntarse si, en caso de que se hubiera quedado en Vietnam, habría acabado como Jean-Pierre, emborrachándose, confundida, sin una finalidad en la vida, convertida en una amargada. Los que se quedaban solían acabar de aquella manera y, en cuanto a los que se iban, nunca más volvían a ser los mismos de antes. ¿Quién quedaba, pues? ¿Los que morían? ¿Quién resultaba indemne después de pasar un tiempo aquí? Quizá nadie. Tal vez ésta era la conclusión final: que nadie ganaba, que nadie podía resultar nunca vencedor.

–¿Piensas volver?

Jean-Pierre la miró, casi sobrio un instante entre dos copas, mientras Paxton movía negativamente la cabeza, esta vez convencida de lo que decía. Por muy difícil que fuera volver, ni aquí había las respuestas que buscaba ni tampoco había más preguntas que hacerse. Debía volver a casa e iniciar una nueva vida, aunque una parte de ella seguiría insistiendo y pinchándoles para que buscaran a Tony. Tal vez incluso podría hacerlo más eficazmente desde los Estados Unidos, puesto que en su país había muchas personas que también habían perdido a sus hombres, convertidos en prisioneros de guerra o desaparecidos en acción.

–También yo tengo que volver a casa uno de estos días –añadió Jean-Pierre, acordándose de pronto.

Como Paxton, en su tierra no lo esperaba nadie. Las personas a las que Paxton había amado habían muerto, salvo Tony, y éste de momento había desaparecido, que era como decir que había muerto. Por otra parte, en los Estados Unidos ya nada volvería a ser lo mismo. También su madre había muerto, y esto hacía que ya nada la retuviera en Savannah.

Paxton se despidió de Jean-Pierre y enfiló la avenida de Tu Do en dirección al hotel. Sentía una opresión terrible en el corazón al notar los sonidos y olores de la calle, pero se echó a reír al ver en la plaza a un soldado norteamericano que enseñaba a jugar a béisbol a una pandilla de chavales. En Tan Son Nhut se jugaba a béisbol y ella había ido con Bill a presenciar un par de partidos. A Tony, en cambio, aquel deporte no le gustaba. Quizás era demasiado nervioso, demasiado movido y por eso prefería hablar, pensar y filosofar antes que contemplar a la gente mientras jugaba a béisbol. Tony le había enseñado muchas cosas: cosas de la vida, de la guerra..., también le había enseñado a hacerlo todo lo mejor posible, aunque aquello ya formaba parte de la manera de ser de Paxton. Paxton recordaba muchas cosas que le había dicho Tony, ideas que compartían, tantas cosas... También recordaba muy bien aquella noche en que habían asistido a France en el parto de su hijita. Ahora todo parecía un sueño.

Paxton atravesó el vestíbulo del Caravelle y se acordó de la primera vez que Tony fue a visitarla al hotel y de los tensos que se sentían los dos después de aquellos comienzos tan difíciles. Pero también recordó lo felices que habían sido al final, lo maravilloso que había sido el tiempo pasado en Hong Kong. Paxton seguía llevando el anillo de rubíes con el corazón. Lo llevaría siempre. De la misma manera que siempre llevaría aquel brazalete que le había regalado Bill y, entre sus documentos, guardaría siempre la placa de identificación de Peter. Sí, guardaría todas aquellas cosas de la misma manera que otras personas guardaban mechones de cabello, cintas, retazos de uniforme o brazaletes de desaparecidos en combate con sus nombres grabados. Eran reliquias de una época que les había traído dolor pero también amor, una época que les había costado muy cara y que todavía no había terminado.

Mientras hacía el equipaje y guardaba sus libros veía a su alrededor muchos fantasmas. Los dejaba a cambio de unos cuantos amigos. Se llevaba pocas cosas consigo, salvo recuerdos, que nadie puede nunca abandonar del todo. A la mañana siguiente tomó un taxi en dirección a la base de Tan Son Nhut y esperó junto con otros el momento de volver a casa. Había muchas chicas vietnamitas que lloraban porque sus soldados se marchaban, y un puñado de muchachos fornidos y sanos que apenas podían esperar el momento de subir al avión que los llevaría a casa; también había un grupo de heridos. Pero estos heridos eran los que menos importancia tenían, puesto que sus heridas eran visibles: una mano vendada, un brazo que faltaba, unas muletas flamantes. Los heridos que no ostentaban marcas físicas eran más problemáticos puesto que, aunque no se vieran, las heridas estaban allí, como en el caso de Paxton.

El avión voló en círculo sobre Saigón y, al mirar hacia abajo, Paxton contuvo el aliento.

–Chao ong –murmuró en voz baja mientras el avión ponía proa hacia los Estados Unidos.

Adiós, Vietnam, adiós, te amaba de verdad.

Si cerraba los ojos, casi le parecía sentir a Tony a su lado. Se sentía un poco traidora por dejarlo en Vietnam, pero ellos insistían en que había muerto y ella debía esforzarse en creerlo.

Ahora, de todos modos, no tenía otra opción, puesto que

debía asistir al funeral que se celebraría por su madre. Sin embargo, era extraño, pero ya no sentía nada por nadie. Ahora, en el lugar donde antes había sentido el corazón totalmente consagrado a Tony, se alojaba un vacío inmenso. Sabía que continuaba amándolo, que lo amaría siempre, pero sabía que él se había quedado con una parte de su ser.

Volaron desde Saigón a Midway y desde allí a San Francisco. Al llegar no telefoneó a los Wilson ni al periódico, puesto que ellos sabían que ella iba a su casa. Debía cambiar de avión y viajar a Savannah; pasados unos días, volvería a San Francisco para decidir si seguía trabajando en el periódico. Sin embargo, la columna titulada «Mensaje de Vietnam» había quedado totalmente escrita y definitivamente cerrada, esta vez para siempre.

Eran las cuatro de la tarde cuando el avión aterrizaba en Savannah, en el aeropuerto de Travis. Después de recoger su equipaje, tomó un taxi y dio al conductor la dirección de la casa en que había pasado su infancia. Todavía conservaba la llave. Al llegar, no encontró a nadie en la casa. Desde que había muerto su madre habían despedido a la sirvienta, pues ya no había razón para que siguiese viviendo en la casa. Enseguida telefoneó a George y, dejando escapar un suspiro de cansancio, fue a instalarse en la cocina familiar. La nevera estaba vacía y lo curioso del caso era que en los armarios había también muy poca cosa. Sin embargo, a Paxton aquello le importaba muy poco; ahora, en realidad, no había nada que la preocupara realmente. El regreso había sido más doloroso de lo que había esperado. Estar allí le recordaba lo que había sido y ya no era, y también cosas que nunca habían llegado a ser.

Se duchó, se cambió de ropa y fue a la empresa funeraria del centro de la ciudad, donde encontró a George. Al contemplar a su madre comprendió que lo único que sentía por ella era lástima, lástima de ver lo desgraciada que había sido por no ser capaz en toda su vida de dar amor ni de recibirlo. Por lo menos su padre había vivido y había sabido amarla profundamente, y no sólo a ella sino quizás a otras mujeres también. Queenie también había sabido amar. Ralph había tenido una vida plena... e incluso France, y Peter y Bill. Y también Tony.

Aquella mujer que tenía allí delante, en cambio, no había hecho otra cosa que frecuentar sus clubs. Pero ahora todo había terminado también para ella.

–Pareces cansada –le murmuró George.

Llevaba un traje oscuro y Paxton observó hebras grises en su cabello, lo que le daba un aire muy distinguido.

–Acabo de llegar de un viaje de veintiséis horas –le dijo Paxton con aire apesadumbrado.

George era como su madre. Le había dado un beso superficial, apenas la había abrazado, no le había preguntado cómo se encontraba y, en cambio, sabiendo de dónde venía, se extrañaba de verla cansada.

–Pareces más delgada.

Paxton sonrió.

–Probablemente lo estoy. En Vietnam hay bastantes peligros, ¿sabes?

Sí, los había: minas, francotiradores, suicidios, soldados que desaparecían en acción. Sí, exactamente como en la ciudad de Savannah. Los dos hablaban en voz baja junto al ataúd de su madre.

–¿Cómo están Allison y los niños?

Habían tenido un segundo hijo mientras ella estaba ausente, pero Paxton se sentía totalmente desinteresada de todo lo referente a su familia.

–Bien. Allison habría venido, pero los niños están enfermos.

¡Qué más daba! Su madre ni lo notaría.

Aquella noche acudió mucha gente a darles el pésame, la mayoría miembros de las Hijas de la Guerra Civil. El día siguiente se celebró el funeral en la iglesia episcopal de San Juan con gran pompa y boato. El féretro fue llevado a hombros por los maridos de sus amigas. Fue una ceremonia respetable y adecuada, tal como la habría deseado su madre. Después de la misma, todo lo que Paxton tenía que hacer era abandonar aquella ciudad y aquella casa vacía que tanto la deprimía. Dijo a su hermano que dispusiera de la casa y que no tenía el más mínimo interés en la misma, pues no pensaba quedarse en Savannah.

–Si tú y Allison queréis instalaros en ella, está a vuestra disposición.

–Es pequeña para nosotros –dijo él, en su habitual tono comedido–. ¿Te interesa alguna cosa de la casa?

Tenía unas perlas, un reloj de diamantes que le había regalado su padre, unos cuantos pendientes. La mayor parte de las cosas tenían un valor sentimental, pero la habría entristecido muchísimo comenzar ahora a inspeccionar sus joyas.

–Envíame las joyas y dile a Allison que tome lo que quiera.

–Por cierto –dijo George aclarándose la garganta–, a Allison le gustaría quedarse con los vestidos de mamá y con su chaquetón de pieles.

Era un chaquetón comprado hacía diez años, totalmente pasado de moda. Paxton miró a su hermano con lástima y de buena gana le habría aconsejado que fuera a una tienda y comprara a su mujer un chaquetón nuevo, pero no lo hizo.

–Me parece muy bien.

Ella era mucho más alta que su madre y por nada del mundo se habría puesto sus vestidos, pues ninguno le gustaba.

–¿Y qué piensas hacer ahora? –preguntó George a aquella hermana a la que en realidad apenas conocía.

Todavía no comprendía por qué había pasado los últimos dos años en Vietnam, pese a que le había sorprendido ver lo bien que escribía y lo interesante que era aquella columna sobre Vietnam publicada por los periódicos de Georgia.

–Todavía no lo sé –dijo mirándolo y exhalando un suspiro, al tiempo que se preguntaba qué habría pensado Tony de él y llegando rápidamente a la conclusión de que se habrían detestado mutuamente en el mismo momento de conocerse.

Tony era demasiado sincero y directo para aceptar las maneras artificiales de George.

–Mañana me marcho a San Francisco y hablaré con los del periódico para ver qué proyectos tienen. Me parece que, de momento, seré una inadaptada más, como la mayoría de soldados que regresan de Vietnam. El año pasado me resultó especialmente difícil.

–¿Así que ya no vuelves a Vietnam?

George la miró y se preguntó quién era aquella muchacha

y si en realidad la había conocido alguna vez. Ella habría podido decirle que, efectivamente, nunca la había conocido.

–No lo creo, me parece que ahora me quedaré.

–Nunca he entendido por qué fuiste a Vietnam. Bueno, quizá fue por la muerte de aquel muchacho, aunque tampoco veo que eso fuera una razón para ir a Saigón.

–Quizá no.

Quizá lo que la había empujado a ir a Saigón había sido todo su dolor por aquella guerra, la necesidad de contar a la gente cómo era, la necesidad de estar presente en ella.

–De todos modos, te haré saber qué hago.

Paxton le dio las buenas noches y él apenas la rozó con los labios al despedirse. Por la mañana, al marcharse, cerró la puerta de la casa con llave y la echó en el buzón. Ya no volvería a necesitarla; por lo demás, había pedido a su hermano que le enviara sus cosas cuando ella le comunicara su dirección en San Francisco.

Al marcharse pensó que era como un vagabundo. No tenía casa ni raíces, y su destino estaba en el aire. Si su hermano hubiera meditado sobre Paxton, habría tenido que llegar a la conclusión de que era extraño que una persona que había pasado toda su vida bajo un techo, de pronto se sintiese tan desprovista de raíces. Otros que regresaban de Vietnam hacían lo mismo que Paxton: aunque volvían, no iban a sus casas. No sabían a dónde ir, qué sería de ellos, qué harían de su vida.

Así era como se sentía Paxton cuando viajó en avión a San Francisco y se instaló en un pequeño hotel. Esta vez no la esperaba una suite en el Fairmont Hotel y los Wilson tampoco la invitaron a cenar. Después de pensarlo varios días, Paxton decidió no llamar a Gabby. No habría sabido qué decirle. ¿De quién podía hablarle? ¿De France? ¿De Ralph? ¿De Bill? ¿De Tony? ¿Cómo podía hablarle de todas esas personas y de lo que les había ocurrido cuando ella se había quedado tranquilamente en su casa y sólo la había abandonado para ir a fiestas, a cenas, a partidos de fútbol, al cine? Era imposible.

Paxton vio a Ed Wilson en el periódico y hablaron acerca de sus respectivos planes. Lo mejor que podía ofrecerle era una columna basada en los acontecimientos locales. En ciertos aspectos, era una ciudad pequeña y el periódico también lo era.

–Estos días las cosas del país están más tranquilas. La gente ya no quiere saber nada de la guerra, Paxton. Se ha hartado. Sí, está harta de jaleo, de manifestaciones y de protestas. Creo que se acerca una época más tranquila.

Pero se equivocaba. No había tenido en cuenta las repercusiones que tendría la muerte de cuatro estudiantes y los ocho heridos por la acción de la Guardia Nacional en la manifestación pacifista de la Kent State University de Ohio. Esto demostró lo que Paxton seguía creyendo: que había gente que se preocupaba por lo que ocurría y que el país todavía sufría la herida abierta por la guerra de Vietnam, una herida que no sabía cómo curar.

Sin embargo, el *New York Times* vino en ayuda de Paxton. El *Morning Sun* se había portado bien con ella y Ed Wilson le había ofrecido una oportunidad en Saigón cuando ella, como periodista, estaba tan verde como el paisaje vietnamita. Pero ahora Paxton había superado con creces al periódico. Sin que supiera a qué obedecía la propuesta, recibió una oferta del *Times* para ir a París a escribir la crónica de las conversaciones que se estaban celebrando para la firma de la paz. Le proponían que se trasladara a Nueva York para tratar con ellos los detalles de aquella oferta. Paxton se sintió muy halagada tanto por el salario como por el trabajo que le ofrecían. La colmaban de elogios por la columna que había escrito para el *Sun* y era evidente que la tenían por experta en la materia. Al colgar el auricular sonrió satisfecha, puesto que le parecía realmente increíble. Le habría gustado que Tony hubiera podido enterarse de la noticia y aquella noche la pasó pensando en él, en una silenciosa comunión con él, dondequiera que pudiera encontrarse. Cuando, por fin, consiguió dormirse, soñó con Tony y lo vio reptando entre los arbustos, metiéndose en la jungla, ocultándose en los túneles. Al despertar, sin embargo, comprendió que sólo había sido un sueño. Pese a todo, seguía teniendo la misma impresión de siempre y en el fondo de su corazón subsistía el convencimiento de que no estaba muerto sino que seguía con vida. A veces se preguntaba si aquel sentimiento obedecía a que ya no era capaz de soportar más muertes. En cualquier caso, era un sentimiento real.

Ed Wilson se alegró muchísimo por el trabajo que habían ofrecido a Paxton en el *Times.* Por otra parte, así se sacaba un peso de encima. Presentía que, si se quedaba, habría acabado por convertirse en un problema. Como la mayoría de los que regresaban de Vietnam, daba la impresión de que no sabía qué hacer de su vida ni qué quería en realidad. Era como si Vietnam hubiera minado su fortaleza y ya no tuviera objetivos ni norte que seguir. Vietnam había acabado con su valentía, con su arrojo, la había dejado vacía. Incluso había llegado a pensar que quizá tenía adicción a alguna droga. En cualquier caso, se alegraba de que se fuera a otra parte, puesto que aquella chica ya no era la Paxton de otros tiempos. Estaba amargada, entristecida hasta la médula de los huesos y Ed Wilson estaba convencido de que, en lo más profundo de su ser, seguía rebelándose contra su destino. Le deseó, pues, mucha suerte y ella le encargó que saludara de su parte a la señora Wilson y a Gabby. No había ido a visitar a ninguna de las dos y en cierto modo se sentía aliviada de no tener que fingir que le interesaban las mismas cosas que a ellas, sabiendo que no era verdad.

En Nueva York tuvo varias entrevistas con la gente del *Times,* que se encargaron de instalarla en el hotel Algonquin. Estaba lleno de periodistas, escritores y gente de teatro, además de algún que otro empresario, pero, aunque le pareció gente interesante, en realidad no habló con nadie. Los del *Times* le informaron de lo que pretendían de ella: querían que contara la verdad e informara al público de todo lo interesante que viera en París. Debía escribir sobre las conversaciones que se estaban celebrando, procurarse una entrevista con el teniente Calley antes de partir, y artículos acerca de sus opiniones sobre Vietnam y lo que había visto en el país. Querían informaciones fidedignas, del tipo de las que había enviado en ocasión de las misiones con Ralph en An Loc, en Da Nang, en Long Binh, en Chu Lai y en todos aquellos lugares de tanta significación durante los dos últimos años que había pasado en Vietnam. Lo querían todo: el pasado, el presente y el futuro, hasta que se firmara la paz. Estaban dispuestos a considerarla su editora en las cuestiones sobre Vietnam y Paxton sabía que no podía desear nada mejor.

–¿Cuándo puedo empezar? –preguntó muy entusiasmada.

–Mañana –dijo el editor jefe con una sonrisa de satisfacción.

Habían temido que la chica no aceptara el trabajo, puesto que había periodistas que se sentían saturados del tema.

–Mire usted, ¿por qué no despacha la entrevista de Calley la semana que viene? Nosotros procuraremos disponer los canales apropiados para facilitársela. De este modo podría trasladarse a París así que la tuviese terminada. ¿Qué le parece?

–¡Magnífico!

Suponiendo que la palabra «magnífico» pudiera ser aplicable a un hombre acusado de una serie de atrocidades. En realidad, lo que le encantaba era disponer de un poco de tiempo puesto que, antes de entrevistar al teniente Calley, todavía quería hacer algo en aquella ciudad.

Paseó por Nueva York un día entero, con aquella misma sensación que experimentó el día en que descubrió Saigón, visitando lugares, conociendo olores y gentes, tomando el pulso a la ciudad y observando el movimiento del tráfico. Se compró unas cuantas prendas de vestir que le hacían mucha falta, especialmente ahora que iba a convertirse en una «autoridad» sobre Vietnam para el *New York Times.* Finalmente volvió al hotel y tomó el teléfono. Se sentó en la cama, cerró los ojos y, reteniendo el aliento, musitó una breve oración a Tony esperando que no se lo tuviera en cuenta. No pensaba que a Tony hubiera podido contrariarle que hiciera lo que ahora iba a hacer, ya que, por otra parte, estaba muy segura de sus actos. Solicitó el servicio de información de Queens y deletreó tres veces el nombre del abonado. Por fin lo localizaron en Great Neck, Long Island: Thomas Campobello. Paxton rezó para que fuera el Campobello que ella buscaba. Tenía que serlo, porque no podía haber mucha gente con aquel apellido.

Marcó el número, oyó sonar el teléfono y por espacio de un minuto pensó que nadie contestaría. Finalmente respondió una voz de mujer.

–La señora Campobello, por favor.

Era curioso pensar que, si las circunstancias hubieran sido diferentes, aquél habría podido ser su nombre. Ahora, sin embargo, ya no podía permitirse aquellas divagaciones.

–Yo misma.

Era una voz con marcado acento neoyorquino, pero sonaba joven y bastante agradable. A menos que se tratara de la madre de Tony, Paxton sabía que tenía que ser Barbara.

–¿Señora Campobello? ¿Barbara Campobello?

–Sí –dijo la voz, que empezaba a sonar un poco nerviosa–. ¿Quién es?

Podía tratarse de una broma, una de esas llamadas que se hacen para soltar una serie de cosas desagradables.

–Sé que es una llamada un poco extraña, pero... –¡por favor, que no colgara, por favor!–, pero resulta que conocí a su ex esposo en Vietnam.

Se produjo una pausa que pareció interminable, mientras las dos mujeres permanecían cada una en un extremo del hilo, ambas temblorosas.

–Yo..., nosotros éramos buenos amigos y yo le prometí que, si alguna vez le ocurría algo, la llamaría a usted y a Joey.

Aunque era una mentira, no lo era totalmente. Cierta vez, cuando estaban en la cama, ya noche avanzada, Tony le había pedido que, si alguna vez le ocurría una desgracia, se pusiese en contacto con su hijo. No le había dicho nada, sin embargo, de su ex mujer. Pero Paxton había pensado que tendría más posibilidades de que la atendiera si la incluía a ella.

–No quisiera importunarla, pero casualmente me encuentro en Nueva York y...

–¿Usted lo conocía? –dijo la voz casi en un susurro, como si su nombre estuviera prohibido.

–Éramos... –no sabía qué palabra elegir– amigos íntimos y... él quería muchísimo a Joey. Supongo que usted ya lo sabe.

–Hacía cinco años que no venía a verlo –dijo la mujer con amargura, pero Paxton sabía mas cosas de las que ella sospechaba.

–No había regresado a los Estados Unidos, señora Campobello. Después de lo que ocurrió, supongo que consideraba que no le era posible.

No estaría de más que reavivara en ella el remordimiento. Habían transcurrido casi seis años y ella había tenido tres hijos más con el hermano de Tony. ¿Hasta qué punto podía sentirse culpable y qué importaba, a fin de cuentas, si de ese modo Paxton podía llegar a Joey?

–Tony consideraba que Joey había encontrado la felicidad viviendo con usted y su marido.

–Así es –dijo ella, un poco a la defensiva, Paxton comprendió que Barbara había perdido terreno.

–¿Está enterado Joey de lo ocurrido a su padre en Vietnam?

–Sabe que lo han dado por desaparecido en acción. Joey le escribía de cuando en cuando y nosotros no tenemos secretos con el niño. Yo siempre le daba las cartas –dijo, como tratando de dejar perfectamente aclarada su postura–. Le impresionó mucho saber que su padre había muerto, como es normal. De todos modos, Joey es un niño bastante reservado y que no habla mucho.

¿Cómo no iba a serlo después de que su madre se había casado con su tío y él no había tenido ocasión de volver a ver a su padre?, pensó Paxton. Le había parecido interesante que la señora Campobello considerase la situación de desaparecido de Tony como una declaración tácita de baja por muerte en Vietnam.

–¿Podría hablar con él? –ya no tenía otra cosa que decir a aquella mujer–. ¿Le importaría que hablase un momento con él?

–¿Qué quiere decirle?

–Que su padre lo quería mucho y que siento mucho lo ocurrido. También me gustaría decirle cómo era su padre en los últimos tiempos. Estaba considerado uno de los soldados más valientes en Vietnam. Formaba parte de una unidad apodada «ratas de túnel», cuya misión consistía en recorrer unos túneles increíbles, excavados por los vietcong para tender trampas a nuestros soldados y al ejército de Vietnam del Sur. Es probable que el niño se sienta fascinado por sus proezas, que se sienta orgulloso de su padre –dijo Paxton con voz tranquila.

–Sí –dijo Barbara Campobello–, es muy posible –y a continuación añadió–: Tendría que hablar con mi marido. ¿Cómo se llama usted?

–Paxton Andrews.

–¿Usted le conoció en Vietnam? ¿Qué es usted? ¿Enfermera?

–No, soy corresponsal de un periódico de San Francisco,

pero actualmente trabajo para el *New York Times* y dentro de pocos días saldré para Washington, Georgia y, finalmente, París.

Lo dijo de una tirada, con intención de impresionarla favorablemente, cosa que consiguió en efecto. La mujer se quedó pensando si aquella periodista tendría acaso la intención de escribir un artículo acerca de Tony, su ex mujer y el hijo de ambos. Paxton no había errado el blanco. Sin embargo, no podía dejar de preguntarse por qué se habría casado Tony con una mujer tan inocentona como aquélla, si bien también hubo de considerar que se conocían desde que tenían trece años, edad en la que se había enamorado, y que se habían casado a los dieciocho. Aquellas circunstancias explicaban en cierto modo las cosas.

–¿Quiere usted que vuelva a llamar más tarde? –presionó Paxton.

–No, nosotros la llamaremos. ¿Quiere darme su número de teléfono?

–Me hospedo en el hotel Algonquin, de Manhattan.

–La llamaré esta noche.

–Gracias –y añadió con voz más amable–: Le prometo que no perturbaré al niño en ningún aspecto y que lo único que quiero es verlo en nombre de Tony, porque así se lo prometí.

En cierto modo era verdad, aunque también quería ver al niño por ella misma, puesto que el hijo de Tony era parte de Tony. Seguramente la madre del niño advirtió algo especial en su voz, porque después de titubear unos momentos le preguntó:

–¿Estaba usted enamorada de él?

La pausa de Paxton todavía fue más larga.

–Sí –dijo al fin.

Aunque se sentía orgullosa de sus sentimientos, consideraba que aquél era un asunto que no incumbía a aquella mujer. No obstante, aunque resultara extraño, aquello había establecido un vínculo entre las dos.

–También yo estuve enamorada de él... pero de eso hace ya mucho tiempo. Era un buen hombre y un buen padre. Tuvimos una niña, pero murió. Quizá Tony se lo contó...

–Sí, me lo contó –dijo Paxton con voz contenida.

–Creo que fue eso lo que acabó con nuestro matrimonio. No fue culpa de nadie lo que le ocurrió a la niña, pero cada vez que miraba a Tony, volvía a revivirlo todo. ¡Se quedó tan destrozado! Para mí se transformó en una especie de obsesión. Con Tommy, en cambio, me sentía mucho más liberada.

Paxton pensó que no era extraño que se sintiera más liberada con Tommy, dado que se iba a la cama con él, aunque sospechaba que había algo de verdad en sus palabras. El propio Tony había admitido que se sentía tan triste por aquella desgracia y después tan obsesionado con Joey al nacer éste, que sus sentimientos tuvieron que influir por fuerza en su matrimonio. Así pues, tampoco había que echarle todas las culpas a aquella mujer. Lo único que se le podía recriminar era que había tenido poco tacto en la elección de su segundo marido y que, a causa de aquella falta de tacto, había empujado a Tony a Vietnam y a Joey a quedarse sin padre. Sin embargo, ¿quién era ella para emitir juicios? Si Barbara Campobello no se hubiera casado con su cuñado, ella y Tony no se habrían conocido en Saigón.

–Lo siento –volvió a decir Paxton.

–De acuerdo. La llamaré.

Y después colgó.

Paxton pasó el resto de aquella tarde en el Metropolitan Museum, lugar muy distante de Saigón en todos los aspectos. Al regresar al hotel encontró un recado de la madre de Joey. Paxton la llamó en seguida y tuvo la alegría de que Barbara la invitase a su casa la mañana siguiente. Como era sábado, Joey no iba a la escuela y estaría en casa. También estaría la madre de Tony, que tenía muchas ganas de conocer a Paxton. La mujer no le dijo que su marido se había puesto furioso, ni que ella lo había calmado diciéndole que era una deuda que los dos tenían con Tony y con Joey y que, además, como aquella chica era una corresponsal del *New York Times,* quizá le daba por armar un gran revuelo si no dejaban que viera al niño, sobre todo tratándose de la última petición de Tony. Aunque al final había accedido, estaba que echaba chispas. Pero a Barbara no le importaba. Quería hacerlo y lo haría. Así pues, dio instrucciones a Paxton acerca de la manera de llegar a su casa y a la mañana siguiente ésta alquiló un coche en el hotel y se trasladó a Great Neck.

Al llegar a casa de Barbara Campobello, toda la familia estaba esperándola, incluso la madre de Tony, enteramente vestida de negro, y las tres hijas del matrimonio, con vestiditos de color rosa. Parecían las guindas del pastel y Paxton casi se echó a reír al contemplarlas. Estaban monísimas, pero le resultaban tan curiosamente distantes que no supo qué decirles. En cierto modo, era incluso embarazoso.

Barbara, su suegra y las niñas la esperaban en la calle y, aunque Paxton percibió a distancia a un hombre alto y fornido, éste no se acercó al grupo, por lo que no habría podido decir si se parecía o no a Tony. En cualquier caso, no parecía interesado en conocerla. Cuando Paxton vio a la madre de Tony, se le representó inmediatamente su hijo. La madre se echó a llorar tan pronto como Paxton le dio la mano. Hablaba con marcado acento italiano.

–¿Conoció usted a mi hijo en Vietnam? –le preguntó con la voz rota no tanto por la edad como por la emoción.

–Sí, así es.

Paxton se esforzó en reprimir las lágrimas, mientras Barbara se retiraba con las niñas.

–Era un hombre estupendo, puede estar orgullosa de él –dijo Paxton con voz trémula–. Era famoso en todo Vietnam por sus proezas.

Agrandaba un poco la verdad, pero no excesivamente, puesto que sabía lo mucho que aquello significaba para su madre. Finalmente ya no pudo reprimir las lágrimas y las dos mujeres se abrazaron llorando.

–Se marchó por culpa mía –dijo la mujer–, yo tenía que haber impedido lo que ocurrió, pero no pude.

–Usted no podía –la tranquilizó Paxton, comprendiendo lo que sentía.

Todo el mundo tenía remordimientos. Años atrás ella se había culpado por la muerte de Peter, después también había sentido remordimientos por la de Bill y más tarde por la de Tony. ¿Quién era el causante de aquellas muertes? ¿Ella? ¿Ellos mismos? ¿Charlie?

–Tony no echaba las culpas a nadie –la consoló Paxton–. Era feliz.

La señora Campobello se sonó y asintió con un gesto, después levantó los ojos y miró llena de interés a Paxton.

–¿Era usted su novia?

Paxton sonrió al escuchar aquella palabra y asintió.

–Era un muchacho maravilloso y yo le quería mucho.

De pronto se preguntó por qué estaba hablando en pasado. ¿Sería, quizá, porque todos, para preservar la propia cordura, preferían considerarlo muerto, aunque en el fondo no creyeran que lo estuviera?

–Es usted una chica muy guapa –dijo la madre–. ¿Qué hacía allí?

Estaba luchando entre la curiosidad y la desaprobación.

–Trabajaba de periodista y fue haciendo mi trabajo que nos conocimos –y añadió con una sonrisa–: Al principio siempre nos peleábamos.

Su madre, al escuchar aquellas palabras, se echó a reír.

–También conmigo se peleaba. Cuando era pequeño me volvía loca. No era como Tommy –empezó a decir, pero en seguida lo pensó mejor y rectificó.

Tal vez Dios la había castigado y ahora Tommy seguía aquí mientras que Tony ya no estaba.

Volvió Barbara Campobello y, mirando fijamente a Paxton, dijo:

–Joey está ahí dentro, si quiere hablar con él...

–Me gustaría muchísimo –dijo Paxton.

Barbara la acompañó a través de una puerta. Era evidente que Barbara debía de haber tenido una bonita figura en otro tiempo y que su rostro era atractivo, pero daba la impresión de ser una mujer endurecida, probada por la vida, en cierto modo amargada. Paxton la siguió al interior de la casa y entró en un cuarto, donde inmediatamente descubrió a Joey, sentado en un sofá, vestido con vaqueros y una camisa limpia y tocado con una gorra de béisbol. Tenía exactamente la misma expresión que ella había amado tanto en su padre.

–¡Hola! –le dijo Paxton con voz alegre y, con gran sorpresa suya, vio que Barbara desaparecía discretamente–. Me llamo Paxton.

El niño levantó los ojos hacia ella, mientras Paxton acercaba una silla y se sentaba delante de él.

–Conocí a tu padre en Vietnam y él me pidió que, si alguna vez pasaba por aquí, viniera a verte. Y como he pasado, he decidido hacerte una visita.

El niño asintió con la cabeza y siguió mirándola, muy interesado, con una expresión tan parecida a la de su padre que Paxton hasta se asustó.

–¿Estás escribiendo una historia sobre mi padre? Eso es lo que me ha dicho mi madre.

Pero Paxton se apresuró a desmentirlo.

–No, Joey –quería ser tan sincera con él como lo había sido con Tony–. Estoy aquí porque quise mucho a tu padre. Y he de decirte que él te quería mucho a ti –dijo Paxton, sonriendo a través de las lágrimas–. Yo sigo queriéndolo. Hace un par de semanas que he vuelto de Vietnam y tenía muchas ganas de verte.

–¿Qué le pasó? –preguntó Joey bruscamente, casi como acusándola–. ¿Por qué murió?

–No es seguro que haya muerto. Lo único que se sabe es que desapareció. Hubo una batalla, lo perdieron y ya no volvió. Puede estar vivo, puede estar muerto, puede estar herido en algún sitio e incluso puede haber caído prisionero del vietcong. Nadie lo sabe.

–¡Caramba! –exclamó.

Ahora, allí sentado en el sofá, parecía de pronto muy excitado.

–A mí esto no me lo habían dicho –explicó.

El niño ya tenía ocho años y Paxton consideraba que tenía derecho a conocer la verdad. Por eso se lo había dicho.

–Nadie lo sabe. Piensan que a lo mejor está muerto y es probable que así sea. Pero la verdad es que no lo saben.

Entonces el niño, mirándola directamente a los ojos, le formuló la pregunta más difícil de contestar:

–¿Y tú qué piensas?

–¿Qué pienso? –repitió ella, preguntándose si debía decírselo o no y optando al final por ser sincera–. Si he de decir la verdad, puedo equivocarme, pero creo que está vivo. Me lo dice el corazón. Quizás es que lo quería tanto que quiero que esté vivo, no quiero que haya muerto. Quizás ésta sea la razón, pero es así.

El niño asintió con la cabeza, escuchando muy atento, y se le acercó un poco más.

–¿Tienes alguna fotografía de él?

Paxton se sintió desesperada por no haber traído ninguna. No se le había ocurrido siquiera.

–Las tengo en el hotel. Te las enviaré desde París.

El niño asintió, satisfecho.

–¿Volverás a Vietnam?

–No lo creo.

–Tiene que dar mucho miedo estar allí, ¿verdad?

Todavía se acercó un poco más, como fascinado por ella. Quizás era la belleza de la chica o tal vez el hecho de que hubiera conocido a su padre. Él no tenía a nadie con quien hablar de su padre. Si hablaba de él con su madre, ésta se comportaba como si estuvieran cometiendo un crimen y, si lo mencionaba a su abuela, ésta se echaba a llorar. En cuanto a Tommy, se ponía a gritar. Pero Paxton era una emisaria directa de su padre y Joey podía decirle acerca de él todo lo que quisiera.

–Sí, daba bastante miedo –le dijo Paxton con una sonrisa–, pero no siempre. También pasábamos buenos ratos. Además, tu padre me hablaba mucho de ti –le dijo, observando que el rostro del niño se iluminaba.

Paxton sintió ganas de abrazarlo.

–¿En serio?

–Sí, estaba siempre hablando de ti. Me enseñaba una fotografía tuya y decía que tenía muchísimas ganas de volver a verte.

Sin embargo, no había tenido esta oportunidad. Había desaparecido a los treinta y un años y eran muchas las cosas que le habían quedado por ver.

–¿Vendrás a visitarme otro día? –le preguntó Joey lleno de esperanza, acercándose a ella y, finalmente, acariciando su cabello tan fino y dorado, tan diferente del de su madre.

–Me encantará, si a tu madre y a tu padrastro no les importa.

Joey, poniéndose muy serio, le dijo en voz baja:

–En realidad no es mi padrastro, sino mi tío.

A lo que Paxton le contestó:

–Ya lo sé. Tu padre me lo contó.

–Te lo contaba todo, ¿verdad? –dijo echándose a reír.

Joey tenía una nueva amiga y esa amiga le gustaba. Entonces Paxton le acarició los cabellos y lo rodeó con el brazo. En ese momento entró su madre.

–La visita ha sido muy agradable –le explicó Paxton, agradecida a Barbara por haberle permitido hablar con Joey–. Desde París enviaré a Joey unas cuantas fotografías de su padre.

–Sí –asintió el niño.

Paxton y Joey salieron lentamente de la habitación, tomados de la mano. Era como si no tuvieran necesidad de las palabras para establecer una comunicación. Antes de marcharse, Paxton tomó al niño en brazos y lo levantó.

–Recuerda siempre lo mucho que te quería tu padre.

Joey, con lágrimas en los ojos, asintió con un gesto, mientras Paxton lo abrazaba con cariño y recordaba cómo se había sentido ella al recibir la noticia de la muerte de su padre. Sin embargo, no se lo mencionó a Joey.

–Nos veremos –dijo.

–Muy bien –respondió el niño.

Paxton advirtió que Tommy atisbaba disimuladamente. Era alto y moreno, pero no se parecía en nada a su hermano. No se acercó a saludarla, sino que se limitó a pasar en dirección al garaje, donde por lo visto estaba haciendo algo. Paxton volvió a dar las gracias a Barbara Campobello y se despidió de la madre de Tony con un beso. Todos le desearon buena suerte en París, como si la conocieran de toda la vida.

–Te enviaré las fotografías –volvió a prometer al niño.

Al volverse a mirar cuando giraba lentamente la esquina, todavía pensando en Joey y en lo triste que era que no hubiera conocido a su padre, le vio en la puerta despidiéndose con la mano.

27

Paxton llegó a París un hermoso día de primavera, una semana después de haber ido a Washington para entrevistarse con varios funcionarios del Pentágono y de haber pasado por Fort Benning (Georgia), para hablar con el teniente Calley. El encuentro con aquel hombre fue breve y penoso. Se había convertido en un símbolo de la guerra, de nuestra intolerancia, de nuestra brutalidad y del mal que estábamos sembrando. Al reflexionar después sobre aquel hombre, Paxton sintió lástima de él, de todo el mundo, de todo lo que había ocurrido y estaba ocurriendo.

París, sin embargo, curó algunas de sus heridas. Paxton alquiló un maravilloso estudio cerca del Sena. Por la noche solía salir sola para pasear y pensar en lo diferente que era ahora su vida de la que llevaba en Saigón.

En París su vida era solitaria y austera, asistía diariamente a las conversaciones que se estaban celebrando y entrevistaba a personajes como Kissinger y Le Duc Tho. En Saigón, en cambio, pese a que la vida a veces había sido muy dura, también había sido más feliz y fácil, puesto que ahora sólo tenía recuerdos en los que refugiarse y ya no volvería nunca más a Saigón ni a ver a los hombres que aquella ciudad se había tragado.

Envió a Joey las fotografías prometidas y éste le contestó dándole las gracias en una carta escrita con una letra muy cuidada. De cuando en cuando Paxton le enviaba alguna postal.

Paxton estaba al corriente de todas las noticias de Vietnam.

En octubre, las bajas norteamericanas llegaron a su cota mínima. Pese a ello, habría sido mejor noticia saber que la guerra había terminado.

Paxton aprovechaba a menudo los contactos que tenía en Vietnam para enterarse de si había noticias sobre algunos de los soldados dados por desaparecidos. Sin embargo, nunca había noticias de Tony. Ya había abandonado toda esperanza, a pesar de los curiosos presentimientos que experimentaba de cuando en cuando. A veces pensaba que quizás únicamente obedecían al hecho de que Tony nunca moriría para ella. Sin embargo, al final de aquel año, casi acabaron por convencerla de que era inútil seguir esperando el milagro.

En noviembre el *Times* volvió a enviarla a Fort Benning (Georgia) para asistir al inicio del juicio de Calley, cosa que le resultó muy deprimente debido a los aterradores testimonios y a las odiosas fotografías que circularon y que al final condujeron a la condena del teniente.

Después del juicio fue a visitar a su hermano y, como de costumbre, no supo qué decirle. En cuanto a Allison, no se sentía con ánimos para hacer el más mínimo esfuerzo que la llevase a un trato normal con ella.

Después fue a Washington y volvió a entrevistar a Kissinger. A continuación visitó a su editor de Nueva York. Volvió a llamar a Joey, le hizo otra visita y esta vez lo invitó a comer. Acababa de cumplir los nueve años y todavía se parecía más a Tony que antes. Lo llevó al Radio Music City Hall, antes de lo cual fueron a comer a un lugar muy agradable, el «21», donde el niño quedó muy impresionado al ver los aeroplanos suspendidos cerca de la barra. El jefe de los camareros reconoció a Paxton, pues era un ferviente lector del *New York Times,* y tuvo grandes deferencias para con ella, como el regalo de una mochila a Joey con un «21».

–Este sitio es fabuloso –dijo Joey, admirado, a lo que ella le respondió con una sonrisa–. ¿Te parece que a papá le habría gustado?

Actualmente su padre era la piedra de toque que Joey utilizaba para todo.

–Creo que le habría encantado. Solíamos hablar de venir a

Nueva York y también de visitar San Francisco. Porque has de saber que yo antes vivía en San Francisco y estudié en la universidad de aquella ciudad.

Joey estaba muy impresionado y le pidió que se lo contara todo. Cuando terminaron los postres, se quedó mirándola muy serio y dijo:

–Mi padre, me refiero a mi otro padre..., ya sabes, mi tío...

Paxton casi se echó a reír al verlo tan concentrado en lo que quería decirle. Estaba segura de que Tony también se habría echado a reír.

–Pues me dijo que lo que tú dijiste no es verdad, quiero decir lo de que mi padre a lo mejor está vivo. Dice que lo más probable es que esté muerto y que tú estás loca.

–Quizá tenga razón, quizás en las dos cosas –dijo Paxton tratando de sonreír–, pero la verdad, Joey, es que nadie puede saberlo, porque esto es lo que quiere decir precisamente que uno ha desaparecido. Algunos desaparecidos han caído prisioneros, pero de él no sabemos nada. Yo procuro estar al corriente de todas las noticias y siempre que puedo llamo al Pentágono para saber si hay alguna novedad, pero hasta ahora tu padre no figura en ninguna lista de prisioneros. Y tampoco encontraron sus restos en el sitio donde pudo haber muerto. Así pues, no hay nadie que sepa la verdad.

Era duro para él, como era duro para todos. Lo terrible del caso era no saber qué había ocurrido en realidad.

–Eso quiere decir que podría estar vivo, ¿verdad? –volvió a mirar a Paxton lleno de esperanza, pero en seguida se quedó cabizbajo y pensativo, como si de nuevo se sintiera deprimido–. Pero mi padre, quiero decir mi tío, dice que está muerto. Paxton, ¿tú crees que está muerto?

–No –dijo ella, negando con la cabeza al tiempo que lo miraba directamente a los ojos–, no, Joey, no lo creo.

Y mientras decía estas palabras le tomó la mano y la apretó con fuerza al tiempo que, una vez más, pensaba que se parecía mucho a Tony.

28

Paxton pasó el año 1971 muy atareada, la mayor parte del tiempo en París. Seguía abrigando grandes esperanzas en las conversaciones para la paz que se estaban celebrando y sabía transmitir aquel sentimiento a sus lectores a través de los artículos. Pero la guerra seguía. Los soldados que continuaban en Vietnam comenzaban a cansarse de aquella guerra y los actos de insubordinación con los oficiales eran más frecuentes que en la época en que ella había estado en el país. Los «errores» cometidos por los soldados con sus oficiales, usando contra ellos granadas lanzadas por «equivocación», estaban convirtiéndose en un acto corriente. Los problemas raciales también se agudizaban. En febrero se iniciaron operaciones militares en Laos a fin de destruir tramos de la Ruta de Ho Chi Minh. Paxton continuaba interesándose en saber de Tony, pero hasta entonces no había recabado información en ninguno de los dos sectores.

En marzo Paxton volvió a los Estados Unidos para asistir a la última fase del juicio de Calley y presenció su condena. Estaba en Washington cuando tuvo lugar la importante manifestación de los Veteranos de Vietnam Contra la Guerra, en el curso de la cual algunos de los participantes arrojaron sus medallas en las escaleras del Capitolio. Escribió un artículo acerca del tema para el *Times* y después voló a París.

Seguía en París cuando, en junio, Daniel Ellsberg publicó los *Documentos del Pentágono,* y también en julio, cuando Nixon anunció el próximo viaje de Kissinger a China. Cuando Thieu fue reelegido presidente de Vietnam del Sur, en octubre de 1971, seguía muy atareada en escribir artículos sobre las conversaciones por la paz. Finalmente, en diciembre, tuvo la satisfacción de informar de que el número de soldados norteamericanos en Vietnam había quedado reducido a ciento cuarenta mil, es decir, menos de la tercera parte de la cifra que se tenía hacía diecinueve meses. En aquellos diecinueve meses no se había recibido ninguna noticia acerca de Tony Campobello. La evidencia ahora parecía indiscutible. De encontrarse prisionero en alguna parte o de haberse ocultado en algún sitio, alguien habría oído hablar de él. Ya le costaba mucho seguir dando esperanzas a Joey pero, pese a todo, siempre que el niño le hacía preguntas, siempre que hablaban por teléfono y cuando lo veía, Paxton le decía lo mismo: que su padre tenía que encontrarse en alguna parte y que estaba vivo. Joey ya tenía diez años y cada vez era más capaz de entender las cosas. Paxton también había hablado a Joey de su propio padre, cosa que había establecido una cierta afinidad entre los dos, ya que ambos habían tenido que crecer sin sus respectivos padres.

Hacia finales de 1971 la vida de Paxton, aunque interesante, era extraña. Tenía veinticinco años, era hermosa y muy admirada en París. Sin embargo, había una parte de su vida que no existía, que había quedado clausurada. Ahora sólo vivía para su trabajo y para un niño al que quería mucho y que vivía en Great Neck. Aquel niño era el único amor de su vida, lo demás sólo eran recuerdos y fotografías, alineadas en una mesa de la sala de estar: Peter, Bill, Ralph, France, Pax, An y, por supuesto, Tony. Era la extraña galería de personajes que había amado y perdido en un país al que no regresaría nunca más pero que, por curioso que pareciera, echaba mucho de menos. Echaba de menos lo que había sido su vida, lo que aquellos seres habían significado para ella y lo que ella había supuesto para ellos en su vida. Sin embargo, tenía un extraordinario éxito en su trabajo y era muy respetada. En cierto modo, estaba satisfecha. No era feliz, pero se sentía satisfecha, a pesar de que añoraba a Tony. Seguía llevando en el dedo el anillo de rubíes.

En 1972 tuvo el pesar de conocer lo que estaba ocurriendo

en Vietnam. Por una parte, las conversaciones estaban en un punto muerto y, por otra, el ejército de Vietnam del Norte cruzó en marzo la zona desmilitarizada con sus tanques y avanzó hacia el sur por la Pista Uno sembrando el terror por todas partes. En mayo, la Ruta Uno se había llenado de refugiados y soldados. El ejército vietnamita del sur era incapaz de contrarrestar las fuerzas del norte, la población civil era asesinada, los niños quemados y las mujeres exterminadas. Las fotografías que Paxton, al igual que todo el mundo, pudo ver, particularmente en la revista *Time,* eran espantosas.

Una segunda oleada de ataques asoló las tierras altas centrales con similares resultados en el norte. Las gentes que se quedaban sin casa y morían de hambre por los caminos eran incontables. Los norteamericanos estaban tratando de retirarse y de traspasar la guerra al ejército de Vietnam del Sur, pero la realidad es que estaban perdiendo.

En abril, un tercer ataque cerca de la frontera con Camboya, al norte de Saigón, hizo que a Paxton se le saltaran las lágrimas al leer los informes de la Associated Press: tres mil soldados vietnamitas habían irrumpido en An Loc y habían ocupado toda la provincia.

Resultaba perfectamente claro que la «vietnamización» de Vietnam no era más que un chiste, si bien muy caro y que no hacía gracia a nadie.

A mediados de abril, Nixon autorizó el bombardeo de las zonas próximas a Haiphong y Hanoi y, por vez primera en dos años, Paxton se alegró de no encontrarse en Vietnam. Comenzaba a ser dudoso que aquella guerra dejase supervivientes. La mortandad llevada a aquellos extremos no podía conducir a nada bueno. Paxton comprendía que desde París su labor podía ser mucho más efectiva, pese a lo cual se sentía muy preocupada pensando en lo que podía ser de Tony en caso de que estuviera prisionero u oculto en algún lugar del campo. Debido a los constantes ataques del ejército de Vietnam del Norte, los prisioneros norteamericanos corrían enorme peligro dondequiera se encontrasen. Paxton, después de aquellos dos años, todavía seguía alimentando la esperanza de que Tony continuara con vida.

La única cosa que la distrajo un poco después de la caída de Quang Tri, en mayo, fue la detención en junio de los cinco hombres que penetraron en el complejo de Watergate, en Washington. En los Estados Unidos no se hablaba de otra cosa y, aun cuando en esa época Paxton seguía en París, escribió un editorial muy divertido, publicado por el *Times,* que le granjeó cantidad de comentarios favorables. Estaba convirtiéndose paulatinamente en un personaje famoso, si bien éste era un aspecto de su vida al que consagraba muy escasa importancia. Le encantaba su trabajo, pero no valoraba en nada la notoriedad que le procuraba. Su misión en la vida consistía en informar, abrirse paso con la espada flamígera de la verdad entre las zarzas de la mentira y del infundio, lo que hacía que sus compañeros periodistas la acusaran de celo excesivo. En cualquier caso, no tenía el más mínimo interés en ser famosa y el hecho de que Kissinger, Nixon e importantes periodistas de todo el mundo le tuvieran un gran respeto, para Paxton no tenía la menor importancia. Lo único que le interesaba era que sus artículos estuviesen marcados con el sello de la «diferencia».

En octubre de 1972 comenzó a abrirse finalmente en París un resquicio de esperanza como resultado de los encuentros entre Kissinger y Le Duc Tho, si bien pocos lo sabían. El 21 de octubre los vietnamitas del norte aprobaron el plan propuesto de paz y, cinco días después, Kissinger en persona prometía desde la Casa Blanca que «la paz estaba en puertas». Sin embargo, el presidente Thieu de Vietnam del Sur se negó a firmar el acuerdo y no quería permitir que los soldados del norte permaneciesen en el Sur por miedo a lo que pudieran hacer.

Menos de dos semanas más tarde Nixon fue reelegido por victoria aplastante. Dos semanas después el presidente Thieu exigía sesenta y nueve enmiendas al acuerdo que llevaría la paz a Vietnam, cosa que no gustaba ni pizca a Paxton ni a otros periodistas que estaban al tanto de la situación. Una vez más, comenzaba a ensombrecerse la esperanza.

Durante todo el mes de diciembre las conversaciones experimentaron altibajos. Hubo, por parte de las tropas norteamericanas, bombardeos de objetivos militares y promesas de que pocos ciudadanos civiles se verían afectados. Hanoi hizo saber que estaba dispuesto al diálogo siempre que se interrumpiesen los bombardeos, si bien éstos sólo se suspendieron un único día: Navidad. Hanoi volvió a dejar oír su voz. Finalmente, el 30 de diciembre cesaron los bombardeos y se reanudaron las conversaciones. Bob Hope había acudido a Vietnam a presentar su último espectáculo. Sin embargo, Paxton no pensaba en él este año, ya que estaba totalmente absorta en las conversaciones de París y en las informaciones internas que pudiera conseguir, algunas procedentes de fuentes muy encumbradas de Washington. El acontecimiento más destacado de aquellas fiestas fue la llamada telefónica de Joey la víspera de Navidad desde Great Neck. Se encontraba muy bien y sus palabras, al decirle que la echaba mucho de menos, fueron un dulce regalo para su corazón. Paxton se había convertido para él en un aliado personal, en un amigo especial, en el ángel guardián enviado por un padre al que casi no podía amar porque no lo conocía.

Por fin, el 8 de enero de 1973, Kissinger y Le Duc Tho reanudaron seriamente las conversaciones de paz, precisamente la víspera del día en que el presidente Nixon cumplía sesenta años. Exactamente una semana antes, el embajador Ellsworth Bunker, en Saigón, comunicaba al presidente Thieu que, si no se avenía a firmar inmediatamente el acuerdo de paz, no habría nuevas ayudas de los Estados Unidos.

Como resultado de esto, menos de dos semanas más tarde se inició el alto el fuego, es decir, el 27 de enero, cinco días después de la muerte de Lyndon Johnson. Nixon exigió que fueran liberados inmediatamente todos los prisioneros de guerra y prometió que en marzo, es decir, sesenta días después, se retirarían de Vietnam todas las fuerzas norteamericanas. Paxton escuchó con incredulidad las noticias en París y, en silencio, musitó una oración con la que expresaba su esperanza de que, junto con la liberación de los prisioneros, pudiese saber algo de Tony. Y, si no otra cosa, por lo menos se pudiera ofrecer eterno descanso a su cadáver. Lo terrible era no saber qué había ocurrido. Después de casi tres años, apenas podía soportarlo y también había acabado por admitir que, para Joey, era terrible aquella incertidumbre y la necesidad de ir alimentando constantemente la esperanza. Joey seguía anhelando la presencia de un padre que no estaba presente y que muy probablemente nunca llegaría a materializarse, en lugar de adaptarse al que tenía, con todas sus deficiencias –ahora Paxton sabía que eran muchas–, pese a ser el hermano de Tony. Paxton sospechaba que aquel hombre sentía remordimientos y que por eso abrigaba cierto resentimiento hacia Joey, ya que quizá se había excedido con su mujer cuando todavía era la mujer de su hermano.

El 5 de febrero de 1973 se anunció que habían muerto 57.597 hombres en la guerra de Vietnam, realidad que desgarró el corazón de Paxton y le recordó a Peter, a Bill y a Tony. En ocasiones le era difícil establecer en ella una separación entre la mujer y la periodista. Al enterarse, el 12 de febrero, de que habían sido liberados los primeros prisioneros de guerra, se tendió en la cama y lloró, imaginando qué debían significar para ellos y sus esposas verse por fin libres de tantas angustias, tanto sufrimiento y tanto terror.

Se encontraba en París escribiendo no sólo sus acostumbrados artículos para el *Times,* sino también un libro que preparaba sobre Vietnam, cuando su editor la llamó desde Nueva York y le pidió que tomara un transporte militar y se dirigiera a Manila.

«Pero ¿por qué? ¿Por qué yo?», habría querido decir.

Le había costado tres años amortiguar el dolor, tres años para dejar de soñar en los niños lisiados que pedían limosna en las calles de Saigón. ¡Y ahora regresaban los prisioneros, llevando en sus ojos las imágenes de todos aquellos horrores! ¿De veras tenía que volver a presenciar aquel espectáculo? ¡No, ella no quería volver a ver nunca más aquella tierra, contemplar aquel verde increíble, oler el humo que se levantaba del país al amanecer! Pero se habían empeñado en que volviera y reviviera lo que ya conocía. ¿Debía recuperar todos sus recuerdos contemplando los rostros de los hombres que regresaban de Vietnam?

Los prisioneros de guerra aterrizarían en el aeropuerto de Clark, en Filipinas, y tenía dos días para trasladarse al país.

–¿Es una orden o una petición? –preguntó con voz cansada, ya que en París era medianoche.

Siempre la llamaban en el momento en que en Nueva York salían de la oficina.

–Hay parte de las dos cosas –le dijo el editor amablemente, a lo que Paxton respondió con un suspiro.

Todo volvería a empezar: renacería la esperanza, murmuraría plegarias, buscaría a alguien que hubiese visto a Tony por última vez.

–De acuerdo –dijo, después de una breve pausa–, iré.

–Muchas gracias, le quedaremos muy reconocidos.

El editor sabía de antemano que aceptaría ir, porque sabía que le habría sido imposible resistirse. Nadie que hubiera estado en Vietnam era capaz de resistirse. Vietnam había penetrado en sus huesos, en su alma. Era un dolor constante, aunque a veces remitiera. Era un pena, una alegría y también una adicción.

29

Tomó un avión que la llevó de París a Wiesbaden (Alemania Occidental), y en un transporte militar llegó a Manila ocho horas antes de que aterrizaran los prisioneros de guerra. Sentada entre sus esposas y sus hijos, pensativa y tomando notas, observó los rostros que la rodeaban, hijos que a duras penas recordaban a sus padres, y supo lo terrible que había sido para todos ellos. Mientras miraba y escuchaba, iba reflexionando sobre aquellas cosas.

Desde hacía cierto tiempo había comenzado a aceptar la desaparición de Tony. Prescindiendo de lo que ella pudiera sentir en lo más profundo de su corazón, era imposible que siguiese vivo, y ahora tanto su corazón como su cabeza no cesaba de repetírselo. Así se lo había dicho también a Joey.

Todas aquellas mujeres hablaban sin parar de lo que habían tenido que sobrellevar año tras año, gracias a las fotografías, a los recortes de periódicos, a las noticias que les traían compañeros que se habían librado o que habían conseguido escapar. Pero por lo menos sabían que sus hombres estaban vivos, lo que permitía que ellas, como sus hombres, sobrevivieran. En qué condiciones volverían era ya una cuestión muy diferente.

Mientras aguardaba, Paxton sentía un nudo en la garganta, porque no quería aumentar el dolor de aquellas mujeres, su nerviosismo, perturbarlas en modo alguno. No quería hablar directamente con ninguna, prefería quedarse a la escucha. Después solicitaría entrevistas, hablaría con los hombres. De momento, lo único que pretendía era callar y escuchar. No cesaba de repetirse que ella estaba al margen, que su papel era el de periodista, que no tenía ningún derecho a inmiscuirse, pero cuando aquella tarde aterrizó el avión, lloró casi tanto como aquellas mujeres que recuperaban a sus maridos. Estaban muy delgados, titubeaban, la mayoría tenían cicatrices de la batalla, los ojos enrojecidos, hongos en el cabello, los nudillos hinchados como cebollas a consecuencia de las palizas recibidas, las piernas vacilantes y endebles. Por fuera estaban incólumes, pero por dentro estaban destrozados. Pese a todo, se erguían orgullosos y se vitoreaban mutuamente. Quien los veía contemplaba en ellos la victoria de la libertad, el amor, un fenómeno de supervivencia.

Fue una tarde cargada de emociones y Paxton pasó gran parte de la misma llorando con todos los demás. Pero para ella no había consuelo, no había paz, no existía aquel increíble abrazo después de siete años de espera. ¿Cómo se podía sobrevivir a tanto tiempo de dolor? ¿Cómo era posible mantenerse aferrado a la esperanza? ¿Qué había que decirse una vez terminado todo? ¿Y si ella hubiera sido hecha prisionera cuando iba con Ralph a aquellas misiones periodísticas? En un par de ocasiones había estado a punto de caer y ella lo sabía. ¿Y si hubiera caído prisionera del vietcong? Dudaba de que hubiera podido sobrevivir y se maravillaba de que ellos lo hubieran conseguido.

El día siguiente, después de que los liberados fueran interrogados oficialmente, Paxton inició sus entrevistas y en algunos casos habló con esposas e hijos de los ex prisioneros. En algunas ocasiones un fotógrafo completó el reportaje y, al final, se sintió totalmente exhausta. Mientras se encontraba hablando con uno de los soldados, se enteró de que había sido rata de túnel en Cu Chi y de que había caído prisionero poco antes de que Tony hubiera sido dado por desaparecido. Paxton trató de sujetar la pluma con firmeza, puesto que la mano comenzó a temblarle cuando el hombre inició sus explicaciones. Había sido prisionero durante tres años, período que tanto él como ella consideraron muy largo, aun cuando Tony se había desvanecido todo ese tiempo y todavía no había nadie que supiera si estaba vivo o muerto.

Con la voz tan temblorosa como sus manos, Paxton le preguntó:

–Yo... quisiera hacerle una pregunta privada.

Súbitamente el hombre la miró asustado, como si de pronto Paxton fuera a hacerle una pregunta que cubriría de perpetuo deshonor a él y a su familia.

–¿Mientras estuvo en Cu Chi conoció usted en algún momento a un primer sargento llamado Tony Campobello?

El hombre la miró de manera extraña y movió negativamente la cabeza, preguntándose si se trataría de una añagaza. Aquel Tony Campobello podía ser un agente enemigo.

–¿Por qué?

–Pues porque en aquella época yo estaba en Saigón y los dos nos amábamos –dijo Paxton con voz tan quebrada como la suya, pero el hombre le había hecho revivir el pasado y los recuerdos eran demasiado dolorosos–. Fue dado por desaparecido poco después de que usted cayera prisionero y desde entonces no se ha dado de él ningún informe definitivo. He pensado que quizá...

Sin poder dominarse, Paxton se echó a llorar. Aquella gente ya tenía bastante con sus propias penas para, encima, tener que cargar con las ajenas. Pese a todo, el soldado le tocó la mano con sus dedos deformes y fracturados. Ella se había convertido ahora en su hermana, en su amiga, en su hija. Y al contestar, Paxton lo miró a través de las lágrimas.

–Todo cuanto le puedo decir es que hace dos años estaba vivo. Fue trasladado a una de las cárceles en las que yo estuve. No recuerdo siquiera en qué condiciones estaba, porque yo entonces estaba muy mal –prosiguió en voz baja, aunque no había nadie alrededor que pudiera oírlos.

–¿Sabe dónde puede estar? –preguntó ella en el mismo tono de voz.

–No, pero entonces estaba allí. Le conocí en Cu Chi, pero pasé poco tiempo allí antes de caer en manos del vietcong. Estaba bien, la última vez que le vi seguía vivo. No puedo decirle nada más. Pregunte a Jordan, también estaba allí y creo que también le conocía.

Sin embargo, cuando tres días más tarde pudo hablar con

Jordan, las noticias que tuvo fueron malas. Tony era uno de los tres hombres que habían conseguido escapar y él estaba convencido de que el esfuerzo les había costado la vida.

Según los rumores, sólo se habían recuperado dos cadáveres, pero él no se lo podía asegurar, puesto que era muy difícil que alguien consiguiera escapar a los perros, a las armas, a las trampas y a las lanzas de que disponía el enemigo. Probablemente le habían matado, porque durante los dos últimos años sus caminos no habían vuelto a cruzarse y nunca más había vuelto a oír su nombre. Quiso convencerla de que Tony estaba muerto. No podía ser de otra manera. Y mientras se lo decía, ambos lloraron.

Fue una semana terrible para ella, un período de tiempo brutal, unos momentos para enfrentarse con el dolor, la muerte y la esperanza y para revivir las tragedias que habían resultado del trato inhumano recibido de los norvietnamitas. Parecía que nunca terminaría. Las esposas de aquellos soldados se comportaron de forma muy valiente. Al terminar el reportaje y regresar a Francia, Paxton tenía la impresión de haber estado en la cárcel con todos ellos. Fue, desde el punto de vista emocional, el reportaje más agotador de su vida y se juró a sí misma que, aunque se lo pidieran de rodillas, jamás volvería a encargarse de un trabajo como aquél. Pese a todo, el artículo en que resumió toda la información recibida fue una maravilla y le procuró los elogios de sus colegas. Corría la voz de que era muy probable que Paxton ganase el premio Pulitzer. Muchos años atrás, Ralph ya le había hecho bromas al respecto, cuando todavía era una periodista novata e inexperta. Tony también se lo había augurado. Ahora tenía respuestas muy dolorosas acerca de Tony. No había manera de eludirlo. El 1 de marzo tomó un avión con destino a Nueva York para ver al hijo de Tony y comunicarle lo que le habían dicho los dos prisioneros de guerra: el primero le había visto brevemente dos años antes y el segundo sabía que había escapado, pero estaba seguro de que había muerto a manos del vietcong. Todo lo cual parecía confirmar lo que ya había sabido en la base Clark de las fuerzas aéreas.

Paxton se lo explicó a Joey lo mejor que supo antes de llevarlo a comer. Dieron un largo paseo por Central Park y después, sentados en un banco, Paxton se lo contó todo. Ahora el niño ya tenía once años, la misma edad de ella cuando murió su padre, por lo que consideraba que, dada su inteligencia, estaría en condiciones de asumirlo.

–Lo siento, Joey –dijo, mientras volvían a llenársele los ojos de lágrimas–, pero creo que, si hubiera vivido aquel día, si no lo hubieran matado, habría conseguido escapar. ¡Era tan fuerte, tan animoso, tan lleno de recursos!...

Pero había muerto, y era un hecho que los dos tenían que asumir. Sin añadir una palabra más, Paxton le rodeó con los brazos, lo estrechó contra ella y lloraron los dos juntos.

–¿Ahora sí lo crees? –le preguntó él, muy triste, y esta vez ella asintió con un gesto.

Tenía que aceptarlo, tanto por Joey como por ella misma. A sus veintisiete años, hacía tanto tiempo que le amaba que era muy difícil renunciar a la esperanza, pese a saber que no tenía otro remedio.

–Sí, ahora estoy convencida, Joey. Es preciso que lo aceptemos. Ha muerto.

Era como perderlo una vez más, como escuchar las palabras del hombre que había sobrevivido en el Hanoi Hilton.

–¿Y qué vamos a hacer ahora? –dijo el niño tomándole la mano.

–Pues no lo sé...

Se sentía perdida de nuevo, casi tan perdida como tres años atrás. Las otras mujeres habían recuperado a sus hombres, ella no.

–Nos acordamos de él, pensamos en él y sonreímos, pensamos en lo bueno de él y también en lo malo, pero seguimos queriéndolo.

–¿Y tú? ¿Qué vas a hacer?

Aquélla era una pregunta que Joey se había hecho siempre y ahora se sentía suficientemente mayor para formulársela. Sabía que Paxton había estado esperando a su padre pero, ahora que su padre ya no volvería, ¿qué haría? ¿Lo mismo que hasta ahora? Para Paxton, todo había terminado.

–¿Te casarás con otro? –preguntó Joey, preocupado.

Pensó que tal vez se casaría con alguien que impediría que se volvieran a ver.

Pero Paxton leyó sus pensamientos y lo estrechó con fuerza contra su corazón.

–No, no pienso casarme, a no ser que tú crezcas muy aprisa. Si quieres, te espero.

–¿Qué harás, entonces? ¿Piensas quedarte en París?

Joey la añoraba mucho cuando no la veía, pues entre los dos se había establecido un vínculo muy especial, como un reflejo de lo que había existido entre Paxton y Tony. Además, como Paxton no tenía hijos, volcaba todo su cariño en él. En cuanto a la pregunta que le había hecho, tenía noticias que darle.

–Pronto volveré a Nueva York, porque ahora trabajaré para el *Times* en esta ciudad. Probablemente me instalaré aquí a finales de marzo, cuando hayan regresado a los Estados Unidos los últimos soldados. Falta poco.

Joey pareció alegrarse. Ya que no podía tener a su madre, por lo menos la tendría a ella.

–Quizá tu madre, cuando yo vuelva, nos dejará ir a pasar un fin de semana juntos a alguna parte. ¿Tú qué crees?

–Seguro que sí.

Él se ocuparía de que le dieran permiso. Fueron a comer un poco tristes, pero tranquilos. Ya empezaban a desligarse de Tony.

30

Los últimos soldados norteamericanos salieron de Vietnam el 29 de marzo de 1973 y, tres días más tarde, el 1 de abril, eran liberados los últimos prisioneros de guerra que quedaban en Hanoi. Un día antes Paxton se trasladó en avión a Nueva York después de dejar el apartamento en que había vivido en París. Se hospedaba en el hotel Algonquin, donde pensaba permanecer hasta que tuviese casa propia. Sin embargo, cuando acudió al periódico al día siguiente no podía creerlo: le pedían que se trasladara en avión a San Francisco para entrevistar a los prisioneros de guerra en Presidio. Paxton dijo que no estaba en disposición de hacer aquel trabajo, que se lo encargasen a otra persona, que ella acababa de llegar, estaba cansada y tenía que ocuparse de buscar un apartamento. Sin embargo, ni ella ni su editor creían lo que decía. Cuando, finalmente, volvieron a insistir, se dirigió al editor y le dijo que le importaba muy poco lo que pudieran hacer con ella, pero que no pensaba ir, porque era algo que le resultaba insoportablemente doloroso.

La dejaron en paz todo el día, pero a las seis de la tarde la llamó el editor jefe en persona y le rogó encarecidamente que se hiciera cargo de aquel trabajo. Finalmente, cansada, todavía desorientada a consecuencia de los vuelos, agotada y bastante contrariada, cedió a sus ruegos. Salió en avión el día siguiente, con el tiempo justo para recibir el avión que debía aterrizar en la base Travis de las fuerzas aéreas. Y mientras asistía a la misma escena que había presenciado en Manila seis semanas antes, pudo comprobar por segunda vez cuán agotadora podía ser para sus nervios. Sin embargo, por lo menos esta vez estaba preparada y ya sabía lo que iba a oír de las esposas e hijos de los que llegaban, así como de los propios interesados. Pasó unos días tan malos como esperaba, peor incluso. Pero lo peor de todo fue cuando uno de los hombres habló de tres soldados que habían escapado, historia que tenía ciertas connotaciones que ella conocía muy bien. Una parte de ella le decía que debía escuchar y otra que era mejor hacer oídos sordos. Pese a todo, comenzó a hacer preguntas a aquel hombre, igual que se las había hecho a los hombres de Clark, si bien esta vez las respuestas fueron diferentes. Sí, aquel soldado estaba plenamente convencido de que los tres hombres habían escapado y de que, antes de ellos, otros dos también habían escapado. Los demás que lo intentaron habían muerto, o por lo menos eso creía él. Una vez había sido un grupo de siete personas, otra vez un grupo de cuatro, después una pareja. Algunos habían logrado escapar y, de aquellos tres a los que se había referido, uno lo había conseguido. Dos de ellos habían muerto, pero uno había logrado escapar.

–¿Cómo se llamaba? –le preguntó Paxton con voz entrecortada, mientras deseaba no haber tenido que hacer aquel trabajo para evitar dar nuevamente pábulo a la esperanza.

Lo único que ahora quería era que dejasen descansar en paz los restos de Tony. ¿Por qué no dejaban que reposara?

–¿Sabe cómo se llamaba?

–No estoy seguro –dijo el soldado rastreando en sus recuerdos, confusos después de haber sobrevivido a tantas atrocidades.

Había sufrido todo tipo de torturas: descargas eléctricas, tormentos diversos, había perdido los pulgares de las manos y casi había perdido una pierna por culpa de la gangrena. ¿Cómo iba a recordar quién había escapado y quién se había librado? Pero ella estaba empeñada en saber y, mientras esperaba, retuvo el aliento.

–Sé que era alguien de Cu Chi..., una rata de túnel, pero no recuerdo su nombre. Quizá lo recordaría si lo oyera –dijo como excusándose.

Paxton se sentía culpable de someterlo a tanto acoso, pero para ella se trataba de algo sumamente trascendente.

–¿Tony Campobello? –preguntó con un hilo de voz.

–Eso es –dijo clavando en ella sus ojos–. ¡El mismo!

Y se quedó mirándola, estupefacto, al ver que ella lo sabía.

–Logró escapar..., no recuerdo cuándo, quizás hace dieciocho meses o quizás hace dos años. No estoy muy seguro, pero sé que lo consiguió.

A Paxton le pareció que iba a desmayarse.

–¿Cómo lo sabe?

–Pues porque no trajeron su cadáver y... porque me lo dijo uno de los guardianes –dijo.

–¿No pudo haberle mentido?

Le parecía que ahora casi deseaba que estuviera muerto, no quería volver a pasar por la tortura de sentirse esperanzada, si bien no podía hacer oídos sordos a lo que decía aquel hombre, no podía ignorarlo.

–No lo creo. No querían admitir que alguien pudiera escapar, por eso pienso que, si lo decían, es porque era verdad. Además, para dar una lección a los demás, torturaron a un compañero.

–¿Sabe adónde pudo haber ido?

–Siento mucho decirle que no lo sé. Supongo que iría hacia el sur, si es que pudo, o tal vez se escondió en algún sitio del interior. Si era una rata de túnel, seguro que sabía lo que se hacía y a lo mejor todavía está vivo.

¡A lo mejor! ¿Qué podría decirle a Joey? ¿Que a lo mejor su padre seguía vivo, escondido en algún sitio? O que podía haber muerto en un túnel, en una trinchera, en cualquier agujero..., quizás incluso en el tronco de un árbol. Dio, pues, las gracias a aquel hombre y, sintiéndose desorientada, terminó las entrevistas lo mejor que pudo. Aprovechando un vuelo nocturno, se trasladó de San Francisco a Nueva York.

Paxton pasó los tres días siguientes encerrada en su apartamento sin hablar con nadie. No podía hacer ni decir nada. Tenía que pensar, analizar lo que le habían contado. Leyó sus notas una y otra vez, pero no podía hacer nada y, al llegar el lunes, tomó una decisión.

Fue a ver a su editora y, después de hablar con ella, ésta le dijo que estaba loca. Pero al cabo de un buen rato, Paxton la había convencido: había estado en el país y lo conocía muy bien. Ahora que lo habían abandonado los militares, quedarían otras personas: periodistas, personal médico, algunos empresarios extranjeros, locos, oportunistas. Alguien debía quedarse en el país. En cuanto a esto no tenía la más mínima duda. Era preciso que volviera y que encontrara las respuestas, por mucho tiempo que tuviera que quedarse o por mucho que le costara desde el punto de vista personal.

Finalmente accedieron, ya que no tenían otra opción. No tenían más remedio que perder a Paxton y dejarla marchar sin su bendición, pero debían dejar que se fuera ya que así lo quería ella.

Aquel fin de semana dio un larguísimo paseo con Joey y le contó que volvía a Vietnam para intentar encontrar a su padre, localizar sus restos o ponerse en contacto con alguna persona que pudiera asegurarle de manera totalmente fiable lo que había ocurrido en realidad. Le habló del prisionero de guerra de Presidio y le contó lo que él le había dicho. Joey tenía derecho a saberlo, y por eso se lo contaba.

–¿Sabes una cosa? Mi madre y mi padre siguen figurándose que estás loca –le dijo con una sonrisa.

Aunque a veces también él pensaba en esta posibilidad, sabía que la amaba.

–¿También tú lo piensas? –dijo Paxton sonriéndole.

–A veces, pero en realidad no me importa, porque te quiero mucho, Pax.

–Gracias. Si quieres saber la verdad, a mí también me parece que debo de estar loca, pero no creo que quede satisfecha hasta que tenga todas las respuestas. Me figuraba que sabíamos todo lo que había que saber (después de haber hablado con Jordan en Clark), pero por lo visto no es así. Este soldado con el que hablé en Presidio está totalmente seguro de que tu padre logró escapar.

–¿Crees de verdad que puede estar vivo? Hace ya tres años que dijeron que había desaparecido...

Incluso Joey parecía escéptico.

–No lo sé, Joey.

El niño movió la cabeza con preocupación.

–¿Cuánto tiempo estarás fuera?

–No lo sé, no puedo prometerte nada. Te escribiré y, si puedo, te llamaré. Ahora que se han marchado todos los soldados, no sé cómo funcionarán los teléfonos. Probablemente mal. De todos modos, haré lo que pueda. Volveré tan pronto como tenga una respuesta. No antes.

El niño la agarró con fuerza por el brazo y lo retuvo en su manita.

–Que no te pase nada, Pax. No dejes que te ocurra lo que a mi padre.

–No te preocupes –le prometió, inclinándose hacia él, besándole el cabello y acariciándoselo–. No soy tan valiente como él.

31

El avión aterrizó en el aeropuerto de Tan Son Nhut que, visto desde el aire, a Paxton le pareció igual que siempre. Sin embargo, cuando el avión se encontró a menor altura, Paxton advirtió que había muchos más cráteres que tres años antes. En Saigón las cosas también habían cambiado. Se veían muchos más niños por las calles, más huérfanos, más amerasiáticos mendigando, abandonados por sus padres, que habían dejado el país con toda la comitiva militar, y rechazados por sus madres. Por la calle también había más droga, más prostitutas, más edificios derruidos. En una palabra, más caos. Hasta el mismo hotel Caravelle parecía haber sufrido el deterioro del tiempo, a pesar de que el personal se acordó de ella y le dio la bienvenida. Esta vez le dieron una habitación diferente, cosa que a ella le pareció muy bien. No habría podido soportar la permanencia en la misma habitación compartida con Tony.

La oficina de la Associated Press estaba en el mismo sitio y en ella había más o menos las mismas caras. En cierto modo parecía que no había cambiado nada, aunque hubieran cambiado algunas cosas. Los soldados norteamericanos se habían ido y esta realidad había cambiado sutilmente la situación.

Comenzó a establecer los contactos de siempre y lo curioso del caso es que se encontró como en casa. Sin embargo, los recuerdos eran muchos y había permanecido bastante tiempo en occidente. Ahora a menudo se despertaba por la noche y pensaba en Joey. Tal vez ahora las cosas le parecían diferentes porque tenía más años. A los veintisiete años no se sentía tan ansiosa de poner en riesgo su vida como cinco años antes. En este aspecto también había cambiado. Esto, por otra parte, le traía el recuerdo de Ralph y de las misiones en que habían participado. Ahora, en cambio, cuando salía al campo, iba sola en un coche alquilado o acompañada de un chófer o de un fotógrafo de la Associated Press. Dondequiera que fuera, en todas las ciudades, en todos los pueblos y en todas las ruinas que visitaba siempre preguntaba por Tony. Y el resultado era que nadie lo había visto. Pese a ello, estaba convencida de que, si persistía en preguntar, acabaría por encontrar a alguien que lo hubiera visto, si es que todavía seguía con vida. Tal vez tenía miedo de salir, podía estar mutilado, herido, lisiado... En ese caso ella lo llevaría a casa, curaría sus heridas, lo haría feliz. Por supuesto, todo esto si seguía con vida, cosa que parecía improbable. Cuando comenzó a ver los estragos que habían causado las tropas del norte y los bombardeos norteamericanos antes de que los soldados marcharan del país, comprendió que era realmente muy difícil haber sobrevivido y pasar inadvertido. Incluso saber que Tony había muerto habría podido ser un consuelo para ella. Habría sido conocer la verdad. Incluso podía encontrar un jirón de tela de su uniforme, un hueso, un mechón de cabellos.

En abril, Graham Martin llegó a Saigón para sustituir a Ellsworth Bunker en el cargo de embajador y en junio se produjo el escándalo del Watergate, asunto que fascinó a Paxton. Parecía que la política era cada día más complicada en todas partes, pese a lo cual ella seguía escribiendo sus artículos y buscando a Tony, al tiempo que se ponía al corriente de los teletipos que llegaban a Saigón. En julio, en el Senado hubo audiencias sobre los bombardeos de Camboya, que se suspendieron en agosto. Ocho días más tarde Nixon nombró a Kissinger secretario de Estado en sustitución de Rogers. Aquel verano hubo tranquilidad en Vietnam. Llovió constantemente y Paxton recorrió en coche todo el país, mostrando a la gente fotografías de Tony y preguntando a todo el mundo si lo había visto. Sin embargo, nadie tenía noticias de él y, además, Paxton tuvo la mala suerte de contraer una neumonía.

En septiembre, ya bastante restablecida, comenzó de nuevo a hacer sus pesquisas. Escribía todas las semanas a Joey e incluso a ella todo aquello ya le estaba pareciendo una locura. Sin embargo, en Vietnam todo había sido siempre una locura. Seguía tropezándose en la calle con niños de padres estadounidenses, abandonados, y siempre les daba todo el dinero y la comida que podía, pese a considerar que estaban abocados a una situación insoluble. Aquél debía de ser el destino que temió France al suicidarse y dar muerte a sus hijos después de la muerte de Ralph. Habría sido difícil afirmar que tenía razón, pero ¿quién habría podido negarlo? Paxton no estaba tan segura.

En octubre dimitió Agnew como vicepresidente de Nixon y en noviembre el Congreso rechazó el veto de Nixon a la ley que limitaba el derecho del presidente a decidir la guerra. No querían que aquella situación se repitiera nunca más. Habíamos perdido en Vietnam, pero era preciso pensárselo dos veces antes de permitir que volviera a ocurrir algo parecido. Ésta era la razón de que el Congreso quisiera mantener siempre su control sobre el presidente.

Paxton pasó la Navidad en Saigón. Ya hacía ocho meses que estaba en el país. Se había dicho que volvería a los Estados Unidos tan pronto como encontrara algo concreto o que por lo menos permanecería un año entero en el país en caso de no encontrar ninguna respuesta. Pero cuando hacía un año exacto que estaba en el país, alguien reconoció la fotografía de Tony, cosa que espoleó nuevamente a Paxton. Fue una campesina del norte, que le dijo que había encontrado a Tony en un bosque, le había dado de comer y después los soldados se lo habían llevado. Esto le permitió deducir que había vuelto a caer prisionero. Pero ¿adónde había sido, quién lo había apresado, qué había ocurrido después? No quiso poner al corriente a Joey de lo que acababa de saber, pero se mantuvo alerta.

Tres meses más tarde, en agosto de 1974, Nixon dimitió y Ford pasó a ser presidente. Aunque el *Times* pidió a Paxton que volviera, ésta se negó. Estaba escribiendo unos artículos maravillosos desde Vietnam y de momento éste era el único tema que le interesaba.

Volvió a pasar otra Navidad en Saigón, la segunda desde su regreso. Su hermano, a esas alturas, ya había renunciado completamente a influir en ella y, en cuando a Ed Wilson, estaba muy intrigado de que ella siguiera escribiendo artículos sobre Vietnam. Aunque eran brillantes, le parecía que aquello rozaba los límites de la obsesión; al parecer, aquella tierra le había entrado muy adentro, como había ocurrido también a muchas personas. Hasta el propio Joey estaba extrañado. Podía ser que a Paxton le gustase mucho aquel país, podía ser que no se viera capaz de afrontar el hecho de que su padre hubiera muerto y podía ser también verdad lo que decían sus padres, es decir, que estuviese un poco loca. Hacía casi dos años que Joey no la veía, pero lo más curioso del caso era que, como había dicho secretamente a su abuela en varias ocasiones, seguía echándola mucho de menos. Ya se estaba preguntando si volvería alguna vez. Tenía casi trece años, hacía cinco que su padre había sido dado por desaparecido y diez que no lo veía. Pese a todo, Paxton no parecía tener intención de renunciar a la búsqueda, aunque ello le costara su salud.

De vez en cuando encontraba alguna persona que, al ver la fotografía, decía haberlo visto. Sin embargo, ella nunca sabía si en realidad le decían la verdad, o si le mentían, si aspiraban a que les diera una propina o una recompensa o simplemente si lo hacían para dejarla contenta. Habría sido imposible saberlo. La única cosa que sabía y que escribía en sus artículos del *Times* era que Vietnam del Sur estaba pasando un momento especialmente delicado. Paxton escribió acerca de que los norteamericanos habían prometido secretamente que sacarían un millón de personas de Vietnam del Sur antes de que cayera en manos de los comunistas, ya que era evidente que este hecho iba a producirse muy pronto. Paxton sabía que, si esto ocurría, tendría que volver a los Estados Unidos y dejar a Tony en Vietnam, tanto si estaba vivo como muerto. Entonces tendría que marcharse y renunciar. De momento, no le era posible.

En febrero de 1975 las cosas comenzaron a ponerse feas y en marzo empeoraron. Comenzaron a irrumpir en Saigón gran cantidad de refugiados procedentes del norte y, más al norte, más de un millón de refugiados huyeron de los comunistas y penetraron en Da Nang, al tiempo que caía Hue y cohetes norvietnamitas se abatían sobre la ciudad y la población civil. La gente gritaba, corría, caía cubierta de sangre. Los niños se extraviaban y eran pisoteados por la multitud enloquecida. Se había pedido a los norteamericanos que abandonaran el país y Paxton debía partir con ellos. Los teletipos de la oficina de la Associated Press estaban en constante actividad. Decían que había que salir del país inmediatamente después de la caída de Hue. Tres días más tarde los aeropuertos, los muelles y las playas estaban abarrotados de gente empeñada en dejar Vietnam a través del medio que fuese. Durante los últimos días, Paxton se olvidó de su inútil búsqueda y, una vez más, volvió a hacer de corresponsal.

El domingo de Pascua, Da Nang cayó en manos de los comunistas y en abril los norteamericanos comenzaron a hacer el equipaje para marchar y, con ellos, también Paxton. Había llegado el momento de partir. Faltaban muy pocos días para que todo terminara. Aquel país, en otro tiempo tan hermoso y que tanto dinero había costado salvar, estaba a punto de caer en manos del enemigo, como se decían secretamente todos.

Los norteamericanos que continuaban en Saigón se sentían ansiosos de abandonar el país antes de que llegaran los comunistas, y los vietnamitas que habían sido aliados de los norteamericanos se sentían presa del pánico porque temían ser víctimas de represalias. En el mes de abril consiguieron salir de Vietnam cincuenta mil personas, entre norteamericanos y vietnamitas, pero había más de un millón de vietnamitas a los que se había prometido que podrían ir a los Estados Unidos, pese a que en las últimas semanas de abril se hizo evidente que aquélla era una empresa imposible y que serían muy pocos lo que conseguirían salir del país.

El *Times* volvió a avisar a Paxton de que abandonara Vietnam. Después de ponerse en contacto con el embajador, éste le prometió una plaza en el último avión y, con su maleta a punto y dispuesta a emprender la marcha, continuó sus artículos sobre la caída de Saigón, complementados con ayuda de su propia cámara. Ya había abandonado totalmente la búsqueda de Tony y había acabado por aceptar la realidad. Estaba muerto y los campesinos que le decían que lo habían visto le habían mentido, se habían limitado a decirle lo que sabían que a ella le gustaría oír. Y mientras vivía aquellos últimos días de Saigón tenía la convicción de que Tony estaba muerto. Se sentía tan agotada que apenas tenía ánimos para seguir pensando en él. Lo único que quería era volver a los Estados Unidos, dormir en una cama limpia, vivir en una ciudad segura, ver a Joey.

El 25 de abril el presidente Thieu salió para Taiwan y el 28 de abril las tropas comunistas se enfrentaron con el ejército de Vietnam del Sur en el puente de Newport, a las puertas de Saigón. En aquellos momentos Paxton estaba en la embajada, esperando la llegada de los últimos boletines. Si tenía que marcharse, quería ser una de las últimas personas que abandonaran Saigón.

El día 29, bajo una suave llovizna, los funcionarios de la embajada anunciaron solemnemente que acababa de ponerse en marcha la Opción IV. Sería la evacuación en helicóptero más importante que registra la historia. Aquel millón de vietnamitas a los que se había prometido asilo eran abandonados y sólo algunos naturales del país, muy pocos, pudieron acompañar a los norteamericanos que salieron en los últimos helicópteros. Paxton pasó el día observando los inicios de aquella operación, mientras los helicópteros transportaban a los refugiados y a los norteamericanos hasta los portaaviones que esperaban a cierta distancia de la costa y los comunistas continuaban disparando sus cohetes contra el aeropuerto de Saigón.

En el curso de dieciocho horas del 29 de abril, como informaría más tarde Paxton, fueron trasladados a los portaaviones en setenta helicópteros norteamericanos, desde la embajada de los Estados Unidos, un millar de norteamericanos y seis mil vietnamitas, en lugar del millón prometido.

La ciudad estaba rodeada de autocares que debían encargarse de trasladar a la gente a la embajada, pero el pánico era tal que los autocares quedaban empantanados en el camino y no conseguían llegar a su destino. La gente corría por las calles, gritando y entregándose a escenas de histerismo y por todas partes había niños extraviados o abandonados. A mediodía Paxton se echó a la calle para tratar de ayudar a la gente, pero le fue imposible hacer nada. La multitud estaba frenética y no era posible prestar ninguna ayuda. Las masas habían forzado las puertas de la embajada y, una vez dentro, trataban por todos los medios que les dejasen montar en los helicópteros. Era gente de la ciudad, del campo, de las montañas, había norteamericanos, un gran número de vietnamitas, gente desesperada, que quería huir de los comunistas antes de que irrumpiesen en la ciudad. Sabía que estaba acercándose el momento final y, cuando ya volvía hacia la embajada, sintió como si sus brazos y su cuerpo se resistieran a volver al lugar donde sabía que el embajador la estaba esperando. Y de pronto alguien tendió un brazo hacia ella. Era un hombre, un vietnamita que la arrastraba hacia él. Ella comprendió en seguida, mientras pugnaba por desasirse de él, que aquel hombre no estaba en sus cabales. Olía terriblemente mal y tenía un aspecto espantoso, con todo el cuerpo cubierto de barro seco. Cuando ya casi había conseguido librarse de él, el hombre se abalanzó hacia ella y cayó en sus brazos. Y entonces ella lo miró fijamente. ¡No, era imposible! ¡No podía ser! ¡Qué broma tan cruel perder la razón en el momento de la caída de Saigón!

–¡No! –exclamó, aunque deseando equivocarse al decirlo.

Volviendo a enderezarse, el hombre le dijo algo en lengua vietnamita e instintivamente Paxton avanzó hacia él cuando ya se derrumbaba en sus brazos. Ahora, sin embargo, Paxton ya no tenía ninguna duda. Era Tony.

–¡Oh, Dios mío!

La gente se agolpaba a su alrededor intentando montar en los helicópteros, si bien pocos lo conseguirían.

–¿De dónde sales? –preguntó ella, confundida y estupefacta mientras lo contemplaba, tratando de asegurarse de que no era un sueño.

Él volvió a decir algo en vietnamita y, al escuchar las palabras de Paxton, supo quién era. Lo único que supo en principio fue que ella era norteamericana y que ya estaba a salvo. Ahora ella lo conducía hacia uno de los edificios de la embajada.

–Primer sargento Anthony Campobello, de la base de Cu Chi, Vietnam –recitó él de una tirada, mientras ella lo llevaba literalmente a rastras hasta los helicópteros.

No podían esperar ni un minuto más, tenía que sacarlo de allí antes de que les cortaran el paso.

Tony tenía una herida abierta en un brazo y, mirándola de manera extraña, mientras ella lo empujaba en dirección a los helicópteros, comenzaron a saltarle las lágrimas de los ojos.

–¡Vamos, aprisa! –le gritó ella, abriéndose paso entre aquella confusión y tratando de evitar que le pusieran un bebé en los brazos.

No quería a nadie más que a Tony. Había luchado demasiado tiempo para dejar perder aquella ocasión. Había tardado cinco años en encontrarlo y hacía cinco años que su hijo estaba esperándolo.

–¡Vamos, Tony!

Antes de llegar al helicóptero a Tony comenzaron a fallarle las piernas, aunque tenían que subir aquella escalerilla que seguramente él sería incapaz de subir. Ella no se sentía con fuerzas para sostenerlo y no había nadie para ayudarla.

–¡Venga ya! ¡Maldita sea! ¡Levanta los pies! ¡Sube!

Paxton le regañaba, gritaba. Pero Tony lloraba de alegría. Había tardado dos meses en recorrer aquel camino desde su escondrijo hasta las afueras de Saigón a través de túneles y casi había conseguido escapar a aquel infierno. Tenía a Paxton a su lado y, pese a todo, no entendía cómo había llegado hasta ella ni por qué la había encontrado. Pero eso ya no importaba, lo único que importaba ahora era estar juntos, aunque no les esperase otra cosa que la muerte.

–Este hombre es un prisionero de guerra –gritaba Paxton, sin que nadie le hiciera caso.

De pronto unos brazos fuertes agarraron el cuerpo de Tony y, apartándolo de la multitud que lo rodeaba, lo empujaron al helicóptero y, con un poco de esfuerzo, también Paxton consiguió montar detrás de él. Ahora, por fin, estaban a salvo, el aparato ya se dirigía hacia el mar abierto y ella se acordaba de los Dustoffs que habían salvado a los heridos. Y a medida que iban acercándose cada vez más hacia la libertad, Vietnam iba encogiéndose lentamente detrás de ellos. Al salir habían dejado toda una multitud que lloraba, que imploraba clemencia a gritos, gente que moriría de inanición o en manos de sus asesi-

nos. Pero ella ya no podía ayudar a nadie más. Había escrito artículos sobre aquella gente, había compartido sus vidas, había estado siete años yendo y viniendo, había hecho todo lo posible por ellos. Había sido muy largo, le había costado mucho, pero muchos se habían quedado en el camino. Tony, por lo menos, se había salvado. Paxton lo miraba como si no creyera lo que veían sus ojos: estaba en sus brazos, agotado, magullado, herido, casi irreconocible, pero al fin y al cabo era él. Ahora la miraba con una sonrisa mientras se posaban en la cubierta del portaaviones en el que irían directamente hacia la salvación.

–¿Dónde demonios has estado?

Y su cara cubierta de barro dibujó una sonrisa. Había vivido en túneles que él mismo había excavado y en otros que había encontrado hechos, en los que había permanecido escondido durante los dos últimos años. Había sobrevivido a tantos horrores que Paxton ni siquiera se atrevía a escuchar lo que le contaba. Y ahora, en virtud de un milagro, gracias a la suerte o a la mano de Dios, la había encontrado.

–Te he estado buscando todo este tiempo –le dijo ella en voz baja, tratando de limpiarle el polvo del rostro.

Para llegar a la ciudad había tenido que esconderse en un camión cargado de tierra y de basura.

–¡He estado tanto tiempo buscándote!

Lo había esperado, igual que Joey.

–¡Bienvenidos! –dijo la voz de alguien que los ayudaba a bajar–. ¡Bienvenidos!

Todos recibían la bienvenida al bajar del helicóptero y al emprender el camino de la salvación, mientras Tony lloraba abrazado a Paxton y la bandera ondeaba sobre sus cabezas.

–¡Te quiero, Delta Delta!... –exclamó Tony con todas sus fuerzas.

A las once de la mañana del día siguiente, 30 de abril de 1975, cayó Saigón y Vietnam del Sur se rindió a Vietnam del Norte. La batalla en la que habíamos participado al lado de Vietnam del Sur había terminado.

Paxton y Tony embarcaron en el *Blue Rigde* con destino a

casa, al hijo que les estaba esperando y al mundo del que estaban ausentes desde hacía tanto tiempo. Un mundo que casi habían olvidado. Vietnam ya no tenía existencia real para ellos. Ahora sólo era un recuerdo distante, una pesadilla, un sueño. Tanto para ellos como para todo el mundo, había terminado para siempre.